btb

Aus Freude am Lesen

Alessandro D'Avenia

Die Welt ist eine Muschel

Roman

Aus dem Italienischen
von Verena von Koskull

btb

Die italienische Originalausgabe erschien 2011 unter dem Titel
»Cose che nessuno sa« bei Mondadori, Mailand.

MIX
Papier aus verantwortungsvollen Quellen
FSC® C083411

Verlagsgruppe Random House FSC® N001967
Das für dieses Buch verwendete FSC®-zertifizierte Papier
Lux Cream liefert Stora Enso, Finnland.

1. Auflage
Deutsche Erstveröffentlichung Januar 2014

Umschlaggestaltung: semper smile, München
Umschlagmotiv: © Marta D'Avenia
Satz: Uhl + Massopust, Aalen
Druck und Einband: CPI – Clausen & Bosse, Leck
SL · Herstellung: sc
Printed in Germany
ISBN 978-3-442-74662-0

www.btb-verlag.de
www.facebook.com/btbverlag
Besuchen Sie auch unseren LiteraturBlog www.transatlantik.de

Für meine Schwestern Elisabetta,
Paola und Marta,
Perlen, die das Leben mir geschenkt hat.

Denn wenn alles sogleich, wie es Sterbliche wünschen, geschehe;
Wahrlich so wünschten wir vor allem des Vaters Zurückkunft!

HOMER, *Odyssee XVI, 148–149*

Prolog

Es ist ihr vierzehnter Geburtstag, und sie sitzt am Bug. Die lachenden, wehmütigen grünen Augen sind an den Horizont geheftet: eine allzu klare Linie, um sich nicht davor zu fürchten. Die Welt ist eine Muschel. Sie wirft das Licht zurück, jeden Strahl, der sie trifft, und sei es als Schatten. Und das Licht ist das einzige Gebot des anbrechenden Tages. Ein harsches Gebot, denn kommt man ans Licht, kommen einem die Tränen.

»Du siehst aus wie eine Bugfigur!«, ruft ihr der Vater zu und versucht den Wind zu übertönen, der das Boot vor der Bucht des Schweigens übers Meer treibt. Möwen auf Beutejagd streifen das Wasser und lassen sich erschöpft darauf nieder. Der trockene Geruch der Küste ist schon weit.

Die Beine dem Wind und dem Nichts ausgesetzt, dreht sich Margherita um und streckt ihre brandneuen vierzehn Jahre auf den hölzernen Bootsplanken aus. Sie sieht ihn an. Ein Lächeln liegt auf dem Gesicht des Vaters, der ein Alter erreicht hat, in dem jede Linie und jede Falte am richtigen Platz ist und mit unverstellter Anmut zeigt, wer man ist, wer man war und wer man sein wird. Sein Haar ist dicht und schwarz wie Margheritas, seine Augen sind fast noch schwärzer – Margherita hat ihre klaren, grünen der Mutter gestohlen –, die frisch rasierten Wangen duften nach dem Aftershave, das seine Frau ihm schenkt, seit sie zusammen sind.

Eleonora ist mit dem kleinen Andrea zu Hause geblieben, um das Geburtstagsmittagessen vorzubereiten. Margherita stützt das Kinn auf die gefalteten Hände und fragt gespielt empört:

»Ein Busenwunder?«

»Nicht Busenwunder … Bugfigur!«

»Was ist das?«

Der Vater lässt kurz das Ruder los, wirft einen Blick auf die eng ans Segel geschmiegten Strömungsfäden und antwortet mit weit ausholenden Gesten, als wollte er die Worte in die Luft malen:

»In alten Zeiten schnitzten die Seeleute eine menschliche Figur für den Bug ihrer Schiffe, die sie beschützen sollte. Zuerst waren es nur riesige Augen, die den Kurs im Blick behalten sollten. Dann wurden daraus weibliche Gottheiten: wunderschöne Frauen mit hypnotischem Blick, um die Wogen zu verzaubern und die Feinde einzuschüchtern.«

Margherita kneift die Augen zusammen und lächelt. Dann rollt sie herum und setzt sich wieder auf. Ihr Haar flattert in der Sonne, eine schwarze, vom Wind zerzauste, lichtglänzende Flut. Schön und reglos wie eine Galionsfigur mit ihren Meeresaugen: die Iris feucht von Tränen, die die Luft allzu schnell trocknen lässt, als dass man sie erahnen könnte. Mit vierzehn weint man oft, ob vor Freude oder vor Schmerz. Die Tränen sind die gleichen und das Leben ist so wachsweich, dass die Flamme, die unter der Schale des Mädchens die Frau zum Vorschein bringt, es zum Zerfließen bringt.

Margherita lässt die Beine baumeln, und das Meer spritzt Konfetti aus Licht und Wasser an ihre nackten Füße, die nach der Horizontlinie treten, vergeblich bemüht, sie zu durchbrechen. Doch die Linie bleibt unversehrt. Margherita betrachtet sie: Lebensfaden, schwebend zwischen Himmel und Erde, auf dem sie in ihrer Phantasie entlangbalanciert. *A vita è nu filu*, das Leben ist ein Faden, pflegt ihre Großmutter Nonna Teresa in ihrem derben Heimatdialekt zu sagen.

Und mit vierzehn Jahren balanciert man in wundersamem Gleichgewicht wie ein barfüßiger Schlafwandler auf diesem Faden entlang.

Es ist der Sommer ihres Lebens. Ein neues Zeitalter bricht an. Sie und ihr Vater an ihrem Geburtstag allein auf einem Segelboot, wenige Tage, ehe das Gymnasium beginnt. Einen Moment lang schließt Margherita die Augen, streckt sich hin und breitet die Arme aus. Sie öffnet die Lider, und eine unsichtbare Kraft bläht das Segel. Der Wind. Wie alles, was seit Anbeginn besteht, kann man ihn weder sehen noch hören, es sei denn, er trifft auf ein Hindernis. Selbst das Meer erscheint grenzenlos, und doch singt es nur, wenn es auf Grenzen trifft: Schäumend bricht es sich am Kiel; sprühend tost es gegen die Klippen; brandend spült es auf den Strand. Schönheit entsteht durch Grenzen, immer.

Der Vater stellt das Ruder fest, nähert sich unbemerkt, umarmt Margherita von hinten und hebt sie hoch. Das Licht erfüllt alles, es durchstrahlt die Haut und dringt bis ins Fleisch. Die starken Arme ihres Vaters in den aufgekrempelten weißen Hemdsärmeln halten sie fest. Der Geruch des Meeres mischt sich mit dem warmen, herben Duft des Aftershaves. Er drückt seiner Tochter die Nase in den Nacken und gibt ihr einen Kuss. Gemeinsam mit ihr betrachtet er den Horizont, und sie spürt die Befangenheit ihres neuen, ruhelosen Körpers, den sie fast als Sünde empfindet. Doch mit ihrem Vater neben sich macht die Linie, die den Himmel vom Meer trennt, keine Angst, und man steuert auf sie zu, um ihr zu folgen, sie zu ergründen, sie mit dem Bug zu durchstoßen wie eine Pappkulisse.

»Du bist das schönste Mädchen der Welt. Meine Perle. Alles Gute!«, sagt er und küsst sie noch einmal. Er nennt sie so, weil ihr Name auf Lateinisch »Perle« bedeutet. Zigmal hat er ihr das erzählt. »Ich war gut in Latein, weißt du«, fügt er dann hinzu.

»Irgendwann könnten wir doch mal nach Sizilien segeln. Ich will das gelbe Haus sehen, von dem Nonna immer erzählt, mit dem Garten und dem Kletterjasmin an der Fassade und den Kaktusfeigen«, sagt Margherita im Tonfall ihrer Großmutter und denkt bei sich, dass es solch leuchtend rote, gelbe und weiße Früchte wie in den Erzählungen gar nicht geben kann.

»Das machen wir.«

»Versprochen?«

»Versprochen.«

Die Wellen umspülen die Flanken der *Perla*, auch das Boot trägt diesen Namen.

»Wieso haben eigentlich alle Boote Frauennamen?«

Der Vater antwortet nicht, er denkt nach, als müsste er die Worte aus einem tiefen Brunnen ziehen. Ihr Vater weiß immer eine Antwort.

»Als ich klein war, hatte ich ein Lieblingsbuch mit einem Bild von Odysseus' Schiff, auf dem stand *Penelope*. Jeder Seemann hat einen Hafen, ein Zuhause, zu dem er zurückkehrt, weil dort eine Frau auf ihn wartet, und der Name seines Schiffes erinnert ihn an den Grund, weshalb er zur See fährt …«

Mit Worten kann ihr Vater umgehen. Er ist ein richtiger Dichter, wenn er will.

»Wie die Mama für dich?«

Der Vater nickt.

»Papa, ich hab Angst … vor dem Gymnasium. Ich weiß nicht, ob ich auf der Höhe bin, ob ich das packe, ob die Klassenkameraden nett sind … Ob aus mir je was wird … Ob ich einen Freund kriege … Ich hab Angst vor Latein, ich bin nicht so wie du …«

»Ich hab auch Angst vor Latein, weißt du … Noch heute träume ich davon, dass ich zur Konjugation der Verben abgefragt werde und nichts mehr weiß …«

»Was ist denn Konjugation?«

»Also. Zum Beispiel …« Gerade will er mit einer seiner endlosen Erklärungen beginnen, doch sie unterbricht ihn sofort.

»Papa, ich hab Angst …« Tränen steigen ihr in die Augen.

»Was immer auch passiert, ich bin da.«

»Ich weiß, aber ich hab trotzdem Angst.«

»Das bedeutet, dass du lebst.«

»Was meinst du damit?«

»Wenn du Angst hast, ist das ein Zeichen dafür, dass das Leben anfängt, dich zu duzen. Du wirst zur Frau, Margherita.«

Sie schweigt und hängt dem Wort *Frau* nach. Es macht ihr Angst. Es ist zu hell.

Ihr Vater drückt sie noch fester.

Die Bucht von Genua in ihrem Rücken setzt die Umarmung ihres Vaters fort, über Klippen, Küsten, Berge und Kontinente bis in die Unendlichkeit, als läge das ganze Universum darin.

Margherita atmet den frischen, beruhigenden Duft ihres Vaters, der ihr das Gefühl gibt, auf der Welt zu sein, um sie zu entdecken, wie beim Tauchkurs in diesem Sommer.

Lautlos durchschneidet die *Perla* die See, die unter duftigem Schaum vernarbt. Angst- und Freudentränen lassen sich nicht unterscheiden. Auf Margheritas Wangen spülen die einen die anderen fort und die ganze Welt ist das Geschenk, das ein Vater seiner Tochter zu ihrem Geburtstag macht.

Mit gekrümmtem Zeigefinger wischt der Vater ihr die Tränen fort, sie gleichen Tautropfen auf einem Blumenstängel. Er hält Margherita eine Träne hin, sie schimmert wie eine Perle.

»Einmal habe ich von einer wunderschönen Frau in einem weißen Mantel geträumt«, erzählt er. »Lächelnd sah sie mich an. Ich habe sie gefragt: ›Wieso bist du so schön?‹ Und die Frau antwortete: ›Als du einmal geweint hast, habe ich mein Gesicht mit deinen Tränen benetzt.‹« Er macht eine Pause. »Es wird alles gutgehen, Margherita, alles geht gut …«

Margherita vertraut diesen Worten, sie vertraut diesen Armen. Sie kann nicht wissen, dass nichts gut gehen wird, vielleicht kann sie deshalb nicht aufhören, vor Freude und Schmerz zugleich zu weinen und sich zu fragen, welche der beiden in der chemischen Zusammensetzung der von ihren Augen hervorgebrachten Perlen überwiegt. Sie würde gern ihren Vater fragen, doch sie tut es nicht.

Dies sind Dinge, die niemand weiß.

ERSTER TEIL

Der Räuber

Jeder kann den Schmerz bemeistern, nur der nicht,
der ihn fühlt.

W. SHAKESPEARE, *Viel Lärm um nichts*

I

Mita ist im Schrank«, sagte der kleine Junge zu seiner Mutter.

Margherita und Andrea waren gerade erst wiedergekommen. Der Schulanfang stand unmittelbar bevor und der strahlende Septembersonntag schien sich einfach nicht damit abfinden zu wollen, dass die Ferien in vierundzwanzig Stunden vorbei sein würden. Wie jeden Sonntag waren sie bei Nonna Teresa gewesen.

Margherita war von den Ferien ganz durchdrungen: Es schien, als hätte das Meer ihr in diesen Monaten Körper und Seele geglättet wie einen nächtlichen Strand und eine dieser gedrehten Muscheln zurückgelassen, die seine Geräusche und Geheimnisse bergen. Margherita liebte es, sich die Muschel ans Ohr zu halten, die bei der Großmutter auf einem alten Kristalltischchen lag: Sie ließ die Ferien wieder lebendig werden und erzählte ihr flüsternd von versunkenen Welten, von denen nur noch ein rätselhaftes Echo geblieben war, dessen Alphabet niemand kannte.

Die Ferien nach der achten Klasse, könnten sie doch ewig dauern: keine Hausaufgaben, keine Pflichtlektüre. Nur die Furcht vor dem Gymnasium: neue Schule, neue Klassenkameraden, neue Lehrer. Sie würde ein neues Leben beginnen, dessen Umrisse verschwommen waren wie die eines Aquarells. Doch Margherita fühlte sich sicher und bereit, das Bild zu vollenden. Der September lieh ihr die Farben.

Nonna Teresa war ein Goldfisch, zumindest hatte Andrea das gesagt. Und schließlich war es die Großmutter, die stets ihren lapidaren sizilianischen Sinnspruch fallen ließ: *Si vu' sapiri a verità, dumannala ai picciriddi* – Kindermund tut Wahrheit kund. Sie lebte allein. Ihr Mann, Nonno Pietro, war vor fünfzehn Jahren gestorben. Ihre einzige Gesellschaft waren ihre Enkel und Ariel, ein Goldfisch, der in einem runden Fischglas lebte. Andrea konnte stundenlang davorstehen: Ariel hatte weiß geränderte Flossen – eine schönheitsverliebte Laune der Natur – und zwei große, ausdruckslose Augen. Die Bühne seines Lebens bestand aus einer fransigen Alge und einem roten Korallenstück, die er in seiner Glaskugel umkreiste. Er bewegte sich ruckartig, als würde er jedes Mal etwas Neues entdecken.

»Nonna, langweilt Ariel sich nicht, wenn er immer im selben Zimmer eingesperrt ist?«

»Nein, Andrea, Goldfische haben ein ganz, ganz kurzes Gedächtnis, nicht länger als drei Sekunden«, hatte die Großmutter ihm erklärt. »In der vierten Sekunde vergessen sie alles, schnellen herum und fangen von vorn an. Alle drei Sekunden sieht Ariel seine Alge zum ersten Mal und reibt sich zum ersten Mal an seiner Koralle. Er ist immer zufrieden und langweilt sich nie.«

Andrea hatte nichts gesagt: Wie so oft verkroch er sich in einer stillen, kindlichen Blase aus Wirklichkeit und Phantasie.

Im Laufe der Zeit kam es während ihrer Besuche immer häufiger vor, dass Nonna Teresa sich wiederholte, vielleicht, um sich die Dinge besser einzuprägen, oder vielleicht, weil sie vergesslich wurde, und so hatte Andrea einmal zu Margherita gesagt:

»Nonna ist wie ein Goldfisch.«

Margherita hatte beim Schreiben der x-ten Drei-Wort-SMS innegehalten, ihn neugierig angeschaut und nur gedacht, dass ihr Bruder wohl etwas Geniales in seiner DNA haben müsse. In Wirklichkeit war es das natürliche Genie der Kinder, die die Dinge beim Namen nennen: *Si vu' sapiri a verità, dumannala ai picciriddi.* Mit der Zeit wurden die Großmutter und Ariel sich immer ähnlicher: Sie fragte, ob die Eier schon im Teig wären, obwohl sie selbst sie gerade hineingeschlagen hatte. Manchmal reagierte Margherita genervt, doch Andrea blieb ungerührt, schließlich ist die Wiederholung für Kinder das Normalste der Welt: Er wollte auch immer dieselbe Gutenachtgeschichte hören.

Für Alte und Kinder dienen Worte nicht der Erklärung, Rechtfertigung, Beurteilung; sie sind wie Knoten in einem Faden, die ihnen versichern, dass die Welt noch in Ordnung ist. *Cu' nun fa lu gruppu a la gugliata, perdi lu cuntu cchiù di na vota*, pflegte die Großmutter zu sagen, doch niemand verstand, dass sie damit eine Wahrheit aussprach, die ebenso simpel war wie ihre Rezepte: Wer keinen Knoten macht, verliert den Faden. Auch im Leben.

Mit dem Kuchen – sorgsam in braunes Papier eingeschlagen und mit einem der roten Bänder umschnürt, nach denen die Großmutter stets aufs Neue ihre Schubladen durchkramte – waren sie nach Hause gekommen. Margherita war in ihr Zimmer gegangen und hatte sich vom

Septemberlicht umfangen lassen, das durch das weit geöffnete Fenster hereinströmte. Sie hatte das Radio angeschaltet, und magnetisch hatte der Spiegel ihr Gesicht angezogen, das in den letzten Wochen durch eine merkwürdige Veränderung, die ihre Wangen gestreckt, die Wangenknochen betont und die bis dahin allzu runden Augen in die Länge gezogen hatte, immer asymmetrischer geworden war. Unsichtbare Hände kneteten ihren Körper wie Kuchenteig, und zu gern hätte sie ihre Finger in den Spiegel gesteckt und an diesem rätselhaften Ritual mitgewirkt. Auch ihr Körper sandte ein Echo aus, den ewig alten und ewig neuen Odem des Lebens.

Margherita drehte das Gesicht nach rechts und links, musterte den Körper, in den sie sich verwandelte, und tröstete sich mit ihrem langen, schwarzen, geschmeidigen Haar, das sie neben ihren Augen am meisten an sich mochte. Die Ohren hingegen kamen ihr zu klein vor, sie zog daran, als könnte sie sie verlängern. Die Zähne waren weiß und gerade, die Lippen schmal, aber dem Ausdruck unterschiedlichster Gefühle ergeben, der Busen noch kaum sichtbar.

Das Radio erfüllte das Zimmer mit Worten, die Sonne mit Licht, der Luftzug mit gegensätzlichen Gerüchen.

Maybe I'm in the black, maybe I'm on my knees.
Maybe I'm in the gap between the two trapezes.

Margheritas Blick ging ins Leere. Sie musste an die Worte ihres Vaters auf dem Boot denken, wie an einen Ohrwurm, den man nicht loswird:

Alles geht gut.

Die Welt dort draußen glich einer Bühne, die auf ihren Tanz wartete, und obgleich sie das Publikum fürchtete, wusste sie, dass hinter den Kulissen Menschen waren, die sie liebten und ihr Kraft gaben: der Vater, die Mutter, der Bruder, die Großmutter, die Freundinnen.

Unbemerkt und ohne zu klopfen betrat Andrea Margheritas Allerheiligstes und hängte sich an ihren Arm, um sie aus ihrer jugendlichen Trance zu reißen.

»Poc-corn!«, sagte er und schob die Unterlippe ein wenig vor, um die Schwester mit seinem bewährten Kätzchen-im-Regen-Gesicht rumzukriegen.

Er war fünf Jahre alt, mit zartem Gesicht, blondem Haar und blauen Augen. Oft redete er mit sich selbst und ging in imaginären Geschichten und Figuren auf. Er war überzeugt, dass er schon lesen konnte, obgleich er lediglich ein paar Buchstaben kannte, die er noch nicht zusammensetzen konnte. Margherita hatte sie ihm beigebracht. Ähnlich den Tafeln in der Grundschule hatte sie auf großen Blättern riesige, elegante Buchstaben ausgedruckt und einprägsame Bilder danebengesetzt: Schmetterlinge und Kirschen, Zwerge und Drachen … Doch leider war dem Drucker bei diesem Härtetest die Tinte ausgegangen und Andrea hatte sich mit wenig mehr als der Hälfte des Alphabets und damit der Welt zufriedengeben müssen. Doch ihm genügte es, sich die geheimen Geschichten all der Figuren auszudenken, die sich in tiefster Nacht von den Blättern lösten: der verfressene Zwerg, der alle Kirschen in sich hineinstopfte, derweil der feuerspeiende Drache sich unsterblich in den Schmetterling verliebte.

So oft es ging, bettelte Andrea sie an, ihm »Poc-corn«

zu machen, und das vor allem, weil es so lustig knallte. Als Frau, die sie zu werden im Begriff war, ließ Margherita sich nicht erweichen. Sie genoss es, wenn ihr Bruder sie mit vorgeschobener Unterlippe und flehenden Augen anbettelte. Dann lächelte sie.

»Geh schon mal in die Küche. Ich komme.« Sie wollte das Ende des Liedes hören. Sie hasste es, Lieder abzuwürgen, es war, als bliebe etwas Unvollendetes in der Luft und in der Welt, und sie wollte nichts halb fertig zurücklassen. Das Lied verklang:

Every tear
Every tear
Every teardrop is a waterfall.

Zwar verstand sie nicht jedes Wort, doch ihr gefiel die Vorstellung, dass jede Träne zu einem Wasserfall wird.

In der Küche hatte Andrea sich bereits die Kochschürze umgebunden, die er von den Eltern bekommen hatte. Eigentlich war es ein riesiges Lätzchen mit der Aufschrift *Offizieller Verkoster.* Mit hoch erhobenen Händen stand er da, wie er es von Nonna Teresa gelernt hatte, die kein kulinarisches Unterfangen begann, ehe nicht die gewaschenen und abgetrockneten Hände vorgezeigt wurden. Wie ein Chirurg bei einer heiklen OP wartete er auf Margheritas Anweisungen.

Margherita sah den Anrufbeantworter blinken. Sie hatte das Telefon gar nicht klingeln hören: Entweder hatte die krachlaute Musik sie aus der Wirklichkeit und ihren vermeintlichen Notwendigkeiten gerissen oder es hatte jemand angerufen, als sie bei der Großmutter gewesen waren. Es gab zwei Nachrichten. Die erste war von Anna, einer Freundin der Mutter, und enthielt die üblichen, brennend wichtigen Neuigkeiten, die sich für gewöhnlich um ein Kleid drehten, das sie in einem Schaufenster im Zentrum entdeckt hatte und das wie für ihre Mutter gemacht war: »Eleonora, ruf mich an, sobald du kannst.«

Die zweite Nachricht war von ihrem Vater.

In ungläubigem Schweigen hörte sie sie dreimal.

Margherita wurde zu Stein. Ihre zarte vierzehnjährige Haut verhärtete sich und konnte im nächsten Moment zersplittern. Mit einem Schlag wichen ihr der Sonntag und das Meer aus den Poren. Ihre Augen schlossen sich und schienen sich mit Rost zu überziehen, mit Flecken der Angst. Ihre Hände auf dem Küchentisch bebten, ihre von den Zähnen traktierten Lippen zitterten. Das Leuchten in ihrem Gesicht erlosch, als wäre eine Glühbirne durchgebrannt.

Stumm und mit kurzen Schritten, die nicht größer waren als ihre vierzehnjährigen Füße, ging sie in das Schlafzimmer ihrer Eltern, eine Schlafwandlerin auf dem Faden des Lebens. *A vita è nu filu.*

»Mita, wo gehst du hin?«, fragte Andrea. So sprach er ihren allzu langen Namen aus.

Margherita antwortete nicht. Sie öffnete den elterlichen Schrank, in dem sie sich als Kind sonntagmorgens versteckt hatte, um sie beim Aufwachen zu erschrecken. Die Eltern kannten die Spielregeln und wiederholten jedes Mal wieder den vereinbarten Satz: »Komm, wir gehen Margherita wecken, diese Ratzrübe schläääft ja vielleicht!« Und dann sprang sie aus dem Schrank. Liebe und Glück waren gleichbedeutend mit Leben, und die Angst existierte nicht. Sie kam aus dem Bauch des Schranks hervor und ihre Eltern nahmen sie in die Arme und hoben sie ins große Bett, auf dem sie herumhopsen konnte. Die Schwärze des Schrankes wurde von der sonntäglichen Umarmung ihrer Eltern fortgewischt.

Sie öffnete den Schrank, der ihr als hölzerne Ödnis erschien. Er war halb leer; die trübe, trostlose Leere der Dinge, die wir nur voll zu lieben gewohnt sind: Schwimmbäder, Umschläge, Wiegen.

Die allesfressende Leere des Verlassenseins verschlang Margheritas Licht. Zurück blieben nur der Duft der verschwundenen Anziehsachen des Vaters und der frische, herbe Hauch seines Aftershaves. In diesem Moment wurde die Schwermut zum beherrschenden Gefühl ihres Lebens, geronnen in den Furchen der Seele wie Herzkorallen: wertvoll, weil selten und unerreichbar.

Sie kauerte sich in die Ecke wie eine Katze unter den Automotor. Die aufgerissenen Augen ihres Bruders beobachteten sie und versuchten zu begreifen, welches Spiel sie sich wohl für ihn ausdachte, welches unbekannte Wort diese Neuigkeit beschrieb. Mit fünf Jahren ist selbst das schmerzlichste Geheimnis nur ein Spiel: Er wartete auf einen Überraschungsangriff wie in den Hobbes-und-Calvin-Comics seines Vaters.

»Mach zu«, sagte Margherita kalt.

Andrea gehorchte und wartete mit zusammengekniffenen Augen auf weitere Anweisungen.

»Bis wohin muss ich zählen, Mita?«, fragte er durch das Holz, das sich in Beton verwandelt hatte. Der kleine Junge versuchte, aus dem vollkommensten Schmerz ein Spiel zu machen. Doch der Schmerz hat nun einmal keine Regeln, Normen und Gesetze: Er ist regellos, asymmetrisch, illegal.

»Für immer.«

»Welche Zahl ist das? Die kenne ich nicht.«

»Zähl einfach«, sagte Margherita.

Unter Zuhilfenahme seiner kurzen Kinderfinger fing Andrea laut an zu zählen und stapfte den Flur hinunter, doch schon bei Vierzehn kam er ins Schwimmen.

In der Dunkelheit war Margherita eine von einem Räuber offen und wehrlos überraschte Muschel. Sie will die Schale um das zarte Fleisch schließen wie einen Safe, der dem geballten Meeresdruck standzuhalten vermag, jedoch gegen die scharfen, präzisen Scheren des Feindes nichts ausrichten kann. Der Räuber versuchte sie aus ihrer schützenden Hülle zu reißen, sie leer und verlassen zurückzulassen, eine zerbrochene Schale, Spielball der Strömung. Ihr Vater nannte sie *Meine Perle*. Das heißt Margherita, er hat es ihr tausendmal gesagt. Tausendfacher Lügner, er und sein Parfüm.

Abermals spürte Margherita ihr Herz wild klopfen, wie bei der Umarmung ihres Vaters. Es pochte heftig, gehetzt von der Todesgefahr, dem Gift, dem Schmerz.

»Mita ist im Schrank«, sagte der Junge noch einmal zu seiner Mutter.

»Andrea, hör auf zu spielen!«, antwortete Eleonora barsch.

»Wo ist Papa?«

Eleonora antwortete nicht.

Der Junge ging voran ins Schlafzimmer.

»Was kommt nach vierzehn?«

»Fünfzehn.«

»Und dann?«

»Sechzehn.«

»Und wann kommt *für immer*?«

Eleonora öffnete die Schranktüren und die Leere ergoss sich nach draußen. Zusammengekauert hockte die Tochter in der Ecke, den Körper um den Schmerz gewunden: eine Spiralmuschel, ein von der Weisheit der Zeit in geometrischer Perfektion um einen zentralen Punkt konstruiertes Perlboot. Wer den Schmerz kennt, trägt dessen Echo fürs ganze Leben in sich, wie Muscheln das Meeresrauschen.

Margheritas Kopf war zwischen den Armen verschwunden, allein das schwarze Haar war zu sehen. Ihre Tochter hatte keine Augen.

Sie hockte sich daneben und versuchte sie zu umarmen, doch die Muschel ließ sich nicht umarmen, wollte man sie nicht von ihrem Felsen reißen und der Strömung überlassen.

Andrea drückte die Schranktüren wieder zu und fing erneut zu zählen an. Er freute sich, dass jetzt auch die Mutter mitspielte. Jetzt fehlte nur noch Papa.

»Spielst du auch *für immer*, Mama?«

Die Mutter antwortete mit einem düsteren, leeren Lächeln.

In der Dunkelheit war nur der Atem der beiden Frauen zu hören.

»Wo ist die Welt geblieben, die du mir versprochen hast?«, war das Einzige, was Eleonora von ihrer Tochter zu hören bekam, in einem Tonfall, der einer fremden Margherita zu gehören schien.

»Ich weiß es nicht«, antwortete die Mutter.

Margherita sagte nichts mehr, nie wieder würde sie mit ihrer Mutter sprechen.

Vergeblich versuchte Andrea, an seinen Fingern gigantische Zahlen abzuzählen und bis *für immer* zu kommen. Was sollte das für ein Versteckspiel sein, wenn er schon wusste, wo die anderen waren? Vielleicht musste er den Vater suchen. Wo hatte sich Papa wohl versteckt?

Er blieb vor dem geschlossenen Schrank stehen.

»Das Spiel mag ich nicht! Ich zähle und zähle und keiner gewinnt!«

Auf seinem schwarzen, rostfleckigen Fahrrad, von dem hin und wieder die Kette absprang und dessen Vorderlicht nur sporadisch aufleuchtete, gondelte der Lehrer durch den Mailänder Abend. Er glich einem neuzeitlichen Don Quijote auf einer eisernen Rosinante, wiewohl in seinen Augen statt Wahnsinn der helle Blick eines Menschen lag, der Dinge sieht, die demjenigen, der an der Schwelle des Sichtbaren haltmacht, verwehrt sind.

Das Rad hatte die für ihn perfekte Geschwindigkeit: So ließen sich Menschen und Gegebenheiten angemessen betrachten. Nur auf dem Fahrrad kann man die Dinge sehen, ohne gesehen zu werden, wie es den Dichtern zu eigen ist. Und er hatte Dichteraugen: Nicht auf die Farbe kommt es an; sie müssen leuchten, als könnten sie nur mit Mühe das Feuer zurückhalten, das sie in sich tragen, wie es schon die Alten glaubten. Im Auto bekommt man nichts mit, zu Fuß wird man dauernd ertappt. Das Rad war das richtige Mittel: sehen, ohne gesehen zu werden, während die Septemberluft durchs schwarze, von den Helmzwängen der Motorisierten unbehelligte Haar streicht und durch die Falten des weißen Hemdes fährt. Die blauen Leinenschuhe bewegten sich mit den Pedalen.

Ohne es abzuschließen, weil es sowieso niemand klauen würde, stellte er das Rad im Hof ab. Sacht drückte er das Hoftor zu, damit die Pförtnerin Signora Elvira, die mit ihrem Besen verwachsen zu sein schien, ihn nicht abfing. Sie war nicht nur die Pförtnerin, sondern auch die Vermieterin seiner Einzimmerwohnung, deren Miete er wieder einmal in Bücher, seine Droge, gesteckt hatte.

Er zog sich die Schuhe aus und schlich, behutsam zwei Stufen auf einmal nehmend, in den ersten Stock hinauf. In Zeitlupengeschwindigkeit, um das Knirschen zu vermeiden, drehte er den Schlüssel, öffnete die Wohnungstür und schlüpfte hinein. Die Wohnung bestand aus einem Zimmer mit Kochnische: dreißig gänzlich mit Büchern gefütterte, gefüllte, vollgestopfte Quadratmeter.

Ein Buch mag das Chaos der ganzen Welt enthalten, das den gehefteten und durchnummerierten Seiten jedoch nicht entweichen kann. Seine Bücher entsprechend seiner Interessen und Fragestellungen zu ordnen, war ein eigenwilliges Vergnügen, dem er sich täglich hingab, um der Langeweile zu trotzen. Er glaubte an Bücher wie an eine

Religion und entdeckte mehr Wirklichkeit zwischen den gedruckten Zeilen als auf der Straße, oder vielleicht fürchtete er sich, unmittelbar und ohne den Schutzschild eines Buches mit ihr in Berührung zu kommen.

Eine einzige Stelle an den Wänden war nicht mit Büchern zugepflastert, und dort prangte der Satz *Timeo hominem unius libri*: Menschen mit nur einem Buch sind die gefährlichsten. Das stimmte. Stella hatte den Spruch dort in eleganter Kursivschrift hingemalt, was die von dieser Laune nicht sonderlich begeisterte Signora Elvira zu einer Mieterhöhung um zehn Euro bewogen hatte. Das sogenannte Bett bestand in Wirklichkeit aus einem Brett, das von vier aus jeweils drei bis vier Bänden bestehenden Buchsäulen getragen wurde, die regelmäßig erneuert wurden: Hüter seines Schlafens und Wachens, seiner Träume und seines Erwachens. Augenblicklich schlief er auf einer Tolstoischen Säule: *Anna Karenina, Krieg und Frieden* (zweibändig) und *Die Kreutzersonate* (um ein lästiges, kaum wahrnehmbares Gefälle auszugleichen, hatte er *Der Tod des Iwan Iljitsch* damit ersetzt). In der anderen Ecke auf derselben Seite waren *Moby Dick, Don Quijote* und ein paar Shakespeare-Tragödien. Die dem Tolstoi-Stapel gegenüberliegende Ecke am Fußende ruhte auf *Schuld und Sühne, Die Brüder Karamasow, Der Idiot* und *Weiße Nächte.* Die andere stützte sich auf die Klassiker der Antike: ein Band mit Sophokles-Tragödien, Vergils *Aeneis*, Ovids *Metamorphosen* und eine Anthologie griechischer Lyriker.

Für einen guten Schlaf brauchte es gewichtige Literatur, und irgendwie hatte es für ihn etwas Beruhigendes, davon umfangen zu sein. Im Buchständer auf seinem Schreibtisch stand die *Odyssee*, aufgeschlagen beim sechsten Gesang, dem von Nausikaa, dem zartesten Beginn einer Liebe, der je erzählt wurde.

Bis zum ersten Schultag waren es nur noch wenige Stunden. Dieses Jahr würde er eine erste naturwissenschaftliche Gymnasialklasse übernehmen: Italienisch und Latein, acht Stunden. Wieder sah er die danteske Szene vor sich: die wie schlachtreife Rinder in den riesigen Raum der Mailänder Schulbehörde gepferchten Stellenanwärter, denen körperlose Stimmen Lehrämter anboten, als handelte es sich um tragische, unabwendbare Schicksale. Er hatte die Stelle annehmen müssen und es nicht allzu schlecht getroffen. Das Ringen um eine Planstelle glich einem ewig wiederkehrenden bürokratischen Leidensweg. Die Schulen barsten vor ausgebrannten, gleichgültigen Lehrern, die es dem inzwischen auch nicht mehr jungen Nachwuchs unmöglich machten, an eine Festanstellung zu kommen. Diese Jahresvertretung würde ihn zwar nicht vor der Armut, aber immerhin vor der Depression retten. Er hatte um seinen Lehrerberuf gekämpft. Vor allem mit seinen Eltern, die ihm zigmal gesagt hatten: »Du wirst am Hungertuch nagen.«

Er hatte in eine andere Stadt ziehen müssen, in die Lombardei, wo es mehr offene Stellen gab: Mit privaten Nachhilfestunden war es für ihn nicht getan, wiewohl sie sehr viel einträglicher waren als die wenigen Stunden an der Schule, die ihm monatlich rund fünfhundert Euro netto einbrachten. Zwar verschwand das gesamte Geld in Signor Elviras unersättlichen Taschen, doch wenigstens genoss er das feine, süße Glück einer Arbeit, die nicht nur den Körper, sondern auch den Geist nährt, den eigenen wie den der jungen, unerfahrenen, noch brachen Köpfe, die ihm anvertraut waren.

Während er sich ein Brötchen mit irgendwelchen undefinierbaren Resten belegte und sich von Paolo Contes rauer Stimme trösten ließ, dachte er an den Tag zurück, an dem er beschlossen hatte, Lehrer zu werden. Sein Literaturprofessor hatte ihm seinen Lieblingsgedichtband geliehen. Eine alte, mit in Bleistift verfassten Randnotizen gespickte Hölderlin-Sammlung.

»Schau dir das mal an, vielleicht kannst du was damit anfangen«, hatte er ihm gesagt.

Wie jede Handlung, die besonderem Augenmerk entspringt, hatte diese an jenem Tag gemachte Leihgabe sämtliche verborgenen Potenziale in ihm mobilisiert. Der glatzköpfige Lehrer mit der dicken Brille hatte die noch schwachen Signale, die seine Zukunft bereits erahnen ließen, zu erkennen vermocht und bereits den Erwachsenen in ihm gesehen, ohne dem damit verbundenen Bild des hageren Arbeitslosen allzu viel Bedeutung beizumessen.

Während des vorletzten Schuljahres war jenes Buch zu einer nächtlichen Zuflucht geworden. Und durch die Worte und Bleistiftanmerkungen hindurch hatte er zum ersten Mal die Nacht gesehen: »Ringsum ruhet die Stadt; still wird die erleuchtete Gasse, und, mit Fackeln geschmückt, rauschen die Wagen hinweg.« Ohne die passenden Worte bleiben die Dinge unsichtbar. Die Nacht, die stumm vor seinem Fenster stand, war ihm zum ersten Mal lebendig erschienen. Den Worten sei Dank. Er verstand nicht viel von diesen Versen, doch hatten sie in ihm den Durst nach Geheimnis geweckt. Ihn faszinierte die Tatsache, dass dieser merkwürdige Dichter an die Götter glaubte und an seinem Lebensabend ausschließlich Gedichte über die Jahreszeiten verfasst hatte. Doch das Merkwürdigste war, dass einige Texte auf hundert Jahre früher oder später datiert und mit einem italienischen Pseudonym versehen waren. Dieser Dichter war, schlicht gesagt, verrückt geworden. Oder – und das erschien ihm ungleich faszinierender – er hatte sich freigemacht von Zeit und Raum und konnte durch die Dichtung in jeder Zeit und in jedem Menschen den Puls der Welt erfassen. Die Freiheit, Beglückung und Zuversicht jener stillen, von einer ungewissen Zukunft erfüllten Abende hatten ihn zu dem Entschluss gebracht, Lehrer zu werden. Oder wahnsinnig, was das Gleiche ist.

Er würde am Hungertuch nagen, doch zum Glück gab es schwarz bezahlte Nachhilfe. Der Markt der Unbedarften gleicht dem der Toten: Er kennt keine Kursschwankungen.

Er versuchte sich die noch kindlichen Gesichter der Schüler vorzustellen, die er dieses Jahr vor sich haben würde und die er mit seiner Begeisterung für die menschliche Phantasie, vor allem die der Griechen, anstecken wollte. Sie würden mit der Epik anfangen und die drögen Lyrikanthologien aussparen. Er wollte auf den Lehrplan pfeifen und die komplette *Odyssee* lesen. Etwas in Stücke gehacktes konnte unmöglich den Duft des Lebens verbreiten, und er weigerte sich, Homer zu zerpflücken … Das stank nach Tod. Er wollte, dass seine Schüler in die Welt vordrangen, die er mit jedem Lesen der *Odyssee* betrat; sie sollten den herben Duft des Meeres riechen, den schweren Geruch des Blutes, die Tränen einer Mutter, den Schweiß eines heimkehrenden Vaters. Er wollte sie an den Ort führen, an den einzig die Literatur einen bringen kann: in das Herz der Dinge der Welt, an ihren Ursprung. Die Kunst ist der Schlüssel, der die Dinge, die wir tagtäglich berühren und die, gerade weil wir sie zu oft berühren, matt, verbraucht und unsichtbar geworden sind, sichtbar macht. All das wollte er dreißig Vierzehnjährigen vermitteln, die dem Gesicht und dem Herzen nach noch Kinder waren, jedoch binnen fünf Jahren zu erwachsenen Frauen und Männern werden würden. Genau wie sein Lehrer wollte auch er ihnen eine weitere Chance geben, sie selbst zu sein.

Er biss in einen Apfel, schob die CD von Beethovens *Fünfter* ein, streckte sich aufs Bett und fing mit lauter Stimme an zu lesen, was morgen der Auftakt seines Unterrichts sein würde: Rainer Maria Rilke, *Briefe an einen jungen Dichter.* Sie sollten dem »Ta-ta-ta-ta!« dieser Symphonie entsprechen. Der Mund sollte ihnen offen stehenbleiben, die schmetternden Klänge des Schicksals sollte sie sprachlos machen: »Ta-ta-ta-ta!« Wie ein im mystischen Strom des Orchesters verlorener Dirigent bewegte er die Hand und deklamierte die Worte, die er den Schülern als »Programm des schulischen Lebens« präsentieren würde:

Sie sind so jung, so vor allem Anfang, und ich möchte Sie, so gut ich es kann, bitten, lieber Herr, Geduld zu haben gegen alles Ungelöste in Ihrem Herzen und zu versuchen, die Fragen selbst liebzuhaben wie verschlossene Stuben und wie Bücher, die in einer sehr fremden Sprache geschrieben sind. Forschen Sie jetzt nicht nach den Ant-

worten, die Ihnen nicht gegeben werden können, weil Sie sie nicht leben könnten. Und es handelt sich darum, alles zu leben. Leben Sie jetzt die Fragen. Vielleicht leben Sie dann allmählich, ohne es zu merken, eines fernen Tages in die Antwort hinein.

Er war ganz in seinen Vortrag versunken, als jemand an die Wand hämmerte und brüllte, er solle den Ton leiser drehen. Er gehorchte, Sanchos Bizeps vor Augen. So hatten er und Stella den Nachbarn genannt: Bier, Fußball und Rubbellose. Das Schicksal seines »Ta-ta-ta-ta!« verklang, und wie immer schlich sich Stella in seine Gedanken und wärmte ihn wie die Sonne, die an einem trüben Tag durch die Wolken blinzelt.

Er putzte sich die Zähne und fuhr mehrmals mit der Zunge darüber. Dann las er ein paar Verse von Rimbaud, knipste das Licht aus und nahm im Halbschlaf das Aufleuchten seines alten Handys wahr. Auf dem gesprungenen Display stand schwarz auf grün »Morgen am üblichen Ort. Ich muss dir etwas Wichtiges sagen. Bring sowohl Herz als auch Verstand mit. Ich liebe dich. S.«

»Ist gut«, schrieb er zurück, doch niemand bemerkte die Unruhe in seinen Fingern. Bei einer Frau bedeutet etwas Wichtiges eine Kriegserklärung. Aus Furcht verteidigte er sich instinktiv: Er schrieb nicht wie sonst »ich dich auch« (»ich liebe dich« zog er erst gar nicht in Betracht, denn damit hätte er die Katze im Sack gekauft). Er hatte Mühe einzuschlafen. Er fragte sich, weshalb die Liebe, die in der Dichtung so einfach war, im Leben so schwierig und gefahrvoll sein musste. Im Dunkel der Nacht und seiner

Gedanken befragte er vergeblich seine Schriftsteller und fühlte sich wie Balzac, der im Sterben den einzigen Arzt um Hilfe gebeten hatte, dem er vertraute: eine seiner Romanfiguren. Dann war er gestorben.

Dieselbe Nacht umspann Margheritas Gedanken wie eine Spinne, die ihr Opfer einwickelt. Bis zum Beginn des neuen Schuljahres waren es nur noch wenige Stunden. Sie war eine Schlafwandlerin in Millionen Metern Höhe. Ohne Netz, das sie auffangen konnte.

Verschollene Bruchstücke stiegen, Korallen gleich, aus der Tiefe der Erinnerung auf, die allesamt ihren Vater betrafen. Frauen tragen ihr Gedächtnis nicht im Kopf, sondern im ganzen Körper. Seele und Körper einer Frau sind eins und jedes Körperteil hat ein Gedächtnis, vor allem, wenn sie die streichelnde Hand, die liebevolle Umarmung, die zärtlichen Lippen, die sie küssten, verloren hat. Margherita sah das Lächeln ihres Vaters vor sich, als sie ihn im Zirkus einmal nach dem großen Netz gefragt hatte.

»Auch Trapezkünstler verlieren das Gleichgewicht. Aber wenn sie fallen, ist da dieses Netz und sie tun sich nicht weh. Der Zirkus ist ein Spiel, Margherita.«

Doch das Leben war es nicht. Draußen vor dem Fenster spazierten die Menschen durch die Dunkelheit, als wäre alles in Ordnung, doch erschienen sie ihr wie Schlafwandler ohne Netz, die auf den zarten, verworrenen Fäden des Lebens entlangbalancierten.

Während ihre Klassenkameraden sich die passenden Outfits raussuchten, um ihre verletzliche Teenagerhaut zu bedecken, musste Margherita sich überlegen, in welche

Haut sie schlüpfen sollte, denn sie hatte keine mehr. Der Schmerz hatte sie gehäutet, doch so nackt darf sich niemand zeigen. Erst recht nicht am ersten Schultag.

Als Eleonora, von dem Lichtstreifen unter der Tür angezogen, ohne anzuklopfen eintrat, stand Margherita im schwachen Lampenschein nackt und reglos im Zimmer.

Als die Mutter nähertrat, streckte Margherita die Arme aus.

Um sie von sich zu stoßen.

II

5000.

1000.

5.

Wortlos schrieb er die Zahlen an die Tafel, setzte sich ans Pult und fing an, sie einen nach dem anderen anzusehen, als könnte die Stille ihr wahres Gesicht enthüllen.

Er schlug das Klassenbuch auf und las übertrieben feierlich die Liste der Nachnamen vor.

Nach jedem Nachnamen hielt er inne und musterte den, der entsprechend der Maske, hinter der er sich am sichersten fühlte, schüchtern oder forsch die Hand hob oder mehr oder weniger überzeugt seine Gegenwart bestätigte. Er blickte ihnen in die Augen und bemerkte nicht, dass er ihre ohnehin schon unkontrollierte Angst noch steigerte. Dies sollte nicht die übliche Anwesenheitsprüfung einer x-beliebigen Italienischstunde sein, die bald vorbei und vergessen wäre. In diesen Räumen fühlte er sich unbesiegbar, er konnte sie mit den Protagonisten füllen, die den Buchseiten entstiegen, und sie mit diesen jungen Menschen, die für ihn ebenfalls eher Protagonisten denn Personen waren, in einen Dialog treten lassen. Wenn er sie ansah, verglich er sie mit den Figuren, die er aus den Romanen kannte: Der Junge mit dem Kindergesicht ähnelte Oliver Twist, das Mädchen mit den roten Wangen schien

Alice im Wunderland entstiegen zu sein, und die mit dem schüchternen, zu Boden gerichteten Blick sah genauso aus wie Nausikaa.

Als er mit seiner quälenden Litanei aus Namen und Blicken zu Ende war, sagte er:

»Von jetzt an wird jeder bei meiner Anwesenheitsprüfung mit *Adsum!* antworten. Und wenn jemand fehlt, sagen die anderen: *Abest!*«

»Wieso denn auf Englisch?«, fragte ein vorlauter Junge mit blonder Mähne.

»Das ist Latein! O Arme, Trugbetörte! Unwissende, zum Schlimmsten stets geneigt!«, antwortete der Lehrer mit einem Dante-Zitat. Der Junge wurde knallrot vor Scham.

Niemand tat einen Mucks, doch alle fragten sich, von welchem Planet dieser Pauker geflohen war. Die anderen kamen vom Mars, aber dieser stammte offenbar von einem noch abgelegeneren Stern …

»Bei der Anwesenheitsprüfung wird in Latein geantwortet! Das lateinische Wort für *antworten* lautet *respondeo*. Wenn ich euch aufrufe, antwortet ihr bitte mit: Ich bin da.«

Ein spindeldürrer Junge mit frechem Katzengesicht hob die Hand.

»Wie heißt du?«

»Aldo Cecchi.«

»*Loquere.*«

»Nein, nicht Luca, Aldo!«, blaffte der Junge.

»Ich habe gesagt: *sprich*, Latein, Imperativ Deponens.«

»Geil, diss' Latein! Wieso die Zahlen? Machen Sie nicht Italienisch und Latein?«

Der Lehrer blickte seufzend zur Decke.

»Ein paar Dinge wollen wir mal klarstellen. Zuallererst haben das Wort *geil* und dessen Derivate in dieser Klasse nichts verloren! Hier werden italienische Adjektive verwendet und man sucht sich dasjenige, welches der gewünschten Nuancierung eines Wortes am nächsten kommt: schön, interessant, fesselnd, bemerkenswert, erfreulich, unterhaltsam, reizend, elegant, harmonisch, ausgewogen, einzigartig, anregend, faszinierend, spannend, mitreißend, seltsam, erhaben, würdevoll, erlaucht, vortrefflich, erstaunlich … und so weiter. Und dann verwenden wir das vollständige demonstrative Adjektiv: *dieses Latein*, nicht *diss' Latein*. Habe ich mich klar ausgedrückt, Aldo?!«

»Ich wollt nur wissen, weshalb diese Zahlen an der Tafel stehen …«

Der Lehrer trat an die Tafel und schrieb neben die 5000: *Stunden*. Neben die 1000: *Tage*. Und neben die 5: *Jahre*.

»So lange wird eure Liebesgeschichte dauern.«

Alle fingen an zu lachen; fast alle. Margherita blieb ernst.

»Das, was mit dieser heutigen Stunde beginnt, ist eine fünf Jahre andauernde Geschichte, die aus diesen Zahlen besteht. Jedes Schuljahr umfasst zweihundert Tage und tausend Stunden. Könnt ihr euch das vorstellen? Fünftausend Stunden, tausend Tage, fünf Jahre. Das ist die Zeit, die ihr im Gymnasium verbringt, mal abgesehen von denjenigen, die sich so sehr für einige Fächer begeistern, dass sie sie wiederholen wollen … Diese ganze Zeit soll euch etwas bringen. Andernfalls wäre es nichts weiter als eine Pflichterfüllung. Ihr seid über das Alter hinaus, in dem man etwas nur macht, weil die Eltern es wollen. Bis heute haben sie alles entschieden. Jetzt ist der Moment gekommen, eure Entscheidungen selbst zu treffen. Und dazu dienen die fünf Jahre am Gymnasium. »Zeit zu verlieren scheut zumeist der Kluge.« Er musterte sie, um zu sehen, ob irgendjemand das Dante-Zitat bemerkt hatte, doch in ihren Gesichtern lag nichts als Leere. Er fuhr fort:

»Eine magische Zeit, in der ihr euch mit Dingen auseinandersetzen könnt wie womöglich nie mehr im Leben. Eine Zeit, in der ihr herausfinden könnt, wer ihr seid und welche Geschichte ihr auf dieser Welt erzählen wollt. Ich finde es unerträglich, wenn junge Leute mit der Schule fertig sind und nicht wissen, ob sie sich einen Job suchen oder ob und was überhaupt sie studieren sollen. Das bedeutet, dass sie diese fünftausend Stunden, diese tausend Tage, einfach vergeudet haben. Die einzige Möglichkeit, unserer eigenen Geschichte auf die Spur zu kommen, ist, die der anderen zu kennen: die wahren und die erfundenen. Und das tun wir mittels der Literatur. Nur wer liest und den Geschichten lauscht, findet seine eigene. Somit ist das, was heute beginnt, eine Reise mit diesen Zeitkoordinaten und auf diesem Ozean. Ich werde nur dieses Jahr mit euch teilen, es sei denn, mein Vertrag wird fürs nächste Jahr verlängert. Aber wie auch immer, wir werden alles geben, wie es auf einem Schiff, auf dem jeder seine Aufgabe hat, üblich ist. Und deshalb werde ich eure Anwesenheit jedes Mal überprüfen. Um zu wissen, ob ihr die Herausforderung annehmt, ob ihr mit mir in See stecht.«

Schweigend schritt er durch die Bänke und sah jedem seiner Schüler ins Gesicht.

Dann setzte er sich wieder ans Pult und griff nach dem Klassenbuch.

»Fünftausend Stunden, tausend Tage, fünf Jahre, um die eigene Geschichte in dem dafür vorgesehenen Alter zu entdecken. Seid ihr dabei?«

Im Klassenzimmer herrschte Stille. Niemand traute sich zu fragen, ob das ein Witz oder ein Spiel sein sollte. Die Mischung aus Strenge und Ausstrahlung verwirrte diese jungen Menschen, die dem Leben noch keine Form zu geben wussten.

Der Lehrer trat an die Tafel und schrieb:

Inde quippe animus pascitur, unde laetatur.

»Vortrefflich!«, sagte Aldo schlagfertig.

Es ertönte allgemeines, unterdrücktes Kichern. Der Lehrer überhörte es.

»Wisst ihr, was das heißt?«

Ein sommersprossiges Mädchen schüttelte heftig den Kopf und verlieh der allgemeinen Verunsicherung Ausdruck. Dieser Pauker war komisch, aber interessant.

»Das bedeutet: ›Die Seele nährt sich davon, worüber sie sich freut.‹ Und das wird unser Motto sein.«

»Was soll das heißen?«, fragte das Mädchen naiv.

»Das habe ich doch gerade gesagt«, entgegnete der Lehrer spitz.

»Nein, nicht auf Latein, auf Italienisch …« Auf ihrem Gesicht erschienen rote Flecken.

»Das bedeutet, dass wir hier nur das lernen werden, was unser Herz und unseren Geist erfreut. Die einzige Art zu lernen, ist Freude zu haben. Und das geschieht durch Bücher. Welche Bücher haben euch am meisten begeistert? Bestimmt sind es solche, aus denen ihr am meisten mitgenommen habt und an die ihr euch am besten erinnert. Du beispielsweise? Elisa Sebastiani, richtig? Welches ist dein Lieblingsbuch?«, fragte er das Mädchen mit den Sommersprossen.

Die roten Flecken zogen sich bis zum Hals hinunter.

»*Harry Potter.*«

Der Lehrer rollte mit den Augen, und das Mädchen brach fast in Tränen aus.

»Und was hat dich daran am meisten beeindruckt?«, fragte der Lehrer.

»Mir gefällt …«

»Was?«

»Keine Ahnung … Die Geschichte … Die Figuren …«

»Na, bitte, seht ihr! Die Geschichte, die Figuren! Gut, Elisa!«

Das Mädchen lächelte erleichtert.

»Und du, Aldo?«

»Die Biographie von Gattuso.«

»Wer ist das?«

»Ein Fußballer.«

»Und was hat dir daran gefallen?«, fragte der Lehrer und versuchte seine Enttäuschung nicht durchblicken zu lassen. Seine Finger spielten nervös mit der Kreide, die seine Hände weiß färbte.

»Der ist ein Held, der lässt sich nicht unterkriegen.«

»Ein Held! Interessant …«, meinte der Lehrer und fasste sich an den Mund, doch es war offensichtlich, dass er es nicht ernst meinte. Ein weißer Strich blieb auf seiner Wange zurück.

»Auch wir werden Helden kennenlernen, die sich nicht unterkriegen lassen.«

»Aus anderen Mannschaften?«, fragte Aldo.

Der Lehrer warf ihm einen vernichtenden Blick zu.

»Und du?«, fragte er Margherita, die hinter dem schützenden Schleier ihres schwarzen Haars in der letzten Bank hockte.

Margherita tat so, als hätte sie nichts gehört.

»Dich meine ich, wie heißt du?«

Margherita spürte, wie das Seil unter ihren Schlafwandlerfüßen gefährlich zitterte.

»Margherita«, antwortete sie und blickte ihn kaum an, das eine Auge von einer Strähne verdeckt, das andere starr vor Befangenheit.

»Im Namen liegt unser Schicksal«, sagte der Lehrer mit getragener Stimme. »Aldo bedeutet ›alt‹ und somit ›weise, erfahren‹, so sollte es zumindest sein…« Er ließ seinen Blick zu dem vorlauten Jungen und dann über die ganze Klasse wandern. Die Schüler machten große Augen, neugierig, welches Schicksal ihr Name wohl bergen mochte.

»Margherita ist ein wunderschöner Name. Er kommt aus dem Lateinischen und bedeutet…«

»Perle«, fiel Margherita ihm kalt ins Wort.

»Sehr gut. Seine Wurzel ist indoeuropäisch und bedeutet ›reinigen‹ und damit ›putzen, schön machen‹…«

»Und was hat das mit der Blume zu tun?«, fragte ein Mädchen mit raspelkurzem, karottenrotem Haar.

»Eine zarte, einfache Blume, mit der die Häuser geschmückt wurden. Doch ursprünglich bezog sich der Name auf die Perle, die sich in der Auster bildet...«

»Wie geil!«, sagte das Mädchen und schlug sich sofort die Hand vor den Mund. »Verzeihung, ist mir so rausgerutscht...«

Er lächelte. Die Schüler sahen ihn mit geweiteten Pupillen an. Die Pupillen öffnen sich, wenn die Augen Hunger haben, genau wie der Mund. Sie wollen mehr essen. Mehr sehen. Diese Schüler waren hungrig. Ihre Augen waren es.

»Die Alten glaubten, die Perle entstehe aus einem vom Himmel geregneten Tautropfen, der in der fruchtbaren Zeit in die Muschel fiel.«

Aldo grinste. Elisa wurde rot.

»Der himmlische Tautropfen blieb in der Muschel eingeschlossen wie in einem Mutterleib, und so entstand die Perle, die genauso gefärbt war wie der Himmel, als der Tropfen in die Muschel fiel. Die Alten hatten für alles eine Geschichte: Eine schwarze Perle war aus einem Sturm geboren und seltener als die hellen, die an sonnigen Tagen entstanden waren. Doch das ist eine ziemlich romantische Auslegung...«

»Faszinierend!«, sagte Aldo, der sich mindestens die Hälfte der vom Lehrer genannten würdigen Alternativen für *geil* gemerkt hatte. Margherita hörte zu und war erleichtert, nicht selbst etwas sagen zu müssen. Genervt von diesem allzu extrovertierten Jungen fuhr der Lehrer fort.

»In Wirklichkeit ist es jedoch so, dass, wenn ein Räuber in die Muschel eindringt und vergeblich versucht, ihren Inhalt zu verschlingen, er ein Stück von sich im Fleisch des Weichtiers zurücklässt. Die verletzte Auster schließt sich und muss mit diesem feindlichen Fremdkörper fertigwerden. Also fängt sie an, Schichten ihrer selbst um den Eindringling zu legen, als wären es Tränen: die Perlmutter. In konzentrischen Kreisen bildet sie in vier bis fünf Jahren eine einzigartige, unnachahmliche Perle. Das, was ursprünglich dazu diente, die Muscheln von dem, was sie verletzte und zerstörte, zu befreien, wird zu einem wertvollen, einmaligen Schmuckstück. So ist die Schönheit: Sie birgt Geschichten, die oft schmerzvoll sind. Doch nur Geschichten machen die Dinge interessant …«

Der Lehrer hielt inne und war sich seiner Macht bewusst, die sich in den gebannten Blicken dieser Kinder spiegelte.

»Woher wissen Sie das?«, fragte Margherita.

Der Lehrer machte ein fragendes Gesicht und kniff das rechte Auge zusammen wie ein Westernheld. Dieses Mädchen war eine harte Nuss.

»Das weiß doch jeder«, sagte er mit harschem Unterton. »Margherita, welches ist dein Lieblingsbuch?«

»Ich wollte nicht wissen, wie die Perle entsteht, sondern wieso die Schönheit schmerzvolle Geschichten birgt.«

»Das würde jetzt zu weit führen … Vielleicht ein anderes Mal. Also, dein Buch?« Er versuchte ihrer Frage auszuweichen; er hatte keine Antwort.

»Schmerz ist hässlich. Er kann nicht schön sein.«

»Hast du noch nie was gelesen?«, blaffte er.

Margherita spürte, wie alle Blicke auf sie gerichtet waren, und presste die Lippen aufeinander. Damit hatte sie bei ihren Klassenkameraden den Titel »schräg« weg; ihre Klassenkameradinnen strichen sie von der Rivalinnenliste.

»Alle rennen davon.«

»Von wem ist das? Das kenne ich nicht …«

»Alle rennen vor den echten Fragen davon«, fuhr Margherita fort und trug eine eiserne, trotzige Kälte zur Schau, wie sie Jugendlichen, die sich allzu schnell ins Erwachsensein flüchten, zu eigen ist.

Die Blicke der stummen Klasse wanderten zwischen Margherita und dem Lehrer hin und her, um zu sehen, was sich auf ihren Gesichtern abspielte. Margheritas Lippen zitterten. Sie blinzelte oft. Der Lehrer biss die Zähne zusammen und versuchte seine Enttäuschung im Zaum zu halten.

»Und du, sag mir noch mal, wie du heißt …«, fragte der Lehrer und zeigte auf einen pickeligen, dicklichen Jungen.

»Geronimo Stilton.«

Die Klasse grölte los.

Der Lehrer blieb ungerührt.

»Und wer ist das?«

»Eine Maus«, entgegnete der Junge und begann zu schwitzen.

»Ich sehe schon, hier gibt's einiges zu tun. Aber wir werden Wunder vollbringen!«

Allmählich fanden die Schüler den Außerirdischen, der sie in ihrer Sprache unterrichten sollte, ganz witzig.

Der Lehrer kehrte zum Pult zurück, griff nach einem Stoß Blätter und verteilte Fotokopien mit einem Rilke-Zitat, das er feierlich deklamierte.

»Bis morgen schreibt ihr mir drei Seiten zu diesem Text.«

»Darf ich aufs Klo?«, fragte Margherita.

»Die Stunde ist noch nicht vorbei, und schon fragst du mich, ob du aufs Klo kannst?«, fragte der Lehrer irritiert und ohne eine Antwort hören zu wollen. Es war eine der typischen Lehrerfragen, die den Schülern einen Vorwurf machten, ohne ihnen die geringste Chance für eine Erklärung zu geben.

Margherita stand auf und wandte sich zur Tür.

»Hey, hallo! Wo gehst du hin? Hab ich dir die Erlaubnis gegeben?!«

»Unterricht, in dem ich keine Antworten auf meine Fragen bekomme, interessiert mich nicht«, gab sie fast ohne nachzudenken zurück.

Der Lehrer blickte auf Rilkes Worte hinunter, die er gerade ausgeteilt hatte: »Leben Sie jetzt die Fragen«, und sie kamen ihm wie ein riesiges Kartenhaus vor. Er sah auf. Margherita stand an der Tür und starrte ihn flehend an. Er sah ihre feuchten Augen, den rostigen Schleier der Traurigkeit darin, ihr schamrotes Gesicht.

»Na schön, geh … Doch das nächste Mal wartest du das Ende der Stunde ab.«

Margherita schlüpfte hinaus und erst als sie die Tür hinter sich zugemacht hatte, ließ das Brennen auf der Haut nach.

Sie ging ins Bad. Sie hatte bereits die Endstation erreicht, es gab keine Reise. Sie hatte die Nase voll von Worten, mit Worten erzählen die Menschen Lügen. Sie sagen »ich liebe dich«, sie sagen »alles wird gut«, doch dann hauen sie ab. Das Schreckliche an Worten ist, dass sie nur Worte sind, man kann sie entstehen lassen, selbst wenn sie schon tot sind. Sie wollte keine Lügen mehr, sie wollte sich auf kein Versprechen mehr verlassen. Sie verschanzte sich im Klo.

Ihr Magen krampfte sich heftig zusammen. Um den Feind loszuwerden, spie sie allen Schmerz aus dem Leib, den sie finden konnte.

Jenseits einer dünnen Rigipswand stand Giulio ebenfalls auf dem Klo und rauchte seine Zigarette auf. Schon die allerersten Schulstunden am allerersten Schultag ödeten ihn an. Er ging aus Gewohnheit zur Schule, und weil er dort leicht an Geld und Mädchen kam. Er trug ein schwarzes T-Shirt, auf dem die weiße Silhouette einer Figur aus *Uhrwerk Orange* und darunter der Satz prangte: *Der Mensch muss zwischen Gut und Böse wählen können, auch wenn er sich für das Böse entscheidet. Wird ihm diese Möglichkeit genommen, ist er kein Mensch mehr, sondern ein Uhrwerk Orange. S. Kubrick.* Er las die Sprüche auf den Klowänden, die Fußballmannschaften und weibliche Körperteile priesen und Lehrer verhöhnten. Er zog einen schwarzen Stift aus der Tasche und schrieb: *Der erste Schritt zum ewigen Leben ist der Tod.* Das war ihm mindestens genauso klar wie Tyler Durden, der Figur aus *Fight Club*: Die Horde Weicheier, die im Klo ein- und ausmarschierte, um ihre Sprüche zu den üblichen drei Scheißthemen abzulassen, sollte das ruhig wissen.

Das Leben bestand nicht nur aus Schule, Fußball und den Kumpels, man musste sämtliche Schichten der Angst durchlaufen, um keine mehr zu haben. Den Körper an die Grenzen des Adrenalins bringen, bis man selbst den Überlebensinstinkt unter Kontrolle hat und sich gezielt auf das einlässt, was ihm widerspricht. Ein Leben ohne Angst gibt es nicht, es ist eine Maske, eine Attrappe. Und er machte ernst. Nicht aus Bequemlichkeit oder des Geldes wegen. An Geld kam er locker ran. Es ging darum, Entscheidungen zu treffen. Er war nicht wie all die verklemmten Schwuchteln, die einen auf lieb Kind machten und sich dann mit sonst was zudröhnten und Mädchen bezahlten. Sie befolgten die Regeln und verstießen heimlich dagegen, was die hinterfotzigere Art ist, sich ihnen zu beugen. Für ihn gab es keine Regeln und basta. Wer hatte eigentlich entschieden, dass er Noten kriegen sollte? Dass er beurteilt werden sollte? Dass er Karriere machen sollte? Das Leben war reine Anarchie und der Überlebensinstinkt die einzige Ansage, die man im allgemeinen Chaos gelten lassen konnte.

Die Einsamkeit erregte ihn, und eingehüllt in Zigarettenrauch gab er sich ihr hin. Anstelle der Haut trug er eine eiserne Rüstung. Seine Haut war schon vor langer Zeit abhandengekommen, in einer Nacht außerhalb der Zeit, wie der, in der der kleine Däumling im Wald ausgesetzt wird und allein den Heimweg finden muss. Und indem er sich als klüger und stärker als die Nacht erweist, gelingt ihm das auch. Das Geheimnis, die Nacht zu besiegen, ist, durch und durch härter zu werden als sie.

Giulio war außergewöhnlich intelligent, er musste nur zuhören und wusste bereits, was fünf Minuten später gesagt werden würde. Zudem war er auffallend schön. Es war die Schönheit eines kalt flimmernden, fernen und unerreichbaren Sterns, der damit umso begehrenswerter wird. In seinen Augen lag das Glitzern winterlicher Sterne. Hellblaue, fast durchscheinende Augen, glattes, feines schwarzes Haar wie das eines Nachtgottes. Die Natur hatte ihm ein weiteres Geschenk gemacht: die Hände. Hände bargen für ihn kein Geheimnis, weder die eigenen, die jedes Gaukelspiel beherrschten, noch die der anderen, unfehlbare Indikatoren für Wahrheit und Lüge. Er blies die letzte Rauchwolke aus, schickte ihr das letzte Gramm Seele nach, das ihm noch blieb, und warf beim Hinausgehen einen Blick in den Spiegel auf den stärksten der Däumlingsbrüder.

Es läutete. Die erste Pause des ersten Gymnasialjahres, fünfzehn Minuten, in denen praktisch alles auf dem Spiel steht. Man versucht diejenigen, die man fünf Jahre lang ertragen muss, nett zu finden. Es bilden sich Gruppen wie kleine Bunker, um sich gegen die Befangenheit zu wehren, die es einem unmöglich macht, man selbst zu sein. Margherita hätte den Kopf am liebsten in eine Plastiktüte gesteckt, um sich unsichtbar durch diese Viertelstunde zu drücken.

Das von Schmerz- und Liebesbekundungen hallende Mädchenklo ist der verlässlichste und sicherste Ort der ganzen Schule, hier kann man sagen, was man denkt und es die anderen wissen lassen, ohne sofort zu fliegen. Doch sie konnte sich nicht ewig im Klo verschanzen. Beim Hinausgehen stand sie zwei blauen, fast weißen Augen gegenüber, Sterne einer verschollenen Galaxie. Wie ein Seemann unterm nächtlichen Himmelsmantel versenkte sich Margherita in diese Augen und entdeckte etwas, was ihr ähnlich war. Überrascht von den beiden traurigen, grünen Wunden erwiderte Giulio ihren Blick, lang genug, um dem Dichter die Inspiration zu geben. Auge in Auge war ihnen, als spähten sie durch einen Spalt in den Abgrund und würden vom berauschenden, heiligen Schwindel gepackt. Sie mussten wegsehen, um nicht zu fallen. Er ließ den Blick auf ihre Arme und die zarten, schmalen, unruhigen Hände wandern: Es war, als hätte er die nötige Absolution erhalten, von der er gar nicht gewusst hatte, dass er sie brauchte. Er drehte sich um und ging in die entgegengesetzte Richtung den Flur hinunter, mit bloßen Schultern, ohne Rüstung. Zum ersten Mal in seinem Leben hatte er Angst: Das, was er wollte, ohne es überhaupt geahnt zu haben, war ihm im Zerbrechlichsten begegnet, das er je gesehen hatte. Er, unbesiegbares Wesen der Nacht, hatte sich von einem winzigen, unscheinbaren Glühwürmchen betören lassen, das durch die Sommernacht taumelte.

Die Flure waren voll mit riesigen Jungs und wunderschönen Mädchen, die einander begrüßten oder sogar umarmten; die braun gebrannten Gesichter ließen kaum etwas von ihrem wahren Ich durchblitzen. Ein großer, blonder Junge steuerte lächelnd auf Margherita zu und versuchte ihren Blick zu erhaschen. Noch immer benommen von der Begegnung mit dem Jungen, dem sie auf dem Weg aus dem Klo in die Arme gelaufen war, bemerkte sie ihn erst, als er sie mit einem lauten »Cousinchen!« am Arm berührte und auf die Wange küsste.

»Ciao«, antwortete Margherita, blickte zu ihrem Cousin Giovanni auf und versuchte zugleich festzustellen, ob einer ihrer Klassenkameraden sie gesehen hatte, um ein Bruchteil ihrer in der letzten Stunde verlorenen Glaubwürdigkeit wettzumachen. Doch niemand war zu sehen. Wie Welpen, die auf ihr Futter warteten, verkrochen sich die meisten Schüler des ersten Jahrganges in ihren Klassen.

»Wir sehen uns«, verabschiedete sich ihr Cousin hastig und Margherita sah ihn Arm in Arm mit einem Mädchen verschwinden, das doppelt so groß war wie sie, aussah wie ein Zeitschriftenmodel und eine Wolke *Love* von Chloé hinter sich herzog. Nie würde sie so eine verführerische Duftmarke hinterlassen, niemals mit solcher Vollkommenheit mithalten können, sie reichte nicht einmal annähernd heran. Sie war nur eine läppische Erstklässlerin, ein unreifes Mauerblümchen, das für ein paar Lacher taugte und einfach nur peinlich war. Und keinen Vater hatte.

Einen Moment lang musste sie an Lucas Blicke denken, der ihr am Meer gesagt hatte, »Du bist hübsch«. Sie hatte sich an dieses Adjektiv geklammert wie an einen Rettungsanker und es sich immer und immer wieder ins Gedächtnis gerufen, denn für eine Frau sind Worte gewichtig und nicht federleicht wie für einen Mann. Eine Frau glaubt an Worte, vor allem wenn ein Mann sie ausspricht, für sie allein.

Sie kehrte in die Klasse zurück. Fast synchron drehten sich ihre Mitschüler nach ihr um und starrten sie an. Den Blick auf die Spitzen ihrer Ballerinas geheftet, ging Margherita zu ihrem Platz, griff nach ihrem Aufgabenheft und fing an, abstrakte Muster hineinzumalen. Niemand störte sie, so sehr sie sich auch wünschte, dass irgendjemand irgendetwas zu ihr sagte, damit sie sicher sein konnte, dass ihr Körper kein unsichtbarer Geist war. Nur ein Mädchen inmitten einer tuschelnden Mädchentraube nahm von ihr Notiz; Margherita tat so, als wäre nichts, bekam jedoch alles mit. Frauen hören alles und können einzelne Stimmen voneinander unterscheiden, vor allem die gehässigen.

Das Mädchen redete über sie: »Die hat sie echt nicht mehr alle.« Die anderen lachten, und in ihrem Lachen schwang keine Grausamkeit, sondern die geballte Verletzlichkeit von Menschen mit, die sich hinter einem Gemeinplatz verschanzen und gegen jemanden Front machen, um sich vor der eigenen Winzigkeit zu schützen. Das Mädchen im Zentrum der Lästergruppe war gut gebaut, sie trug ein in der Taille von einem Gürtel zusammengehaltenes Oversize-Shirt, das ihre nackte Schulter freigab und unter dem ihre perfekten Hüften und zwei unfassbar lange Beine hervorkamen. Ein hauchdünner Schal brachte ihren Hals zur Geltung, blondes Haar fiel ihr wie ein leuchtender Wasserfall über den Rücken und ihre blauen Augen versprühten Selbstgewissheit. Nur die Schönen können sich eine Persönlichkeit leisten. Jeder würde die Freundschaft mit diesem Mädchen suchen, doch für Margherita war es bereits zu spät. Womöglich hätte sie sowieso keine Chance gehabt, so dünn und unscheinbar wie sie war, in ihren braven Ballerinas, der farblosen Bluse, der faden Jeans.

Die Jungs hatten sich alle in einer Ecke versammelt und sahen total hässlich aus. Einige hatten lange Beine und kurze Oberkörper, andere wuschen sich nach wie vor nicht täglich und wieder andere hatten nicht den winzigsten Anflug von Bartwuchs oder Pickeln im Gesicht: Sie sahen aus wie i-Dötze, die gewaltsam in eine allzu große Welt aus Integralen und Ableitungen katapultiert worden waren. Sie redeten über Fußball. Das war's: eine formlose Masse mit einer vagen Vorstellung dessen, was sie waren, geschweige denn davon, was um sie herum passierte. Einen Moment lang wünschte Margherita, sie wäre ein Junge, würde nur ein Drittel der Wirklichkeit wahrnehmen und nur ein Zehntel empfinden; doch dann hätte sie Fußball spielen müssen, und das konnte sie sich beim besten Willen nicht vorstellen …

Sie war allein inmitten der Menge. Liebend gern hätte sie irgendein Thema gehabt, über das sie hätte reden können: Nagellack, Gürtel, Schuhe, aber das Einzige, was ihr immer wieder in den Sinn kam, war ihr übergroßer Schmerz.

»Ciao, ich bin Marta.« Eine quirlige Stimme explodierte neben ihrem Ohr wie ein Lied, das plötzlich in voller Lautstärke losdröhnt.

Margherita fuhr zusammen und blickte wortlos in das Gesicht, das neben ihr aufgetaucht war. Eine Zahnspange ließ das Lächeln reichlich metallisch ausfallen, doch lächelte das Mädchen weniger mit dem Mund als mit zwei runden, petrolfarbenen Augen. Ein Wust roter Korkenzieherlocken sprühte in alle Richtungen, als wäre ein Feuerwerk auf ihrem Kopf explodiert.

»Was für ein Sternzeichen bist du?«, fragte das Mädchen plötzlich ernst.

Margherita antwortete nicht. Marta wurde noch ernster.

»Wieso hast du geweint?«, fragte sie mit weicher Stimme und zeigte, dass ein Lächeln ungeahnte Steigerungsmöglichkeiten haben kann.

Margherita sah ihr in die Augen: sie waren zwar seltsam, aber gut.

»Aus Angst«, antwortete sie.

Marta gab ihr einen Kuss auf die Wange. Dann ging sie davon, griff sich ihre Tasche und setzte sich neben Margherita, die noch immer ganz allein in der hintersten Bank saß.

»Ich bin Wassermann.«

Margherita zeigte keine Regung.

»Wusstest du, dass man seine Ellenbogen nicht mit der Zunge berühren kann?«, versuchte es Marta erneut und reckte ihre Zunge zum Beweis vergeblich nach ihrem rechten Ellenbogen. »Siehst du?«

Margherita prustete los.

»Es gibt einen Haufen Dinge, die niemand weiß«, sagte Marta ernst und brach in ein herzliches Lachen aus, sodass die Zahnspange mit ihren Augen und Locken um die Wette blitzte.

Das blonde Mädchen und seine Freundinnen starrten mit verächtlichem Schweigen zu ihnen herüber, derweil die Jungs nichts mitbekommen hatten.

Die Stunden krochen dahin. Margherita musste wieder an den hellblauen, transparenten Blick des Jungen denken, und Tränen traten ihr in die Augen. Es waren andere Tränen: Sie stammten aus jenem Winkel der Seele, der, lässt man ihn heil und rein und kann sich ihm vielleicht sogar öffnen, einen retten kann.

Doch stattdessen sieht man zu, dass man die Tränen möglichst schnell fortwischt. Die Tränen, ein Luxus, den sich nur die Schwachen leisten können.

III

Er öffnete das Portemonnaie, in dem ein Zehneuroschein und ein Ausweis mit einem unsäglichen Kindergesicht steckten. Er grinste abschätzig und warf es gekonnt in einen Mülleimer.

Einem Schulanfänger im mittäglichen Gewühl das Portemonnaie aus der Tasche zu ziehen war ein Kinderspiel: ein kleines Training für die schwierigeren Nummern. Was er vollführte, war kein Taschendiebstahl, es waren Bravourstücke. Bei einem Neuling lugte das Portemonnaie hinten aus den tief sitzenden Hosen hervor, man musste nur zugreifen. Er blickte sich um, niemand hatte etwas bemerkt. Er fühlte sich lebendig.

Noch ehe er ganz im Freien war, zündete er sich eine Zigarette an und lehnte sich an die Mauer neben der Schultür, die zu jedem Schuljahr neu gestrichen wurde, um die Botschaften der Sprayer zu übertünchen, die wie Katzen ihr Revier markierten. Auf der Suche nach den Augen, die ihm unbemerkt etwas gestohlen hatten, durchkämmte sein kalter Blick den Schülerpulk.

Ein Junge, den er kannte, lehnte bereits an der Mauer, die Hand mit der Zigarette unnatürlich angewinkelt, um den in stundenlangen Fitnessstudiobesuchen gestählten Bizeps zur Geltung zu bringen. Ein Mädchen fuhr sich ordnend mit der Hand durchs Haar, doch die Spannung in ihren Fingern verriet ihr nervöses Verlangen, gesehen zu werden. Ein Lehrer senkte den Kopf und zupfte sich die schütteren Strähnen zurecht, als wolle er unsichtbare Schatten verjagen, die sich mit den Fingern nicht greifen lassen. Mit wissenschaftlicher Genauigkeit beobachtete Giulio die Hände und Gesten der Menschen. Er wusste genau, dass der Körper nicht lügen kann, dass neunzig Prozent der Sprache nonverbal sind und spontane Gesten stets die Wahrheit sagen. Wenn jemand log, musste man nur auf die Hände oder ein paar winzige Falten im Gesicht achten.

Das Nikotin schoss ihm ins Blut und mischte sich mit der Langeweile der ersten Schulstunden. Der rauchende Junge neben ihm steckte in einem T-Shirt, das jeden Bauchmuskel erkennen ließ. Sie blickten einander nicht an.

»Hast du die Blonde eben gesehen?«, fragte er ihn.

Giulio reagierte nicht. Er redete nicht von Mädchen wie die Babys von der Mittelschule.

Unterdessen strömten die Schüler aus der Eingangstür. Die Neulinge erkannte man an den ausgelassenen Handbewegungen und dem offenen, ahnungslosen, von den Aufregungen des ersten Schultages geprägten Lächeln. Die Mädchen legten die Hand an den Mund und tuschelten mit ihren Klassenkameradinnen über Jungs, als bekämen sie zum ersten Mal welche zu Gesicht. Es war lächerlich: In ihren Augen leuchtete die Hoffnung, dass sich ihr Leben wer weiß wie verändern würde, derweil ihre Hände hektisch nach etwas zu greifen schienen, das es nicht gab. Sie wirkten wie Schattenboxer. Sie waren in den künstlichen Ring der Schule getreten, und all ihre Energie würde für Prüfungen, Hausaufgaben und Tests draufgehen … All das würde ihre kleinen Köpfe füllen und ihnen vorgaukeln, ihre winzigen Leben hätten einen Sinn, dabei waren sie nichts anderes als ahnungslose Hilfsmittel, um das angeknackste Selbstwertgefühl gescheiterter Erwachsener zu retten, die sich wenigstens mit den Noten ihrer Kinder brüsten wollen. Tolle Befriedigung! Gymnasium, Uni, Job, Familie, Kinder, Alter, Tod. Ein gerader Weg, den irgendjemand vorbestimmt hat und der für alle gleich endet: Asche.

»Du bist nicht deine Arbeit«, hätte Tyler Durden gesagt, und er hatte recht. Diese Kinder hatten keine Ahnung vom Leben, sie kratzten lediglich an der Oberfläche entlang. Er nicht. Er ging bis auf den Grund und stieß immer wieder auf dasselbe verrostete Schild: Endstation. Die Leute nehmen den Bus und glauben, sie hätten etwas zu erledigen, sie steigen ein, sie steigen aus, sie reden, lesen, essen, schlafen. Tag für Tag. Nur um die Endstation aufzuschieben. Letzter Halt, bitte aussteigen. Der Tod. Nichts sonst. Daher rührte auch sein Faible für Friedhöfe. Wenn man von dem Bewusstsein ausgeht, das Ziel ist eine Endstation, wird einem alles gnadenlos klar. Es hat keinen Zweck, sich zu quälen, die Natur kommt bestens ohne einen zurecht, sie scheißt auf einen. Das Schicksal von allem und jedem erfüllt sich nach den eisernen, zynischen und unerbittlichen Regeln des Überlebens und der Selbsterhaltung. Die einzige Freiheit besteht darin, es in Würde zur Endstation zu schaffen und Katz und Maus zu spielen, wohl wissend, dass man die Maus und nicht die Katze ist und es kein Entrinnen gibt. Ein bisschen Spaß zu haben. Und dann zufrieden auszusteigen. Zumindest ansatzweise. Endstation.

»Hast du die da gesehen? Die sieht aus wie frisch aus der Grundschule …«

Wortlos blickte Giulio auf. Es war das Mädchen, das er vor dem Klo getroffen hatte.

»Bestimmt wird die von ihrem Papa abgeholt«, feixte der Junge und schnippte die Kippe fort.

Giulio folgte den Bewegungen des Mädchens, das mit der Tasche über der rechten Schulter und gesenktem Kopf am Saum dieses hoffnungsstürmenden Meeres entlangtrieb. Die eine Hand hielt den Riemen der Tasche, die andere hing zur Faust geballt herab, bereit, dem Leben, hätte es denn ein Gesicht gehabt, eine reinzuhauen. Er sah sie allein davongehen.

Wie gern hätte er ihre Gedanken gelesen. Ein einziger Gedanke hätte ihm genügt. Er wollte den Geruch bestätigt wissen, den er wahrgenommen hatte. Den Geruch des stummen Schmerzes.

»Giulio!«

Was wollten bloß alle von ihm? Je dringender er allein sein wollte, desto mehr schmissen sie sich an ihn ran, als wären sie neidisch darauf, dass jemand gut mit sich allein sein kann. Er versuchte die Herkunft der Stimme auszumachen und erblickte schwarzes Haar, schwarze Augen, einen anmutigen Hals und porzellanene Haut.

Giulio musterte sie ernst. Sie streifte sein Ohrläppchen mit den Lippen und raunte:

»Ich will dich.«

Giulio legte seine Wange gegen die ihre und roch daran, auf der Suche nach einer Zärtlichkeit, die er noch nie von einem Mädchen bekommen hatte. Diese zarte Haut, der Hauch von Parfüm lösten ein wenig von dem Schmerz, der ihn erfüllte, ohne jedoch bis in den Winkel vorzudringen, in dem er sich verkroch. Dazu hätte es die Zärtlichkeit einer Mutter gebraucht, und bei jeder Frau, die Giulio berührte, suchte er nach der Haut seiner Mutter, ohne sie jemals zu finden.

Ihre Lippen verschlangen einander, und der Geruch nach feuchter Haut wusch ein Stück Traurigkeit fort. Der Junge neben ihnen unterbrach sie mehr neidisch als neugierig.

»Hast du die arme Sau auf dem Fahrrad gesehen?«

Die beiden ließen voneinander ab und sahen zu, wie sich ein klappriges, schwarzes Fahrrad mit baumelndem, zerborstenem Vorderlicht einen Weg durch das Gewühl von Autos, Mopeds und Menschen bahnte. Ein schieläugiges Fahrrad.

»Wer ist das?«, fragte das Mädchen mit dem anmutigen Hals lahm.

»Muss 'ne Vertretung sein, für'n Lehrer ist der zu jung …«, feixte der Junge.

Der Lehrer trug eine Stofftasche quer über der Schulter, deren sperrige Silhouette den Inhalt verriet. Der leichte Bartflaum auf den vom Treten angespannten Wangen und der in die Ferne gerichtete Blick gaben ihm das Aussehen eines Mannes, der eines Tages erwachsen sein würde.

»Den reißen die in Stücke«, sagte sie.

Giulio folgte dem Rad mit den Augen, wer weiß, was für Geheimnisse dieser Mann hatte, doch inzwischen war er nur noch von hinten zu sehen und einzig die vor Büchern berstende Tasche verriet die von bedrucktem Papier gemachte Seele.

»Arme Sau«, sagte der Junge.

Von einer plötzlichen Sehnsucht ergriffen, wanderte Giulios Blick suchend über die Rücken der Schüler, doch diejenige, nach der er Ausschau hielt, war verschwunden.

»Gehen wir«, sagte er, ohne zu wissen wohin, und blickte dem Mädchen selbstsicher in die Augen.

Der Lehrer durchquerte die Stadt zur Mittagszeit und flüchtige, vage Gerüche wehten ihm durch den lauen September entgegen. Die Reifen glitten mühelos über den Asphalt. Noch freuten sich die Menschen, dass die Arbeit wieder angefangen hatte, doch es würde keine Woche dauern, bis der Alltagstrott eine brennende Sehnsucht nach den Ferien heraufbeschwor. Die eigens geölte Fahrradkette glitt über die Ritzel wie das Räderwerk eines perfekten Romans. Er war nicht Teil dieser Menschenschar, sondern seiner Buchseiten, auf denen es keinen Platz für Langeweile, Anonymität und Routine gab. Auf den Seiten ist immer alles neu: Ständig erschafft man etwas Neues, vollkommen verzahnt mit den Ritzeln der Imagination, und die Dinge der Welt drehen sich im richtigen Takt. In der Fiktion hat das Leben keine öden Momente, und er strampelte durch eine kraft seiner Imagination vervollkommnete Welt, in der die Hupen, dieses Signal reichlich vorhandener, tückischer Unvollkommenheit, nicht zu hören waren.

Die Seiten der *Odyssee* warteten auf ihn, die er am nächsten Tag darlegen würde. Fast hatte er ein schlechtes Gewissen, dass er Nausikaa in ihrem verzehrenden Traum und Odysseus schlafend im Unterholz auf der magischen Insel der Phäaken zurückgelassen hatte.

Doch jetzt war erst einmal Stella mit ihren schönen Augen und ihrem beängstigenden Vortrag zu dieser *wichtigen Sache* an der Reihe.

Er bremste ab, stellte sich auf ein Pedal und sprang vom rollenden Rad. Die Eleganz dieser spontanen und zugleich inszenierten Bewegung gab ihm ein Gefühl von Vollkommenheit. Er schloss das Rad an einem Pfahl an, eher um es vor dem Umfallen als vor Dieben zu schützen, denn der Ständer war schon vor langer Zeit abgebrochen.

Il Parnaso Ambulante war eine kleine Buchhandlung mit zwei Schaufenstern, einem wundervollen Bereich für antiquarische Bücher und einem Lieferwagen, der sich in den Gassen und auf den Plätzen zu einem Verkaufsstand verwandeln ließ. Eine familiengeführte Buchhandlung, in der die Bücher Teil der Familie waren. Er trat ein und gab sich dem Duft der Neuerscheinungen und dem Anblick der Buchdeckel hin: Sie waren es, die ihn anblickten. Bücher waren Kinder, jedes hatte seinen Wohlgeruch, seinen Blick und seine Eigenheiten. Er liebte es, die Klappentexte nur anzulesen, sich den Fortgang der Geschichte selbst auszumalen und sie mit der des nächsten Buches zu verknüpfen.

Ein Buchdeckel sah ihn mit den Augen eines als Erwachsener verkleideten Kindes an, mit verängstigtem, verwirrtem, himmelwärts gerichtetem Blick. Er betrachtete es gebannt.

»Prof?«, rief eine Stimme ihn scherzhaft.

Er riss den Blick vom Buchdeckel los und stand den glyzinienblauen Augen einer Frau gegenüber, die nur wenig jünger war als er und ihn mit zärtlicher Ironie musterte.

»Was machst du hier?«, fragte der Lehrer lächelnd.

»Ich suche ein Buch …«

Jedes Mal, wenn sie einander etwas sagen wollten, taten sie das mithilfe eines Buches, dessen Titel, Cover, Leitwort oder Geschichte gleich einer Flaschenpost eine Nachricht enthielt. Stella war die Tochter des Besitzers und half im Geschäft. Sie war in sein Leben getreten, wie es mit Büchern geschieht, zu denen man sich unmittelbar hingezogen fühlt wie zu einem verlorenen Teil der eigenen Seele. Alles hatte vor drei Jahren begonnen, als er durch diese Buchhandlung gestreift war, die unweit der Schule lag, in der er in jenem Jahr unterrichtete, und sie gefragt hatte:

»Ich suche *La voz a ti debida* von Pedro Salinas.«

Während sie die Regale durchging, hatte sie vor sich hingemurmelt: »*Cuando tú me elegiste/ – el amor eligió –/ salí del gran anónimo / de todos, de la nada …* Als du mich auserwähltest / – wählte die Liebe –/ sie entsprang dem großen Ungekannten / des Ganzen, des Nichts.«

»Entschuldigung?«, hatte er gefragt.

»Oh, nichts. Mir sind lediglich ein paar seiner Zeilen im Kopf geblieben …«, hatte sie geantwortet und auf das Buch gedeutet, als wäre es ein Mensch.

Das Lächeln, das ihre Worte begleitete, bildete mit ihrem Gesicht einen perfekten Reim. Die Götter geben nur den ersten Vers vor, dann ist es an den Dichtern, dem folgenden gewachsen zu sein, und genauso ist es mit der Liebe: Sie trifft einen wie ein Geschenk des Himmels, dann geht der Staffelstab an uns über und fordert von uns den Mut und das Bemühen, sie zuzulassen und sich vor der eigenen Unzulänglichkeit nicht zu fürchten.

»Wie geht's?«, fragte er.

»Wie ein schönes Buch auf Seite fünfzig ...«, antwortete sie und griff damit auf eine Geheimsprache zurück, die sie sich ausgedacht hatten, um einander ihre Gefühle zu beschreiben: in diesem Fall eine unbekannte, aber gewisse Freude. »Ein nach Seite zehn weggelegtes Buch«, meinte großen Schmerz, »ein auf der vorletzten Seite unterbrochenes Buch«, bedeutete den Gipfel der Sehnsucht oder die Angst, dass etwas zu schnell endet.

»Und du, wie geht's dir?«

»Ich habe eine interessante Klasse, ich werde hervorragende Arbeit leisten.«

»Ich hab dich gefragt, wie es dir geht, nicht, was du gemacht hast.«

Der Lehrer ließ den Blick auf das Cover des Buches fallen, das er noch immer in den Händen hielt, um in dessen papiernen Kinderaugen nach einer Antwort zu suchen und sich vor dem leibhaftigen Blick zu schützen, der ihn forschend ansah.

»Hast du dran gedacht?«, fragte sie.

»An was?«

»An das, was ich dir sagen wollte ...«

»Wie soll ich daran denken, wenn ich nicht weiß, was es ist?«

Sie nahm sein Gesicht in die Hände und schüttelte seinen Kopf.

»Mann, bist du ein Knochen! Frauen mögen nun mal wolkige Gedanken ...«

»Die da wären?«, fiel er ihr ungeduldig ins Wort, doch sie ging darüber hinweg.

»Frauen wiegen sich gern in Erwartung… um sich später besser an den entscheidenden Moment erinnern zu können, an jedes Detail, jede Regung auf dem Gesicht des anderen, jede Farbe und jeden Duft…«

»Also?«

»Wir Frauen mögen es, erspürt, erraten und manchmal sogar erdichtet zu werden… Und es macht uns ganz wild, wenn wir merken, dass der Mann an unserer Seite Dinge in uns sieht, von denen noch nicht mal wir selbst etwas wussten«, sagte sie mit flatternden Lidern und spielte mit einer Haarsträhne.

»Gib mir einen Tipp…«

»Welcher Tag ist heute?«

»Montag.«

»Nein, du Blödi«, lachte sie. »Heute ist der Jahrestag unserer ersten Begegnung. Weißt du noch?«

»Aber klar…«, antwortete er und sah verlegen auf die Uhr. Besondere Daten und Geburtstage konnte er sich einfach nicht merken.

»Heute sind es genau drei Jahre, lieber Prof. Ich kann mich noch genau an diese vier Sekunden erinnern… Wenn du eine Frau vier Sekunden am Stück verzaubern kannst, ohne sie zu langweilen, ist es um sie geschehen…«

»Das muss gefeiert werden!«, rief er und hoffte, dass besagte wichtige Sache damit erledigt sei.

»Moment… das ist es nicht, was ich dir sagen wollte. Ahnst du nichts?«

Die Miene des Lehrers verdüsterte sich. Er hoffte sehnlich, ein Kunde würde hereinkommen, doch der kleine

Laden war von seinem Schweigen erfüllt, und die Bücher schienen ihn in banger Erwartung anzustarren.

Sie lachte beschwichtigend, denn sie spürte ganz genau, wenn er in die Defensive ging, und verschwand zwischen den Regalen.

Schließlich kehrte sie mit einem Buch zurück, das sie sich so vors Gesicht hielt, dass ihre von Dunkelblau und Violett durchwebten Augen über dem Titel hervorlugten. *Wovon wir reden, wenn wir von Liebe reden.* Sie lächelte.

Er blieb ernst und überlegte fieberhaft, wie er diesem Ratespiel entkommen konnte.

»Seit ich mit dir zusammen bin, bin ich ein besserer Mensch geworden. Und du auch, Professore. Zusammen sind wir besser als einzeln: Wir sind wahrhaftiger. Natürlich sind wir nicht vollkommen, aber Vollkommenheit ist immer einen Schritt von Vollkommenheit entfernt, und die überlassen wir anderen. Mir gefällt die heilige, überwältigende Unvollkommenheit des Lebens ...«

»Ja, ich verstehe.«

»Du weißt, wovon ich rede, Prof. Ich will weiter mit dir wachsen.«

»Ich auch.«

»Aber ich will dir die Chance geben, es noch schneller zu tun ...«

»Und welche?«, fragte er zögernd.

»Zusammenleben!«

»Du weißt, dass bei mir kein Platz ist«, verteidigte er sich.

Sie ließ das Buch sinken.

»Das meine ich nicht. Bei mir zu Hause geht's mir viel

besser. Ich will, dass wir zusammenziehen, in eine neue Wohnung.«

»Zusammen«, wiederholte er tonlos.

»Zusammen: Du weißt doch, wie das ist, wenn zwei Leute sich lieben?«

»Was passiert denn dann?«, fragte er gespielt ratlos.

»Sie heiraten, ziehen zusammen, schaffen sich ein Zuhause, füllen es mit Büchern und ... Kindern.«

»Kindern ...« Die Bücher hätten ihm gereicht.

Sie lächelte, und ihre Augen leuchteten so sehr, dass man hätte meinen können, Licht und Liebe wären dasselbe, das eine fürs Auge und das andere fürs Herz.

»Kinder«, wiederholte er.

Er wurde ernst. Er hatte schon so etwas geahnt, aber nicht, dass es dermaßen plötzlich passieren würde. In den Büchern geschieht stets alles zur rechten Zeit. Das Leben hingegen hat es immer eilig, man sollte es erst einmal besser kennenlernen und ihm zeigen dürfen, wo es langgeht. Er musterte Stella in der stillen, noch immer gähnend leeren und von ihrem Strahlen erhellten Buchhandlung.

»Ich liebe dich, Prof«, wisperte sie. »Und es war blöd von mir, es dir nicht öfter zu sagen. Hätte ich es dir häufiger gesagt, würdest du mir jetzt vielleicht glauben ... Ich liebe dich«, sagte sie und zeigte auf den Titel des Buches, das sie noch immer in der Hand hielt.

Zwischen ihren Worten und seinem Blick lag der Tisch mit den Neuerscheinungen wie ein Fluss, der zwei Liebende trennt, ohne Brücke oder die kleinste Furt, ihn zu überqueren. Er senkte den Blick und ließ ihn suchend über die Titel wandern, als könnte er darin eine triftige Antwort oder einen Ausweg finden. Doch in der Wirklichkeit funktionieren Dialoge nie; in den Büchern finden die Protagonisten die richtige Antwort, auch wenn sie falsch ist, in der Wirklichkeit hingegen wissen die Menschen nie, was sie sagen sollen, wenn es um die Wahrheit geht.

Wieder hob er das Buch hoch, das er zuvor ins Visier genommen hatte, und merkte, dass es *Du hast das Leben noch vor dir* war. Sein Mund verzog sich zu einem schmerzlichen Lächeln, seine Lider schlossen sich für kaum mehr als einen Augenblick, eine zu schwache Gegenwehr, als dass sie die Welt ringsum ausschließen könnte. Schweigend sah er sie an: In den violetten Augen, in denen er sich so oft verloren hatte, lag das Funkeln sonnengesättigten Weines und weiter, ferne Häfen verheißender See. Wer weiß, was diese Wasser bargen, wie viele Stürme und günstige Winde, wie viele Schätze und versunkene Kreaturen. Zu seiner Leidenschaft gesellte sich sogleich ein anderes Gefühl, das dessen Schatten, dessen Doppelgänger und Maske geworden war: die Angst, der Erwartung nicht gerecht zu werden, zu verlöschen, in der Gewohnheit zu versinken. Die Angst, mit dem Vergehen der Tage, Monate und Jahre das Aroma dieses Weines nicht mehr wahrzunehmen und dieser See nicht mehr zu trauen.

»Sag mir, Narr, was ist Liebe?«, riss sie ihn aus seinen Gedanken und versuchte mit dem Zitat, das er nur zu gut kannte, die erste der Ketten, die sein verängstigtes Herz umschlossen, zu sprengen.

»Liebe ist das, was freie Menschen zu Dienern macht und Dienern die Freiheit schenkt«, antwortete er unwillkürlich, denn diesem Spiel, dessen Regeln sie wie niemand sonst beherrschte, konnte er nicht widerstehen. Doch sogleich griff die Klaue der Angst durch den schmalen Riss, der sich in seinem Schutzwall aufgetan hatte, und stieß ihn ins Dunkel zurück.

»Aber wir sind doch zusammen und frei, Stella. Wir sind so glücklich … wieso willst du alles kaputtmachen?«

Ohne eine Antwort abzuwarten, verließ er den Laden. Das Fahrrad quälte sich voran, es schien, als müsse er statt der Pedale den Asphalt bewegen.

Allein zwischen ihren schweigenden Büchern glitt ihr das Lächeln wie eine schlecht befestigte Maske vom Gesicht.

Die Septembersonne, die durch das Schaufenster fiel, zerbarst in winzige nasse Splitter, die ihr von den Wangen sprangen. Sie fühlte sich einsam inmitten all dieser Dichter und Schreiber. Die Tränen fielen auf das Buch, das sie noch immer in der Hand hielt. Davon reden wir, wenn wir von Liebe reden: von Tränen.

Wer weiß, ob die Gesamtheit der aus verletzter Liebe geweinten Tränen einen größeren Ozean bilden als die aus erwiderter Liebe vergossenen. Wer weiß, ob zwischen ihnen ein ähnliches Gleichgewicht herrscht wie zwischen Bergen und Tälern.

Das sind Dinge, die niemand weiß.

Statt zum Mittagessen nach Hause zu fahren, flüchtete sich Margherita zur Großmutter, die unweit der Schule wohnte. Auf keinen Fall wollte sie riskieren, allein mit ihrer Mutter zusammen zu sein, die vielleicht ausgerechnet an diesem Tag die geniale Idee hatte, früher nach Hause zu kommen, um ihr Gesellschaft zu leisten und sich vom ersten Schultag erzählen zu lassen. Andrea war am Nachmittag nicht zu Hause, und nach diesem katastrophalen Einstand musste sie einfach ihre Großmutter sehen.

Als sie eintrat, stieg ihr der Duft von Jasmin in die Nase, der in einer gläsernen Schale auf dem Küchentisch stand.

»Willst du was essen?«, fragte die Großmutter, ehe sie überhaupt guten Tag sagen konnte.

»Ich hab keinen Hunger.«

Wie alle Sizilianer drückte die Großmutter ihre Zuneigung in Kalorien aus. Margherita setzte sich an den Tisch und beugte sich über die Jasminblüten, die auf dem Balkon der Großmutter wuchsen.

Teresa griff den Topf, füllte ihn mit Wasser und stellte ihn auf den Herd. Margheritas Nase nahm die unterschiedlichsten Düfte wahr, und sei es nur erinnerte: der Geruch nach Bucatini mit Sardinen, gerösteten Brotkrumen, Fenchelkraut, Pinienkernen und Rosinen, der Duft von knusprigen Anelletti al Forno mit Ragù, Käse und Auberginen … Mit verschränkten Armen setzte sich die Großmutter ihr gegenüber. Auf dem Grund ihrer grauen, freundlichen Augen lag ein uralter Schmerz oder nur die Müdigkeit eines Lebens.

»Die Mama hat mich angerufen.«

Margherita ließ den Kopf auf die Tischplatte sinken und verbarg das Gesicht in den Händen. Ihr Körper bebte vor heftigen Schluchzern.

»*I guai d'a pignata i sapi u cucchiaru che l'arrimina.* Der Löffel weiß um die Schwächen des Topfes, dessen Inhalt er rührt. In dieser Familie weinen wir alle gleich …«, stellte die Großmutter fest.

Margherita nahm die Hände vom Gesicht und sah auf. Es war, als wären ihre Gesichtszüge an ihren Händen haftengeblieben und als könnte man in sie hineinschauen.

»Du sagst das, als wäre es etwas Schönes, aber das ist es ganz und gar nicht, Nonna.«

»Was weißt denn du? Ich mit meinen achtzig Jahren werde das wohl besser wissen …«, entgegnete die Großmutter selbstgewiss.

»Was ist denn daran schön?«

»Wenn du geweint hast, geht es dir besser. Vor allem, wenn jemand deine Tränen gesehen hat.«

»Was hat Mama dir gesagt?«

»Dass sie deine Hilfe braucht …«

»Und wer hilft mir?«

»Ich.«

Die Großmutter stand auf, um nach dem Wasser zu sehen, das schon zu simmern begann.

»Kurze oder lange Nudeln?«

»Ich will, dass Papa zurückkommt.«

»Sag's ihm. Kurze oder lange?«

»Kurze … Wem?«

»Deinem Vater.«

Margherita war wie vom Donner gerührt. Vor Schmerz hatte sie das Nächstliegende übersehen.

»Ich weiß doch noch nicht mal, wo er ist …«

»Das ist kein Problem. Man muss ihn nur anrufen und ihn fragen.«

Die Großmutter öffnete ein Päckchen Pennette und warf fast die Hälfte davon in den Topf.

»Das ist zu viel, Nonna! Ich hab doch gesagt, ich hab keinen Hunger.«

»Du bist ruhig, Signorina. Ich koche seit einer Ewigkeit und weiß ganz genau, wie viel Pasta ein gebrochenes Herz braucht«, sagte sie mit diesem rollenden *r*, das man unmöglich nachahmen kann, wenn man es nicht von Kindesbeinen an gehört hat und das tatsächlich ein gebrochenes Herz vermuten lässt.

Margherita lachte, und hätte sie sich im Spiegel sehen können, hätte sie vielleicht entdeckt, wie schön sie war. Wie die Liebe nach einem Streit ist das Lachen nach Tränen das schönste Schauspiel, das eine Frau bieten kann.

»Und wenn er nicht rangeht?«

»Versuchst du's noch mal.«

»Ich hab zu große Angst, dass er nicht rangeht.«

»Na, dann bleib bei deiner Angst und leb mit dem Zweifel.«

Margherita verzog den Mund und war kurz davor, wieder in Tränen auszubrechen: Angst und Hoffnung sind die beiden essenziellen Zutaten des schlicht als *Sehnsucht* bezeichneten Gefühls, welches sie empfand.

»Kannst du ihn anrufen?«

»Nein, Margherita. Das musst schon du machen. *Diu a cu' voli beni manna cruci e peni.*«

»Was hast du gesagt? Red nicht Arabisch«, lachte Margherita.

»Wen Gott liebhat, dem schickt er Leid und Sorgen. Will heißen, hinter jedem Schmerz steckt ein Segen …«

Die Großmutter ließ den Satz verklingen, als hinge sie einer Erinnerung nach, dann öffnete sie den Kühlschrank und sah hinein, als wüsste sie nicht mehr, was sie eigentlich suchte. Als sie ihre Unschlüssigkeit bemerkte, stand Margherita auf, griff nach dem Glas mit selbstgemachter Tomatensauce, die die Großmutter *Salsa* nannte und in die sie jeden Tag ein frisches Blatt Basilikum legte, und hielt es ihr hin.

»Danke, mein Herz. Ich bin wirklich verschusselt…«

»Das schaffe ich nicht, Nonna. Das schaffe ich nicht.«

»Das Leben ist wie süßes Gebäck. Es reicht nicht, sämtliche Zutaten und das Rezept zu haben, damit es gelingt.«

»Sondern?«

»Genauso oft, wie mir ein Kuchen gelungen ist, ist er mir auch danebengegangen: flach, klebrig, fad, zu mächtig…«

»Und was hattest du falsch gemacht?«, fragte Margherita.

»Nichts.«

»Wie, nichts?«

»In der Herstellung nichts.«

»Aber?«

»Ich habe keine Liebe hineingegeben.« Die Großmutter legte so viel Inbrunst in das Wort, dass die Vokale darin widerzuhallen schienen.

»Will sagen?«

»Ich war in Gedanken woanders, ich hab mich an die Vorgaben gehalten, aber in Gedanken war ich woanders…«

»Und was hat das mit mir zu tun?«

»Wenn du den Aufgaben, die sich dir stellen, nicht mit Herzblut begegnest, gelingt das Leben nicht. Du musst lieben, was du tust. Jeder Kuchen hat seine Geschichte: der

Mensch, für den du ihn bäckst, das, was du bei seiner Zubereitung empfindest… all das drückt sich in deinen Händen aus, und während man den Teig knetet, denkt, liebt und schafft man mit den Händen. Die besten Kuchen sind mir gelungen, wenn ich sie für deinen Großvater gebacken habe. Selbst heute noch, wo er nicht mehr da ist…«

Margherita lauschte den Weisheiten der Mutter ihrer Mutter. Nonna Teresa war überzeugt, dass es nicht genügte, die Dinge zu kennen, um ihnen gerecht zu werden, man musste auch wissen, wer man ist und wen man liebt.

»Du musst deinen Vater suchen und ihn bitten zurückzukommen. Und wenn er nicht von selbst kommt, dann holst du ihn. Du bist kein Kind mehr, mein Herz. Jeder hat sein Kreuz zu tragen…« Sie drehte sich um, fischte eine kochend heiße Nudel aus dem Topf und steckte sie sich, ohne eine Miene zu verziehen, prüfend in den Mund. Sie salzte ein wenig nach, rührte und setzte sich wieder einmal mit Lebensfreude über die geltenden Regeln hinweg.

Margherita hing neuen Gedanken nach, die den Kuchen der Großmutter ähnelten: einfach, aber intensiv, wie die Blumen ihrer Heimat.

»Ich tu's«, schloss Margherita nach einem langen Schweigen, und ihr Gesicht war das einer Frau.

Die Großmutter goss die Pasta ab, fügte die Sauce hinzu, pflückte eine Jasminblüte ab, rieb sie sacht zwischen den Fingern und legte sie auf den Tellerrand. Der Dampf der Pennette mit Tomatensauce mischte sich mit dem durchdringenden Duft des zerriebenen Jasmins.

Margheritas von diesen Wohlgerüchen verführter Magen öffnete sich, und sie fing zu essen an, zunächst zögernd, dann mit wachsender Begeisterung. Während sie aß, blickte sie zur Großmutter hinüber und musterte sie. Die Großmutter lächelte.

»Mein Herz.«

Die Sauce malte einen roten Rand um Margheritas Lippen.

Die Großmutter musste lachen.

»Was ist?«, fragte Margherita.

Die Großmutter lachte noch mehr, ihre Brust bebte, und ihre gütigen grauen Augen wurden feucht.

Schließlich verstand Margherita, griff sich eine mit Sauce gefüllte Nudel und fuhr sich damit über Nase und Wangen wie als Kind, wenn sie ihre Mutter ärgern wollte.

Die Großmutter konnte sich kaum noch einkriegen. Margherita ging zu ihr und küsste sie auf die Wange, während die Großmutter sich vergeblich zu wehren versuchte.

Sie lachten, lachten und lachten auf die einfache Weise, die das Leben bereithält, wenn es aufhört, sich allzu ernst zu nehmen.

Am Nachmittag holten Teresa und Margherita Andrea im Kindergarten ab.

Der Junge war offenbar begeistert von seinem Vorschulleben und stürzte sich sogleich in seine sogenannten Hausaufgaben, die nur in dieser Lebensphase gleichbedeutend sind mit Phantasie, Ideenreichtum und Erfindungsgabe. Er biss sich auf die Zungenspitze, so sehr konzentrierte er sich. Sein Haar war hell und seine Augen so himmelblau wie seine Kreaturen.

Ariel schwamm in seinem gesäuberten Wasser, eine

Aufgabe, die Margherita bei jedem Besuch erledigte, weil die Großmutter es vergaß und das Wasser so gelb wurde, dass Ariel wie betrunken hektisch mit den Flossen wedelte. Jetzt öffnete und schloss er das Maul ganz regelmäßig und ließ hin und wieder eine Blase aufsteigen. Dann schnellte er herum, ein Zeichen, dass er sein bisheriges Leben vergessen hatte, und bestaunte sein Fischglas wie einen nie gesehenen Ozean. Margherita betrachtete ihn stumm und wünschte sich ein ebensolches Leben. Tests und Pickel auf der Nase wären vergessen, der Schmerz allerdings …

Ariels Miniatur-Ozean erinnerte sie an die Spiele am Strand mit ihrem Vater. Allein brachte sie nichts fertig, alles, was sie baute, brach wieder in sich zusammen. Dann kam er und errichtete eine unzerstörbare Burg mit eleganten Zinnen, Türen und sogar Fenstern. Jetzt erschien ihr Leben ihr wie Sand, der bei der ersten Berührung zerfällt.

Die Großmutter, die sich an die Kälte dieser Stadt nie gewöhnt hatte und wieder an einem ihrer Nordpolpullover strickte, unterbrach Margheritas Gedankenfaden:

»Dein Großvater erzählte mir immer Geschichten, er kannte hunderte. Er sah mir beim Kuchenbacken zu und meinte, das Wesen der Dinge seien Geschichten. Einmal erzählte er mir von einer Insel, deren Bewohner die Welt nicht in männlich und weiblich aufteilen, sondern in Dinge, die vom Himmel, und Dinge, die aus dem Meer kommen.« Bei der Erinnerung an ihren Mann und seine Leidenschaft für Geschichten glätteten sich die Falten im Gesicht der Großmutter.

»Was kommt vom Himmel?«, fragte ich ihn, obwohl ich

die Antwort schon kannte. Und er antwortete lächelnd: »Die Liebe.«

»Wieso?«, fragte Margherita.

»Weil sie vom Himmel kommt und in den Himmel zurückkehrt …«

»Die von Papa und Mama ist unter der Erde gelandet …«, murmelte Margherita.

Die Großmutter schwieg.

»Nonno meinte auch, der Schmerz komme vom Himmel …«, sagte sie zu sich selbst, als hätte eine unaussprechliche oder allzu schmerzliche Erinnerung sie getroffen.

»Wieso?«

»Weil er vom Himmel kommt und in den Himmel zurückkehrt.«

»Wie die Liebe?«

»Wie die Liebe.«

»Und wo ist dann der Unterschied?«, fragte Margherita.

»Das habe ich ihn auch gefragt. Er dachte einen Moment nach und kam dann mit einer seiner schulmeisterlichen Erklärungen. Er meinte, *Leidenschaft* bedeute sowohl ›lieben‹, als auch ›leiden‹… Leidenschaft zu empfinden heiße, Liebe und Schmerz zugleich zu fühlen. Dieses Fieber geht einem bis ins Mark … ›Du bist meine Leidenschaft, Teresa, meine einzig wahre Leidenschaft‹, pflegte er zu sagen.«

Teresas Gesicht verwandelte sich in eine Landkarte voller Etappen, Aufbrüche, Ziele.

»Und du?«

»Und ich was?«

»Was hast du geantwortet?«

»Ich habe geschwiegen.«

»Und er?«

»Hat mir einen Kuss gegeben.«

»Und wie war das?«

»Das geht dich nichts an!«

»Es ist dir peinlich …«, feixte Margherita und zeigte mit dem Finger auf sie.

»Nein, aber der *Picciriddu* kann uns hören«, antwortete die Großmutter und nickte zu Andrea hinüber.

»Ich bin kein *Picciriddu*. Ich bin ein Junge«, protestierte er.

»Mein Herz«, sagte Margherita und ahmte die Großmutter nach.

Margherita und die Großmutter mussten lachen, und Andrea verstand nicht, warum. Er verstand vieles nicht, was die Großen taten. Deshalb malte er. Er spießte die Wirklichkeit mit der Spitze seiner Buntstifte auf und träumte stets von der Riesenpackung, die er in einem Künstlerbedarfsladen gesehen hatte: eine Packung mit mehr als hundert Buntstiften in allen erdenklichen Farben. Doch die Mutter sagte, sie sei zu teuer und er noch zu klein.

»Lass mich dein Bild einmal ansehen«, bat die Großmutter.

Kleine Figuren wanderten, dicht am linken Bildrand gedrängt, eine ewig lange, wild verschlungene blaue Straße entlang, die sich wand wie der Faden eines Labyrinths. Das übrige Blatt war frei: Niemand wusste, wem diese weiße Leere gehörte.

»Die Straße sieht aus wie eines meiner Wollknäuel, ganz verknotet … Wieso malst du hier nicht noch Bäume,

Blumen und Himmel hin?«, fragte die Großmutter und deutete auf die weiße Stelle.

Andrea sah sie mit dem ratlosen, ehrlichen Blick eines Menschen an, der etwas getan hat, ohne nachzudenken.

»Es gibt doch Bäume und Blumen …«, wiederholte die Großmutter fast verzagt.

»Aber ich hab die Farben nicht, da braucht man die aus der großen Packung«, entgegnete Andrea.

»*Cori forti consuma a cattiva sorti* – ein kühnes Herz überwindet die Unbill«, seufzte die Großmutter, den Blick auf das Knäuel und den weißen Fleck gerichtet.

Neugierig betrachtete Margherita das weiße Stück Papier, in dem sich der lange, gewundene Faden verlor: Sie entdeckte darin ein klingelndes Telefon, das niemand hörte.

IV

Die Stadt war von nachmittäglichem Raunen erfüllt: Männer und Frauen machen sich auf den Heimweg, die Müdigkeit ihres Arbeitstages ergießt sich in die Straßen und weicht der Suche nach Zuneigung, Schaufenstern und sportlicher Betätigung. Die Schüler, die mit den Hausaufgaben fertig sind, nehmen den entgegengesetzten Weg, verlassen den Hafen, in dem sie gefangen lagen, suchen das Weite und stürzen sich ins Unbekannte, um der Langeweile zu entgehen und dort draußen vielleicht etwas wirklich Neues zu entdecken. Die Mädchen haben leichte Kleider an, als ginge der Tag jetzt erst los, und wollen lieber gesehen als angesehen werden.

Nur in ein T-Shirt gehüllt, hockte das Mädchen auf dem Fensterbrett und zog langsam an seiner Zigarette. Hinter ihm lag Giulio schweigend auf einem zerwühlten Sofa und antwortete auf eine SMS. Er hatte sich auf die andere Seite gedreht, um die Einsamkeit zu verbergen, die solchen Hochgefühlen folgte. Jedes Mal meinte er den Himmel zu berühren, doch dann stürzte er unweigerlich wieder aus schwindelerregenden Höhen hinab, sodass seine Seele in winzige Glassplitter zerbarst. Die Liebe brachte nicht den versprochenen Trost. Keine Umarmung, kein Kuss, keine Zärtlichkeit, kein Sex konnte seine Wunde heilen. Pflaster. Eines über dem anderen, ein ganzer Berg auf einem Schnitt, der nie gesäubert und desinfiziert worden war.

Die Regale an den Wänden standen voller Romane, DVDs und CDs. Der Mensch liest Liebesromane, schaut romantische Komödien, hört Schnulzen. Und glaubt, die Liebe könnte die Leere der eigenen Einsamkeit füllen. Doch niemand kann etwas Bodenloses füllen. Seine Seele war wie ein tiefer Brunnen, den er unermüdlich mit Steinen füllte, ohne dass sie je an die Oberfläche kamen: Sie verschwanden im Nichts und er hatte nicht den Mut, sich über den Rand zu beugen und hineinzusehen. Er wollte sein vergiftetes Wasser nicht trinken, er wollte lediglich das Loch ein für alle Mal schließen.

Als kleiner Junge hatte er oft einen Traum gehabt: Er war ein Ritter in einer unzerstörbaren, eigens für ihn geschmiedeten Rüstung und reiste an die Grenzen eines vom Großen Drachen bedrohten Reiches. Er suchte die Wälder, Berge und Höhlen nach ihm ab. Ohne Erfolg. Also drang er bis zu den fernsten Küsten des Reiches vor und fand ihn schließlich am Meeresrand. Zusammen mit seinem Jungen. Sie blickten sich lange an, dann ging der Große Drache, der in Wirklichkeit eine Mutter war, mit seinem harten Panzer auf ihn los und sprengte seine Rüstung und vielleicht auch seine Seele in tausend Stücke. Doch er spürte keinen Schmerz. Und plötzlich war da statt einem Ritter in Rüstung nur noch ein Kind am Strand, das lachend im Sand spielte. Dann, wenn die abendliche Flut seine Beine umspülte, wachte er auf und lag ohne Decke in seinem Bett und fror.

Giulio wollte spielen wie ein Kind. Doch es gab keine Mutter, die ihm beim Spielen zusehen wollte. Er versuchte, mit sich allein zu spielen, doch es war ein Spiel voller Traurigkeit und Wut. Er spielte mit diesem Mädchen, mit der Schule, mit der Gefahr, mit dem Leben und sogar mit dem Tod.

Er griff nach seinem Hemd.

»Wo gehst du hin?«, fragte das Mädchen.

»Geht dich nix an.«

»Wieso bleibst du nicht, wir essen was, glotzen 'nen Film und quatschen ein bisschen«, schlug sie vor und streichelte ihm durchs Haar.

»Über was?«, fragte er und machte sich los.

»Über uns.« Sie lächelte.

»Wir quatschen nicht, wir ficken«, sagte er und sah sie kalt an. Er gab ihr einen Kuss auf die Wange und ging.

Zu Fuß machte er sich auf den Weg durch den Park, in dem ein paar Hundebesitzer sich mit ihren Hunden abmühten und ein paar Kinder einem zu großen Ball hinterherstolperten, derweil eine träge Babysitterin ohne sich zu rühren hinter ihnen hermeckerte. Er steuerte auf eine Bank zu, auf der zwei junge Leute Zärtlichkeiten austauschten, griff sich die Handtasche der jungen Frau und schlich lautlos wie eine Katze davon, die Augen zu schmalen Schlitzen verengt. Nachdem er ein Halstuch daraus hervorgeholt hatte, an dem noch das Preisschild hing, warf er sie ein Stück weiter weg in einen Mülleimer. Ein Kind mit einem Ball in der Hand blickte ihn auf der Suche nach einem Spielkameraden an, und Giulio lächelte ihm zu. Ermutigt warf das Kind ihm den Ball zu, und Giulio köpfte ihn zurück.

»Du bist gut!«, rief das Kind.

»Ach was.« Er ging weiter, und das Kind blickte ihm enttäuscht nach.

Dann sah er ein Mädchen mit einem Hund auf sich zukommen. Das war seine Spezialität. Er sah ihr in die Augen.

»Darf ich dem Hund ein Kompliment machen?«, fragte er und beugte sich hinunter, um ihn zu streicheln.

»Aber klar!«, entgegnete sie gerührt.

»Du hast wirklich ein hübsches Frauchen!«

Als das Mädchen rot wurde, fing Giulio an, ihr Fragen zu stellen, ihr in die Augen zu sehen und ihr Stückchen für Stückchen näher zu kommen. Er bewegte die Hände wie ein Taschenspieler.

»Wie heißt du?«

»Sara.«

»Schöner Name, Sara.«

»Danke.«

»Wollen wir Handynummern austauschen?«

»Gern!«

In diesen Momenten vollführte Giulio seine kleinen Meisterstücke. Er stellte sich dicht neben sie, als wollte er sichergehen, dass sie seine Nummer richtig eintippte, die Lippen ganz nah an ihrem Ohr, damit sie an nichts mehr denken konnte, und ließ die Hand in ihre Tasche gleiten.

»Bis bald.«

»Ciao«, entgegnete sie benommen.

»Und wie heißt er?«

»Argus.«

»Wie der bei Odysseus?«

»Keine Ahnung… Den Namen hat mein Vater ausgesucht…«

»Ciao, Argus. Ciao, Sara.«

Er drehte sich um und ließ sie verzückt stehen. Hinter der nächsten Ecke öffnete er die Hand, in der ein hübscher, neuer Lippenstift lag. Er steckte ihn in seinen Rucksack und ging weiter. Er war unbesiegbar, jeder Schuss war ein Treffer.

Weil er nicht wusste, was er machen sollte, betrat er die Kirche am Rande des Parks. Er mochte die Stille der Kirchen, genau wie die der Friedhöfe. Er setzte sich in eine der hinteren Bänke und stellte den Rucksack neben die Kniebank auf den Boden. Kühle und Dämmerlicht. Eine Gruppe alter Frauen erging sich in irgendeinem Singsang, und das spärliche Licht ließ die Gemälde wie Comiczeichnungen aussehen. Er betrachtete das Fresko in der Apsis: ein Gekreuzigter und eine Mutter in Tränen, die seine Füße mit den Lippen berührte, während ein junger Mann sie zu stützen versuchte. Eine Minute lang betrachtete er das Bild. Er musste daran denken, dass er noch nicht einmal eine Mutter hatte, die um ihn weinen würde. Wo war seine Mutter? Wo lebte sie? Auf was ruhte ihr Blick gerade? Dachte sie hin und wieder an ihn? Er würde es nie erfahren. Das war die Abmachung. Das Einzige, was er wusste, war, dass sie als Schülerin schwanger geworden war. Und von wem? Noch ehe er geboren worden war, hatte er keinen Vater mehr gehabt. Doch er würde sich vom Leben nicht ans Kreuz nageln lassen, er würde seine Revanche kriegen.

Er verließ die Kirche und steuerte ein Lokal in der Nähe an, eine dieser Happy-Hour-Kneipen mit Drinks zu acht Euro. Er setzte sich und verschickte eine SMS. Die Kellnerin kam zu ihm: Sie hatte vergessen, sich die Arme zu epilieren, dafür aber alle Mühe auf den lila Nagellack verwendet. Er bestellte ein Bier, das stärkste und bitterste, nippte bedächtig daran und gab sich seinem liebsten Zeitvertreib hin: Menschen beobachten, ihre Gesten studieren.

Ein Mann redete schmeichlerisch auf eine Blonde ein, doch die Art, wie er die Augenbrauen hochzog und die Hand an den Mund legte, verriet, dass er log. Sie hatte die Lippen zu einem ironischen Lächeln verzogen, und obwohl sie keinen Hehl daraus machte, dass sie sich der Lüge bewusst war, spielte sie mit und ließ sich von seinem verführerischen Gerede betören.

Zwei Mädchen unterhielten sich, und die scheinbare Neugier der einen war nichts anderes als brennender Neid, wie die ums Glas gekrallten Finger verrieten, darüber konnte auch der überraschte Blick nicht hinwegtäuschen. Die andere hingegen gestikulierte zu viel, und es war offensichtlich, dass sie irgendein Liebesabenteuer aufbauschte.

Giulio entdeckte die Lüge überall. Die Gesten der Männer und Frauen verrieten stets ihre geheimen Absichten. Schon als kleiner Junge hatte er gelernt, niemandem zu trauen. Er hatte gelernt, es den Gesichtern und Handbewegungen abzulesen, ob jemand ihn belügen, herumkriegen oder schlagen wollte.

Er erinnerte sich an die Nasenflügel dieser Bestie: Sie blähten sich leicht, wenn er kurz davor war zu explodieren, seine Hände erschauderten, und die Fingerspitzen trommelten auf die Tischplatte. Gleich darauf sprang er auf und schlug zuerst seine Frau und dann ihn. Obwohl sie bereits drei Kinder hatten, hatten sie ihn zu sich genommen, um die Pflegefamilienförderung zu kassieren. Er trank. Sie war lieb, doch eines Tages machte sie sich mit den leiblichen Kindern aus dem Staub und kehrte nicht zurück. Danach war Giulio mal länger, mal kürzer bei anderen Familien untergekommen, doch niemand wollte ein so großes Kind haben. Niemand wollte einen wie ihn, der einen stumm und mit eisigen Teufelsaugen anstarrt. Einen, der ohne ein Wort verschwindet. Also war er in einem Kinderwohnheim gelandet und verwendete die meiste Zeit des Tages darauf, diesem Unterschlupf möglichst fernzubleiben. Doch immerhin hatte er ein Dach über dem Kopf.

Eine junge Frau betrat das Lokal und fegte seine finsteren Gedanken beiseite. Sie ähnelte einem Flamingo: dünn, anmutig, mit Sandalen an den Füßen und einer Handtasche über dem Unterarm, schwarzes Haar, schwarze Augen, rote Lippen, Mandelhaut. Die beiden Mädchen drehten sich nach ihr um, und auch der Mann mit der Blonden warf ihr einen verstohlenen Blick zu, als wäre sie eine Süßigkeit. Giulio beobachtete ihre Reaktionen: Der Mann begehrte sie, die beiden Mädchen beneideten sie. Heißhungrig der eine, mörderisch die anderen: Augen, die verschlingen, Augen, die töten. Er tat so, als hätte er sie nicht gesehen, und als sie sich neben ihn setzte und ihm ihr verführerisches Parfüm in die Nase drang, strich er sich den Pony aus den Augen.

»Ich hab auf dich gewartet«, sagte er und deutete auf den Lippenstift auf dem Tisch, der von einem kunstvoll geknoteten Halstuch umschlungen war. Froh, ihn nach so langer Zeit wiederzusehen, lächelte sie ihn an und drückte ihm die Lippen auf die Wange.

Wie ein müder, gebeugter Greis lastete der Himmel auf den Dächern. In der Ferne brauten sich die Wolken zu einem nächtlichen Gewitter zusammen, und der Geruch nach Regen bildete den Auftakt zu einem uralten Ritual. Selbst die Lampe, die im Halbdunkel des Zimmers brannte und ihr Licht auf die Zeilen eines Buches warf, erschien wie das ferne Echo weit zurückliegender Nächte voller Feuer, Sterne und Geschichten.

Der Lehrer las die Verse eines Gedichtes, als wollte er die Liebe lernen wie ein Kochrezept:

No te expliques tu amor, ni me lo expliques;
obedecerlo basta. Cierra
los ojos, las preguntas, húndete
en tu querer…
Mejor no amarse
mirándose en espejos complacidos,
deshaciendo
esa gran unidad en juegos vanos;
mejor no amarse
con alas, por el aire,
como las mariposas o las nubes,
flotantes. Busca pesos,
los más hondos, en ti, que ellos te arrastren.
Amor total, quererse como masas.

Er ließ das Buch sinken. Verdammte Metaphern! Man muss die Liebe enttarnen und ihr ins Gesicht blicken. Er wollte nicht, das jemand ihm »ins Herz drang«, weil er nicht wusste »wo« sich dieser strahlende Raum befand, geschweige denn, ob er überhaupt existierte. Er wollte nicht mehr, dass das Herz »bebte«, »sich erwärmte«, »zerbrach«, »zersprang«, »sich weitete«, »sich zusammenzog«, als hätte sein Pulsieren irgendetwas mit den illusorischen Mechanismen des Glücks zu tun, als wäre ein »volles« Herz glücklich und ein »leeres« unglücklich.

Seit Jahrhunderten benutzen wir dieselben Metaphern: Von der Bibel bis Walt Disney reden alle vom Herzen, und niemand hat begriffen, wie es funktioniert.

Einzig Psyche hatte es gewagt, Amor anzublicken. Und war erblindet. Vielleicht brauchte die Seele deshalb Metaphern, weil sie der Liebe gegenüber blind war. Doch das war ein Märchen … Jetzt wollte er weitergehen als Psyche und der Liebe ins Gesicht sehen, ihr auf den Grund gehen. Wo ist sie, was ist sie, wer ist sie? Alle wollen sie und jammern und raufen sich die Haare, wenn sie sie nicht haben. Warum?, fragte er sich und war gezwungen, bei den Dingen und Menschen zu suchen, Fragen zu stellen, sich im Bett herumzuwälzen. *Sag mir die Wahrheit über die Liebe* war der Titel eines Buches, das natürlich auch keine Antwort enthielt wie alle dichterischen Werke, die das größte aller Geheimnisse in Worte hüllen, ohne es jemals zu fassen zu kriegen. Worte, die versprechen, aber vernebeln. Sie breiten einen Schleier darüber und wiegen einen in der Illusion, sie hielten das Geheimnis in der Faust, nur um sogleich einen noch dichteren Schleier darüberzuziehen.

Man musste neue Namen für die Liebe finden und die Menschheit vom Joch der Metaphern befreien. Auch er legte sich jeden Tag Rüstungen an, um sich gegen das Leben zu wehren, dessen Geruch er nicht ertrug, statt es zu nehmen wie es war.

In der Stille des Abends musste er an einen Ausflug vor langer Zeit denken, als sein damals noch junger Vater ihn mit aufs Land zu nehmen pflegte, um ihm zu zeigen, wo er aufgewachsen war. Das alte Haus war von Haselnusssträuchern, Kirsch-, Pfirsich- und Apfelbäumen umgeben, ähnlich denen, die der alte Laertes dem kleinen Odysseus zeigt, und unweit des Hauses floss ein Bach, dessen stetes Murmeln die Stille der Nacht untermalte.

Eines Tages wanderten sie daran entlang, um die Quelle zu finden. Sie kraxelten durch dichtes Buschwerk, Brombeergesträuch und verschlungenes Astwerk und über vom Wasser glattgeschliffene, rutschig bemooste Steine. Durchsichtige Kaulquappen und winzige, weißliche Krebse schossen durchs Wasser. Je weiter sie den Berg erklommen, desto schwächer wurde das Rauschen. Er erinnerte sich, dass er das Gefühl hatte, von einer Urgewalt umfangen zu sein, die ihm das Geheimnis dieses fortwährenden Fließens offenbarte. Dann hatten sie die Quelle erreicht, Wasser, das in vollkommener Stille Grund und Felsen benetzte, einzig ein leises Tropfen war zu hören, ähnlich dem Tröpfeln eines städtischen Brunnens an einem stillen Sommertag. Die Tropfen, die das Gras tränkten, waren der Ursprung dessen, was durch das Tal strömte. Angesichts des fröhlich dahinrauschenden Baches nahm sich die Stille der Quelle fast enttäuschend aus. So ist das Leben: Es entsteht in aller Stille in einem verborgenen Winkel, dann schwillt es langsam an und fängt an zu singen, wenn es auf ein Hindernis trifft.

Und jetzt, da ungestüme Liebe in seinem Leben ihr Lied

anstimmen wollte, wehrte er sich. Wo war ihre Quelle? Vielleicht hatte Rimbaud danach gesucht, nach der Quelle der Liebe? Mit einundzwanzig Jahren hatte er begriffen, dass die Dichtung das Leben nicht retten kann und die Liebe ganz neu erfunden werden muss. Er hatte diese infernalischen Zeilen verfasst, die er auswendig kannte:

Ich habe versucht, neue Blumen zu erfinden, neue
Sterne, neue Wesen des Fleisches, neue Sprachen.
Wie auch immer, da ich mich durch Lüge genährt habe,
will ich um Vergebung bitten … und es wird mir vergönnt sein, die Wahrheit zu besitzen in einer Seele
und einem Leib …

Arthur! Er war aufgebrochen, in fernen Ländern Handel zu treiben, auf der Suche nach der rauen, unerreichbaren Wirklichkeit, die ihn schließlich in Form von Knochenkrebs im Knie einholte und seinen Lauf stoppte. Es gab keine Lösung: entweder in der trügerischen Illusion der Metaphern leben oder an Krebs in der Wirklichkeit sterben.

Nicht mehr umkehren. Das war es, was Stella wollte, sämtliche Auswege verschließen, selbst den Notausgang. Und wenn das Haus in Flammen aufging? Oder sie sich einfach nur langweilen würden? Er hatte Angst, eine Wahl zu treffen, und begriff nicht, dass dies Verzicht bedeutete.

Das Handy vibrierte. Wie es bei Liebenden geschieht, deren Sehnsüchte und Ängste sich mit der Zeit vermengen, hatte sie seine Gedanken gespürt.

»Ich will nicht alles kaputtmachen, ganz im Gegenteil:

Ich will, dass alles noch größer, schöner und erfüllter wird. Vertrau mir, Prof, lass mich nur machen, du musst nur über deine Schatten springen. Du hast keine Ahnung, wie schön es ist, über seine Ängste hinaus zu lieben. Ich kenne die deinen und will sie zu meinen machen. Ich liebe dich.«

Stellas Nachricht verwandelte sich in einen Refrain, der ihn in den Schlaf wiegte. Er träumte von fernen Ländern und Krebs und verfemten Dichtern. Unterdessen senkte sich mit sanftem Rauschen der von den Wolken allzu lange zurückgehaltene Regen vom dunklen Himmel herab. Irgendjemand würde darüber klagen, irgendetwas, eine dürstende Blume vielleicht, würde sich darüber freuen. Alle sehnen sich nach Gnade, doch nicht alle können sie zur gleichen Zeit und auf die gleiche Art empfangen. Alle sehnen sich danach, »ich liebe dich« gesagt zu bekommen, doch nicht alle haben den Mut hinzunehmen, dass ein anderer sagt, »ich will, dass du da bist«.

Zur gleichen Stunde, die den unsichtbaren Dingen, Träumen, Sternen, Geistern und Liebenden eine Gestalt gibt, schlüpfte Andrea unter Margheritas Decke und kuschelte sich an seine Schwester. Ihr warmer Körper schenkte ihm Geborgenheit, und nach ein paar Minuten des Schweigens sagte er:

»Ich hab Angst vorm Dunkeln.«

»Die Dunkelheit gibt's nicht, Andrea.«

»Doch.«

»Die Dunkelheit ist das ausgeknipste Licht.«

»Im Dunkeln gibt es Monster. Im Licht sieht man sie nicht.«

»Hast du sie denn schon mal gesehen?«

»Ja.«

»Und wie waren sie?«

»Scheußlich.«

»Wieso, was haben sie denn gemacht?«

»Angst.«

»Wie denn?«

»Mit der Dunkelheit: wie Monster das eben so machen. Sie jagen einem Angst ein, weil sie sich verstecken, aber sie sind da.«

»Und wo verstecken sie sich?«

»In Ecken und Löchern, und wenn's dunkel wird, kommen sie raus. Tagsüber schleichen sie einem nach, trauen sich aber nicht, sich vor einen zu stellen, weil das Licht sie wieder nach hinten bläst. Aber sie machen einem alles nach.«

»Wieso?«

»Weil sie neidisch sind.«

»Und tun sie einem was zuleide?«

»Ja.«

»Womit?«

»Mit der Dunkelheit.«

»Aha …«

»Aber sie haben auch Angst.«

»Wovor denn?«

»Sie sind immer allein und greifen einen an, wenn man auch alleine ist.«

»Und wenn man zu zweit ist?«

»Greifen sie nicht an.«

»Wieso?«

»Weil man zu zweit Licht hat.«

»Aber es ist stockfinster!«

»Nein, dieses Licht können nur die Monster sehen.«

»Welches Licht?«

»Das, was angeht, wenn zwei Menschen ganz nah zusammen sind und sich umarmen wie in der Glühbirne.«

»Was hat das denn damit zu tun?«

»In der Glühbirne gibt es zwei Arme, und da läuft das Licht durch.«

»Und wieso sehen wir es nicht?«

»Weil's ein unsichtbares Licht ist, das man nur auf den Bildern sieht. Wenn zwei sich liebhaben, kann kein Monster ihnen was tun.«

»Gibt es bei uns viele Monster?«

»Inzwischen ja, früher hat Papas und Mamas Licht sie ferngehalten.«

»Und jetzt?«

»Ist die Birne durchgebrannt. Jetzt kommen sie alle aus ihren Ecken und Löchern. Und sie haben Hunger.«

»Was fressen sie denn?«

»Den Schlaf.«

»Den Schlaf?«

»Ja, sie halten einen wach und saugen all den Schlaf, den man schlafen will, in sich rein.«

»Und was machen sie damit?«

»Sie wachsen und werden immer größer.«

»Und dann?«

»Dann passen sie nicht mehr in ihre Löcher und Ecken und sind plötzlich überall.«

»Hmm …«

»Wir müssen sie verhungern lassen.«

»Und wie?«

Andrea umarmte seine Schwester. Er klammerte sich an Margherita wie an einen Rettungsring und driftete wenige Sekunden später in den Schlaf. Margherita konnte nicht schlafen, doch wenigstens würden die Monster diese Nacht ihren Bruder in Ruhe lassen und nur ihren Schlaf fressen. Wer eine Liebe hat, die über ihn wacht, kann friedlich schlafen.

Doch manchmal brennt die Liebe durch, weil die entfachende Glut den Glühfaden immer dünner werden lässt.

V

Die erste Stunde ist die schwerste, weil sie Vergangenheit und Zukunft zugleich enthält. Die Vergangenheit eines behaglichen Bettes und einer Decke, die vor jedwedem Angriff der Wirklichkeit schützt, mischt sich mit der Zukunft eines Tages voller Unterricht und Hausaufgaben. Die erste Stunde besteht aus Wehmut und Verzweiflung, ein allemal tödlicher Mix, erst recht, wenn man vierzehn ist und allein der Gedanke an die »ersten Male« einen fertigmachen kann. Ganz zu schweigen davon, wenn sie Wirklichkeit werden wie die erste Abfragung.

Vor dem Schultor neben den Müllcontainern, wo sie sich verabredet hatten, hatte Marta Margherita fest an sich gedrückt und sie dann gezwungen, sich ein höchst originelles Horoskop anzuhören, für das sie schwärmte. Jeden Morgen, bevor sie sich überlegte, was sie anziehen sollte, druckte sie es aus und trug es den ganzen Tag bei sich. Mit vierzehn ist jeder Glaube recht, um einen vor der Wirklichkeit zu schützen, und das umso mehr, wenn man ihn in die Tasche stecken kann. Martas Horoskop spornte seine Leser zu ungeahnten Möglichkeiten an und stillte den Durst nach Geschichten, in die man sich flüchten konnte, um sich zu vergewissern, dass die eigene Geschichte nicht völlig bedeutungslos war.

Margherita war Löwe, und ihr Tageshoroskop war deutlich: »Wer seinen Feind kennt, hat schon halb gewonnen.

Gehe unbekannten Feinden aus dem Weg; sollte das nicht gelingen, betrachte den Rückzug als Sieg.«

Marta lachte, nachdem sie es ihrer Freundin vorgelesen hatte, doch in Margherita regte sich die Furcht vor einer heraufziehenden Katastrophe.

Die Mathelehrerin rauschte mit zehn Minuten Verspätung herein und schimpfte auf die öffentlichen Verkehrsmittel, die Finanzpolitik und die globale Erwärmung, was nichts Gutes erahnen ließ. Sie war eine Frau um die fünfzig, die trotz ihres beachtlichen Hinterteils Jeans trug und mit Taschen behängt war, in denen Karotten und Trauben von Mathematikaufgaben zerquetscht wurden. Nach einer hastigen Anwesenheitsprüfung, bei dem sie mindestens die Hälfte der Schüler überging, sagte sie:

»Heute wiederholen wir ein paar Kleinigkeiten … Mal sehen, wie es bei euch so aussieht … Dabei wollen wir uns von jemandem helfen lassen …« Ihre Stimme klang ruhig, als würde sie einen Einkaufszettel durchgehen, was die Mienen der Schüler noch banger werden ließ. Einige zogen instinktiv den Kopf zwischen die Schultern, andere fanden die Schuhe ihres Banknachbarn plötzlich äußerst interessant, und wieder andere schützten Gleichgültigkeit vor.

»Du«, rief die Lehrerin mit stechendem Blick.

Niemand rührte sich, obgleich sich ein allgemeiner Seufzer der Erleichterung hören ließ.

»Ich wusste es, dieses Horoskop irrt sich nie«, murmelte Marta mit einem unbewussten Lächeln.

»Also, wie heißt du?«, krächzte die Lehrerin.

Niemand antwortete, doch alle starrten Margherita an, die ihren Namen hauchte.

Inzwischen hatte die Lehrerin sich eine fuchsiafarbene Brille auf die Nase gesetzt, wie man sie für fünf Euro in der Apotheke kriegt, und sah sie aufmunternd an.

»Na, los… komm an die Tafel: Es ist nur eine kleine Wiederholung.«

Traue niemals den Diminutiven und Koseformen eines Lehrers: Sie sind der Auftakt zu Katastrophen, die der ärgsten Verwünschungen würdig sind.

Margherita erinnerte sich an ihr Horoskop und rührte sich nicht, als ginge es nicht um sie. Ihre Klassenkameraden waren hin- und hergerissen zwischen dem Wunsch, sie möge endlich aufstehen, damit das Massaker keine weiteren »Freiwilligen« forderte, und der Hoffnung, sie würde es nicht tun, um die Reaktion der Lehrerin zu erleben. Das ist das Schöne an Schule: Erwachsene kennenzulernen, die nicht die Eltern sind, und festzustellen, dass es sogar noch schlimmer geht.

Starr und stumm vor Angst saß Margherita da.

Die Lehrerin hob die Braue und nahm die Brille ab.

»Und?«, wiederholte sie mit Nachdruck.

Margherita erhob sich mit weichen Knien. Langsam ging sie auf die Tafel zu, doch als sie nach der Kreide griff, wurde sie von einem heftigen Brechreiz gepackt, und das gesamte Frühstück spritzte an die Tafel.

Die Klassenkameraden glotzten entsetzt. Die Blonde flüsterte: »Voll widerlich!«

Auf der Suche nach den Aufgaben, die sie für die Wiederholung vorgesehen hatte, blätterte die Lehrerin durch ihr Buch und bekam zunächst nichts mit. Als sie merkte, was los war, sprang sie auf, stürzte an Margherita vorbei, die zusammengekrümmt vor Scham dastand, und rief in den Flur hinaus:

»Signoraaaaa … wir brauchen sofort einen Putzlappen, die Kleine hier hat gekotzt!«

Die Blonde gackerte los, und ihre Klassenkameraden fielen ein. Nur Marta blieb ernst und war kurz vor den Tränen: sie fühlte sich schuldig. Wortlos verließ Margherita das Klassenzimmer und lief den Flur hinunter zum Klo, derweil die Lehrerin noch immer nach der schwerhörigen Hausmeisterin rief. Jetzt wusste der gesamte Korridor Bescheid, und es gab etwas, worüber man sich mindestens zwei Pausen lang das Maul zerreißen konnte. *Die Kleine*, gellte es in ihren Ohren. Kotzen war etwas für kleine Kinder.

Sie verschanzte sich im Klo, wild entschlossen, nie mehr herauszukommen. Das Klo war die Zweigstelle des Schrankes. Marta kam, um sie aus ihrem Bau zu locken.

»Margherita?«, rief sie. »Ich bin's.«

Margherita biss sich auf die Zunge.

»Wusstest du, dass man jahrzehntelang Tausende von Straußen beobachtet hat, und keiner von denen hat jemals den Kopf in den Sand gesteckt?«

Margherita musste grinsen und biss sich auf die Lippen, um sich in diesem erwachsenen Moment nicht noch kindischer vorzukommen.

Aus einem anderen Klo kam ein Mädchen und warf Marta einen schrägen Blick zu, doch Marta ließ sich nicht irritieren.

»Weißt du, welche Tiere als Einzige nicht den Kopf zum Himmel heben können?«

»Lehrer«, antwortete Margherita ernst.

»Nein! Schweine! Aber das ist das Gleiche!«, gab Marta kichernd zurück, und auch Margherita konnte nicht länger an sich halten.

Die Klotür öffnete sich und Marta nahm sie bei der Hand. Margherita spritzte sich Wasser ins Gesicht, dann schlüpften sie zögerlich auf den Flur hinaus.

Giulio, der mehr Zeit auf dem Flur als im Klassenzimmer verbrachte, lief an ihnen vorbei. Er suchte Margheritas Blick, doch er konnte nichts anderes sehen als ihre Scham, die sich als hässlicher Spritzer auf ihrer Schuhspitze manifestierte. Er blickte auf ihre Hände, die schlaff, ohnmächtig und leblos herunterhingen. Dieser Körper log nicht: Er war tot.

Als er sie durch die Klassentür verschwinden sah, blieb er stehen und fragte sich, welchen Zauber dieses Mädchen auf ihn ausübte.

Der Lehrer mit dem Drahtesel hastete mit seiner vor Worten berstenden Tasche und seinen – der Anspannung nach zu urteilen – von Grübeleien berstenden Händen an ihm vorbei. Giulio ging in seine Klasse zurück und folgte aufmerksam der Philosophiestunde. Philosophie war das einzige Fach, in dem jemand den Versuch unternahm, wieder Ordnung in die Welt zu bringen und Mensch und Wirklichkeit zu begreifen, und plötzlich überfiel ihn die Sehnsucht nach einer Welt, in der die Dinge einen Sinn hatten, in der man lächelte, lebte, liebte.

Margherita hielt den Blick bis zum Ende des Schultages gesenkt. Sie hörte, wie die Lehrer die Minuten mit Worthülsen und Behauptungen füllten, die an ihre Scham nicht heranreichten. Ihr Herz war inmitten eines verworrenen, dunklen Labyrinths gefangen, das keinen erhellenden Gedanken, geschweige denn eine Flucht zuließ.

Als es nach der letzten Stunde klingelte, stürzten die befreiten Körper der Schüler hinaus und suchten ihre Seelen, die schon seit geraumer Zeit einen Abflug gemacht hatten. Die Blonde in ihrer perfekt sitzenden graublauen Skinny-Jeans machte sich mit ihrer Freundinnen über Margherita und Marta lustig:

»Schräg und Schräger«, sagte sie. »Über die könnte man einen Film drehen …« Die anderen kicherten.

Marta blickte zu Margherita hinüber, um ihre Reaktion zu sehen, dann sagte sie:

»Willst du mit zu mir zum Essen kommen?«

»Wenn ihr keine Kannibalen seid …«

Lachend ließen die beiden Mädchen den schrecklichen Schultag hinter sich.

Wie alle Übergangsmonate vertröstete der September die Unschlüssigen. Mit frischem Wind, der den Herbst ankündigte, stürmte er voran und ruderte mit seinem noch sommerlichen Licht wieder zurück. Jeder konnte sich nehmen, was er wollte: fahler werdende Blätter, die von den Bäumen taumelten, schnell dahinziehende Wolken ohne Regen, blaue Himmelsfetzen, die wie Scharniere der Unendlichkeit zwischen den grauen Häusern aufblitzten.

Sorgfältig, als bände er ein Pferd los, um es auf die

Koppel zu lassen, schloss der Lehrer sein Fahrrad auf und radelte in Richtung *Parnaso Ambulante.* Stellas Nachricht hatte ihm Mut gemacht. Sie glaubte noch an ihn, sie würde alles tun, um mit ihm zusammenzubleiben, und mit ihren überstürzten Plänen bestimmt einlenken. Liebe nährt sich vor allem von Distanz, zu viel Nähe erdrückt sie und lässt sie erlöschen. Nur wer noch begehren kann, bleibt verliebt. Wer besitzt, begehrt bald etwas anderes … Eine erträumte Liebe macht glücklicher als zwei Zahnbürsten in einem Glas. Während er vor sich hin radelte, zogen berückende Filmszenen an seinem inneren Auge vorbei, und in Gedanken rezitierte er das Sonett, das John Keats für seine Geliebte Fanny geschrieben hatte und das er Stella vortragen würde, um sie um Verzeihung zu bitten:

Bright star, would I were steadfast as thou art
Not in lone splendour hung aloft the night …

Glänzender Stern! Wäre ich doch stet wie du –
Nicht Schimmern, einsam aufgehängt zur Nacht …

Keats hatte diese Liebe, die von handgeschriebenen Briefen, Sehnsucht und Schweigen lebte, nie ausgelebt gleich einem Kind, das in Augustnächten auf Sternschnuppen wartet. Die Passanten hasteten an ihm vorbei, an den Kreuzungen stritten sich die Autohupen.

And watching, with eternal lids apart …

Und schlaflos, offnen Lides immerzu …

Er würde ewig unter seinem Stern wachen, in der Hoffnung, ihn zu erobern, ihn aus der dunklen Ferne des Himmels in seine Arme fallen zu sehen. Ein Auto schoss jäh aus einer Seitenstraße und kam nur wenige Zentimeter neben dem Lehrer zu stehen. Der Fahrer sparte nicht mit schillernden Metaphern, um seiner Erregung Luft zu machen: es stimmte, Poesie ist überall. Doch der Lehrer war viel zu sehr damit beschäftigt, zu einem

Patient, sleepless Eremite…

Einsiedler der Natur, der duldsam wacht…

zu werden. Und er hätte alle Zeit der Welt gewartet, denn nur die Zeit kennt die Formel, um Wünsche in Leben und Leben in Wünsche zu verwandeln… Die Tische vor den Bars waren voller Menschen: Trinkend und lachend saßen sie im Getümmel. Doch er würde des Nachts und des Morgens wachen, immer und für immer warten…

Still, still to hear her tender-taken breath,
and so live ever – or else swoon to death.

Stets, stets im Ohr den zarten Atemzug,
und wär so ewig – sonst nie tot genug.

Die Verse mischten sich mit dem Takt der Ampeln und den perfekt rotierenden Speichen im Einklang mit dem Rhythmus der himmlischen Umlaufbahnen. Er bog in die Straße der Buchhandlung ein und bremste ab. Durch das glänzende Schaufenster hindurch konnte er Stellas Profil sehen, doch statt stehenzubleiben und der Wirklichkeit ins Auge zu blicken, fuhr er weiter aus Angst, abermals könnte das Leben die Verse eines vollkommenen Sonetts zerstören. Es war besser, dem Leben fernzubleiben, sonst lief man noch Gefahr, dem Laster der Hässlichkeit zu verfallen. Das Leben bildet niemals Reime, es lässt allenfalls einen Gleichklang zu, ansonsten macht es nur Geräusche.

Margherita und Marta stiegen aus dem Bus. Marta setzte sich auf eine Bank, die im Vorgarten ihres Wohnhauses stand, zog sich die lila AllStars aus und lief quer über den Rasen. Margherita blieb stehen und sah ihr zu. Marta winkte sie zu sich, und zögernd, als beträte sie dünnes Eis, setzte sie einen Fuß auf das Gras. Kopfschüttelnd und mit einem eindringlichen Blick auf ihre Füße hielt Marta sie zurück. Margherita zog sich die blauen Ballerinas aus und spürte, wie das junge Gras ihre Fußsohlen kitzelte. Die Passanten starrten sie an, als wären sie splitternackt.

Margherita ging auf ihre Freundin zu, als würde sie gleich im Grün ertrinken, und Marta zog sie mit verschwörerisch funkelnden Augen zu dem Baum, der den Mittelpunkt der Grünfläche bildete. Schweigend blieben sie darunter stehen.

»Ich wollte dir ein Wunder zeigen«, sagte Marta leise.

»Was für eines?« Suchend blickte Margherita sich um.

Marta griff nach ihrer Hand und legte sie gegen die Baumrinde.

»Dieses.«

»Aber das ist ein Baum!«, sagte Margherita und zog verlegen die Hand weg.

»Na, dann versuch doch mal, einen zu machen!«, gab

Marta zurück und schlang verliebt die Arme um den Stamm.

Margherita musste lachen.

»Du bist echt schräg …«

»Du bist schräg, wenn du dich dafür nicht begeistern kannst.«

Wieder nahm sie Margheritas Hand und legte sie an den dunklen, furchigen Stamm. Schlank und gerade reckte er sich in das Himmelsblau, und von seinen Ästen, die sich weit über ihren Köpfen reckten, hingen Büschel langer Blätter mit glatter Ober- und pelziger Unterseite. Das blasse Grün hob sich vom runzeligen Schwarz der Rinde und dem perlfarbenen Blau des Himmels ab. Dunkle Früchte verbargen sich zwischen den Blättern. Der Baum war mindestens fünfzehn Meter hoch.

»Das ist eine Schwarznuss«, sagte Marta.

»Trotzdem ist es ein Baum«, erwiderte Margherita, die nicht begriff, ob Marta es ernst meinte.

»Schließ die Augen.«

Margherita gehorchte. Marta nahm ihre Hand und führte sie sacht über den Stamm, sodass sie jede einzelne Runzel spürte, als wäre es ein Gesicht.

Mindestens eine Minute lang zwang Marta sie, die Rinde zu streicheln, und ein seltsames Glücksgefühl kribbelte in ihren Fingerspitzen.

»Das ist nicht nur ein Baum«, sagte Marta.

»Sondern?«

»Leben. Und du kannst es anfassen!«

Margherita öffnete die Augen und ließ ein gutmütiges Lachen hören.

»Du bist nicht schräg, du bist bekloppt!«

»Ciao, alter Freund«, sagte Marta und versetzte der Schwarznuss einen Klaps.

Die hölzernen Furchen hatten sich auf Margheritas Handfläche eingebrannt, als hätte ihre Hand eine vergessene Erinnerung wiedergefunden. Sie spürte, wie das Wesen des Lebens, das sie berührt hatte, ihre Haut durchdrang. Sie hatte keinen Einfluss auf das Leben, es war zu groß. Und sie so zerbrechlich mittendrin, aufgehängt an einem Faden.

Die beiden Mädchen zogen sich die Schuhe wieder an, und erst jetzt bemerkte Margherita, dass Martas rechter Schuh einen weißen und der linke einen gelben Schnürsenkel hatte. Auf dem Weg zur Tür überkam Margherita die Furcht, fremden Menschen begegnen zu müssen. Sie würde etwas sagen müssen, aber was? Hinzu kam die Befangenheit darüber, dass sie nicht offiziell zum Mittagessen eingeladen war; was würde ihre Mutter sagen? So etwas tut man nicht.

Die Tür ging auf, und eine Frau, deren Gesicht von einer regelrechten Explosion glänzender Locken umgeben war, empfing sie mit einer Pirouette, dass sich der Glockenrock ihres merkwürdigen, orangefarbenen Kleides bauschte.

Am liebsten wäre Margherita davongerannt. Aus diesem Haus würde sie nicht lebend herauskommen: Leute, die mit Bäumen redeten, einem tanzend die Tür aufmachten und sich anzogen wie Märchenprinzessinnen.

»Mama, das ist Margherita, sie isst heute bei uns.«

»Sehr schön! Dann gibt es für meine unwiderstehlichen

Kochkünste einen Zeugen mehr! Hast du das Kleid gesehen, das ich für die Rolle der Miranda genäht habe? Kannst du dir vorstellen, wie sie in diesem Kleid am weißen Strand aussieht?«

Marta ging um sie herum, befühlte den Stoff und legte die Hand an die Lippen.

»So eines will ich auch!«

»Aber Marta, es ist doch für die Komödie.«

»Na und, ist das Leben etwa eine Tragödie?«

Die beiden lachten, derweil Margherita noch immer mit großen Augen auf der Schwelle stand. Marina, Martas Mutter, schenkte ihr ein breites Lächeln und machte eine einladende Armbewegung. Sie hatte braune, leuchtende Augen wie ihre Tochter, schmale Lippen und elfenbeinfarbene Haut.

»Danke, Signora, und entschuldigen Sie bitte, dass wir nicht vorher Bescheid gesagt haben … aber …«

Marina wollte gerade antworten, als ein höchstens elfjähriger Junge auf einem roten Roller ins Wohnzimmer schoss.

»Wer bist du?«, fragte er Margherita.

»Eine Klassenkameradin von Marta.«

»Wie heißt du?« Er musterte sie durch seine runden Brillengläser.

»Margherita.«

»Du bist nett, aber bestimmt auch'n bisschen schräg.«

Margherita war baff: Am Ende war sie noch die Schräge …

Marina strubbelte ihrem Sohn durch das ohnehin zerzauste Haar: »Er sagt immer, was er denkt … Du darfst es ihm nicht krummnehmen, man gewöhnt sich dran.«

»Ich bin Marco. Wusstest du, dass eine Kakerlake neun Tage lang ohne Kopf überleben kann?«

»Und dann stirbt sie?«, fragte Marta neugierig.

»Sie verhungert«, antwortete Marco bierernst.

»Das heißt, wenn ich dir den Kopf abreiße, könntest du noch neun Tage weiterleben?!«, sagte Marta enttäuscht.

»Du bist nur neidisch, weil du keine Sachen weißt, die niemand weiß …«, entgegnete Marco, schloss die Augen, legte den Kopf schräg und verschränkte die Arme. »Ignorantin«, fügte er hinzu, drehte sich um und gab seinem Fortbewegungsmittel Schwung.

»Marco ist der größte Experte für Dinge, die niemand weiß«, erklärte Marta. Am liebsten wäre Margherita aus diesem Zirkus geflohen. Unvorhersehbarkeiten gab es in ihrem Leben schon mehr als genug, zusätzliches Chaos konnte sie nicht gebrauchen.

Während Marta sich auf den Weg in ihr Zimmer machte und Marina in der Küche verschwand, tauchten im Flur zu allem Überfluss zwei vollkommen identisch aussehende, gleich gekleidete kleine Mädchen auf, die sich zu einem nach Lady Gaga klingenden Popsong in seltsamen Choreographien versuchten. Die Hände in die Hüften gestemmt, schüttelten sie die blonden Köpfe, dass die Zöpfe nur so wirbelten. Als Marta mit einfiel, hängten sich die beiden Schwestern an sie, als hätte der Star der Show die Bühne betreten. Sie klatschten begeistert in die Hände und versuchten ihre Bewegungen nachzuahmen. Marta war großartig, sie tanzte wie Shakira. Margherita stand wie versteinert daneben. Als die Mädchen sie bemerkten, nahmen sie sie bei den Händen.

»Kannst du tanzen?«, fragte Paola.

»Kannst du tanzen?«, fragte Elisabetta.

»Nicht wirklich ...«, antwortete Margherita.

»Dann bringen wir's dir bei«, sagte Elisabetta.

»Ja, wir bringen's dir bei«, echote Paola.

»Mach es einfach so wie wir«, sagte Elisabetta.

»Genau, so wie wir«, wiederholte Paola.

Die beiden stellten sich einander gegenüber, verschränkten die Hände mit gespreizten Ellenbogen hinter dem Kopf und fingen an, wie sechsjährige Bauchtänzerinnen verführerisch das Becken kreisen zu lassen. Hilfesuchend suchte Margherita Martas Blick, die ausgelassen weitertanzte. Sie versuchte, sich dem Strudel der Musik hinzugeben und sich so gut sie konnte dazu zu bewegen. Marco sauste auf seinem Roller vorbei und machte dabei ein verächtliches Gesicht, als sei er überzeugt, dass in der Liste der Dinge, die niemand weiß, Frauen an erster Stelle stehen.

Nach und nach verlor Margherita ihre Befangenheit, schließlich waren hier alle durchgeknallt, und sie spürte, wie ihr der Spaß in die Glieder fuhr. Jetzt tanzten sie paarweise, auch wenn Margherita nicht hätte sagen können, welche der Zwillinge sie vor sich hatte.

Die Musik verklang.

»Du bist gut«, sagte Elisabetta.

»Ja, du bist gut«, sagte Paola.

»Tanzt du heute Nachmittag mit uns?«, fragte Elisabetta.

»Tanzt du mit uns?«, fragte Paola.

»Aber ihr müsst eure Hausaufgaben machen, Mädchen!«, sagte Marta.

»Die haben wir alle schon gemacht.«

»Alle.«

»Wann?«, fragte Marta.

Keine der beiden antwortete. Sie sahen sich an und ließen den Blick auf die Fußspitzen sinken.

»Ihr müsst sie also noch machen …«, sagte Marta.

»Wir haben nur ganz wenig auf. Tanzen wir, wenn wir fertig sind?«, fragte Paola.

»Nur ganz, ganz wenig. Wenn wir sie ganz schnell fertig machen, tanzen wir dann?«, legte Elisabetta nach.

»Ja, wenn ihr fertig seid, tanzen wir«, versprach sie. »Und jetzt lasst uns in mein Zimmer gehen.«

Wie Überlebende einer langen Reise erreichten Marta und Margherita endlich Martas Zimmer. Unmöglich, sich in diesem Haus allein zu fühlen, dachte Margherita, und viel lieber hätte sie hier statt im Kleiderschrank gewohnt.

Martas Zimmer war voller Fotografien von merkwürdigen Orten und noch merkwürdiger dreinblickenden Gesichtern in Nahaufnahme. Margherita betrachtete sie. Neugierig besah sie sich das Foto eines Jungen mit schnittlauchglattem Haar, der gerade einen Schneeball ins Gesicht bekam.

»Das ist Fabrizio« sagte Marta. »Mein Vater ist Hobbyfotograf, und unsere Zimmer sind gepflastert mit seinen Experimenten.«

»Wer ist Fabrizio?«

»Mein Bruder.«

»Noch einer?«

»Wie meinst du das?«

»Ach, nichts. Ich wollte nur sagen, ihr seid ganz schön viele …«

»Ja, hier ist immer was los … Fabrizio ist der Älteste, er ist sechzehn, dann komme ich, dann Marco und dann die Zwillinge.«

»Fünf … Und habt ihr alle … eine Mutter? Also deine?«

»Ja. Meine Mutter arbeitet am Theater. Sie ist Kostüm- und Bühnenbildnerin, sie ist super. Hast du das Kleid gesehen, das sie vorhin anhatte? Das ist für ein Shakespearestück. Sie hat Papa bei einem Musical kennengelernt, für das sie die Kostüme geschneidert hat. Am Ende des Stücks, als auch sie auf die Bühne geholt wurde, hat Papa sie gesehen, und als sie sich verbeugt und gelächelt hat, hat er beschlossen, sie zu heiraten.«

»Woher weißt du das?«, fragte Margherita.

»Er hat's mir erzählt.«

»So was erzählt er dir?«

Marta verstand die Frage nicht und nickte.

»Stell dir vor, er hat sie nie fotografiert, obwohl er völlig besessen ist!«

»Und warum nicht?«

»Weil er dachte, er würde sie kaputtmachen.«

»Kaputtmachen?«, fragte Margherita und trat näher an ein Foto heran, auf dem die Zwillinge ihre Köpfe zwischen den Beinen hindurchsteckten wie zerbrochene Puppen.

»Ja. Papa sagt immer, Fotografie hat die Fähigkeit, etwas festzuhalten, was es sonst nicht mehr gäbe. Mit Mama gelingt ihm das nicht. Kein Foto wird dem gerecht, was er festhalten möchte. Ein bisschen kompliziert, was?«

»Nein, nein. Das leuchtet ein.« Margherita wurde traurig.

»Und was machen deine Eltern?«

»Sie haben sich getrennt«, entgegnete Margherita. »Die machen nichts mehr.«

Marta wusste nicht, was sie sagen sollte.

»Mein Vater ist ohne ein Wort zu sagen weggegangen. Ich weiß nicht mal, wo er ist«, fügte Margherita hinzu und musterte Marcos grinsendes Gesicht auf einem Strandfoto, auf dem nur sein unbebrillter Kopf aus einem Sandloch hervorragte.

Marta schwieg.

Margherita liefen ein paar Tränen über die Wangen, während all diese gut gelaunten Gesichter sie ihrer Traurigkeit anklagten.

Die Zwillinge platzten ins Zimmer.

»Esseeeen!«, riefen sie im Chor.

Marco auf seinem Roller schoss aus dem Zimmer gegenüber, gefolgt von einem blonden Jungen mit glattem, unordentlichem Haar. Er trug T-Shirt und Bermudas. Er war dünn, mit dunkelgrauen Augen wie die abendliche See und noch kindlichen Zügen. Als er Margheritas Blick begegnete, deutete er ein Lächeln an, doch als sie sich vorstellen wollte, war er schon entwischt mit hochgezogenen Schultern, die Arme dicht am Körper und halb in den Taschen vergraben, als könnten sie ganz darin verschwinden.

Sie sahen aus wie eine Zirkustruppe: die tanzenden Zwillinge, Marco auf seinem Roller, der glatthaarige Fabrizio, Marta und schließlich Margherita mit noch rotgeweinten Augen, die nicht wusste, wie sie dieses Mittagessen überstehen sollte. Sie verschwand im Bad und wusch sich das Gesicht, damit niemand sah, dass sie geweint hatte, doch nichts zeichnet Augen mehr als Tränen.

Marina sprach das Tischgebet. Befangen saß Margherita da und wiederholte automatisch das abschließende Amen. Beim Essen erzählte Marina von der Inszenierung, für die sie die Kostüme schneiderte. Der Ort der Handlung, eine Insel, hatte sie auf zig Ideen gebracht, und ihre Kostüme erinnerten an Muscheln, Korallen, Algen, Gischt …

Marta bestürmte sie mit Fragen: Sie besuchte einen Schauspielkurs, und Mutter und Tochter befeuerten einander in ihrer Begeisterung.

Die Zwillinge schnippten Brotkügelchen in die Gläser der Brüder.

»Mädchen! Das macht man doch nicht«, ermahnte sie die Mutter und fing gleich darauf an, es ihnen nachzutun. Sie landete einen Treffer und prustete los.

Marco erklärte das Experiment, das er gerade durchführte, spickte seine Schilderungen mit Dingen, die niemand weiß, und behauptete schließlich, mit offenen Augen zu niesen sei unmöglich, und würde man es versuchen, laufe man Gefahr, dass die Augäpfel aus den Höhlen schossen.

Mit einem erschrockenen Quietschen schlugen sich die Zwillinge die Hände vor die Augen.

Fabrizio saß schweigend da und beobachtete das Treiben. Hin und wieder blieb sein Blick an Margherita hängen, um ihre Reaktion zu sehen.

»Wie heißen deine Eltern, Margherita?«, fragte Marina.

»Eleonora und Alessandro.«

»Und was machen sie?«

»Keine Ahnung …«

Marta warf der Mutter einen eindringlichen Blick zu, die sofort begriff und das Thema wechselte.

»Wieso kommt ihr heute nicht zu den Proben?«, fragte Marina.

»Wir müssen lernen«, antwortete Marta.

»Das wäre schön …«, sagte Margherita wie zu sich selbst und genoss die Vorstellung, dass diese Frau wenigstens für einen Nachmittag ihre Mutter sein könnte. Sie hatte ihre Mutter nie bei der Arbeit gesehen.

Während sich die Zwillinge um ein abgepralltes Brotkügelchen stritten, stand Fabrizio auf und öffnete die Tür, an der soeben das Familienoberhaupt erschienen war. Die Zwillinge sprangen auf, klammerten sich an die Beine des Vaters und wühlten in seinen Taschen, in denen sich wie üblich für jede eine Überraschung verbarg. In der einen befand sich ein Armband aus bunten Clips, in der anderen ein Cocktailschirmchen aus Papier. Sofort huschten sie davon, um ihre Schätze zu vergleichen. Martas Vater kam an den Tisch und küsste seine Frau.

»Heute ist Margherita bei uns zu Gast«, sagte Marina.

»Sie ist meine Banknachbarin«, erklärte Marta.

Der Mann, der einen prächtigen Schnurrbart, langes, schwarzes Haar und dunkle Augen hatte, holte sogleich einen Fotoapparat aus seiner Umhängetasche. Den trug er immer bei sich wie ein zweites Augenpaar.

»Wir auch!«, riefen die Zwillinge wie ein zweiköpfiges Wesen.

Sie stürzten sich auf Margherita, und Marta stellt, sich hinter sie. Marco und Fabrizio schauten zu.

Lächelnd drückte Martas Vater auf den Auslöser. Dann ging er sich die Hände waschen, während Marina seinen Teller füllte.

»Esst ihr immer zusammen zu Mittag?«, fragte Margherita.

»Wenn wir können. Es klappt nicht immer, aber heute schon«, entgegnete Marina.

In dieser Familie war ein Fernseher überflüssig. Während des Essens wurde ununterbrochen erzählt, gezankt, gelacht und geweint. Es brauchte keine Hintergrundgeräusche, um die Leere zu füllen. Alle waren gezwungen, zuzuhören und die Welt mit den Augen des anderen zu sehen.

»Wie war's heute in der Schule?«, fragte der Vater und setzte sich.

»Ich habe eine Sache rausgefunden, die keiner weiß«, sagte Marco.

»Ach was…«, entgegnete der Vater.

»Wetten, du weißt es nicht?«

»Worum wetten wir?«

»Ein Eis!«

»Ja, ein Eis«, mischte sich Paola ein.

»Ich auch!«, rief Elisabetta sofort.

Der Vater nickte feierlich. Margherita musste unwillkürlich lachen.

»Schmetterlinge schmecken mit den Füßen«, sagte der kleine Wissenschaftler überzeugt.

»Wie eklig!«, rief einer der beiden Zwillinge, ohne dass Margherita hätte sagen können, welcher.

Der Vater war sprachlos.

»Yippee!«, brüllte Marco, weil er wieder einmal gewonnen hatte.

»Und ihr?«, fragte er an Marta und Margherita gewandt.

»Mathe, Geschichte, Kunst und NaWi«, zählte Marta auf.

»Hat's sich gelohnt?«, fragte der Vater.

»Nein«, entgegnete Marta sehr selbstsicher. »Nichts Interessantes, der übliche Kram, den man auch selber nachlesen kann.«

Margherita war von der Antwort beeindruckt und zugleich erleichtert, dass Marta den Vorfall in der Mathestunde nicht erwähnt hatte.

»Und du, Margherita, was machst du am liebsten?«, fragte der Vater.

»Tanzen!«, riefen die Zwillinge, als hätte die Frage ihnen gegolten. »Wir haben vorhin zusammen getanzt, sie ist gut!«

Margherita lachte. »Nein, bin ich nicht …« Dann wandte sie sich verlegen dem Vater zu. »Ich weiß nicht.«

»Gibt es nichts, was dir den Atem verschlägt? Was dein Herz vor Freude platzen lässt? Du weißt schon, wenn einem die Tränen kommen, ohne zu wissen wieso …«, sagte Marina.

Margherita verstand die Sprache nicht, die in diesem Haus gesprochen wurde, doch sie gefiel ihr.

»Vielleicht … wenn mein Vater zurückkäme«, entgegnete sie ernst und in einem Anfall von Vertraulichkeit, den sie sich selbst nicht erklären konnte.

Fabrizio sah auf und blickte sie an. Die Zwillinge begriffen nicht. Marco schwieg und fragte sich, ob das vielleicht ein würdiger Neuzugang für seine Liste von Geheimnissen war.

»Wusstest du, dass ich die beiden heute zur Probe mitnehme?«, rief Marina, um vom Thema abzulenken, dass Margheritas verweinten Augen nach zu urteilen, recht heikel zu sein schien.

»Sie ist noch nicht ganz da und schon verdorben… Tut mir leid, Margherita…«, sagte der Vater und aß seine Spaghetti auf.

»Dürfen wir auch mitkommen?«, fragten die Zwillinge.

»Wenn ihr euch gut benehmt und eure Hausaufgaben macht«, antwortete der Vater.

Marina sah ihn mit leisem Vorwurf an, als wollte sie sagen: »Und wie soll ich das schaffen?«

»Vielleicht begleitet Fabrizio euch und passt auf die Zwillinge auf…«, sagte der Vater und sah seinem Sohn in die Augen.

»Okay.« Fast aus Versehen schoss Fabrizios Blick zu Margherita hinüber. Sie wurde rot.

Marina bemerkte es und lächelte.

»Und das Eis?«, fragten die Zwillinge im Chor.

Der Nachmittag des Lehrers füllte sich mit Gespenstern, die sich einfach nicht verjagen ließen. Wie in der berühmten Illustration, in der Don Quijote in seinem Zimmer sitzt und gegen seine ritterlichen Visionen wütet, kämpfte der Lehrer vergeblich gegen gigantisch erscheinende Wörter wie *Heirat, Kinder, Vater, Familie* an, während er versuchte, die morgige Schulstunde vorzubereiten. Schließlich stellte er sich mit einem Buch in der Hand auf sein Bett und fing an, Verse zu rezitieren, die wieder Ordnung in das Chaos bringen sollten. Die Türklingel machte auch diesen Versuch zunichte. Leise schlich er zur Tür und starrte durch den Spion.

»Ich weiß, dass du da bist!«, dröhnte eine Stimme und ließ die Tür erzittern.

Der Lehrer drückte sich gegen die Wand und verbarg das Gesicht in der *Odyssee*.

»Mach auf, ich will dir die Post geben. Hier ist ein Einschreiben, das du quittieren musst«, sagte die Stimme.

Das war ein Trick, das wusste er, doch kam er nicht umhin, sich Skylla und Charybdis zu stellen, die sich vor seiner Tür in einem Ungeheuer vereinten. Zaghaft öffnete er.

»Du musst mal aufhören, dich wie ein Kind zu benehmen, Junge. Hier, eine Büchersendung. Ich hab für dich unterschrieben. Wieso legst du nicht ein bisschen was für die Miete beiseite, wenn du dir all diese Bücher leisten kannst?«, fragte die tausendäugige, tausendmündige Portiersfrau Elvira Minerva unverblümt, aber freundlich.

Der Lehrer nahm das Paket entgegen und legte es aufs Bett. Er streichelte es wie einen Welpen.

»Seit wann hast du hier drin nicht mehr aufgeräumt, mein Junge?«, fragte Signora Elvira entrüstet und ließ den Blick über die Bücherstapel, herumliegenden Kleidungsstücke und schmutzigen Teller gleiten. Sie hatte rot gefärbtes Haar, durchdringende Käuzchenaugen und runzelige Hände von dem Putzmittel, mit dem sie täglich die Treppe wischte.

Der Lehrer zuckte mit den Schultern.

»Du brauchst eine Frau, mein Junge. Weniger Bücher und mehr Liebe. Das brauchst du«, sagte sie und legte ihm mütterlich eine Hand auf die Schulter.

Angesichts dieser x-ten Gemahnung an die Wirklichkeit ließ sich der Lehrer aufs Bett fallen. Er vergrub den Kopf in den Händen. Er hatte Stella im Schweigen zurückgelassen, hatte sich ohne ein Wort davongemacht. Und nach der Nachricht war er wieder weggelaufen. Sie wartete, und vielleicht würde sie nicht ewig warten. Ohne sie würde er sich verlieren, doch sie wollte Kinder. Gab es denn keinen Mittelweg? Das Leben ist der heftigste Krimi, der je geschrieben wurde, und für Krimis hatte er nie etwas übriggehabt.

Elvira begann aufzuräumen.

»Du weißt eine ganze Menge, Professore, aber wozu nützt dir das, wenn du nicht glücklich bist?«

Der Lehrer antwortete nicht und fing an, ihr beim Verjagen der Gespensterscharen zu helfen, die seine Einzimmerwohnung und seine Seele bevölkerten.

Nonna Teresa betrat die Küche. Ihre weißen, blaugeäderten, altersfleckigen Hände rochen nach Lavendelseife, eine flüchtige Erinnerung an sonnenwarme Felder. Als Zeichen der Trauer trug sie ein schwarzes Kleid, das sie, ebenso wie sie nur freitags Fisch aß, ausschließlich an dem Wochentag anlegte, an dem Pietro gestorben war. An den übrigen Tagen trug sie leuchtende Farben. Andrea malte und konnte es kaum abwarten, dass die Großmutter anfing, einen Kuchen zu backen, damit er ihr dabei zusehen konnte. In dieser Küche gab es keine Monster, nur Düfte und Farben, gute Zutaten, die von alten Händen verknetet wurden, und weiße Blätter voller Kinderzeichnungen.

»Hilfst du mir heute, mein Herz?«

Ein Strahlen erschien auf Andreas Gesicht, und seine Augen leuchteten vor Begeisterung.

»Was machen wir denn, Nonna?«

Die Großmutter blickte ihn sehr ernst an, als wäre sie kurz davor, die Wahrheit über die Erschaffung der Welt zu verkünden.

»Apfelkuchen«, sagte sie feierlich und hob ihre zarten Hände, die unzählige Sachen geknetet hatten, wie ein Dirigent, der den Auftakt zu einer Uraufführung gab.

»Was muss man da machen?«, fragte Andrea.

»Als ich hier in Mailand meine Konditorei eröffnet habe, war das der beliebteste Kuchen. Ich wählte die richtigen Äpfel aus, nicht zu hart, sondern ein bisschen reif. Der Apfelkuchen hat ein Geheimnis, das nur wenige kennen.«

»Welches?«

»*I fimmini quarchi vota dìcunu u veru, ma nun lu dìcunu per interu* – Manchmal sagen Frauen die Wahrheit, aber nicht die ganze.«

»Was soll denn das heißen?«

»Manche Dinge behält man für sich, mein Herz. Man tut sie und basta.«

Andrea sah sie schweigend an, als warte er auf eine Art Initiationsmysterium, das sich hinter diesen regelmäßig wiederholten Phrasen der Großmutter verbarg.

»Jeder Kuchen hat sein Geheimnis … Alles steht und fällt mit dem Teig. Wenn man beim Teig schludert, wird der Kuchen nichts. Bist du bereit?«

»Bereit!«, antwortete der Enkel.

»Die Hände!«, sagte die Großmutter streng.

Andrea lief ins Bad und schrubbte seine Hände mit der

lila Großmutterseife. Dann streckte er ihr seine duftenden, sauberen Handflächen hin.

Nonna Teresa fing an, die Zutaten zusammenzusuchen. Sie schüttete einen Berg aus Mehl und Zucker auf den Marmortisch, den Andrea rundherum festklopfte, damit er nicht zusammenbrach.

»Eier.«

Andrea reichte der Großmutter Ei für Ei, die sie mit einer kleinen Bewegung und ohne ein Wort zu sagen über dem Mehl- und Zuckerberg aufschlug, sodass das Eigelb wie Lava in den Krater plumpste. Alles war bereit: Es herrschte Schweigen. Die Großmutter hob die Hände über den Vulkan. Andrea tat es ihr gleich, um an diesem Wunder teilzuhaben.

»Jetzt!«, brach die Stimme der Großmutter das Schweigen und vergrub die Hände lachend in dem Berg aus Mehl, Zucker und Ei. Andrea half ihr und fing an, die Großmutter zu imitieren und mit sanften und zugleich energischen Bewegungen zu kneten.

»*Cu sapi impastari sapi pure amari* – wer kneten kann, der kann auch lieben.« Sie wurde ernst, und eine jähe Erinnerung ließ ihre Augen feucht werden. Andrea glaubte ihr, auch wenn er sie nicht verstand. »Sachte, sachte, genau so …«

Nonna Teresa begann ein Lied zu singen und den Takt für die Hände vorzugeben.

»Was singst du da?«

»Jeder Kuchen hat seinen Teig, und jeder Teig hat seine Musik«, erklärte die Großmutter. »Zu jedem Kuchen muss man das richtige Lied singen, das ist das Geheimnis des richtigen Teiges. Jeder Kuchen ist aus einem Lied gemacht.«

Die Großmutter sang mit tiefer Stimme, die ganz anders klang als ihre dünne Sprechstimme. Ihr Gesang schien von ganz weit her zu kommen, wie ein Fluss, der alles zwischen Himmel und Meer berührt hat und angefüllt mit Geröll in den Ozean mündet.

Schweigend lauschte Andrea den magischen Worten, während er seine Finger im Teig vergrub, und es schien, als ließe sich das Chaos der Welt durch der Hände Arbeit in Ordnung verwandeln.

»*U Signuruzzu i cosi i fici dritte, vinni u diavulu e i surcìu.* Der Herr machte die Dinge gerade, da kam der Teufel und bog sie krumm.«

»Was heißt das?«

»Ach, nichts ...«

»Nonna Teresa, welche Augenfarbe hatte Nonno Pietro?«, fragte Andrea, der den Großvater nie kennengelernt hatte und wusste, was diese Frage auslöste.

Das Gesicht der Großmutter erhellte sich.

»*Era bieddu ... ch'era bieddu!* Er war schön ... was war er schön!«, seufzte sie.

Und sie fing an zu erzählen, dass er große, schwarze Augen hatte, bei denen man die Iris nicht von der Pupille unterscheiden konnte, und einen schwarzen, eleganten Schnurrbart. Er war im Krieg gewesen und hatte während eines Fronturlaubes um ihre Hand angehalten. Er hatte fünfzehn Eier auf einmal gegessen und sich die Leber verdorben, nur, um nach Hause geschickt zu werden und ihr einen Antrag zu machen. Er meinte es ernst. Sie erinnerte sich an jede Kleinigkeit, wie er mit gelbem Gesicht und unter Krämpfen halb vor ihr kniete und fragte: »Signorina Teresa, sobald ich den Krieg gewonnen habe, heirate ich Sie.«

Den Krieg hatte er nicht gewonnen, aber geheiratet hatte er sie dennoch, und das war die Hauptsache.

»Er war ein hochgebildeter Lehrer. Er las mir laut vor und brachte mir sogar das Lesen bei.«

Ihre Augen wurden feucht, und Andrea saß gebannt daneben und bestaunte das Geheimnis einer Liebe, die niemals endet, selbst wenn sie nicht mehr zu existieren scheint. Nonna Teresas in Erinnerungen versunkenes Gesicht faszinierte ihn. Jedes Mal schien es, als erzählte sie die Geschichten zum ersten Mal.

Als der Kuchen im Ofen war, bat Andrea sie, eines ihrer Märchen zu erzählen, die sie im schattigen Garten des alten gelben Hauses mit Blick über das Meer, dem Duft nach Jasmin und dem Raunen der Sterne gehört hatte. Als es das Fernsehen noch nicht gab und man sich weniger langweilte. Andrea liebte das grausame Märchen von Colapesce, dem Fischmenschen, der in die Meerenge von Messina hinabtauchte und entdeckte, dass Sizilien auf drei Säulen ruhte. Doch da eine davon einzustürzen drohte, war er auf dem Meeresgrund geblieben, um sie zu stützen.

Andrea riss verzückt die Augen auf, die Seele wurde leicht, und die Bilder setzten sich auf dem Herzen fest wie Algen auf einer Klippe. Das ist die Kraft der Geschichten: Sie glätten die Kanten der Dinge, sodass man den Fuß daraufsetzen kann.

Die Geschichten der Großmutter endeten alle mit dem gleichen Satz: »Und sie lebten glücklich und zufrieden, während uns der Magen knurrt«, denn wer Geschichten erzählt, schlägt nicht nur der Zeit ein Schnippchen, sondern auch dem Hunger, den man übers Zuhören vergisst.

»So ist meine Insel ...«

»Wie?«

»Wacklig.«

»Aber es gibt doch Colapesce!«

»Na, hoffen wir mal, dass er durchhält ...«

»Wann fahren wir nach Sizilien, Nonna?«

»Wenn ...« Sie sprach den Satz nie zu Ende und starrte ins Leere, den wehmütigen Blick in die Vergangenheit gerichtet.

Während die Großmutter erzählte, malte Andrea, doch für ihre Geschichten reichten seine Farben nie aus.

»Nonna, kaufst du mir die Packung mit allen Farben?«

»Wenn du groß bist.«

»Und wann ist das?«

»Das merkst du dann schon«, sagte die Großmutter mit gewissem Ernst und dachte an den Tag zurück, an dem sie es gemerkt hatte.

Komparsen und Darsteller mischten sich auf der Theaterbühne, auf der die Schauspieler des Ensembles *SenzArte-NéParte* den *Sturm* von Shakespeare zum Leben erweckten. Am Bühnenrand standen Margherita und Marta, die beiden Zwillinge, das Kinn wie zwei Schaufensterpuppen in die Hände gestützt, und Fabrizio, der nicht ganz bei der Sache war. Murmelnd sprachen die Zwillinge den Text mit. Marta musste sich zusammenreißen, um nicht auf die Bühne zu springen. Sie spielte selbst Theater und besuchte einen Kurs eines kleinen Ensembles namens *Die üblichen Unbekannten*. Marina studierte aufmerksam die Bewegungen der Protagonisten und las die Dialoge mit, um sich neue Inspirationen für ihre Kostüme zu holen.

Das ist ein so seltsamer Irrgarten, als je ein Mensch betreten hat, und es ist mehr als die Natur zu tun vermag, in diesem Geschäfte; ohne ein Orakel ist es unmöglich, etwas davon zu begreifen.

Das sagte ein grauhaariger Mann, den Blick fragend gen Himmel gerichtet. Er trug ein schwarzes T-Shirt und Jeans und stand barfuß an einem unsichtbaren Strand vor einer finsteren Höhle, die es nicht gab. Ein junger Mann mit glattem, blondem Haar antwortete beschwichtigend:

Mein gebietender Herr, beunruhigt euch nicht,
das Wunderbare in diesen Dingen zu ergründen.

Margherita ließ sich kein Wort entgehen, auch sie hatte das Gefühl, sich im verworrensten aller Irrgärten verlaufen zu haben, ohne zu wissen, ob seine verschlungenen Wege und Flure sie irgendwohin führten. Sie sah Marinas Kinder an. Jeder in dieser Familie war vom anderen begeistert, weil jeder er selbst war. Noch nie hatte sie so viel Freiheit auf einmal gesehen. Auf den ersten Blick sah es so aus, als machte jeder etwas anderes und ginge seiner eigenen Wege, doch in Wirklichkeit spielten alle im selben Stück. Es war gleich, wer welche Rolle hatte: der Verrückte, der König, der Soldat oder der Dieb … Jeder konnte er selbst sein. Es kam darauf an, *wie* sie ihre Rolle spielten, denn nur so konnte das Stück gelingen.

Heimlich betrachtete Fabrizio Margheritas Profil. Er hielt das Gesicht zur Bühne gerichtet, doch ein Seitenblick genügte, um das vollkommen reglose Mädchen zu beobachten. Sie hatte kleine, ein wenig spitz zulaufende Ohren, halb verdeckt vom rabenschwarzen Haar, das ihr in zahllosen Wellen über die Schultern fiel. Ihre Lippen waren genauso korallfarben wie das von Marina genähte Kostüm, und ihre gleichmäßig sattgrünen Augen machten aus ihr eine Kreatur des Waldes. Die klar umrissenen Augenbrauen waren schwungvoll und elegant zugleich, und die kleine Nase verlieh dem Gesicht, dessen Schönheit sich mit der Zeit vollenden würde, das nötige Ebenmaß. Ein Anflug von Traurigkeit lag wie ein unsichtbarer Schleier über ihr.

Mich verlangt mit Ungeduld die Geschichte eures Lebens
zu hören, welche nicht anders als voll außerordentlicher
Sachen sein kann,

sagte der Grauhaarige, und der Junge antwortete ihm mit nach oben gekehrten Handflächen:

Ich will euch alles erzählen und verspreche euch eine
ruhige See, glückliche Winde, und so schnelle Segel,
dass wir eure Flotte bald eingeholt haben wollen.

Die Zwillinge applaudierten, und die Schauspieler verbeugten sich in ihre Richtung.

»Unsere Mama ist die tollste Kostümschneiderin«, sagte Paola.

»Die allertollste«, legte Elisabetta nach.

Alle lachten, selbst Margherita, die sich umdrehte und Fabrizios Blick begegnete.

Nach den Proben fuhr Marina Margherita nach Hause. Ihre Laune verdüsterte sich bei dem Gedanken an das, was sie daheim erwartete: Sie hatte die Anrufe der Mutter ignoriert. Es war fast Abendbrotszeit. Draußen wurde es dunkel, und der Abend lud zur Erholung ein, doch auf Margherita wartete eine Schlacht, die sie nur zu gern gemieden hätte. Als die Mutter die Tür öffnete, stob der Tochter die Furie der Angst, des Versagens und der Entnervtheit wie ein eisiger Wind entgegen.

»Wo bist du gewesen?«

»Nirgends.«

»Nirgends? Mit wem hast du dich rumgetrieben?«

»Mit einer Klassenkameradin.«

»Und wer ist das?«

»Marta.«

»Wieso bist du nicht ans Telefon gegangen?«

»Es ging nicht.«

»Was soll das heißen, ›es ging nicht‹?«

»Ich war bei einer Theaterprobe.«

»Was für eine Probe?«

»Ich hab nix Schlimmes gemacht.«

»Und konntest du mir nicht Bescheid sagen?«

»Martas Mutter macht total schöne Kostüme.«

»Wieso hast du mir nicht Bescheid gesagt?«

»Ich wollte nicht, dass du alles kaputtmachst.«

Eleonora fuhr zusammen und ließ sich betroffen auf einen Stuhl sinken.

»Wieso ist er abgehauen?«, fragte Margherita.

»Ich weiß es nicht.«

»Du weißt es nicht? Nie weiß jemand was!«

»Ich hab versucht ihn anzurufen … Nichts.«

Auf dem Gesicht der Mutter zeichneten sich Ohnmacht und Verlorenheit ab. In diesem Moment war sie Margherita ähnlicher als irgendjemand sonst auf der Welt. Am liebsten hätte sie sie in die Arme geschlossen, sie geküsst und gestreichelt, doch eine blinde, herzlose Macht hielt sie davon ab.

»Sag mir die Wahrheit.«

»Er liebt mich nicht mehr.«

»Und du? Liebst du ihn noch?«

»Ja.«

»Und wieso hast du ihn dann gehen lassen?«

»Er hat mich nicht um Erlaubnis gefragt …«

»Du hast ihn nicht genug geliebt. Wenn man einen Schatz besitzt, verliert man ihn nicht. Man hält ihn um jeden Preis fest: auf Leben und Tod.«

»Jetzt bin ich also schuld?«

»Ja, bist du.«

Auf dem Tisch, auf dem die leeren Teller darauf warteten, mit einem Abendessen gefüllt zu werden, das es niemals geben würde, ließ Eleonora den Kopf auf ihre verschränkten Arme sinken.

Andrea kam in die Küche, in der seine Mutter über ihrem Schmerz kauerte. Er ging zu ihr hin, schlang die Arme um sie und vergrub das Gesicht in ihrem Haar, dort, wo das Ohr sein musste.

»Mama, ich hab dich lieb. Ich verlasse dich nie. Du bist meine allerbeste Mama.«

Eleonora hob den Kopf und hatte ein Bild vor der Nase. Darauf war eine Frau zu sehen, die genauso groß war wie ein Haus. Ein Junge und ein Mädchen spielten in dem Haus, derweil die Frau auf der Schwelle stand und reglos auf etwas wartete, umgeben von Leere, abgesehen von ein paar Bäumen und einer Straße, die sich am rechten Rand im Nichts verlor.

Eleonora umarmte ihren Sohn und versuchte sich die Tränen fortzuwischen, doch eine fiel auf das Blatt und ließ um die wartende Frau eine Art Heiligenschein entstehen. Dies musste die Farbe des Schmerzes sein. Jetzt war das Bild vollkommen.

Sie drückte ihren Sohn an sich und verzieh sich, dass sie Kraft in dem einzigen Mann suchte, der ihr noch geblieben war.

Margherita ließ sich in die Badewanne gleiten und hoffte, dass die Wärme des Wassers nicht nur den auf und unter der Haut abgelagerten Schmutz des Alltags wegspülte, sondern auch jenes leise Gift, das seit den metallischen Worten ihres Vaters in ihr zirkulierte. Sie tauchte den Kopf unter. Das Wasser schien nicht aus Wasserstoff und Sauerstoff, sondern aus den verworrenen Gefühlen des Tages zu bestehen: Scham, Überschwang, Wut, Angst. Es ließ sie größer erscheinen, und Margherita konnte sie Stück für

Stück betrachten. Sie sah das rote Gesicht der Mathelehrerin, die nach der Hausmeisterin rief, die lächelnde Marta, die ihr das Horoskop vorlas, die leuchtenden Augen der Zwillinge, den geheimnisvollen Blick Fabrizios und die runden Brillengläser von Marco, Marinas Spaghetti und den Fotoapparat ihres Mannes, die Gesten und Stimmen der Schauspieler. Sie wünschte sich eine Familie wie Martas, die ausgerechnet in dem Moment aufgetaucht war, in der ihre eigene in die Brüche ging, als bestätigte sich das Gesetz des universellen Gleichgewichtes, nach dem nichts vergeht und alles sich wandelt, auch im Leben von Familien. Die Stimme ihrer Großmutter kam ihr in den Sinn: *A vita è nu filu* – das Leben ist ein Faden, nein, schlimmer, das Leben ist ein unentwirrbares Knäuel. Wem es gelingt, den Anfang zu finden, hat Glück. Dann erschien ihr das blasse, zauberhafte Gesicht des Jungen mit den kalten, magnetischen Augen, sein schwarzes Haar und seine geschlossenen Lippen. Wer weiß, was er tat und woran er dachte, welche Bücher er las, auf was für Mädchen er stand, wie er die Hände bewegte, wie er lachte, wie er kaute. Plötzlich wurde das Gesicht des Jungen von den müden Zügen der Mutter verdrängt. Abermals überkam sie der Schmerz, als wäre der ihrer Mutter der ihre, als wäre sie selbst das Leid ihrer Mutter. Das Wasser glitt über jedes dieser Bilder, ohne die Seele vom Schmerz reinzuwaschen, ohne ihn überhaupt zu erfassen. Ein Gesicht fehlte. Sie suchte es und fand es leer, ausdruckslos, abwesend. Sie zog den Stöpsel; am liebsten wäre sie zusammen mit dem von ihren Gefühlen verschmutzten Wasser im Abfluss verschwunden.

Sie stand vor dem Spiegel und beobachtete, wie die

Tropfen an ihr hinabrannen. Ihr Körper erschien ihr so wie er war. Seit ihr Vater sie verlassen hatte, war sie wie hautlos, sie konnte das Fleisch sehen. Vorher war sie sich selbst zu nah gewesen, als dass sie sich hätte erkennen können. Jetzt hatte der Schmerz den Raum geschaffen, um sich anzublicken, sich zu suchen, zu sein. Nur die Liebe ist zu so etwas fähig.

Rhythmisch sprach sie vor sich hin:

»Ich, Margherita, ich, Margherita, ich … Margherita …«

Mit dieser Litanei versuchte sie, die Haut wieder über die Seele wachsen zu lassen, so wie die Muschelschalen sich zu schließen versuchen, wenn der Räuber im lebendigen Fleisch der Molluske wühlt.

Nackt trat sie aus dem Bad. Sie ging in das Zimmer ihrer Mutter, öffnete die Schranktüren und kauerte sich hinein, während der geballte Schmerz noch immer auf sie niedertroff. Besser als Andrea wusste sie, dass in diesem Winkel ein Monster lauerte, das nur auf ihre Einsamkeit wartete. Oder war dieses Monster aus Finsternis sie selbst?

Der Räuber hatte sie an einen unbekannten Ort gelotst, in einen dunklen Raum ihres innersten Selbst, von Gespenstern und Alben bevölkert. Doch jetzt, da sie darinnen war, stellte sie fest, dass es ein traulicher Ort war, verborgen und fast unerreichbar. Durch diesen Spalt konnte sie all das Schöne sehen, was in ihr war, wie ein brennender Kamin, der diesen Raum in einer Winternacht wärmte.

In diesem Dunkel würde sie mehr Liebe finden als im kalten, trügerischen Licht der Welt: Sie konnte dem Leben noch trauen, dem Leben, das in ihr war, und wenn jemand sie dort erreichte, könnte man es vielleicht Liebe nennen. Dem Verhalten des Räubers so ähnlich und in der Wirkung dennoch so anders. Ein barmherziger Räuber.

Sie verbiss sich in den Kleidern ihrer Mutter und schrie ihre Schuldgefühle hinein, dann schlief sie im hölzernen Schoß des Schrankes erschöpft ein.

VI

Gezeichnet von einer ruhelosen Nacht richtete Eleonora sich im Bett auf und versuchte sich ins Gedächtnis zu rufen, was passiert war und was sie erwartete. Als sie die Konturen der Trümmerberge erfasste, die die Nacht für ein paar Stunden verhüllt hatte, beschloss sie, sie zu erklimmen in der Hoffnung auf eine andere, womöglich ernüchternde, aber immerhin neue Aussicht: Das war sie ihren Kindern und vor allem sich selbst schuldig. Sie ging zum Schrank, um ihren Morgenmantel zu holen. Als sie ihn öffnete, erblickte sie, zusammengekauert in einer Ecke, ihre Tochter.

Sie schlief. Sie hatten dicht beieinander geschlafen.

Sie beugte sich hinunter und streichelte sie. Unbewusst schlang Margherita die Arme um den Hals der Mutter wie damals, als sie noch ein Kind gewesen war und die Mutter sie aus dem Bett hob. Mit Mühe gelang es Eleonora, sie zum Bett zu tragen. Sie spürte die spitzen Knochen, die noch deutlicher hervortraten als sonst. Margherita ließ den Hals der Mutter nicht los, als machte sie der noch nicht gänzlich gewichene Schlaf genau wie die Träume wahrhaftig und unfähig zu lügen.

»Ich möchte heute zu Hause bleiben«, raunte sie der Mutter ins Ohr, die sie küsste und aufs Ehebett legte. Schnell hatte der Schlaf sie wieder erfasst wie ein notdürftiger Schutzschild gegen die scharfen Kanten, die unablässig an der allzu zarten Haut des Lebens scheuern.

»Ich auch«, sagte ihre Mutter, ohne dass sie jemand hören konnte.

Unterdessen griff das Licht um sich. Giulio wartete vergeblich auf Margherita. Sie zu sehen hätte ihm genügt, um zu wissen, dass sich sein Leben noch nach Ordnung und Schönheit sehnte. In der Pause suchte er sie vergeblich, und in seiner Brust keimte ein seltsames, weil neues Gefühl auf: die Unvollständigkeit oder das, was man Sehnsucht nennt. Es konnte ihr etwas zugestoßen sein, oder vielleicht tat sie etwas, an dem er irgendwie hätte teilhaben sollen, statt seine Zeit damit zu verplempern, eine Rolle zu spielen, die er sich nicht ausgesucht hatte. Die Einsamkeit war seine Sicherheit, doch jetzt hatte er keine Lust, allein zu sein: Er wollte sie sehen, sie kennenlernen, sie berühren. Sie aber ließ sich nicht blicken.

Der Klassenraum ging auf einen langen Balkon hinaus, den die Schüler nicht betreten durften, das machte auch die auf halber Höhe vor den Fenstertüren verlaufende Brüstung deutlich. Doch er hatte mit Regeln nichts am Hut. Er ging den langen, baufälligen, mit brüchigen, spröden Ziegelplatten belegten Balkon entlang, kletterte auf das Schuldach und zündete sich eine Zigarette an.

Die Silhouette der Stadt war gespickt mit Dächern, erloschenen Schornsteinen, Antennen und Dachgärten. Manche Dächer waren mit improvisierten Oasen und Miniwäldern bedeckt, Explosionen des Lebens inmitten von Beton. Die Häuser sahen aus wie steinerne Stämme mit grünen Wipfeln. Er hätte gern in einer solchen Dachwohnung gelebt, mit direktem Blick in den Himmel und der Illusion, die Zeiten der Urwälder wären noch nicht vorüber, und es gäbe noch Dinge, die nicht von Menschenhand erschaffen wurden. »Schönheit und Freiheit sind zum Leben genug«, würde Alex Supertramp, einer seiner Helden, sagen, wenn ihm irgendwo in einem Bus, verloren in der eisigen Wildnis Alaskas, tatsächlich diese beiden Dinge genügten und er bestens ohne die Lügen und Bosheiten der Menschen auskam.

Hätte er so eine Terrasse gehabt, hätte er einen riesigen Baum daraufgepflanzt, dessen Wurzeln sich nach und nach durch die unteren Stockwerke gruben. Er würde in die Krone dieses Baumes klettern und von dort aus die ganze Welt sehen und sich von den Winden wiegen lassen, die über alles und alle ziehen. Er wünschte sich ein Haus mit festen Mauern, die nicht von Schimmel und Zeit zerfressen waren. Er wünschte sich, die Welt wäre ein einladender Ort, dem die Schönheit ein für alle Mal zuteilwürde. Er wünschte sich jemanden an seiner Seite.

Bis zum letzten monotonen Klingeln der Schulglocke blieb er auf dem Dach. Niemand suchte ihn, nur der Wind. Seine Freiheit bestand darin, ignoriert zu werden. Er holte ein schwarzes Heft aus der Tasche, das er immer bei sich trug, schlug eine ihm wohlvertraute Seite auf und las:

»O ihr leichten Winde aus Süd und Ost / die ihr euch zum spielen eint / zum kosen auf meinem Haupt, beeilt euch / weht zur anderen Insel! / Dort findet ihr, sitzend im Schatten / ihres Lieblingsbaumes / die, die mich verließ. / Sagt ihr, ihr habt mich in Tränen gesehen.« Er schrieb diese Verse heimlich. Und er schämte sich für sie.

Er drückte die letzte Zigarette aus, die er bis zum Filter geraucht hatte, und fragte sich, ob Unzufriedenheit gleichbedeutend war mit Menschsein. Er streckte die Arme auf dem von verdorrtem Moos bedeckten Dach aus und hoffte, wenigstens ein Stück dieses Himmels könnte in ihm einziehen, sich Raum schaffen und bleiben.

»Wie geht es dir?«, fragte Marta unsicher am anderen Ende des Telefons, während das Sonnenlicht allmählich dem leisen, unaufhaltsamen Vormarsch des Herbstdunkels wich.

»Geht so«, antwortete Margherita. »Was müssen wir für morgen machen?«

»Der Pauker für Italienisch und Latein hat 'nen Knall! Er hat noch komischeres Zeug geredet als sonst. Er hat uns einen Haufen neuer Wörter beigebracht, die aus dem Lateinischen stammen und die wir benutzen, ohne es zu wissen, die Monatsnamen zum Beispiel: Wusstest du, dass der März nach Mars, dem Kriegsgott, benannt ist, der April vom lateinischen *aprire* kommt, der Mai nach dem römischen Gott des Frühlings …«

»Na toll … in der Schule sind eh alle Monate gleich, auch wenn sie ihren Namen wechseln …«

»Und dann hat er uns erklärt, was *intelligent* bedeutet!«, sagte Marta und versuchte die von Margherita errichtete Mauer zu durchbrechen.

»Hmm …«, murmelte Margherita gespielt interessiert.

»Es kommt von *intus* und *legere*. ›innen lesen.‹ Ein intelligenter Mensch kann in die Dinge hineinsehen, in die Menschen und Fakten. Er meinte, es ginge nicht darum, möglichst viele Erfahrungen zu machen, sondern den Kern derer zu erfassen, die man macht«, erklärte Marta.

»Ah …«

»Und stell dir vor, sogar der Name der Fußballmannschaft Juventus kommt aus dem Lateinischen und bedeutet ›Jugend‹. Die Jungs waren begeistert und manche wollten wissen, ob auch Inter und Milan aus dem Lateinischen stammen …«

»Und für morgen?«

»Wir sollen den Ursprung einiger Wörter herausfinden. Soll ich sie dir durchsagen?«

»Schieß los.«

»Also: *offensiv, Kumpan, liberal, Forst, Klasse, Schule, Spaß* … und dann …

»Und dann?«

»Müssen wir die erste Deklination auswendig lernen: *rosa, rosae.*«

»Die erste was?«

»Das siehst du schon im Buch. Wenn du willst, erklär ich's dir.«

»Das war's?«

»Ja, aber denk dran, die *Odyssee* mitzubringen, damit fangen wir morgen an. Er hat die Rollen vergeben, und wir sollen laut vorlesen üben. Er meint, so lernt man, die Stimmen der Figuren und damit ihre Herzen zu verstehen. Das stimmt, im Theater ist es auch ein bisschen so. Der Typ gefällt mir, weil er dran glaubt … Er hat Leidenschaft … Ich lese Penelope, die Frau von Odysseus. Ich bin total aufgeregt, ich muss mich jetzt vorbereiten!«

»Ah … muss ich auch was machen?«, fragte Margherita besorgt.

»Nein, aber er meinte, es ginge reihum, und er bewertet, wie wir lesen, deshalb sollen wir uns zu Hause vorbereiten.«

»Ah …«, entgegnete Margherita und zwirbelte nervös in den Haaren.

»Heute habe ich einen total geil aussehenden Jungen in der Schule gesehen«, platzte Marta heraus.

»Ah …«

»Er hatte ganz hellblaue, fast durchsichtige Augen. Schwarzes Haar, langer Pony … Irre.«

Sie war drauf und dran, ihr Horoskop vorzulesen, das von großen Liebesabenteuern sprach, doch um keine schlechten Erinnerungen aufkommen zu lassen, ließ sie es bleiben.

Margherita dachte an den Jungen, dem sie auf dem Klo begegnet war, sagte aber nichts.

»Wollen wir uns später treffen?«, fragte Marta.

»Ich muss lernen … Wenn ich rechtzeitig fertig bin, rufe ich dich an«, antwortete Margherita, um nicht gleich nein zu sagen.

»Okay.«

»Okay … na dann, bis morgen«, sagte sie und verriet sich.

»… bis morgen … oder bis später, wenn du's dir doch anders überlegen solltest. Ah … die Zwillinge lassen grüßen und fragen, wann du mal wieder tanzen kommst.«

»Bald. Ciao.«

»Ciao.«

Margherita holte die Bücher und ihr Lateinwörterbuch hervor. Sie wollte ihren Namen und Vornamen auf die erste Heftseite schreiben, überlegte es sich anders und schrieb: *Tote Dinge.*

Eleonora wollte mit Andreas Erzieherin Gabriella sprechen, einer noch jungen Frau mit einem Blick wie eine Figur aus einem Fantasyroman. Sie wollte ihr erklären, was zu Hause gerade vor sich ging. Gabriella empfing sie mit einem zufriedenen Lächeln und fing an, einen Stapel mit Zeichnungen durchzugehen, der auf einem Tisch lag. Alles hier war bunt und hell und spornte zum Kreativsein an. Die Erzieherin kam mit einem Blatt zurück.

»Andrea verbringt die meiste Zeit mit Malen. Am liebsten malt er Figuren aus den Geschichten, die ich erzähle, er führt sie zusammen und denkt sich neue Situationen für sie aus: der Frosch und der Esel, der Schmetterling und der Fuchs… Er malt ganz anders als die anderen Kinder, als könnte er das darstellen, was die Dinge miteinander verbindet«, erklärte die Erzieherin mit stolzem Lächeln.

Eleonora nickte, doch sie fürchtete, Andrea versuchte mit seiner Malleidenschaft eine Leerstelle zu füllen. Sie wartete auf den richtigen Moment, um der Erzieherin den Grund ihres Besuches zu sagen.

»Es gibt allerdings etwas, das mich stutzig gemacht hat und worüber ich mit Ihnen reden wollte. In letzter Zeit hat er nicht mit den anderen Kindern gespielt. Er hat immer nur stumm vor sich hin gemalt. Heut habe ich eine Aufgabe gestellt: einen Sternenhimmel zu malen als Antwort auf die Frage: *Woraus sind die Sterne gemacht?* Das hier hat Andrea gemalt.« Die Erzieherin hielt Eleonora eine Zeichnung hin.

Eleonora betrachtete das Bild. Konzentrische Kreise schlossen sich in Spiralen um leuchtend weiße Punkte, die sich vom Himmel abhoben, als stünden sie aus dem Blau heraus.

»Finden Sie nicht auch, dass das etwas Geniales hat?«, fragte die Erzieherin und musterte Eleonoras verblüfften Gesichtsausdruck. »Wissen Sie, wie er es gemalt hat?«

Eleonora schüttelte den Kopf.

»Alle anderen Kinder haben mit den Sternen angefangen: leuchtende Farben – gelb, orange, grün, hellblau, rosa – so, wie ich es auch gemacht hätte, und dann haben sie den Himmel drum herum gemalt. Andrea hingegen hat mit dem Blau angefangen und hin und wieder konzentrische Kreise gemalt, die unterschiedlich große weiße Punkte freiließen, das Weiß des Papiers.«

Tatsächlich sah das Blatt aus wie ein Feld unterschiedlich großer, leuchtender weißer Punkte, die zu blitzen schienen wie ein Licht am Ende eines Tunnels.

»Andrea saß mit der Zungenspitze zwischen den Lippen da und hat seine Kringel gezeichnet, bis nur noch ein perfekter weißer Punkt zu sehen war«, sagte die Erzieherin.

Eleonora wusste, dass er diese hervorlugende Zungenspitze von seinem Vater geerbt hatte: seine unverzichtbare Begleiterin, wenn's knifflig wurde. Für Andrea schwebten nicht die Sterne im Dunkeln, sondern das Dunkel bedeckte wie eine löcherige Decke eine riesige weiße Fläche aus Licht.

»Wissen Sie, Eleonora, Kinder drücken mit ihrer Kreativität sehr viel mehr aus als mit Worten. Aus ihrem Spiel kann man ablesen, wie sie sich im Leben verhalten.« Eine einfache Wahrheit: Die Art, wie der Mensch etwas tut, verrät, wie er lebt; die Art, wie er Liebe macht, verrät mehr als tausend Worte, wie er liebt. Hört er damit auf, bedeutet das für gewöhnlich, er hat aufgehört zu lieben.

Seit einiger Zeit schon hatte Eleonora mit ihrem Mann keinen Sex mehr gehabt, es war ihr unangenehm, von ihm angefasst zu werden, und sie hatte sich zurückgezogen. Die Seele verkroch sich irgendwo und der Körper folgte ihr nicht. Nach einer Weile hatte ihr Mann sie in Ruhe gelassen. Und als sie wieder die Nähe ihres Mannes gesucht hatte, der stets ein zärtlicher und leidenschaftlicher Liebhaber gewesen war, hatte er sie zurückgewiesen.

Als es wiederholt dazu kam, keimte der Verdacht in ihr auf, hinter seiner körperlichen Unlust könnte eine andere Frau stecken. Sie war nicht mehr schön, war nicht mehr die seine.

Ein paar Nächte lang hatte sie auf dem Sofa geschlafen. Und es hatte sie angewidert, als er wieder zu ihr gekommen war, jedoch ohne jede Zärtlichkeit und mit einer Heftigkeit, die sie beide noch einsamer zurückließ. Sie waren nicht aus ihren eisernen Muschelschalen hervorgekrochen, um gemeinsam die Sterne zu berühren, sondern hatten, indem sie miteinander schliefen, eine weitere Mauer um ihre Herzen errichtet. Sie hatte sich falsch gefühlt und Angst bekommen. Sie hatte sich beherrscht gefühlt, nicht geliebt. Er hingegen schien das bekommen zu haben, was er wollte, und hielt es nicht für nötig, darüber ein weiteres Wort zu verlieren. Als sie versucht hatte, die Sprache darauf zu bringen, hatte er genervt dichtgemacht. Ein feindseliges, von Schuldgefühlen gesättigtes Schweigen hatte sich zwischen ihnen aufgetan. Die Haut war zu einer Mauer ohne Türen und Fenster geworden.

Andreas Bild und die Worte der Erzieherin zwangen Eleonora dazu, sich ein Herz zu fassen und das anzusprechen, worum sie sich im fraglichen Moment aus Angst, Hast, Gewohnheit und Sprachlosigkeit gedrückt hatte. Der Mut kommt oft erst, wenn es zu spät ist, denn die Angst hindert einen daran, nach vorn zu sehen, und zwingt einen, das unter Kontrolle zu behalten, was wir zu verlieren drohen.

Als er die Mutter bemerkte, löste Andrea sich aus der Gruppe seiner Spielkameraden. Die Erzieherin deutete auf das Bild und fragte mit einem breiten Lächeln:

»Woraus sind die Sterne gemacht?«

»Aus Licht«, antwortete Andrea überzeugt und ohne zu verstehen, was er sagte.

»Und wieso?«, fragte die Erzieherin begeistert.

Eleonora sah ihren Jungen an, der sie anblickte und nach einer Antwort auf etwas suchte, das niemand weiß.

»Wieso, Andrea?«, wiederholte Eleonora sanft.

»Weil es auf der Erde ganz dunkel ist.«

Die beiden Frauen schwiegen, und Eleonora hatte der Mut verlassen, über das zu sprechen, was ihr auf dem Herzen lag. Sie bat ihren Sohn, seine Tasche zu packen, und er lief los, um sein Malzeug zu holen.

Eleonora hielt der Erzieherin das Bild hin.

»Behalten Sie es«, sagte Gabriella. »Und wenn Sie irgendetwas brauchen sollten, sagen Sie es mir.«

Eleonora lächelte, und aus ihrem Blick sprach das Verlangen, diese Frau zu umarmen und haltlos zu weinen, doch für diese Umarmung fehlte ihr der Mut.

»Danke.«

Sie nahm Andrea bei der Hand, und zusammen verließen sie ohne sich umzudrehen den Kindergarten, während die Erzieherin ihnen nachblickte.

Andrea malte, um nicht zu weinen. Womöglich würde ihn das zu einem Künstler machen, ganz sicher jedoch machte es ihn einmalig, denn dort, wo der Schmerz sich verbirgt, wächst die Perle des Lebens.

Das Nachmittagslicht fiel puderig durch die frisch gewaschenen Gardinen, und der rauchige Geruch der Stadt mischte sich mit dem Duft der Septemberblumen, die Eleonora in Blumenkästen auf die Fensterbänke zu stellen pflegte, wie sie es von ihrer Mutter gelernt hatte, mit kleinen Stützen für die noch schwachen Pflanzen. Auf der Suche nach Etymologien ging Margherita das Wörterbuch durch. Diese Lateinhausaufgabe war interessanter als gedacht und hielt sie von düsteren Gedanken ab.

Offensiv: (aus dem Lat. *offensum*: »anstoßen, verletzen«)…
Liberal: (aus dem Lat. *liberalis*: »freiheitlich, freigiebig«)…
Forst: (aus dem Lat. *forum*: »mit einem Bretterzaun umgebener Platz«, »etwas, das außerhalb ist«)…

Margherita verlor sich in vergessenen Bildern von Wäldern und Forsten, in deren Grün die unterschiedlichsten Gefahren lauerten: Wölfe, Oger und Hexen, Ruinen, Hütten und Spelunken … Sie gab sich ihren wilden Gedanken hin. Jeder normale Mensch hätte dies als die typische

Konzentrationsschwäche einer Vierzehnjährigen ausgelegt, doch es war genau das Gegenteil. In den Ablenkungen, die ein ins Leere gerichteter Blick verrät, offenbart sich die wahre Konzentration des Herzens, und der vermeintlich auf nichts gerichtete Blick sieht in Wirklichkeit alles.

Sie blätterte nach einem Wort, das nicht auf der Liste stand.

Freude: (aus dem Lat. *frui, fructus, fruges*:
»froh, Freude, Frucht«)…

Sie griff nach dem Handy und tippte eine Nummer.

»Ja bitte?«

»Nonna, ich bin's, Margherita.«

»Was gibt's?«

»Wie geht es dir?«

»Gut, mein Herz. Und dir?«

»Was hat Nonno zu dir gesagt, wenn du traurig warst?«

»Er hat mich ans Meer gebracht.«

»Und wieso?«

»*Biddizzi e dinari 'un si ponnu ammucciari.*«

»Was?«

»›Schöne Dinge lassen sich nicht verstecken.‹ Nonno behauptete, die Schönheit sei das Einzige, das uns zeigt, dass sich die Mühe lohnt.«

»Und ging es dir dann besser?«

»Ja: am Meer und mit ihm an meiner Seite … Das Meer war immer da, still und ruhig lag es da, um daran zu erinnern, dass alles gut ist. Dann hob dein Großvater etwas auf, das die Flut angespült und unter den sonnentrockenen

Algen vergessen hatte. Er ließ mich die Augen schließen, legte es mir in die Hand, und ich musste erraten, was es ist und was er für mich empfand, als versteckten seine Gefühle sich in diesem Gegenstand.«

»Nämlich?«

»Einmal schenkte er mir einen glatten, runden Stein. Das war seine einfache, aufrichtige und feste Liebe ... Ein anderes Mal legte er mir eine vom Meer rund geschliffene farbige Glasscherbe in die Hand ...«

»Und was bedeutete die?«

»Vielleicht, dass auch verletzende Dinge mit der Zeit ihren Stachel verlieren, dass die Liebe auch eine Flaschenscherbe in einen Edelstein verwandeln kann und dass ich das Gleiche mit ihm machte.«

»Wieso ›vielleicht‹?«

»Weil er mir keine Erklärungen gab. Er umarmte und küsste mich ... Er war leidenschaftlich ...«

Schweigen an beiden Enden der Leitung. Die Großmutter verlor sich in Erinnerungen, Margherita in der Hoffnung.

»Ach, *Picciridda mia*! Wie viel Leben in dieser Liebe steckte. Ein riesiges Leben ... Sie war wie selbstgebackenes Brot, sie wollte einfach nicht enden. Wir liebten uns und ließen nie voneinander ab ...«

»Ich will auch so eine Liebe, Nonna ...«

»Die wirst du haben, mein Herz, die wirst du haben ...«

»Bist du sicher?«

»Ganz sicher. Wann kommst du mich besuchen, ich hab Ricotta für Cannoli.«

»Bald.«

»Ciao, mein Schatz, mein Herz.«

Nonna Teresa sagte die Dinge ohne Angst und frei heraus, selbst am Telefon. Sie besaß die unverstellte Aufrichtigkeit des Urzeitlichen, Unerschütterlichen: des Meeres, der Klippen, der Sonne und der Sprichwörter.

Margherita kehrte zu ihrer Lateingrammatik zurück und fing an, laut zu lesen:

»*Rosa, rosae, rosae …*«

Sie stellte sich vor, den stacheligen Stiel einer Rose in den Fingern zu halten. Sie konnte die Blütenblätter, angeordnet nach den zarten, unerbittlichen Regeln göttlicher Harmonie, die dem Schönsten in der Natur zu eigen ist, nicht sehen. Sie spürte nur die Dornen, während sie mit ihrem Singsang fortfuhr:

»*Rosae, rosarum rosis …*«

Nur die Dornen.

Das Telefon klingelte.

Eleonora hoffte, es wäre er. Sie hatte versucht ihn anzurufen, doch entweder war das Telefon abgeschaltet oder er war nicht drangegangen. Wo hatte er sich verkrochen? Und mit wem? Und wenn es ihm schlecht ging und er nicht den Mut hatte, es ihr zu sagen? Im Büro mochte sie nicht anrufen. Sie wollte sich vor der Sekretärin oder dem Praktikanten keine Blöße geben. Er ging niemals ran. Wenn er allein war, ließ er den Anrufbeantworter anspringen.

»Hallo.«

»Guten Abend, hier ist Marina, die Mutter von Margheritas Klassenkameradin Marta.«

»Guten Abend, ich bin Eleonora, Margheritas Mutter.«

»Marta hat mir gesagt, dass Margherita heute nicht in der Schule war. Vorgestern ist sie bei uns gewesen und ich wollte nur sichergehen, dass ihr nicht irgendetwas schlecht mitgespielt hat…«

»Nein, nein. Sie fühlte sich nur nicht gut. Danke.«

»Es wäre schön, wenn wir uns mal kennenlernen könnten, Margherita ist ein wunderbares Mädchen! Alle haben sie sofort ins Herz geschlossen. Vor allem die tanzenden Zwillinge…«

»Wer?«

»Ach, pardon. Können wir uns duzen? Die Zwillinge sind meine beiden kleinen Mädchen, die von morgens bis abends tanzen, das muss mit meiner Arbeit zusammenhängen, ich bin nämlich Kostümbildnerin. Wie auch immer, die beiden Zwillinge Paola und Elisabetta – Elisabetta ist zuerst auf die Welt gekommen und deshalb die Ältere –, na ja, sie haben deine Tochter gleich mittanzen lassen.«

»Verstehe«, entgegnete die von dem Schwall konfuser Begeisterung überrumpelte Eleonora.

»Gut. Also, ich hoffe, wir lernen uns bald kennen. Und… ich wollte dich noch was fragen… glaubst du, Margherita hätte Lust, mit Marta zusammen einen Schauspielkurs zu machen? Deine Tochter hat wunderschöne Augen, geradezu perfekt zum Schauspielern.«

»Tja, ich weiß nicht… Das Schuljahr hat gerade erst angefangen. Sie muss lernen und ich will nicht, dass sie zu sehr abgelenkt ist.«

»Völlig klar, aber denk doch mal drüber nach. Sie hätten bestimmt Spaß zusammen.«

»Gut, danke für den Anruf.«

»Entschuldige bitte, Eleonora. Noch eine Sache. Sie hat fast nichts gegessen. Vielleicht haben ihr die Spaghetti nicht geschmeckt oder sie fühlte sich nicht so gut …«

»Das glaube ich nicht.«

»Marta hat erzählt, Margherita hätte sich in der Klasse übergeben. Also dachte ich, das hätte vielleicht etwas damit zu tun. Aber das sind eben typische Müttersorgen …«

»Was? Sie hat sich übergeben? Aber … davon hat sie mir gar nichts erzählt!«, rief Eleonora, und ihre Stimme verriet die Panik einer Mutter, die merkt, dass ihre Tochter ihr in dem Moment entgleitet, in dem sie sie am meisten braucht.

»Vielleicht wollte sie nicht, dass du dir Sorgen machst.«

»Tja … schon möglich«, sagte Eleonora wenig überzeugt. »Jedenfalls danke für alles und für den Anruf.«

»Auf Wiedersehen, Eleonora, und Kompliment für deine wunderschöne Tochter, du musst auch wunderschön sein.«

Eleonora schwieg eine Sekunde, die am Telefon wie eine Ewigkeit erschien. Dann sagte sie:

»Danke.«

Als sie aufgelegt hatte, ging Eleonora in Margheritas Zimmer. Margherita lag auf dem Bett, ein Buch auf dem Bauch, und starrte an die Decke.

»Bist du mit den Hausaufgaben fertig?«

»Ja.«

»Wie geht's dir?«

»Gut.«

»Willst du was essen?«

»Nein.«

»War dir in der Schule schlecht?«

»Nein.«

»Hast du heute gegessen, was ich für dich gekocht hatte?«

»Ja.«

»Brauchst du was?«

»Nein.«

Eleonora zog sich zurück, als hätte sie sich in der Tür geirrt. Sie ging in die Küche und öffnete den Mülleimer, in dem obenauf das unberührte Mittagessen lag, das sie ihrer Tochter hingestellt hatte.

Der Lehrer saß vor dem Bildschirm und aktualisierte seinen Lebenslauf. Er suchte einen Job, um sein Gehalt aufzubessern: Übersetzungen, freie Lektorate … Er starrte auf die Zeilen, die seinem fettgedruckten Namen und dem Foto seines lächelnden, glatt rasierten Gesichtes folgten: Geburtsdatum, Abschluss, Habilitation, Adresse, Familienstand, Arbeitserfahrungen, Sprachkenntnisse, Mitgliedschaften in Kulturvereinen, Lyrikauszeichnungen und verschiedene Veröffentlichungen. Vor ihm, unter dem Foto mit den weit geöffneten Augen und dem zukunftsgläubigen Lächeln stand das auf knapp zwei Seiten geschrumpfte Röntgenbild seines Lebens.

Dabei hätte sein Lebenslauf mindestens eine Seite pro Lebensjahr verdient, für einige Jahre vielleicht gar anderthalb wie das Abijahr oder das Jahr des Unfalls … Anstelle seiner Adresse sollten dort die Orte stehen, die er gesehen und mit seinen Erinnerungen gestreift hatte: Städte, Länder, Hügel, Berge, Seen, Flüsse, Meere. Das waren seine Adressen. Am liebsten hätte er Dante als Vater und Emily Dickinson als Mutter angegeben. Die Straße, in der er wohnte, hätte er durch all die Straßen ersetzt, die er entlanggewandert war, auch die namenlosen, an die er sich dennoch gut erinnerte. Er hatte seine Zeugnisse aufgelistet oder besser gesagt die, die ihm andere ausgestellt hatten, doch wo konnte er das auflisten, was er von der Welt, von den anderen, vom Glück und von der Liebe hielt? Und wo war der Platz für die Freunde? Und der für die Träume? Und die Schmerzen? Und vor allem, wo konnte man von der Zeit berichten, die er mit Stella verbrachte? Dieses *ledig* neben dem Stichwort Familienstand war eine glatte Lüge. Er hätte Seiten gebraucht, um von ihr zu berichten, von ihren Augen, ihren Lippen, ihrem aquamarinblauen Abendkleid, ihrem Duft, ihrem Haar. Er hätte weiße Blätter gebraucht, um zu sagen, dass er sie nicht zu lieben verstand und Angst hatte, sie zu heiraten. Als würden diese Dinge bei der Zuverlässigkeit eines Mannes keine Rolle spielen.

Das, was er vor sich hatte, war sein Preis, nicht sein Wert. Die Schuhgröße, nicht der Boden, den er mit diesen Sohlen berührt hatte.

Er löschte alles, auch den Namen. Nur das Foto ließ er stehen und schrieb darunter die Worte eines Dichters, an dessen Name er sich nicht erinnerte:

Jeder Baum ist nur er selbst,
jede Blume sie allein.

Als er auf die Sichern-Taste drückte, spiegelte sich das kalte Licht des Bildschirms in seinem grimmigen Blick. Er stand auf, um woanders sein Heil zu suchen.

Er schwang sich aufs Rad und wählte die Playlist mit Hörbüchern auf seinem iPod aus. Er nutzte die Fahrten, um sich die bereits gelesenen Klassiker anzuhören. Geliebten Worten zu lauschen half ihm, die Dinge klarer zu sehen, die Menschen mehr zu hinterfragen. Das lächelnde Gesicht einer jungen Frau zu sehen, während man die Beschreibung von Lewins verliebter Kitty hört, machte dieses Gesicht begreiflicher. Ahabs unermüdliche Jagd nach dem Wal machte aus einem Mann, der sich erschöpft von der Arbeit auf dem Heimweg befand, einen metaphysischen Akt. Dantes Verse verwandelten die Stadt in ein Schattenreich, in dem Erlöste und Verdammte sich mischten. Die Worte der großen Schriftsteller schärften ihm die Sinne und bildeten einen tieferen Sinn, sie überhöhten das Gewöhnliche, rissen es aus seinem Trott und ließen die Prosa des Alltags zu Poesie werden.

Die Stadt war voller Geschichten, jenem Lebenslauf der Dinge, der Menschen und des Wahren. Wo war das Lagerfeuer geblieben, an dem Männer und Frauen ihre Erinnerungen teilten und sich vor Langeweile und Gleichgültigkeit schützten? Wo waren die Geschichten geblieben, die den Kindern die Angst vor dem Tod, vor Schmerz, Blut und dem Jenseits nahmen? Inzwischen kamen die Geschichten aus dem Fernseher und reichten über die Zeit des Erzählens nicht hinaus.

Eine unerklärliche Wehmut um die Leben der Menschen, die seinen Weg kreuzten, durchbohrte ihn. Wer weiß, was ihm diese ungeschminkte, ungekämmte Frau erzählen könnte oder dieser Junge mit dem verlorenen Blick oder dieses Kind, das nur Augen für seine Mutter hatte…

Die Literatur zwang ihn, in sich hineinzuhorchen, als befände sich in ihm eine Tür, hinter der Geheimnisse über ihn geflüstert wurden. Und diese Tür wollte er seinen Schülern zeigen. Er wollte sie aus dem Dunst oberflächlicher, von flüchtigen Gefühlen bestimmter Gedanken reißen, um einen Ort, einen Raum zu schaffen, in dem das eigene wispernde Geheimnis hörbar wird wie das Meer in den Muscheln. Doch nur die Schönheit kann einem den Weg zu jenem Ort weisen, an dem man mit sich selbst spricht und sich zuhört. Die Literatur zwingt einen, seinen Gedanken ins Auge zu blicken und herauszufinden, ob es wirklich die eigenen sind.

Stellas Augen zwangen ihn ebenfalls zu dieser Reise. Sie hatte recht: Wie hatte er sich verändert, seit er ihr begegnet war! Er hatte gelernt, sich passabel zu kleiden und mehr auf sich achtzugeben. Doch vor allem hatte er endlich zu seinen Unsicherheiten stehen können: Sie tolerierte sie nicht nur, sie verhätschelte sie geradezu. Doch jetzt brachten diese Unsicherheiten sie auseinander, und Stella erschien verändert. In ihren Augen war etwas aufgetaucht, das er nicht kannte. Sie waren doch glücklich, wieso die Eile? Wieso musste ausgerechnet jetzt alles geändert werden, wo er sowieso schon zig Probleme hatte? Wenn er eine unbefristete Anstellung bekommen würde, sähe alles anders aus, dann könnte er sie wirklich und in einer nagelneuen Wohnung lieben. Und wenn sie ihn bis dahin verließe? Er trat noch kräftiger in die Pedale und fuhr in gegengesetzter Richtung in eine Einbahnstraße. Der Gedanke an Stellas Nachricht verlieh ihm zusätzliche Kraft und Entschlossenheit. Diesmal würde er es schaffen. Das Rad brachte ihn zu ihrem Haus. Ohne abzusteigen drückte er auf die Klingel.

»Ja?«, antwortete eine harsche Stimme.

»Mit Namen weiß ich dir nicht zu sagen, wer ich bin«, sagte er mit einem Vers, den beide gut kannten.

Keine Antwort, nur ein halb wütendes, halb sehnsüchtiges Seufzen.

»Ich bitte dich um Verzeihung«, sagte er.

Wieder Schweigen, dann Worte, die das unterbrochene Spiel wieder aufnahmen.

»Wie kamst du her? O sag mir, und warum? Die Gartenmaur ist hoch, schwer zu erklimmen …«

Der Lehrer lächelte.

»Kein steinern Bollwerk kann der Liebe wehren; und Liebe wagt, was irgend Liebe kann …«

Stille. Etwas in ihrem Spiel ging zu Bruch; Stellas Stimme wurde eisig.

»Beweis es mir, Worte sind nicht genug. Nicht einmal die schönen. Nicht die Poesie macht die Liebe, Prof, sondern umgekehrt!«

Stumm stand der Lehrer da und musste abermals feststellen, wie unvereinbar seine Gedanken mit der Wirklichkeit waren. Er trat in die Pedale, in der Hoffnung, seinen Schmerz abzuschütteln. Doch der Schmerz folgt einem wie ein Schatten, selbst wenn man fliegt.

»Wer bist du?«, fragte der ausdruckslose Mund der Gegensprechanlage.

Der Lehrer war nicht mehr da, er war geflohen. Ziellos radelte er umher, brennend verliebt in Stella, aber unfähig, sie zu lieben.

Giulio kehrte in die gesichtslosen vier Wände des Hauses zurück, in dem er schlief. Es gab dort keine Familie, die auf ihn wartete, nur eine Gruppe Jungs wie er und ein paar Leute, die dort arbeiteten: Sozialarbeiter, Freiwillige, ein Psychologe und ein Arzt. Er kehrte nur zurück, weil es dort eine Ärztin gab, die ihm zuhörte und seinen Schmerz ein wenig linderte, auch wenn er sich das nicht eingestehen mochte. Sie hatte schwarzes Haar und Augen, die je nach Licht mal grün, mal blau aussahen. Sie machte nicht ihren Job wie die anderen, sondern ein wenig mehr.

Um diese Tageszeit ging es im Wohnheim recht lebendig zu: Manche bereiteten das Abendessen vor, andere spielten Karten oder saßen an der PlayStation. Er brauchte gar nicht erst zu hoffen, dass er seine Ruhe haben würde, aber wenigstens war die Dicke nicht zu sehen, die ihn stundenlang mit ihren Problemen vollquatschte, als hätte er selbst nicht schon genug.

»Hey, Dichter, wo warst du?«, fragte ihn ein pickeliger Junge, der gerade eine Runde Poker spielte. Seit sie das Heft mit seinen Versen gefunden hatten, hatte er den Namen weg.

Giulio würdigte ihn keines Blickes. Kaum setzte er seinen Fuß in dieses Haus, wurde er zu einer uneinnehmbaren Festung, er redete mit niemandem ein Wort. Nur mit der Ärztin, wenn sie Dienst hatte, und heute Nachmittag hatte sie Dienst.

Ein Freiwilliger namens Filippo, der den Spitznamen Franky trug, weil er als Teenager irgendeinen DJ toll gefunden hatte, gesellte sich zu ihm.

»Ciao, Giulio, wie geht's?«

»Die Ärztin?«

»Musste heute früher weg.«

Giulio reagierte nicht.

»Zigarette?«, bot ihm Filippo an in der Hoffnung, zu ihm durchzudringen.

Er nickte, Filippos Hände sahen ehrlich aus. Filippo hielt ihm eine hin und winkte ihn auf den Balkon hinaus, um gemeinsam zu rauchen. Giulio folgte ihm, ließ sich die Zigarette anzünden und wandte sich ab, um allein zu rauchen, den Blick auf die Straße gerichtet.

Filippo paffte vor sich hin und sah ab und an zu ihm hinüber, um seinen Blick zu erhaschen. Giulio zeigte ihm die kalte Schulter, sog den Rauch tief in die Lunge ein und wartete darauf, dass der Frust über die vorzeitig gegangene Ärztin sich legte. Zudem ließen ihm die Augen dieses Mädchens keine Ruhe.

»Wenn ich der Dschinn wäre, was würdest du dir wünschen, Giulio?«

»Dass du die Klappe hältst.«

Schweigend rauchten sie ein paar Züge.

»Wieso ist die Ärztin früher weg?«, fragte Giulio.

»Sie meinte, sie hätte noch einen Termin.«

»Was für ’nen Termin?«

»Keine Ahnung. Ihr Freund hat sie abgeholt. Ich glaube, die sind gerade mit Hochzeitsvorbereitungen beschäftigt …«

Giulio schwieg, und das Eis in seinem Herzen wurde fester.

Er presste Zähne und Kiefer aufeinander, warf die halb gerauchte Zigarette fort, die funkensprühend ins Leere fiel, und ging davon.

Stumm blickte Filippo auf die Stadt voller Menschen hinunter, die in der Dämmerung versank.

Wortlos und ohne etwas anzurühren saß Margherita beim Abendessen.

»Ist dir nicht gut?«

»Nein.«

»Wieso isst du nichts?«

»Hab keinen Hunger.«

»Zu Mittag hast du auch nichts gegessen.«

»Das stimmt nicht.«

»Es liegt alles im Müll.«

»Ich kann halt nicht.«

»Wieso nicht?«

»Dann muss ich kotzen. Ist ja nicht meine Schuld.«

»Möchtest du was anderes haben?«

»Wieso ist er weggegangen?«

»Ich weiß es nicht. Er antwortet mir nicht.«

Margherita stand auf, doch nach zwei Schritten wurde sie von Schwindel gepackt und brach zusammen. Sie hatte seit vierundzwanzig Stunden nichts gegessen. Eleonora stürzte zu ihrer Tochter, die zwar bei Bewusstsein war, aber verängstigt ins Leere blickte.

»Mein Kind«, sagte sie und presste Margheritas Kopf gegen ihre Brust. »Mein Kind.«

Das Dunkel verschluckte sämtliche vom Tageslicht sorgfältig gezeichnete Schatten und spuckte die Menschen als Vogelscheuchen wieder aus. Ein Fenster der Schule öffnete sich und ein Schemen schlüpfte eidechsengleich hindurch.

Die am Tag so belebte Schule glich einem Friedhof, auf dem die eitlen Mühen der Schüler und Lehrer begraben lagen. Alles war reglos und still. Bis auf die schmalen Lichtbalken, die von der Straße unter den Klassentüren hindurchdrangen, war der Flur in einförmiges Schwarz getaucht. Er glich einer Landebahn. Der Boden stank nach Ammoniak.

Er betrat das Klassenzimmer, setzte sich an seinen Tisch, starrte an die Tafel und fragte sich, wie er so viel Zeit in diesem Raum verplempern konnte, dessen Trostlosigkeit im Dunkel noch gnadenloser erschien. An den Wänden konnte man die zerfledderten Umrisse der Landkarten von Ozeanien und Amerika erkennen, die alte Graphittafel war noch düsterer als die Düsternis des Raumes, als könnte sie jegliches menschliche Bemühen verschlucken und zunichtemachen. In seinem Alter waren manche Menschen zu den soeben entdeckten Kontinenten aufgebrochen und hatten ihr Leben aufs Spiel gesetzt, er hingegen hockte zwischen diesen heruntergekommenen vier Wänden und verschimmelte.

Alles war mit einer Schicht aus Staub, Schmutz und Verwahrlosung bedeckt: von der Finsternis versteckt, aber fühlbar. Ein feiner Kreideschleier hatte sich wie der Schutt eines Erdbebens von Tafeln und Tafelschwämmen auf die Tische und Stühle gesenkt. So ist Schule.

Diese kreidige Staubschicht musste fortgewaschen werden. Das gebot die Sauberkeit, vor allem aber die Wahrheit.

Lautlos und mit feierlichen Schritten ging Giulio zur Toilette im zweiten Stock, stöpselte die Waschbecken zu und öffnete die Wasserhähne. Dann tat er das Gleiche im ersten Stock und im Erdgeschoss. Einen Moment lang stand er da und betrachtete das Wasser, das aus den Hähnen strömte, bald die Klos und Flure überfluten und in einem reinigenden Wasserfall die Treppen hinabstürzen würde. Es war höchste Zeit für Ferien. In der Stille der Nacht klang das einsame Rauschen des Wassers wie leise splitterndes Glas.

Er schlich sich zu dem Fenster, durch das er hereingekommen war. Es lag hinter den alten Regalen der Bibliothek. Er war der Einzige, der es benutzte, um sich Bücher zu klauen, die er dann auf dem Schuldach las: Im Vorbeigehen schnappte er sich einen Band aus der Geschichtsabteilung zum Thema Eroberungen und Seeräuber. Er hatte bereits eine ganz ansehnliche Sammlung. Er zog die Fensterläden zu, damit es so aussah, als würde dieses Fenster wie jedes Fenster in jeder anständigen Schule die Außenwelt aussperren. Er war der reisende Engel zwischen zwei Welten, er ließ sie in Verbindung treten und rettete sie beide.

Die Straße war menschenleer. Niemand konnte sein zufriedenes Lächeln sehen.

Das schwarze Fahrrad des Lehrers, das noch immer ziellos umherfuhr, als würde niemand es steuern, zog an ihm vorbei. Sie erkannten einander nicht, denn die Nacht tarnte sie. Ein wenig Licht hätte genügt, und sie hätten im Gesicht des anderen dieselbe Schwäche und Wut gesehen. Und vielleicht hätten sie einander geholfen, die Schale ihrer Einsamkeit zu durchbrechen. Doch wenn man es braucht, ist kein Licht da.

Mechanisch ging Eleonora die Kontakte in ihrem Handy durch auf der Suche nach jemandem, dem sie ihr Herz ausschütten und den sie um Hilfe bitten könnte. Ilaria, nein. Die meinte sowieso immer, sich über ihren Mann auslassen zu müssen, das ertrug sie jetzt nicht. Anna würde sofort über Klamotten reden, statt ihr zuzuhören. Vielleicht Enrica, aber sie hatten schon seit einer Ewigkeit nichts mehr voneinander gehört und es kam ihr blöd vor, sie plötzlich mit ihren Problemen zu belämmern. Außerdem wollte sie nicht, dass alle Bekannten sofort erfuhren, was los war. Mit der von ihr so dringend gebrauchten Diskretion wäre es dann vorbei gewesen. Konnte es denn möglich sein, dass es in dieser verdammten, endlos langen Kontaktliste niemanden gab, der ihr zuhören konnte? Was war aus ihr geworden … Arbeit, Familie und ein paar oberflächliche Freundschaften, um die Freizeit ein wenig zu versüßen. Ihr Familienleben kam ihr vor wie Dosenfraß: mickrig, luftdicht verschlossen, vorhersehbar.

Ein Name ohne Nachname erschien: *Marina*. Wer war das? Dann fiel ihr die herzliche Stimme der Mutter von Margheritas Klassenkameradin ein. Sie hatte vergessen, dass sie ihre Handynummern ausgetauscht hatten. Es war viel zu spät. Sie würde sie für verrückt erklären. Aber sie war so allein und wollte für das genommen werden, was sie war.

Sie rief an.

»Eleonora?«

»Entschuldige die späte Störung. Ich brauche Hilfe.«

»Was kann ich für dich tun?«

»Ich weiß es nicht«, entgegnete Eleonora, während ihr die Tränen in die Augen stiegen.

VII

Schon wieder?«, klagte eine Lehrerin.

»Schon wieder!«, jubelte ein Junge.

Licht und Wasser waren die beiden Hauptelemente dieses Morgens. Das Licht umfing die Straßenecken und brachte das Wasser zum Funkeln, das an der Fassade der Schule hinabströmte. Das graue Gebäude des Gymnasiums, welches den Namen eines Wissenschaftlers trug, der für die Schüler ebenso gut ein Komiker hätte sein können, wurde von den Launen des sonnendurchglänzten Wassers in einen sprudelnden Brunnen verwandelt.

Eine Traube von Schülern, Lehrern und Passanten stand mit je nach Alter und Status verschieden weit geöffneten Mündern gaffend davor. Die Schüler der untersten Jahrgangsstufe waren wie gebannt. Das Schultreppenhaus war ein Strudel aus Schönheit, in dem das Wasser in langen Strömen niederstürzte. Es schoss über die Stufen wie die Schnellen eines Bergbaches. Das Gurgeln und Rauschen verwandelte den Schuleingang in eine Art Grotte, die zu geologischen Entdeckungstouren einlud.

Die Neuen und Arglosen tippten auf einen Rohrbruch, andere sprachen von versehentlich offengebliebenen Wasserhähnen.

Der Kunstlehrer starrte in seine aufgeschlagene *Gazzetta* und grummelte:

»Unter Wasser gesetzt!«

Marta las Margherita ihr Horoskop vor, das besagte: »Der Himmel lässt interessante Neuigkeiten auf dich hinabregnen, lass sie dir nicht entgehen.«

Margherita nickte, ohne zuzuhören. Das Wasser, das aus dem Eingang schoss, erinnerte sie an das Pantheon, dessen großes Loch inmitten der Kuppel der Legende nach kein Regenwasser einließ, an Regentagen jedoch verlässlich dafür sorgte, dass der Boden unter Wasser stand. Ein aufgeregtes Raunen ging durch die Schüler, das an die Geräusche an einem sommerlichen Strand erinnerte.

Giulio stand rauchend daneben und genoss mit der Zufriedenheit eines Künstlers die Vollkommenheit seines reinigenden Meisterwerkes.

Der Hausmeister kam in langen Gummistiefeln aus der Eingangstür und ging zum Rektor, der erregt an der Schwelle stand und versuchte, sich die Lederschuhe nicht nass werden zu lassen. Sie steckten die Köpfe zusammen.

Dann wandte sich der Rektor den Umstehenden zu:

»Alle gehen nach Hause, die Schule ist vollkommen überschwemmt.«

Die Neuigkeit sprach sich wie ein Lauffeuer herum, das die zu Hunderten vor der Schule herumstehenden Schüler erfasste und in aufgeregte Fragen mündete. Am Ende explodierte freudiger Jubel: Es stimmte tatsächlich, die Schule fiel aus!

»Schönheit und Freiheit, das reicht zum Leben«, murmelte Giulio.

Der Kunstlehrer schlug die Zeitung zu und ging. Margherita starrte noch immer gebannt auf die wassertriefende Fassade. Giulio musterte sie von Weitem. Sie sah aus wie ein glückliches Kind, der Mund im Staunen halb geöffnet, und das war ihm zu verdanken. Er lächelte zufrieden. Dann drückte er die Zigarette aus, durchquerte die Menge und ging an dem jungen Lehrer vorbei, der wie von einem dionysischen Rausch erfasst schrie: »Die Schüler der 1a mit mir in den Park!«

Die umstehenden Schüler drehten sich fragend nach ihm um. Giulio blieb stehen. Die beiden sahen sich in die Augen, ohne zu wissen, dass diese Augen einander am Abend zuvor im Dunkel gesucht hatten. Es war nur ein kurzer Moment, doch sie versenkten ihre Blicke in die Seele des anderen. Giulio fragte sich, wer der junge Mann war, der so verrückt war, sein Leben an diesen Beruf zu verschwenden. Der Lehrer fragte sich, woher ein Junge die Sicherheit nahm, einen Lehrer auf diese Weise anzusehen. Dann reckte er wie ein Touristenführer die Hand mit der *Odyssee* in die Höhe und rief abermals:

»Die Schüler der 1a zu mir!«

Er schob sich aus dem Gedränge, und ein Rattenschwanz Schüler folgte ihm sprachlos angesichts der unglaublichen Neuigkeiten, die der Tag so großzügig über ihnen ausgoss.

»Ich hab's dir gesagt! Ich hab's dir gesagt!«, wiederholte Marta und hüpfte neben Margherita her. »Es irrt sich nie.«

»Was irrt sich nie?«

»Das Horoskop …«

»Wohin gehen wir?«, fragte die Blondine besorgt, weil sie nicht die richtigen Schuhe für einen Spaziergang trug.

»In den Park«, entgegnete er, als wäre es das Selbstverständlichste überhaupt.

»In den Park«, echote es aus mehreren Mündern. »Und was machen wir da?«

»Unterricht«, antwortete der Lehrer.

Die Schüler steckten die Köpfe zusammen und fragten sich, was das werden sollte. Jemand nölte herum, weil er nur zu gern nach Hause gegangen wäre.

Der strahlende, lichtdurchflutete Park unweit der Schule wirkte wie ein Beutel Konfetti, den man in das Himmelblau des Tages geworfen hatte. Der Lehrer führte seine Schüler auf eine Wiese, wo eine riesige Eiche zu seiner Kulisse wurde. Als handele es sich um ein altes Waldritual, ließ er die Schüler im Halbkreis auf dem Rasen Platz nehmen. Die Blondine sah sich suchend nach einem Fleckchen um, an dem sie sich nicht ihre weiße Hose schmutzig machte.

»Ihr könnt euch auch bäuchlings hinlegen«, sagte er.

»Bäuchlings?«, fragte Marta verdutzt.

»Mit dem Bauch nach unten. Rücklings und bäuchlings …«, gab er mit leiser Ironie zurück und ahmte mit der rechten Hand die beiden Positionen nach.

Die auf dieses Abenteuer immer neugieriger gewordenen Schüler hockten sich auf das frische, weiche Gras und hefteten den Blick auf das lächelnde Gesicht ihres Lehrers. Das Gras, die Blätter, die Erde schienen zu duften.

»Heute kein Latein! Widmen wir uns Homer«, hob er an, als würde er mit einem Freund reden, mit dem er am Abend zuvor aus gewesen war.

Ein Murren war zu hören, das Spiel war vorbei.

Ein Spaziergänger mit einem Hund blieb stehen und betrachtete die unter der Eiche sitzende Schülergruppe, vor der ein kindlich gestikulierender Erwachsener saß. Ein

Mädchen mit Musik auf den Ohren verlangsamte ihren morgendlichen Lauf und nahm einen der Ohrstöpsel heraus, um zu begreifen was los war.

»Wisst ihr, wer das Wort *Schule* erfunden hat?«, fragte der Lehrer und wedelte mit der *Odyssee.* Schweigen.

»Homer!«, rief Aldo mit lebhaften Augen.

»Mehr oder weniger …«, grinste der Lehrer.

Die Klasse brach in einen spontanen Applaus aus, während Aldo die Arme reckte, als hätte er im San-Siro-Stadion ein Tor geschossen. Die Schüler kicherten. In ihren Augen lag das Glück derer, die Liebe und Erkenntnis in die richtige Reihenfolge setzen. Ihre Pupillen waren geweitet, obgleich niemand etwas geraucht hatte und das Gras ihnen nur zum Sitzen diente.

»Die Griechen haben das Wort *Schule* erfunden, das von *scholé* abstammt. Wisst ihr, was das heißt?«, fragte er.

Der Spaziergänger mit dem Hund setzte sich auf die nächste Bank und hörte zu, derweil der Hund um die Schülergruppe herumsauste. Das junge Mädchen fing an, in diskretem Abstand Stretchingübungen zu machen, und hörte zu. Jetzt war die Klasse komplett. Was für Wunder die Schule vollbringen könnte, wenn sie wirklich Schule wäre, dachte der Lehrer.

»Na los. Hat niemand eine Idee, was es bedeuten könnte?«

»Langeweile?«, entgegnete Aldo lachend.

Der Lehrer blickte ihm kopfschüttelnd in die Augen und wartete schweigend auf den nächsten Versuch.

»Unterricht?«, tippte Gaia, ein Mädchen mit endlos langem Haar.

Der Lehrer schüttelte den Kopf.

Niemand unternahm einen weiteren Versuch. Die Spannung stieg.

»Freie Zeit!«, rief der Lehrer mit theatralischer Geste aus.

Die Schüler blickten sich verständnislos an.

»Ja, Leute. Die Griechen gingen in ihrer Freizeit zur Schule! Auf diese Weise ruhten sie sich aus und widmeten sich dem, was ihnen Spaß machte.«

»Die spinnen, die Griechen«, sagte Aldo.

»Deshalb bin ich nicht aufs Humanistische …«, murmelte Daniele, der neben ihm saß.

»Die Lumpenhunde, die die Schule unter Wasser gesetzt haben, haben uns ohne zu wissen ein Geschenk gemacht: Wir können versuchen, die Schule so zu genießen, wie sie wirklich ist, und nicht diese seltsame Foltermethode über uns ergehen lassen, die darin besteht, dreißig Vierzehnjährige fünf bis sechs Stunden täglich in einem grünen Rechteck auf ihrem Hosenboden hocken zu lassen … Bei den Griechen war Schule so: im Freien. Sie schauten, horchten, rochen, tasteten und versuchten Antworten auf die Fragen zu finden, die die Dinge in ihnen weckten oder die Lehrer ihnen stellten …«

Die Stille war ebenso groß wie das Interesse der Schüler, die sich fragten, worauf dieser Vortrag hinauslaufen sollte. Alle Geräusche waren gänzlich in den Hintergrund gerückt wie jedes Mal, wenn die Schönheit die Seele mit sich reißt.

»… Wenn all das, was ihr in der Klasse lernt, euch nicht zu einem besseren Leben verhilft, dann lasst es bleiben«, schloss der Lehrer. »Wir lesen die *Odyssee* nicht, weil man sie kennen muss, weil's im Lehrplan steht oder weil irgendein Minister das beschlossen hat … Nein! Nein! Nein! Wir lesen sie, um die Welt mehr zu lieben.« Er wurde rot.

»Lieben?«, sagte die Blondine verträumt.

»Ja, lieben. Nur wer eine Geschichte zu lesen vermag, begreift, was ihm widerfährt … Nur wer eine Figur zu lesen vermag, weiß die Seiten im Herzen eines Freundes, einer Freundin, eines Liebsten, einer Geliebten zu lesen«, sagte der Lehrer und schob verdutzt über das soeben Gesagte, das in seinem Stella entgegengebrachten Unverständnis keinerlei Bestätigung fand, hastig hinterher: »Schluss mit dem Gerede! Lasst uns anfangen. Schlagt das Buch ganz vorne auf, dort, wo es heißt: *Sage mir, Muse, die Taten des vielgewanderten Mannes …*«

Margherita spürte in sich einen Traum: Wenn die Welt irgendwie sein sollte, dann so: rein und unversehrt. Es war, als würde man Ferien machen, während man in der Schule ist. Der Lehrer rief die Figuren des ersten Gesanges auf, und die Schüler, die sie lesen sollten, hoben die Hand.

»Athene? Okay … du bist … Anna! Gut«, sagte der Lehrer zu der Blonden. »Telemachos?«

Niemand antwortete.

»*Abest!*«, sagte ein blasser Junge mit Bürstenschnitt.

»Richtig, *abest*! Doch ohne Telemachos kommen wir nicht weit … Wer will den Telemachos lesen?«

Eine Fliege oder Wespe flog an Margheritas Gesicht entlang, die sie mit einer Handbewegung zu verscheuchen versuchte.

»Gut, das machst du … Margherita … Er ist zwar ein

Mann, aber das ist egal«, sagte der Lehrer lächelnd und versuchte in seiner schwierigsten Schülerin ein wenig Begeisterung zu wecken.

Lachend tippte sich die Blondine mit dem Zeigefinger gegen die Stirn, und ihre Freundinnen kicherten im Chor.

»Aber ich, eigentlich …«, wehrte Margherita ab und verstummte sofort, denn ihr Einstand in der Klasse war bereits schlimm genug gewesen. Das war die Gelegenheit, sich von der berüchtigten Kategorie der Schrägen zu lösen oder zumindest zu entfernen.

»Na, dann sind wir komplett! Fangen wir an. Ich bin Homer und lese die erzählenden Teile, ihr die übrigen. Achtung …« Mindestens dreißig Sekunden lang verharrte er schweigend, damit die Worte sich von der Stille abhoben. Die Wipfel der Eiche rauschten, ähnlich dem aufgeregten Rascheln des Publikums, ehe sich der Vorhang hebt. Der Lehrer räusperte sich und ließ den Zauber beginnen:

Sage mir, Muse, die Taten des vielgewanderten
Mannes,
Welcher so weit geirrt, nach der heiligen
Troja Zerstörung
Vieler Menschen Städte gesehn, und Sitte gelernt hat,
Und auf dem Meere so viel unnennbare Leiden
erduldet,
Seine Seele zu retten und seiner Freunde
Zurückkunft.

Und so erhob sich auf einem handtuchgroßen Stück Grün und unter dem Schutz eines Baumes der Olymp mit seinen enttäuschenden, aber unsterblichen Göttern im klaren Frühherbstlicht. Man hörte das Meer gegen die Klippen Ithakas branden und den einsamen Telemachos drei Jahrtausende später mit Margheritas Stimme klagen:

Meine Mutter, die sagt es, er sei mein Vater; ich selber
Weiß es nicht; denn von selbst weiß niemand, wer
ihn gezeuget.

Athene antwortete. Obgleich sie von der Blondine gelesen wurden, spürte Margherita, wie die Worte der Göttin ihr bis ins Innerste der Seele drangen, während sie Telemachos' Mut beschwor und ihn anspornte, den verlorenen Vater zu suchen und – sollte der nicht wiederkehren – selbst zu jenem Vater zu werden, von dem er weder den Geruch noch die Augenfarbe erinnerte, war er doch in den Krieg gezogen, als er noch ein Säugling war:

Fürder geziemen Kinderwerke dir nicht,
Du bist dem Getändel entwachsen.

Auch du, Lieber, denn groß und stattlich bist du von
Ansehn,
Halte dich wohl, dass einst die spätesten Enkel
dich loben!

Sorge nun selber für dich, und nimm die Rede
zu Herzen.

So sprach die Göttin zu einem vaterlosen Jungen. Und so wiederholte es mit stolzer Stimme die Blonde, die Athene absichtlich unsympathisch klingen ließ, um Margherita eins auszuwischen.

Dann war Homer an der Reihe:

Also redete Zeus' blauäugichte Tochter, und eilend
Flog wie ein Vogel sie durch den Kamin. Dem
Jünglinge goss sie
Kraft und Mut in die Brust, und fachte des Vaters
Gedächtnis
Heller noch an, wie zuvor.

War es denn möglich, dass diese Worte ihr galten? War es möglich, dass die *Odyssee* ihre Geschichte erzählte? Dass dies die Schule war? In Odysseus' Sohn fand Margherita einen Freund, der ihren Schmerz nachfühlen konnte. Von der Sehnsucht nach dem Vater erfüllt, organisiert Telemachos seine Reise, macht hinter dem Rücken der Mutter das Schiff klar und bricht im Morgengrauen des nächsten Tages auf, allein mit dem Meer und der nagenden Sehnsucht im Herzen. Sie lauschte den abschließenden Worten des ersten Gesanges und hörte Telemachos in Begleitung seiner Amme in sein Zimmer treten:

Also lag er die Nacht, mit feiner Wolle bedecket,
Und umdachte die Reise, die ihm Athene geraten.

Sie spürte Telemachos' Furcht und seine Hoffnung. Sie spürte, wie er sie durchdrang. Auch er ohne Vater, auch er ein Kind, das erwachsen werden sollte. Nichts hatte sich über die Jahrhunderte geändert. Das größte Epos aller Zeiten begann mit einem kleinen Jungen, der seinen Vater suchen musste.

Sie schloss die Augen und verlor sich in Erinnerungen an den Vater, um ihn, einem Zauber gleich, herbeizurufen und lebendig zu machen. Wer weiß, ob die Götter auf ihrer Seite waren …

Der Lehrer schwieg. Die Schüler sahen einander zufrieden an. Rund eine halbe Stunde war vergangen. So wenig nur? Alle waren überrascht. Dabei hatten sie so viele Dinge gesehen, waren an zahlreichen Orten gewesen und hatten das Meer gerochen, die Angst, das Blut, den Schmerz, die Tränen und die Musik gefühlt.

»Für heute ist die Schule aus«, sagte der Lehrer.

»Aber wollen Sie uns nichts erklären?«, fragte Marta arglos.

»Da gibt's nichts zu erklären. Es steht alles in den Büchern. Man muss sie nur aufschlagen und möglichst auch lesen …«, antwortete er verschmitzt. »*Timeo hominem unius libri!*«, fügte er hinzu.

»Das heißt?«

»Menschen, die nur ein Buch lesen, sind gefährlich.«

»*Non multa sed multum!*«, entgegnete Margherita zu seiner Verblüffung.

»Wer hat dir das denn beigebracht?«

»Das hat mein Großvater immer gesagt.«

»Und was heißt das?«, fragte Marta.

»Dass es nicht darum geht, möglichst viel zu lesen, sondern dem, was man liest, auf den Grund zu gehen.«

»Für heute reicht es, habt einen schönen Tag«, entließ sie der Lehrer leicht irritiert über diesen Standpunkt, der dem seinen widersprach. Dann zog er ein Buch aus der Tasche, lehnte sich an die Eiche und begann zu lesen. Die Schülergruppe löste sich auf, ein paar blieben, um zu plaudern oder ihm ein paar neugierige Fragen zu stellen.

»Wie alt war denn Telemachos?«

»War Penelope schön?«

»Was bedeutet eigentlich *geziemen*?«

»Was heißt das, das Schicksal ruht auf den Knien der Götter?«

Der Lehrer beantwortete jede Frage und zitierte auswendig aus dem Text.

»Haben Sie eigentlich eine Freundin?«, fragte die Blonde.

»Über mein Privatleben rede ich nicht …«, antwortete der Lehrer lächelnd, doch die Falten auf seiner Stirn sprachen für sich.

Die Blonde wurde rot und blickte sich hastig um, um sicherzugehen, dass niemand sie auslachte.

Allmählich zerstreuten sich die Schüler, einen denkwürdigen Schultag im Herzen. In ein paar Jahren würden sie sich nicht mehr an die fünfte Deklination des Lateinischen, an die Formel von Nitrat oder Kalium, an die Daten der Schlacht von Waterloo oder die Namen der Scapigliatura erinnern, sondern an das Geschenk, das das Wasser ihnen gemacht hatte: der erste Gesang der *Odyssee* im Park hinter der Schule. Wie alle Menschen hätten sie im Herzen behalten, was aus Freiheit, Hingabe und Leidenschaft entsteht und nicht aus schierem Wissen, welches der Erinnerung nicht genügt. Nur Liebe und Leid bleiben im Gedächtnis.

Zufrieden über eine Schulstunde, die er mit einem Monat Vorbereitung nicht besser hinbekommen hätte, versenkte sich der Lehrer in die Lektüre von Shakespeare. Als er nach einer Viertelstunde aufblickte, um sich bequemer hinzusetzen, sah er nur wenige Meter entfernt ein Mädchen sitzen, das ihn, die Arme um die Knie geschlungen, wortlos musterte. Sie glich einer Seidenraupe: Wie eingepuppt hockte sie da und starrte den Lehrer an, der stets in die Figuren seiner Lektüre schlüpfte. Zuvor, als er Homer gelesen hatte, war er ihr wie die lächelnde, aber grausame Maske eines griechischen Gottes erschienen, jetzt hingegen sah er aus wie ein ganz normaler Mann mit Allerweltsgesicht.

Am liebsten hätte er so getan, als wäre nichts, doch das Mädchen starrte ihn an.

»Margherita!«

Sie schwieg.

»Was war dein Großvater von Beruf?«

»Lehrer.«

»Ah!«

Langsam erhob sie sich und setzte sich neben ihn. Die leichte Brise dieses von Luft und Wasser angefüllten Morgens spielte mit ihrem Haar, das ihr über die Schultern fiel. Sie lehnte sich neben ihm gegen den Stamm, umschlang die Knie und schloss die Augen.

»Kann ich dir helfen?«, fragte er neugierig.

Margherita legte den Finger auf die Lippen und gebot ihm zu schweigen.

»Lies laut vor.«

Der Lehrer war kurz davor, diese unangemessene Vertraulichkeit zu korrigieren, verkniff es sich aber. Er begann mit lauter Stimme vorzulesen und seinen Tonfall den Figuren anzupassen.

Dem Spiel der Sonne folgend wechselte der Park seine Farben. Der Lehrer las die Worte eines gewaltsam von seiner Tochter getrennten Vaters, mit der er nach vielen Jahren spricht, ohne sie zu erkennen:

Berichte dein Geschick; wenn dein Leid, wohlgeprüft,
ein Tausendstel
Des meinen ist, bist du ein Mann, und ich
Litt wie ein Mädchen nur; doch siehst du aus
Wie die Geduld, auf Königsgräber blickend,
Weglächelnd Sturm und Drang, wer waren deine
Verwandten? Dein Name,
Du holde Maid? Sitz hier, erzähl, ich bitte.

Margherita fragte sich, ob sämtliche Literatur von ihr sprach. Unwillkürlich war der Lehrer zu einer Tür geworden, durch die uns aus einer fernen und wahrhaftigeren Welt Antworten auf Dinge erreichen, die niemand wissen will. Im normalen Leben wird man niemals aufgefordert, die Geschichte zu erzählen, die einem am Herzen nagt und es verzehrt, und wenn doch, ist man nicht fähig, sie zu artikulieren, weil einem die passenden Worte und die richtigen Zwischentöne fehlen, der Mut, sich nackt, verletzlich und unverfälscht zu zeigen. Diese Geschichte muss von außen über uns kommen, ähnlich den Büchern, die uns auswählen und deren Verfasser zu Freunden werden, die man am Ende der Lektüre am liebsten anrufen würde, um zu fragen, wieso sie uns so gut kennen und wo sie unsere

Geschichte gehört haben. Es ist, als blicke man in einen Spiegel, der einen überrascht ausrufen lässt: Das ist ja meine Geschichte, das bin ich, aber mir haben die Worte gefehlt, um es zu sagen. Und vielleicht wird man gewahr, dass man nicht unabänderlich allein ist.

Als der Lehrer geendet hatte, stand Margherita mit verhaltener Miene auf, murmelte: »Worte«, und ging mit einem dankbaren, von Wehmut durchsetzten Lächeln davon. Sie wusste zu gut, dass das Leben nicht so lief wie bei Shakespeare, wo Töchter ihre verlorenen Väter wiederfinden.

»Schöne Worte…«, ergänzte der Lehrer still, der nur bei seinen Figuren bereit war, in das finstere Dickicht des Schmerzes vorzudringen. Er dachte, dass dieses Mädchen, das ihm jetzt den Rücken zuwandte, wirklich bemerkenswert war, und bekam Angst bei der Vorstellung, er könnte eines Tages eine ebenso »schwierige« Tochter haben. Er kramte den Brief aus der Tasche, den er Stella geschrieben hatte, um das unerträgliche Schweigen zu brechen. Er war voll der schönen Worte, mit denen er seinen fehlenden Mut stets zu übertünchen pflegte. Er knüllte ihn zusammen und warf ihn in den nächstbesten Mülleimer.

Ein Junge mit eisigen Augen hatte auf einer Bank gesessen und alles mit angesehen: Gesten und Mienen genügten ihm. Wie ein Kind, das in einem Supermarkt seine Mutter verloren hat und in der namenlosen Menge verzweifelt nach ihr sucht, folgte er mit durstigem Blick dem Mädchen, das ohne sich umzudrehen davonging.

Das Licht ergoss sich in Strömen über Dinge und Menschen, doch Margherita und Giulio blieben glanzlos, als steckten sie in einem lichtundurchlässigen Regenmantel. Langsam schlenderte Margherita nach Hause in der Hoffnung, die Langsamkeit gebe den Dingen die Chance zu geschehen und hielte eine unverhoffte Begegnung mit ihrem Vater bereit. Wer weiß, was er gerade tat: Vielleicht hockte er in einem dunklen Zimmer und dachte an sie, oder vielleicht war er mit einer anderen Frau auf einer Südseeinsel oder reiste an einen unbekannten Ort, um ein neues Leben unter einem anderen Namen zu beginnen … Mit jeder Faser ihres Körpers sehnte sie sich nach seiner Umarmung. Wieso meldete er sich nicht wenigstens bei ihr? War er denn nicht noch immer ihr Vater?

Giulio folgte ihr mit Abstand. Er sah Margherita die Straßen der Stadt entlangtreiben. Ihre Finger waren entweder zu Fäusten geballt oder trommelten gegen die Schenkel, dann versteckten sie sich in den Taschen und sie zog den Kopf zwischen die Schultern, als müsste sie sich vor einer plötzlichen Gefahr schützen. Was versteckte dieser Körper, welches Geheimnis enthielt dieses verletzliche Bündel Haut?

Margherita sah ein Mädchen, das belämmert auf das Display seines Handys starrte, das Gesicht schien in sich zusammenzufallen. Bestimmt eine schlechte Nachricht von ihrem Freund, dachte sie. Wieso lag so viel Schmerz in den Gesichtern? War das Glück nur eine winzige, wilde Blume inmitten eines riesigen undurchdringlichen Waldes? Sie sah die schützende Schale und das Fleisch, die Gesichter und das Leben darin, die Musik der Dinge und die Stille. Was für eine Musik war das? War das vielleicht das Leben?

Giulio sah, wie die Hände des Mädchens zitterten und dann schlaff zu beiden Seiten herabhingen. Vielleicht war das das Leben: lieben, leiden und alles, was man dazwischen tut. Irgendetwas ließ ihn diesem Mädchen folgen, wiewohl er sich nicht traute einzugestehen, es könnte etwas mit Liebe zu tun haben. Er kannte sie doch gar nicht. Liebe auf den ersten Blick gab's nur im Kino.

Er kam so dicht an sie heran, dass er sie hätte berühren können. Am liebsten hätte er sein Gesicht in der Flut ihres Haares vergraben, seine Hand auf die hängenden Schultern gelegt oder ihren schlanken Hals mit seinen Lippen berührt. Er war nur einen Schritt von ihr entfernt und sah sie an, als gehörte sie ihm, doch dann ging er an ihr vorbei. Ihm fehlte der Mut. Ihm, dem kein Diebstahl missglückte. Er hatte Angst, sich im Labyrinth zu verlaufen und plötzlich dem Minotaurus gegenüberzustehen; Angst, mit seinen wächsernen Flügeln der Sonne zu nahe zu kommen. Angst zu lieben?

Ohne sich umzublicken, ging er an ihr vorbei.

Margherita spürte das Vorbeiziehen dieses Wesens, das eher in ein nächtliches Märchen denn in eine vormittägliche Stadt gehörte. Sie musterte die Schultern und die schlanke Silhouette: Er sah aus, als breite er gleich seine Flügel aus. Zu gern hätte sie das Gesicht dieses Jungen gesehen, doch schon verschwand er in der Menge zahlloser anderer gesichtsloser Rücken.

Wie ein Ritter, der seine Waffen nach der Schlacht ordnet, steckte der Lehrer die Bücher in seine Tasche zurück. Es war spät geworden, und sein Magen knurrte. Ringsherum durchquerten die Menschen den Park, jeder mit einem anderen, drängenden Ziel. Mit endloser Langmut blickten die Bäume reglos und schweigend auf alles herab. Die Literatur hatte ihn wieder erstarken lassen, doch mit dem Anblick der Menschen ringsum kam Stella zu ihm zurück, und das Leben machte ihm Angst.

»O erbarme dich«, sagte er und dachte an den zwischen Wald und wilden Tieren gefangenen Dante.

»O erbarme dich«, wiederholte er, doch es gab keinen Vergil, der ihm zu Hilfe kam.

Er ließ sich ins Labyrinth der Angst hineinziehen und vom finstren Wald verschlucken.

Margheritas Handy klingelte.

»Machst du mit mir den Schauspielkurs?«, fragte Marta.

»Ich kann gar nicht schauspielern, ich schäme mich total.«

»Ach, komm schon! Heute ist Probestunde.«

»Und was macht ihr?«

»Bewegung im Raum, Vertrauenstraining, Stimmübungen, Improvisation …«

»Vertrauenstraining?«

»Kann ich dir auf die Schnelle nicht erklären. Komm mit und schau's dir an.«

»Okay. Soll ich dich abholen?«

»Perfekt! Bis gleich.«

Margherita spülte den Teller ihres einsamen Mittagessens ab, schaltete den Fernseher aus und ging ins Bad, um sich die Zähne zu putzen. Während sie schrubbte und den scharfen Schaum auf Zunge und Zahnfleisch spürte, fiel ihr Blick auf die Zahnbürste des Vaters. Er hatte sie vergessen. Die Borsten waren ganz abgenutzt. Margherita strich mit dem Finger darüber, als wäre es seine raue Wange mit den harten, drahtigen Stoppeln. Sie griff sich die Zahnbürste und steckte sie in die Tasche. Sie würde ihr Glücksbringer sein.

Sie ging in ihr Zimmer. Die Tasche mit den Büchern lag unberührt auf dem Bett. Eigentlich müsste sie Hausaufgaben machen. Später … Der Nachmittag rannte davon, und sie musste hinterher. Sie trat ins Licht hinaus und machte sich auf den Weg zu Marta, und die Stadt rollte neue, nie betretene Straßen vor ihr aus.

Ein Dutzend Jungen und Mädchen standen barfuß auf dem Parkett und lauschten den Anweisungen einer Frau mit hellweißem Teint. Sie forderte die Jugendlichen auf, sich frei im Raum zu bewegen. Margherita wurde gewahr, dass man mit nackten Sohlen ein sichereres Gefühl für den Boden unter den Füßen hat, obgleich man verletzlicher ist.

»Öffnet eure Sinne, *listen to your body*«, sagte die Frau. Sie hieß Kim und war halbe Amerikanerin.

Hilfesuchend sah sich Margherita nach Marta um, doch die war ganz auf sich konzentriert.

»Bleibt stehen und schaukelt mit geschlossenen Augen vor und zurück. Spürt den Kontakt der Fußsohlen mit dem Holz. Atmet den Geruch der Dinge im Raum und eures

Nebenmannes ein. Lauscht dem Rascheln der Kleider und dem Knarren des Parketts. *Feel everything you can.*«

Die Übung dauerte mehrere Minuten, und Margherita war erstaunt, wie viel der Tast- und der Geruchssinn wahrnehmen konnten und wie wenig man sie sonst benutzte.

»Jetzt öffnet die Augen und lasst den Blick über die Umgebung gleiten. Seht allen, die euch unterwegs begegnen, in die Augen, sie hasten vorüber. Fragt euch, welche Geschichte sich dahinter verbirgt. Ihr seid in einer kalten Stadt, *very cold* …«, sagte Kim.

Alle Teilnehmer versuchten ihren Schritt dieser imaginären Situation anzupassen. Nachdem sie sie bewusst wahrgenommen hatten, sollten sie die Wirklichkeit ringsum verschwinden oder vielmehr in den von Kim vorgegebenen fiktiven Elementen aufgehen lassen. Sie schöpften aus einer versteckten, unerschöpflichen Quelle, die verschüttete Erinnerungen wachrufen und die Sinne lenken konnte, als hätten die erdachten Bilder tatsächlich Konturen, Oberflächen, Gerüche.

Marta verschränkte die Arme und zog fröstelnd die Schultern hoch. Ein hagerer Junge fing an, sich die Hände zu reiben und hineinzuhauchen. Das Parkett hatte sich in eine schmutzig graue Straße mit verschneiten Rinnsteinen verwandelt; die frierenden Menschen hatten es eilig, nach Hause zu kommen, ehe das kränklich orangefarbene Licht der Straßenlaternen aufflammte.

Margherita fühlte sich wie ein Fisch auf dem Trockenen, sie schämte sich, sich der Einbildung hinzugeben. Marta ging an ihr vorbei und blickte ihr in die Augen, als würde sie sie nicht kennen, als wäre sie eine Unbekannte, die durch die winterlichen Straßen von Prag oder Sankt Petersburg hastete. Sie griff sich an die Ohren, als schmerzten sie vor Kälte. Margherita nieste, der aufgewirbelte Staub kitzelte sie in der Nase.

»*Well done*! Bei der Eiseskälte hat doch glatt jemand einen Schnupfen gekriegt«, bemerkte Kim.

Lächelnd ließ sich Margherita auf das Spiel ein, das sie unfreiwillig ein wenig realer gemacht hatte. Mit einem Kribbeln im Bauch spürte sie, wie sie sich von der Welt löste.

»Jetzt ist der Himmel noch weißer geworden, und die Wolken sind wie ein Dach aus Eis. Die Haut wird rot, die Augen fangen an zu tränen, die Nase läuft. Versucht euren Körper in der winterlichen Kälte zu spüren. Die Bäume sind kahl. Alles ist von der Kälte versteinert. Nur die Menschen verbreiten Wärme, Dunstwolken steigen über ihren Köpfen und vor ihren Mündern auf.«

Die Jugendlichen folgten dem Rhythmus der Improvisation, ihre linkischen, unreifen Körper fanden zu einer ungeahnten Harmonie. Sie bemächtigten sich ihrer unkontrollierten jugendlichen Kraft, erstaunt, sie nach ihrem Willen lenken zu können, ohne ihr hilflos ausgeliefert zu sein. Zauber des Theaters.

Margherita legte die Hände an die Wangen, als wollte sie die kreisrunden Flecken bedecken, die sie an kalten Wintertagen wie eine japanische Comicfigur aussehen ließen. Sie sah verwelktes Laub auf der Bühne und roch das Moos auf den vom Smog geschwärzten Steinen. Das Gerippe eines Baumes, ein Nussbaum, versuchte dem Himmel ein Geheimnis zu entreißen. Sie nieste abermals.

Sie dachte daran, wie ihr Vater ihr an solchen Tagen den Schal zurechtzog, um ihren Mund vor der Kälte zu schützen, und ihre Hände wärmend in die seinen nahm. Ihr Vater war wieder da, bei ihr. Ihr Körper verwandelte sich. Wenigstens hier auf dieser Bühne konnte sie glücklich sein. Sie flüchtete sich in einen imaginären Wintertag und in die Frau, die sie noch nicht war. Eine glückliche Frau an einem weißen, verschneiten Tag.

Einmal war ihr Vater während eines Spaziergangs plötzlich stehengeblieben und hatte ihr die herabtaumelnden Schneeflocken gezeigt. Sie versuchte, diesen Moment wieder lebendig werden zu lassen, blickte nach oben, wo Scheinwerfer und Zimmerdecke dichtem, träge fallendem Schnee gewichen waren. Sie hielt inne, streckte die Hände aus, um ein paar Flocken zu erhaschen, und folgte deren sachtem Fall mit dem Blick. Ein paar der anderen Schüler blieben bei ihr stehen und sahen erstaunt zu den Wolken auf, aus denen der erste Schnee dieses eingebildeten Winters fiel.

»Jetzt trefft ihr jemanden, den ihr kennt, aber seit langer Zeit nicht gesehen habt. Der Schnee macht diese Begegnung noch unerwarteter und herzlicher. *Amazing, astonishing …*«

Die Schüler verteilten sich wieder bis an den Rand der Bühne. Der Schnee fiel immer dichter und sachter, auch der Wind hatte sich gelegt.

Margherita ging langsam die Straße entlang, während die Flocken durch ihre Kleider drangen. Die Erinnerung wurde klarer, die Bilder lösten sich aus der Ungewissheit der Vergangenheit und verschmolzen mit dem Jetzt. Einen

Moment lang schloss sie die Augen und ließ die imaginären Flocken auf ihr Gesicht sinken. Als sie sie öffnete, stand ein Junge vor ihr.

Er lächelte sie an. Das fahle Tageslicht verlieh seinen Augen ein kaltes, wildes Leuchten.

Margherita öffnete die Lippen und lächelte zurück, dann sah sie empor, fing eine herabtaumelnde Flocke mit der Fingerspitze auf und leckte sie ab.

»Wonach schmeckt sie?«, fragte der Junge. Er hatte eine klare, offene Stimme, die Margheritas Herz erwärmte.

»Nach Wolken«, entgegnete sie nach einem Moment des Nachdenkens und sah zum Himmel auf.

»Und was ist das für ein Geschmack?«, fragte er und ging auf das Spiel ein.

»Probier's mal.«

Behutsam streckte der Junge die Hand nach einer Flocke aus. Sie entwischte ihm und er musste sich bücken und seinen drahtigen, muskulösen Körper ihrem federleichten Fall anpassen, um ihrem von einem Windhauch verwehten Kurs zu folgen. Die Bewegung setzte ihren Duft frei. Kurz bevor die Flocke den Boden berührte, landete sie auf seiner Hand. Er hob sie hoch und führte sie an die Lippen.

Margherita schloss die Augen und öffnete sie wieder.

»Du hast recht«, sagte er, und der schwarze Pony fiel ihm schützend vor die funkelnden Eisaugen. »Wie geht es dir?«, fragte er dann, als würden sie sich schon immer kennen.

»Gut. Und dir?«, entgegnete sie, hypnotisiert von diesen Augen, von dieser Stimme und von dem noch immer dicht fallenden Schnee.

»Ich suche schon seit Stunden nach dir.«

»Wieso?«, fragte Margherita.

»Das musst du mir sagen.«

»Jetzt verteilt euch für eine neue Übung«, rief Kim.

Alle gingen auseinander. Margherita blieb in der Bühnenmitte stehen, wo sie Giulio getroffen hatte, der sich nun umwandte und im dichten Theaterwinter verschwand, bis das Dunkel der Kulissen ihn verschluckte.

»Hey, du, *what's your name, baby*?«, fragte Kim.

»Margherita«, antwortete Marta stolz. »Sie ist neu. Ich habe sie mitgebracht.«

»*Margherita, this is your cup of tea!*«

»Marta hat mich gebeten mitzukommen, ich hatte ihr gesagt, dass ich das nicht draufhabe …«, verteidigte sich Margherita, ohne zu wissen, dass Kim gerade das Gegenteil gesagt hatte: »Das ist genau dein Ding«, hätte sie gesagt, wäre sie Italienerin gewesen.

»Du hast Talent. Geh zu den anderen, wir machen eine neue Übung.«

Margherita war noch immer verzaubert von diesen Augen: An einem eisigen Tag war ein phantastisches Wesen mit dem Schnee herabgekommen und hatte mit ihr geredet, und sie konnte nicht sagen, was davon eingebildet und was davon wirklich passiert war.

Sie schauderte. Ja, er hatte mit ihr gesprochen. Er war erschienen wie die Götter der *Odyssee* in menschlicher Gestalt. Marta legte ihr einen Arm um den Hals und riss sie aus ihrer Benommenheit.

»Toll! Hast du gehört, was Kim gesagt hat?«

»Kennst du ihn?«, erwiderte Margherita, die nicht zugehört hatte.

»Kim? Klar, die ist super … Die hat auch in einem Haufen Musicals mitgemacht!«

»Diesen Jungen …«

»Welchen?«, fragte Marta und ließ den Blick suchend über die angehenden Schauspieler gleiten.

»Ach, egal … Was hast du von Kim gesagt?«

»Sie ist eine Freundin meiner Mutter und irrt sich nie: Sie meinte, du hast Talent. Bist du sicher, dass du noch nie geschauspielert hast?«

»Nie. Ich hab's einfach geschehen lassen.«

»Wie meinst du das?«

»Ich weiß nicht, solche Dinge weiß niemand.«

Und das Einzige, was sie jetzt wissen wollte, war, wo diese beiden hauchfein gefurchten, strahlend blauen Augen geblieben waren, die zwei in unerreichbaren Gletschern entsprungenen Flüssen glichen, auf dem Weg in ein Meer so schwarz wie eine seltene Perle. Es war unerklärlich, aber sie fehlten ihr.

VIII

Auch Eleonora vermisste ihren Mann, als sie, müde von dem langen Arbeitstag, Andrea bei ihrer Mutter abholte. Andrea schaute Zeichentrickfilme, und Teresa war in der Küche. Sie lebte in der Küche, als ließe sich dort immer etwas zubereiten, das die Welt voranbrachte. Mit leichter Hand schnitt sie Karotten, um daraus irgendeinen Eintopf mit Gemüse zu machen.

Eleonora hatte ihre Tasche auf dem Tisch abgestellt und sah zu, wie die Mutter mit unerschütterlicher Gelassenheit vor sich hin arbeitete, als wäre sie die Natur selbst. In der Küche kannte sie keine Eile. *A jatta prisciulusa fici i jattareddi orbi* – »Die gehetzte Katze bringt blinde Junge zur Welt«; das sagte sie immer, schon als Eleonora ein Kind war und ihre Aufgaben eher hastig als gewissenhaft erledigte. Zwischen Töpfen, Kräutern und Gewürzen suchte sie die Vollkommenheit. Für sie war Kochen keine Frage des Überlebens, sondern des Lebens, es war keine natürliche, sondern eine kulturelle Notwendigkeit, denn was für eine Gesellschaft war das, die keine Zeit zum Kochen hatte und sich Fertignahrung für die Mikrowelle kaufte? Sie erinnerte Eleonora an die wunderliche Köchin aus einem Roman, die all ihre Ersparnisse dafür aufwendete, ihren puritanischen, knauserigen, freudlosen Herren und deren Freunden ein Essen zuzubereiten. Ihre Mutter war genauso: Sie schenkte ihre Zeit anderen, als läge ihr nichts daran, sie für sich selbst zu nutzen oder als verfügte sie über unerschöpfliche Reserven.

Eleonora folgte der sanften Geschäftigkeit ihrer Hände und gab sich der Erinnerung an Cannoli, Cassate, Frutta Martorana, Wassermelonenpudding, Mandelmilchcreme hin … All das kam abwechselnd jeden Sonntag auf den Tisch. Ihr Lieblingsdessert waren die Cannoli: Sie pickte sich die Schokoladentropfen aus dem Ricotta heraus und bewahrte sie sich bis zum Schluss auf. Es war ein freudiger Moment für alle, der die Göttlichkeit des Lebens heraufbeschwor, und es gab keine schlimmere Strafe, als keinen Nachtisch zu bekommen: wegen einer schlechten Note, einer schnippischen Antwort, einer dummen Laune. Es war, als würde man ihr nicht nur einen Nachtisch, sondern den besten Teil ihrer selbst verweigern, am besten Tag der Woche, an dem schulfrei war und sie mit ihrem Vater Pietro spazieren gehen und spielen konnte. Beim sonntäglichen Nachtisch gab es nur fröhliche Gesichter. Alle waren vereint. Es war der Tag des Herrn, jenes Herrn, der schon seit geraumer Zeit keinen Platz mehr in Eleonoras Leben hatte, er war fremd und stumm geworden.

»Wie geht's dir, Mama?«

»*Comu voli 'ddio* – wie's Gott gefällt. Und dir, mein Kind?«, fragte Teresa, wischte sich die Hände an der Schürze ab und kam auf sie zu.

»Ich mache mir Sorgen um Margherita.«

Teresa schob ihr einen Stuhl hin und stellte einen Teller s-förmiger Mandelkekse auf den Tisch. Sie wusste, dass sich die leidende Seele verkroch und man sie nur erreichen konnte, wenn man den Körper umsorgte, damit er sich wieder mit dem Geist verband.

Mit einer blitzschnellen, kindlichen Geste schnappte Eleonora sich einen Keks, steckte ihn ganz in den Mund und starrte kauend ins Leere. Teresa schwieg. Sie hatte gelernt zu warten. Die Jahre in der Küche hatten sie gelehrt, die Dinge ihren Lauf nehmen zu lassen, der Hefe die Zeit zu geben, die sie brauchte, um aufzugehen.

»Sie redet nicht mit mir, sie stößt mich weg. Ich will sie nicht auch noch verlieren, Mama«, sagte Eleonora mit immer leiser werdender Stimme.

»Wieso machst du dich nass, ehe es überhaupt angefangen hat zu regnen, mein Kind? Und wo steckt er?«

»Ich weiß es nicht. Ich glaube, er ist im Haus am Meer.«

»In Sestri?«, sagte Teresa mit weichen Konsonanten.

»Ich glaube, ja.«

»Hast du ihn angerufen?«

»Ja. Im Büro geht der Anrufbeantworter ran. Ich hab auch in Sestri angerufen, und er hat abgenommen, aber als er meine Stimme gehört hat … hat er aufgelegt.«

»Der schönste Putz kann einen keuschen Mann nicht in Versuchung führen«, sagte Teresa, fast ohne es zu merken.

»Was meinst du?«

»Dass dein Mann eine andere hat.«

Eleonora war sprachlos, doch obwohl ihre Mutter ausgesprochen hatte, was sie am meisten fürchtete, konnte sie sie nicht hassen.

»Wieso sollte er sonst eine Schönheit wie dich sitzenlassen, mein Kind? Wo findet er denn eine zweite wie dich?« Teresa umarmte ihre Tochter und küsste sie aufs Haar.

»Wieso fährst du nicht zu ihm?«

»Er macht sich klammheimlich aus dem Staub, und ich renne ihm nach?«

»Sei doch nicht so stolz … Wenn du willst, dass er zurückkommt, musst du alles versuchen.«

»Nein, Mama. Er muss zu mir kommen und mich für das, was er getan hat, um Verzeihung bitten. Erst recht, wenn er eine andere hat!«

»Begreif doch, Kind«, sagte Teresa und streichelte ihre Schultern.

»Was gibt's denn da zu begreifen, Mama? Er ist einfach so abgehauen und hat mich sitzenlassen. Er hat mich verlassen, Mama! Und seine Kinder auch!«

»Du hast recht, mein Schatz, aber hör mir zu. Ich war über fünfzig Jahre verheiratet und habe nie an meinem Mann gezweifelt. Und weißt du, warum?« Eleonora schwieg.

»Ein Mann sucht sich eine Frau und eine Frau sich einen Mann in der Hoffnung aus, dass es wenigstens einen Menschen auf der Welt gibt, der alles verzeihen kann oder es zumindest versucht. Du kannst dir nicht vorstellen, wie ich in meiner Ehe gelitten habe. Wie oft dein Vater mir hat verzeihen müssen … Und wie oft ich ihm habe verzeihen müssen. Er war stets freundlich und charmant zu allen. Und ich war eifersüchtig, manchmal hätte ich ihm die Augen auskratzen können. Diese Augen sollten nur mir gehören. Und dann hatte er eine sporadische Schwäche fürs Kartenspiel, was mir gar nicht gefiel, vor allem wenn er mich dafür abends allein ließ. All das fehlt mir kein bisschen. Er fehlt mir.« Sie machte eine Pause. »Auch das habe ich ihm verzeihen müssen …«

»Was meinst du damit, Mama?«

»Als er gestorben war, habe ich ihm monatelang nicht verzeihen können, dass er mich allein gelassen hat. Ich war stinksauer … Ich wollte ihn nicht mehr sehen, also habe ich sämtliche Fotos von ihm in einen Karton gepackt und in die hinterste Schrankecke gestopft.«

»Und dann?«

»Dann konnte ich dem Mann, den ich liebe, und dem Schönsten, was mir das Leben beschert hatte, eines Tages nicht mehr böse sein. Damit ging es mir noch schlechter, aber meine Wut saß so tief, dass ich nicht wusste, wie ich sie loswerden sollte.«

»Und was hast du gemacht?«

»Ich habe den Karton mit den Fotos genommen und mir jedes einzelne lange angeschaut …«

Eleonora schwieg, ihre Mutter hatte sich zu ihr gesetzt, ihre Hand genommen und streichelte sie, als bräuchte sie Zuspruch für ihre Beichte.

»Und als ich seine Augen, sein Haar, seine Schultern gesehen habe … *Ch'era bieddu*! Ein vollendeter Herr, der mich wie eine Königin behandelte. Ich weiß noch, wie ich in der Stadt einmal einen wunderschönen Mantel gesehen hatte. 118000 Lire. Ich war völlig hingerissen. Als ich ihm davon erzählte, sagte er: ›Terè! Wieso hast du ihn dir nicht gekauft?‹. Er hätte mir die ganze Welt geschenkt, auch ohne Geld. Die Wut ist von mir abgefallen wie die Tüncheschicht von dem Fresko in der alten Dorfkirche, in die wir im Sommer sonntags zur Messe gingen … Ich habe die Fotos angesehen und die Wut ist ganz allmählich verschwunden und ich habe mich an jede Kleinigkeit erinnert: an den Ort, das Wetter, was er vorher getan hatte, was er gesagt hatte, sogar an den Geruch der Pflanzen oder der Räume … Diese Momente blieben unversehrt und nichts, nicht einmal die Zeit, konnte sie mir nehmen. Er war dort mit mir, und dadurch, dass er zuerst gestorben war, hatte er sich das Leid erspart, das ich empfand, und darüber war ich froh. Also habe ich ihm verziehen. Ich habe ihm verziehen, tot zu sein. Na ja, wozu erzähle ich das …«

»Das nennt man Trauerarbeit, Mama.«

»Ich habe keine Ahnung, wie man das nennt, mein Schatz. Ich weiß nur, dass ich nie aufgehört habe, unter dem Tod meines Mannes zu leiden. Am liebsten wäre ich selbst gestorben. Der Schmerz ist die Form von Liebe, die mir noch geblieben ist. Das habe ich jetzt endlich begriffen, auch wenn ich ein bisschen begriffsstutzig bin …«

Eleonora umfasste die Hände ihrer Mutter wie eine Muschel, die sich sanft schließt, um sich vor dem Angriff des Räubers zu schützen.

»Bist du bereit, ihm zu verzeihen, mein Kind?«

Eleonora blickte der Mutter in die Augen und hatte nicht den Mut, etwas zu sagen.

Andrea kam in die Küche.

»Der Film ist zu Ende.«

Eleonora ließ die Hand der Mutter los und nahm ihren Sohn auf den Schoß.

»War er schön?«

»Ja, weil der gute Zauberer den bösen besiegt.«

»Und wieso ist der böse?«, fragte Eleonora mit gewichtigem Ton, den Erwachsene annehmen, wenn sie mit Kindern über ernste Dinge reden.

»Weil er hässliche Sachen macht.«

»Wieso denn?«

»Ich weiß nicht. Er kann das halt. Vielleicht hat ihm seine Mama nichts Schönes beigebracht.«

»Ich hab frische Tomatensauce aus den Tomaten, die mir Signora Franca immer mitbringt, und meinem Basilikum«, sagte Teresa und zeigte auf ein riesiges Schraubglas.

»Danke, Mama.«

Sie umarmte sie und ließ sich umarmen. Es braucht vier Umarmungen am Tag, um zu überleben, acht, um zu leben, und zwölf, um zu wachsen. Eleonora hatte soeben zwei bekommen und fühlte sich besser, doch das reichte noch nicht.

Dem Licht nach zu urteilen, das auf die Häuserfassaden fiel und über die Autodächer blitzte, hielt der Nachmittag noch ein paar Überraschungen bereit. Margherita verabschiedete sich von Kim und versprach wiederzukommen. Marta nickte zufrieden.

»Ich hatte dir doch gesagt, es würde dir gefallen!«

»Danke, Marta. Wahrscheinlich stand das auch im Horoskop …«

»Mal sehen, ob ich's dabeihabe!«, entgegnete Marta und wühlte in der Tasche ihrer roten Hose.

»Das war doch nur ein Witz!«, sagte Margherita und umarmte sie. Sie spürte, wie sie sich ineinanderfügten wie zwei Puzzleteile.

»Was hast du jetzt vor?«, fragte sie und machte sich los.

»Ich gehe nach Hause, mache die Hausaufgaben fertig, und dann muss ich mich um die Zwillinge kümmern.«

»Hast du's gut!«

»Du kannst gern mit mir tauschen.«

»Das würdest du nur bereuen …«, antwortete Margherita ernst.

Sie schwiegen. Marta wusste nicht, was sie sagen sollte.

»Ich gehe auch nach Hause, wenn es das noch gibt …«, sagte Margherita.

»Gut, dann sehen wir uns morgen. Wir proben zweimal die Woche von drei bis fünf.«

Margherita gab Marta einen lauten Schmatzer auf die Wange. Als sie sich losmachte, blieb ein Insekt an ihrer halb geöffneten Lippe kleben. Margherita kreischte entsetzt auf und Marta prustete los.

»Wusstest du, dass ein Mensch in seinem Leben durchschnittlich zehn Spinnen und rund siebzig Insekten verschluckt?«, sagte sie glucksend.

Margherita spuckte hektisch aus und wischte sich mit dem Handrücken über die Lippen, als hätte die Pest sie geküsst.

»Jetzt hast du aufgeholt …« Marta lachte Tränen.

»Blöde Kuh! Vielleicht kriege ich Tetanus oder so was …«, sagte Margherita und kicherte los, wie man nur in diesem Alter kichert, bis zu den Tränen und völlig grundlos. Die Passanten blickten sie verwundert und vielleicht ein wenig neidisch an.

Sie verabschiedeten sich noch einmal.

Margherita war glücklich. Sie hatte eine ungeahnte Leidenschaft entdeckt, die fürs Theater. In nur zwei Stunden hatte sie eine Welt heraufbeschworen, in der alles gut war und in der man glücklich leben konnte; sie hatte sich mit

Marta angefreundet, die der Schwester glich, die sie sich immer gewünscht hatte; und sie hatte in die Augen dieses Jungen geblickt, der sie gesucht, verfolgt und gefunden hatte. Sie sah zum Himmel auf, und das Leben erschien ihr als seltsame Harmonie zwischen dem, was einem genommen, und dem, was einem gegeben wird: Nichts wird zerstört, alles verändert sich, hatte sie von ihrer NaWi-Lehrerin gelernt. Vielleicht stimmte das.

Sie mochte noch nicht nach Hause gehen und all die Freude abstreifen, die an ihr haftengeblieben war, doch zugleich verspürte sie den Drang, sie mit jemandem zu teilen und damit besser bewahren zu können. Also machte sie sich auf den Weg zur Großmutter, und während das äußere Licht sich mit ihrem inneren Leuchten mischte, murmelte sie den Satz des Jungen vor sich hin: »Das musst du mir sagen.«

So ist die Liebe. Sie beginnt mit einem Rätsel, und die Antwort auf dieses Rätsel ist das Geheimnis seiner Dauer. Das unergründliche Licht dieses Rätsels legte sich auf alles, und zum ersten Mal seit dem Verschwinden ihres Vaters fühlte sie sich nicht allein.

Der Lehrer stellte das Rad ab, ohne es abzuschließen. Signora Elvira fegte den Hof.

»Was machst du für ein Gesicht?«

»Ich bin müde…«

»Müde«, wiederholte Elvira, wie sie es immer tat, wenn sie vorgab, eine Behauptung zu schlucken, um sie mit der nächsten Bemerkung abzuschmettern. Sie lehnte sich auf den Besen.

»Ich hab Stella schon lange nicht mehr gesehen. Wie geht's ihr?«

»Gut, gut… Zur Zeit hat sie viel in der Buchhandlung zu tun. Jetzt, wo die Schule wieder losgeht…«

»Ja, natürlich, die Schule…«, wiederholte sie. »Und wann heiratest du sie?«

»Wie bitte…? Gibt's etwa ein Gesetz, das besagt, dass ich heiraten muss? Heiraten ist doch langweilig…«

»Tja, besser, man langweilt sich zu zweit als allein«, antwortete Elvira und fegte weiter.

»Mein Herz!«, sagte die Großmutter, als sie die Tür öffnete, und Margherita fiel ihr um den Hals und atmete ihren guten, vertrauten Geruch ein.

»Die Mama ist bis eben hier gewesen und dachte, du wärst zu Hause. Was machst du hier?«

»Was soll ich denn zu Hause? Heute ist die Schule ausgefallen, weil sie unter Wasser stand. Also hat unser Literaturlehrer uns draußen im Park unterrichtet. Und dann bin ich mit meiner Freundin Marta zu einem Schauspielkurs gegangen und Kim meinte, ich sei gut. Es hat total Spaß gemacht. Und dann ist während der Proben was ganz Tolles passiert…«, haspelte sie in einem Atemzug hervor wie eine überschäumende Flasche Champagner.

»Du hast dich verliebt«, sagte die Großmutter ohne sie ausreden zu lassen und zeigte auf die nach Mandel und Zimt duftenden Kekse auf dem Tisch.

»Ach Quatsch…«

»Wenn eine Frau zu viele schöne Dinge auf einmal erzählt, ist sie verliebt. Lass dir das von mir gesagt sein…«

»Ich weiß es nicht. Ich weiß nur, dass mir während der Improvisationsübung ein wunderschöner Junge erschienen ist, du solltest seine Augen sehen, Nonna. Ich hab ihn am ersten Tag in der Schule gesehen und er hat mir gesagt, er würde mich seit Stunden suchen, und ich solle ihm erklären warum, aber dann ist er verschwunden.«

»Hast du Lust, mit mir den Ricotta für die Cannoli zu machen?«, fragte die Großmutter, wohl wissend, dass sich manche Dinge besser bereden lassen, wenn man etwas in der Hand hat. »Dann erzählst du mir von diesem Frosch, der sich in einen Prinzen verwandeln soll«, sagte sie schmunzelnd.

»In Ordnung!«

Teresa stellte die Zutaten bereit: frischer Ricotta, Zucker, Schokoladensplitter, und Margherita schob eine Schale Wasser zur Seite, die in der Mitte des Tisches stand und auf deren Oberfläche weiße Blüten schwammen, die zur Mitte hin safrangelb wurden, als hätte sich die Sonne darin versteckt.

»Frangipani oder Wachsblumen«, sagte die Großmutter und deutete mit einem Blick darauf, denn ihre Hände waren zu beschäftigt. Es waren Blüten, die ebenso zauberhaft waren wie alles andere, was sie aus ihrer Heimat erzählte.

Teresa drückte eine Mulde in den Ricotta, Margherita streute ein wenig Zucker hinein, dann begann sie die Creme mit einer Gabel durchzukneten, sodass sie wie Blütenblätter durch die Forken quoll.

»Als kleines Mädchen war ich vollkommen verzaubert von diesem Baum, von dem die Blüten stammen. In unserem Haus am Meer stand einer im Garten. Wir nannten ihn Eierbaum.«

»Wieso?«

»Noch ein bisschen«, sagte die Großmutter und deutete nickend auf den Zucker.

»Das reicht, nimm dir eine Gabel und hilf mir.«

Margherita fing an zu rühren.

»Weil die Blüte von einer schützenden Eierschale umgeben war.«

»Auf dem Baum wuchsen Eierschalen?«

»Ach was, mein Herz. Das glaubte ich nur. In Wirklichkeit wurden die Schalen der Eier, die wir aßen, aufgehoben und um die zarten Knospen gelegt, damit sie ungestört wachsen konnten und nicht vom Scirocco und der Sonne verbrannt wurden. Die Sonne und der Scirocco verbrennen alles. Dann zerbrach die Schale, und eine wunderschöne, duftende Blume kam hervor, weiß und gelb wie ein Ei.«

»Der Eierbaum …«

»Genau … ich war noch klein und glaubte alles. Mein Bruder, Gott hab ihn selig, erzählte mir, der Baum würde Eier legen wie die Hennen, nur dass Blumen statt Küken aus der Schale schlüpften.«

»Und du hast ihm geglaubt?«

»In meiner Heimat ist alles möglich, vor allem wenn man klein ist. Wenn ich bei einem Blumenhändler Wachsblumen sehe, muss ich sie einfach kaufen. Sie bringen mich in meine Kindheit und in die Zeit zurück, als ich mit deinem Großvater zusammenkam … Also, was war noch mal mit diesem Jungen? Wie heißt er?«

»Ich weiß es nicht. Er hat's mir nicht gesagt. Aber wieso erinnern dich diese Blüten an die Zeit, als du mit Nonno zusammenkamst?«

»Du hast dich verliebt, ohne überhaupt seinen Namen zu kennen. Ganz schlecht. Du musst kräftiger rühren, der Zucker muss verschwinden!«

Margeritha rührte weiter den gezuckerten Ricotta, der sich in eine geschmeidige, aber immer noch körnige Creme verwandelt hatte.

»Woran erkennt man die wahre Liebe, Nonna?«

»Ah … am Schmachten … am Fieber … am gebeutelten Herzen …«, seufzte Teresa. Dann fuhr sie fort: »Die Menschen sind wie rote Melonen.« Sie sprach das Wort mit gedehntem *l* und *o* aus, wie es in ihrer Heimat üblich war.

»Nämlich? Kannst du denn nie eine Antwort geben, ohne über Essen zu reden?«

»Signorina, so rede ich nun mal«, erwiderte die Großmutter gespielt beleidigt.

»Also? Na los, sag schon!«

»Wenn du eine Wassermelone kaufst, weißt du nicht, ob sie gut ist, du siehst nur die grüne Schale und die Größe. Aber es gibt zwei Arten, es festzustellen.«

»Welche?«

»Als Erstes trommelst du drauf.«

»Du machst was?«

»Du klopfst. Und wenn es ein schönes volles, sattes Geräusch gibt, dann ist sie nicht schwammig, denn das ist das Schlimmste.«

»Und die zweite Art?«

»Du bohrst ein Loch, ziehst ein Stück heraus, das von

der Schale bis ins Herz der Frucht reicht, und probierst es. Dann weiß man, ob sie süß ist, denn eine fade Melone ist fast genauso schlimm wie eine schwammige. Damit kann man sich nur das Gesicht waschen oder Pudding draus machen …«

»Pudding?«

»Ja, Melonenpudding.«

»Und was hat das mit der Liebe zu tun?«

»Was das mit der Liebe zu tun hat? Zuerst musst du feststellen, ob der Mensch was im Kopf hat. Du trommelst drauf und hörst, ob was drin ist. Wenn's schwammig klingt, lass die Finger davon. Dann musst du prüfen, ob er ein Herz hat. Du bohrst ein Loch, das von der Schale, die noch so schön sein kann, bis zum Herzen reicht, um zu sehen, ob er durch und durch süß ist. Viele haben eine gute Schale, aber ein fades oder gar faules Herz …«

»Verstehe … Und so hast du dir Nonno Pietro ausgesucht?«

»Aber natürlich! Eine erstklassige Melone. Voller Kopf – er war äußerst klug – und zuckersüßes Herz! Und die Schale war auch ganz besonders.«

Margherita prustete los.

»Holst du mir die Sahne aus dem Kühlschrank?«

»Die Sahne?«

»Ja, das ist das Geheimnis. Ein Schluck Sahne macht die Creme lockerer und fester zugleich. Achte darauf, dass sie nicht zu körnig ist und der Zucker sich nicht vom Ricotta trennt …«, antwortete die Großmutter und rührte weiter, wohl wissend, dass das wahre Geheimnis in der unermüdlichen Bewegung des Ellenbogens liegt. »Nur langes Schlagen macht die Creme für die Cannoli perfekt. Bieg dich, Binse, bis die Flut vorüber ist.«

»Was soll ich tun?«

»Nichts ... das ist ein Sprichwort, das bedeutet, dass man Geduld braucht, viel Geduld. Vor allem in der Liebe.«

»Also, was war mit Nonno und den Wachsblumen?«

»Wir gingen an der Strandpromenade spazieren bis zur Kirchenruine von Santa Maria dello Spasimo, über die sich anstelle des Daches der Himmel wölbt, dort kauften wir uns eine Zitronen- oder eine Kaffeegranita und ein süßes Teilchen, blickten aufs Wasser und stahlen einander den einen oder anderen Kuss, aber ganz flüchtig, alles andere hätte sich nicht gehört. Dort kamen auch die Blumenverkäufer mit ihren kleinen Sträußen entlang. Sie bestanden aus Jasmin- und Frangipaniblüten und glichen winzigen Kissen. Der Duft dieser Blüten stieg einem in die Nase. Dein Großvater kaufte mir solch ein Kissen. Es war das Zeichen, dass er mich eines Tages in einem Kleid von der Farbe dieser Blüten zum Altar führen würde.«

»Wieso Kissen?«

»Die Blüten steckten in einem feuchten, kissenförmigen Schwamm, der sie frisch hielt und ihren Duft bewahrte.«

Margherita schnupperte an der Schale mit den Wachsblumen. Wer weiß, weshalb es immer weiße Blumen sind, die am intensivsten duften. Die Kindheit der Großmutter und ihre Heiratsträume lagen darin. Auch Margherita war in einer Eierschale groß geworden, die jetzt allzu schnell und gewaltsam zerbrochen war. Die Blüte war der alles versengenden Sonne und dem Scirocco ausgesetzt.

»Und, was ist mit diesem geheimnisvollen Prinzen? Ist

er eine gute Melone oder müssen wir Pudding aus ihm machen?«

»Ich habe keine Ahnung. Ich weiß nur, dass er mich angesehen hat, wie mich noch nie jemand angesehen hat.«

»Schlechtes Zeichen. Die Situation ist kabbelig…«, bemerkte die Großmutter belustigt und verglich das Verliebtsein mit unruhiger See.

»Wieso?«, fragte Margherita ernst.

»Es ist der Blick eines Mannes, der einem zum Verhängnis wird.«

»Es war, als würde er in mir etwas sehen, was ich noch nie gesehen habe.«

»Deinen Bauchnabel.«

»Aber Nonna! Was hat denn mein Bauchnabel damit zu tun?«

»Mein Herz. Die Liebe ist eine fleischliche Sache. Der Mann will die Frau und rüttelt sie wach: Sie fühlt sich begehrt, geliebt. Wenn ein Mann eine Frau berührt, berührt er ihre Seele. Nicht alle Männer sind in der Lage, die Seele unter ihren Fingern zu spüren, die meisten Lümmel beschränken sich auf die Schale. Eine zärtliche Berührung kann die Seele einer Frau streicheln, eine Ohrfeige sie zerstören… Und außerdem ist der Nabel mit jener Schnur verbunden, an der das Leben hängt, diese Schnur zerreißt nie… und ein Mann klammert sich immer daran.«

Margherita wurde rot. Die Großmutter rührte weiter.

»Aber Nonna, ich meinte doch, dass die Art, wie er mich angesehen hat, total neu war. Es war, als würde er mich jenseits meines Selbst sehen. Als würde er mehr an mich glauben als ich selbst es tue…«

»Das habe ich schon verstanden, mein Herz. So beschränkt bin ich nicht. Aber Männer sind simpler gestrickt als Frauen. Wenn sie Glück haben, finden sie die Frau, die sie zu Männern macht.«

»Was?«

»Sie macht sie zu Vätern. Sie gibt ihnen die Chance … Es braucht eine Prise Zimt«, sagte die Großmutter, nachdem sie probiert hatte.

»Die Chance …?«

»Jetzt reicht's, Margherita. Du weißt doch, was ich meine …«

»Nein, über solche Sachen redet ja keiner mit mir«, sagte Margherita scheinheilig.

»Sachen … Sachen … die Welt auf dem Monde …«

Die Großmutter, die mit dieser Redewendung seltsame und unerhörte Dinge meinte, verstummte und rührte noch heftiger in der Creme.

»Wie war es, Nonno zu küssen?«

»Was sind denn das für Fragen, mein Herz?«

»Zuerst erzählst du mir was vom Bauchnabel und dann … Ich will's halt wissen! Wann hat er dich zum ersten Mal geküsst?«

»Bei einem Spaziergang in einem Orangenhain.«

»Und wie hat er's gemacht?«

»Du bist ganz schön neugierig, mein Herz …«

»Ach, komm schon …«

»Wir sind nebeneinander her gegangen und haben auf den Weg vor uns geguckt. Er erzählte einen Haufen Geschichten. Was er alles wusste …! Hin und wieder hielten wir inne und statt nach vorn zu blicken sahen wir uns in die Augen. Die Pausen wurden länger und die Worte weniger. Die Blicke wurden tiefer und suchten nach dem, was alle Verliebten suchen, ohne zu wissen, was es ist …«

»Und dann?«

»Und dann hat er eine Orangenblüte abgepflückt und daran gerochen. Er hielt sie mir an die Lippen, ließ mich daran schnuppern, und dann steckte er sie mir ins Haar. Er beugte sich zu mir, um daran zu riechen, und seine Lippen berührten meine Stirn. Ich spürte seinen Atem auf der Haut. ›Wie süß du bist, Teresa …‹ sagte er.«

»Und du?«

»Nichts. Ich stand völlig verdattert da wie eine Blöde … Er sprach *Teresa* mit einer Süße aus, die ich noch nie gehört hatte, nicht einmal bei meinen Eltern. Und dann küsste er mich.«

»Und wie war das?«

»Jetzt ist's genug! Was du mir alles aus der Nase ziehst …! Schlimme Dinge. Wenn das die Mama wüsste …«, sagte die Großmutter gespielt entrüstet.

»Gib mir die Schokolade und streu was davon in die Creme, statt alles in dich hineinzustopfen … du bist wie deine Mutter!«

Margherita gehorchte ertappt und ließ die süßen Splitter auf der Zunge zergehen. Mit wirbelndem Unterarm rührte die Großmutter weiter. Inzwischen war die vom Zimt leicht verfärbte Creme fest und geschmeidig geworden.

»Komm schon, Nonna, erzähl … Wie ist ein Kuss?«

»Mein Herz, alles, was ich weiß, ist, dass wir das Leben suchen. Unser Atem ist uns nicht genug, und wir wollen den Atem eines anderen. Wir wollen mehr atmen, wir wollen den ganzen Atem des ganzen Lebens. In meiner Heimat sagt man zu den Menschen, die man liebt, *ciatu mio* – ›mein Atem‹. Es heißt, der Richtige ist der, der mit dir im gleichen Takt atmet. Dann kann man sich küssen und zugleich einen größeren Atemzug tun …«

Von einer uralten Erinnerung gepackt, fing die Großmutter an zu singen:

Cu' ti lu dissi a tia nicuzza,
lu cori mi scricchia, a picca a picca a picca a picca.

Wer hat dir das gesagt, meine Kleine,
das Herz zerbricht mir nach und nach und
nach und nach.

»Ich will dein Haus am Meer sehen, Nonna. Alles, was du erzählst, scheint größer, wahrer und voller Düfte zu sein …«

»Eines Tages wirst du es sehen, jetzt ist es noch zu früh«, sagte Teresa seufzend.

»Wieso?«

Sie sang weiter:

Ahj, ahj, ahj moru moru moru moru,
ciatu di lu mie cori l'amuri miu sì tu.

Ich sterbe, sterbe, sterbe, sterbe,
du bist der Atem meines Herzens, du bist meine Liebe.

»Hörst du mir überhaupt zu?«, murmelte Margherita, doch Teresa ließ sich nichts anmerken.

»Und, was ist jetzt mit diesem Frosch?«

»Er schielt, ist schleimig und stinkt.«

»Na, dann musst du ihn wirklich verwandeln!«

Sie lachten.

»Seine Augen sind voller Dinge, Nonna. Man bekommt Lust, Städte und Länder zu sehen. Er hat schwarzes, langes Haar, das ihm in die Stirn fällt. Seine Haut ist hell und glatt. Er hat wunderschöne Hände, elegant, beweglich, und erst die Stimme … Er ist geheimnisvoll, er hätte mich sofort ansprechen können, aber stattdessen hat er mich beobachtet, dann ist er mir gefolgt und hat mich im Schnee angesprochen, und wir haben zusammen eine Flocke aufgefangen. Er hat mit mir phantasiert und das Gleiche gefühlt wie ich. Und dann hat er mich angesehen, Nonna. Aber er ist schon älter, ich glaube, aus der Zwölf.« Margherita ließ nicht die winzigste Kleinigkeit aus, denn wenn es um Liebe verheißende Details geht, ist das weibliche Gedächtnis unübertrefflich.

»Der scheint mir eine gute Melone zu sein …«

Die Großmutter lächelte.

»Na bitte. Von viel kommt viel!«, schloss Teresa zufrieden und hielt Margherita einen Löffel hin, die schon längst den Finger tief in die Creme getaucht hatte.

»Du Frechdachs!«, sagte die Großmutter. Sie steckte zwei Finger in die Creme und schmierte sie Margherita ins Gesicht, die losprustete wie ein Kind.

»Dann musst du mir noch vom ersten Mal erzählen, als …«, hob Margherita lachend an und wurde rot.

»Vom ersten Mal, als was?«

»Na, diese Sache …«

»Welche?«

»Komm, Nonna, du weißt schon …«

»Die Dinge haben einen Namen. Du musst dich dessen nicht schämen. Gott hat nur Gutes erschaffen, auch wenn wir es verderben …«

»Als ihr euch geliebt habt«, haspelte Margherita hervor.

»Das ist meine Sache. Meine Hochzeitsnacht geht ganz allein mich etwas an.«

»Ach, komm, Nonna, wen soll ich denn sonst fragen, wenn du's mir nicht erklärst? Mama würde ich niemals fragen …«

»Du wirst zu schnell erwachsen, mein Herz …«, lächelte die Großmutter und streichelte sie.

»Versprichst du's?«

»Was denn?«

»Dass du's mir erzählst …«

»Jetzt musst du gehen, sonst macht deine Mutter sich noch Sorgen.«

»Glaubst du, Papa und Mama hatten nicht den gleichen Atem? Haben sie sich getäuscht?«

»Ich glaube, sie haben ihn. In einer Beziehung gibt es immer Schatten. Bei Pietro gab's manchmal Worte … doch wenn es graute, war alles vorüber …«

»Wenn es was?«

»Wenn die Sonne unterging. Heutzutage ist das Leben vielleicht komplizierter … deine Mutter und dein Vater … das Leben hat sie aus dem gemeinsamen Takt gebracht, und jetzt gelingt es ihnen nicht mehr, zusammen zu atmen …«

»Und was macht man da?«

»Sie bräuchten ein wenig Zerstreuung … Sie müssen

sich erst wieder finden. Ihren Atem wiederfinden … Wie damals, als sie frisch verliebt waren.«

»Und was macht man da?«

»Sorg dafür, dass er zurückkommt, Margherita. Dein Vater braucht dich jetzt dringender, als er deine Mutter braucht. Du bist ihr gemeinsamer Atem. *Tu sì u ciatu!*«

Margherita ging zu ihr und steckte ihr die Frangipaniblüte ins silberne Haar, an der sie zuvor gerochen hatte. Dann umarmte sie sie und benetzte ihre Wangen mit Dankbarkeit. Und mit Angst.

Beim Abendessen stopfte Margherita all das Glück in sich hinein, das sie zu fassen bekommen hatte, und versteckte es im Magen, bis kein Platz mehr für etwas anderes blieb. Sie tat so, als würde sie essen, denn sie wollte nicht, dass die Mutter den Funken Zauber, der in ihr Leben gekommen war, erstickte.

»Wie war's beim Schauspielkurs?«

Margherita sah sie stirnrunzelnd an. »Wer hat dir davon erzählt?«

»Vor ein paar Tagen habe ich mit Martas Mutter gesprochen, und die hat mir gesagt, dass Marta dich fragen wollte, ob du mitmachst …«

»Und was hast du ihr gesagt?«

»Dass ich einverstanden bin, ich find's schön, wenn du hingehst.«

»Ah.«

»Aber du hättest es mir ruhig sagen können …«

»Ich hatte Angst, du verbietest es.«

Eleonora versteckte sich hinter einem Glas Wasser.

»Was habt ihr gemacht?«

»Nichts Dolles.«

»Und hattest du Spaß?«

»Ja.«

»Was fandest du besonders gut?«

»Die Übungen.«

»Was für Übungen?«

»Übungen.«

Das Gespräch quälte sich mit genervter Einsilbigkeit dahin, bis sich endlich Andrea einmischte.

»Mama, wieso ist das Meer blau?«

»Wie?«

»Jedes Mal, wenn ich es male, brauche ich ganz viel Blau und muss den Stift tausendmal anspitzen«, sagte Andrea, um den Grund für seine beinahe metaphysische Frage zu erklären. Lange Zeit war er überzeugt gewesen, dass alles, von den Bäumen bis zu den Wolken, vom Großvater gemacht worden sei. Man hatte ihm erzählt, er sei im Himmel, und deshalb glaubte er, der Großvater verfüge dort über ganz besonderes Handwerkszeug: Pinsel, Hammer, riesige Schraubenzieher. Doch allmählich bekam seine Vorstellung Risse.

»Es ist blau, weil der Himmel es als Spiegel benutzt, um sich darin zu betrachten«, sagte Margherita.

»Und wenn der Himmel eine andere Farbe hat, muss ich dem Meer die gleiche Farbe geben?«

»Ja, irgendwie schon.«

»Na, komm schon, iss was, Andrea, das ganze Fleisch liegt noch auf deinem Teller. Und du auch, Margherita …«

»Mama, wieso schlägt das Herz?«, fragte der Junge.

»Wie kommst du denn darauf, mein Schatz? Es schlägt, weil es das Blut durch den Körper pumpen muss, es ist wie ein Motor.«

»Und wieso bleibt es nie stehen?«

»Weil sonst…« Eleonora suchte nach den richtigen Worten.

»Weil man sonst stirbt«, sagte Margherita knapp.

»Wieso stirbt man? Wohin geht man dann?«

Schweigend suchten Eleonora und Margherita nach Antworten auf diese Dinge, die niemand weiß und die zumindest Kinder zu fragen wagen.

Abermals brach Andrea das angespannte Schweigen.

»Wieso kommt Papa nicht zurück?«

Niemand antwortete.

An diesem Abend war Giulio aufgeschlossen wie seit Wochen nicht mehr. Er plauderte mit Filippo, den er das letzte Mal hatte abblitzen lassen.

»Wieso machst du das hier, Franky?«

»Was?«

»Na, dass du umsonst hierherkommst.«

»Weil ich Bock drauf habe.«

»Wie kannst du Bock auf etwas haben, wofür du nicht bezahlt wirst?«

»Weil ich das Gefühl habe, ich kann etwas von dem zurückgeben, was das Leben mir geschenkt hat.«

»Das Leben scheißt auf dich.«

»Das stimmt nicht. Wenn das Leben es gut mit einem meint, will man sich dankbar zeigen und seine Zeit denen schenken, die nicht so viel Glück haben.«

»Solchen wie mir zum Beispiel.«

»Das wollte ich damit nicht sagen …«

»Hast du aber. Es stimmt: Ich hatte nicht, was alle hatten, deshalb bin ich hier. Ich hatte keine Familie. Ich hatte keine Mutter, die mir einen Geburtstagskuchen bäckt. Ich hatte keinen Vater, der mir ein Inter-Trikot schenkt.«

»Na ja, so toll sind die ja auch nicht …«, grinste Filippo, und seine hellen Augen leuchteten.

»Aber das ist noch nicht mal das Problem«, antwortete Giulio, ohne auf den Scherz einzugehen.

»Was ist denn das Problem?«

»Nicht zu wissen, *warum* ich all das nicht gehabt habe.«

»Du hast Pech gehabt, Giulio.«

»Jetzt komm du mir nicht auch noch mit dem Scheiß!«, sagte Giulio laut und stieß mit einer Faust in die Luft. »Ihr sollt aufhören, mir diesen Mist zu erzählen. Ich hab nicht *Pech* gehabt. Ich bin *alleingelassen* worden. Das ist etwas anderes. Verstehst du? Einer, der Pech hat, verliert die Dinge aus Versehen und nicht, weil er es sich aussucht. Wer Pech hat, hat keine Schuld, ich schon.«

»Die da wäre?«, fragte Filippo knapp.

»Wenn deine Mutter dich verlässt, dann, weil du sie anwiderst. Keine Mutter, nicht einmal die armseligste, verlässt ihr Kind. Eine Mutter ist immer Mutter. Hast du eine Mutter?«

»Ja.«

»Und einen Vater?«

»Ja.«

»Was weißt du also von mir? Vom Pech? Schlaue Töne spucken könnt ihr alle …«

Filippo trat auf ihn zu und legte ihm die Hand auf den Arm.

»Du hast recht, ich habe keine Ahnung. Aber ich bin hier. Das ist das, was das Leben dir gegeben hat, und wenn dir das nicht passt, kannst du deine Wut am Rest der Welt auslassen.«

Giulio machte sich los und blickte ihm mit zusammengepressten Lippen direkt in die Augen. Seine Augen blitzten kalt. Filippo sah ihn unverwandt an.

»Willst du eine Zigarette?«, fragte er.

»Ja.«

»Solche Unterhaltungen sind einfach zu ermüdend ohne ein bisschen gute Luft«, fügte Filippo hinzu und hielt ihm das Päckchen hin.

Sie gingen hinaus, und Giulio zündete sich die Zigarette an.

»Du kannst geben, weil du bekommen hast.«

»Das kannst du auch, Giulio.«

»Ich kann nur nehmen, klauen.«

»Das stimmt nicht… Aber das nächste Mal, wenn du mir das Auto klaust, scheuer ich dir eine, dass dir die Visage glüht.«

»Ich kann nichts geben.«

»Und diese Unterhaltung? Ist das nichts, was du mir gerade gibst? Du gibst mir deine Wut, deinen Schmerz.«

»Schönes Geschenk.«

»Das schönste, denn ich weiß, was es dich kostet. Im Leben kommt es darauf an, wie du mit dem Schmerz lebst, was du daraus machst. Und ob es dir gelingt, einen Bruchteil deiner Seele unversehrt zu lassen, während du kämpfst.«

»Wieso sollte dir irgendwas an mir liegen? Für heute hast du deine gute Tat getan, Gott liebt dich, und jetzt kannst du gemütlich nach Hause gehen.«

»Du musst auch allem misstrauen, was?«

Giulio schwieg und musterte Filippos entspannte Hände: Eine hielt die Zigarette, die andere ruhte an der Wange. Dann sagte er: »Dann fällt man weniger auf die Schnauze.«

»Hast du dich verliebt, Giulio?«

Giulio schwieg und sah Margheritas schwarzes Haar und ihre grünen Augen vor sich.

»Wenn du dich verliebst, hörst du auf zu misstrauen.«

»Wieso?«

»Das wirst du selbst nicht wissen, aber du wirst jemandem mehr trauen als dir selbst. Du wirst dich bewusst für das Risiko entscheiden, auf die Schnauze zu fallen, zu verlieren.«

Giulio dachte an Margherita: Wie gern hätte er ihr sein Leben gegeben, es in ihre Hände gelegt und sie gebeten, darauf aufzupassen und es hinzubringen wohin sie wollte. In ihren Händen würde es sicherer sein.

»Du irrst dich, wenn du glaubst, man bräuchte Beziehungen, um im Leben glücklich zu sein. Das Glück liegt in der Einsamkeit. Wem, bitte, traust du so sehr, dass du dich drauf einlässt, verarscht zu werden?«, fragte Giulio.

»Meiner Freundin. Meinen Eltern. Meinen Geschwistern. Gott.«

»Gott gibt es nicht.«

»Wie kommst du darauf?«

»Alles geht den Bach runter, die reinste Hölle. Wenn es Gott gibt, dann ist er Sadist …«

»Oder schwach.«

»Ja, schwach. Was ist denn ein schwacher Gott für ein Gott?«

»Ein Gott, der dir Freiheit gibt.«

»Wenn's unbedingt sein muss, fänd ich einen starken Gott besser.«

»Ich kann dir nicht sagen, weshalb gewisse Dinge passieren, wir müssen die Mysterien Gottes akzeptieren. Aber feststeht, dass der Mensch frei ist und sich kraft seines Tuns für Gut oder Böse entscheiden kann.«

»Blödes Gerede, um sich was vorzumachen, wenn's mal schlecht läuft. Wieso haben sie mich auf die Welt gebracht, wenn sich mich dann alleingelassen haben?«

»Glaubst du denn, Christus ist es besser ergangen?«

Giulio kam das Fresko in den Sinn, das er in der Kirche beim Park gesehen hatte. Wenigstens hatte der eine Mutter.

»Der hat doch nix mit mir zu tun …«

»Ich auch nicht. Und dennoch haben andere gelernt, dich anstelle deiner Eltern zu mögen. Das ist Gottes einzige Regel: Alles, was geschieht, ob schön oder schrecklich, gebiert eine noch größere Liebe, doch es ist an uns, sich dafür zu entscheiden.«

»Um mich hat sich Gott noch nie geschert.«

»Um mich schon. Also, red mit mir, und ich rede mit ihm.«

»Und was sagst du ihm?«

»Dass du sauer auf ihn bist.«

»Und er?«

»Hört mir zu.«

»Woher willst du das wissen? Schickt er dir 'ne SMS?«

»Er schickt mir einen wie dich.«

»Tolles Geschenk …«

Filippo legte ihm eine Hand auf die Schulter.

Einen Augenblick lang stand Giulio mit ins Leere gerichtetem Blick da, die Hände in den Taschen vergraben.

»Du bist schräg, Franky … Du bist 'n tougher Typ. Aber du redest schräges Zeug.«

»Und du hast's drauf, Giulio. Du bist tough genug, dir mein schräges Zeug reinzuziehen.«

Als die Nacht bereits alle ins Bett gebracht hatte und Mutter Erde ihre Kinder in den Schlaf wiegte, öffnete Margherita die Büchse, in der die Vergangenheit aufbewahrt war: In einer roten Blechkiste lagen die Briefe ihrer Eltern aus der Zeit, als sie verlobt waren – ihre Mutter hatte sie alle aufgehoben –, und rechteckige Schachteln mit Dias, die ihr Vater sich gern an langen Sommerabenden angesehen hatte. Sie holte auch den alten Kodak-Projektor aus seinem Pappkarton, steckte ihn ein, und ein Lichtstrahl erhellte die Zimmerwand, von der sie zuvor ein Bild ihrer Mutter abgehängt hatte. Der Lichtstrahl wurde vom dumpfen Surren des Ventilators begleitet, der das Überhitzen des Projektors verhinderte.

Ein Rad mit Schlitzen zum Einschieben der Dias vervollständigte den brummenden Mechanismus und bildete die perfekte Geometrie der Erinnerung, einen Pferch für sämtliche schönen Dinge, der wie ein magischer Bannkreis jegliche Bedrohungen fernhielt. Sie füllte das Rad mit Dias aus den Schachteln, auf denen ihr Vater mit seiner windschiefen, energischen Handschrift Orte und Daten vermerkt hatte.

Dieses von Herrn Kodak erfundene Rad der Erinnerungen versuchte Flüchtiges ewig zu machen. Es hatte etwas von den bunten Windrädern, die weiß werden, wenn sie sich drehen. Ein weißes Rechteck fiel auf die Wand und wartete auf eine von der Gnade des Lichts durchdrungene Offenbarung aus Farben, Formen und Gesten.

Ein Klick, und sie sah sich selbst auf einem Sprungbrett, bereit, sich samt Schwimmflügeln und geringelter Badekappe ins Wasser zu stürzen. Sie liebte das Bauchkribbeln des Fliegens, und seit sie das Springen für sich entdeckt hatte, war sie für ihre Eltern zu einer echten Gefahr geworden. Ein weiterer Klick, und sie war mit Fuchs im Arm zu sehen, einer einmalig faulen Tigerkatze, die sie kurz nach Andreas Geburt hatten verschenken müssen, weil er allergisch auf ihr Fell war. Sie hatte hartnäckig auf dem Namen der Katze bestanden und sie abrichten wollen wie der Kleine Prinz den Fuchs. Die nächste Aufnahme zeigte sie ganz in Weiß am Tag ihrer Erstkommunion, zusammen mit der Großmutter, die ihr stolz die Hand auf die Schulter gelegt hatte. Diese Vergangenheit war ausgelöscht, das kleine Mädchen und seine Lebensfreude gab es nicht mehr. Selbst Gott war irgendwo verschwunden.

Mit einem weiteren trockenen Klicken rückte das Rad voran und warf ihre Mutter an die Wand, die sich zu ihr hinunterbeugte: ein kurzhaariges Kleinkind in einem blauweiß karierten Kleidchen, die Arme ausgestreckt. Eleonora hielt sie am Rücken fest, derweil ihre Ärmchen sich den ebenfalls ausgestreckten Armen des Vaters entgegenreckten, der ein paar Meter weiter der ersten Schritte seiner Tochter harrte. Die ersten Schritte sind einer jener Momente, die Eltern gern festhalten. Die Arme ihres Vaters reckten sich wie ein unsichtbares Versprechen, und das Kind verlor die Angst davor, sich auf dem Faden des Lebens ins Leere zu stürzen, weil es wusste, dass diese Arme ihr einen sicheren Weg bereiten würden. Die Mutter hielt sie schützend wie ein Hafen, der Vater lockte sie wie das Meer mit seinen Winden und der Verheißung einer anderen Umarmung jenseits des Horizonts. Das zuversichtliche Lächeln des Vaters, die bange Zögerlichkeit der Mutter: Auf dem Gesicht des kleinen Mädchens war die perfekte Verschmelzung beider Gefühle zu sehen. Es spürte den Schwindel unter den Füßen, das flaue Kribbeln, wenn man die Kindheit hinter sich gelassen hat und sich in die blinde Leere der Zukunft stürzen will, aber zu viel Angst vor dem hat, was sich darin verbirgt.

Jetzt, da ihr Vater nicht da war, galt diese Umarmung nicht mehr, der Faden, auf dem sie balancierte, war brüchig, das Netz verschwunden. Auf dem Gesicht des Kindes zeigte sich Verlorenheit. Zu leben glich einem Wagnis. Das Surren des Projektors warf ein Ereignis an die Wand, an das Margherita keine Erinnerung mehr hatte. Sie streichelte das flache Gesicht ihres Vaters an der Wand und kratzte im nächsten Moment mit den Fingernägeln darauf herum. Sie schaltete den Apparat aus, räumte alles wieder zusammen und nahm die Kiste mit den Briefen unter den Arm.

Dann lag sie in ihrem Zimmer, streichelte die Kiste und fand nicht den Mut, sie zu öffnen. Sie versteckte sie unter dem Bett und schlief mit zahllosen gebrochenen Versprechen ein.

IX

Machtvoll strömte das Morgenlicht in die Straßen, Alleen und Gassen. Ein paar Wolken streiften nervös über den blitzblauen Himmel. Selbst das Schulgebäude strahlte. Die Überflutung hatte geringeren Schaden angerichtet als befürchtet, und wenige Tage hatten genügt, um es wieder zugänglich zu machen.

»Angenehm«, antwortete der Lehrer verlegen ob der unerwarteten Unterredung.

»Verzeihen Sie, wenn ich Sie gestört habe«, fügte Eleonora mit angespannter Miene hinzu.

»Kein Problem, Signora, ich habe sowieso eine Freistunde.« Er schwieg abwartend.

Eleonora nahm sein Schweigen als Aufforderung, sich vorzustellen.

»Ich bin die Mutter von Margherita Forti, 1a. Ich weiß nicht, ob Sie sich an sie erinnern. Margherita ähnelt eher dem Vater als mir«, sagte Eleonora leicht befangen.

Der Lehrer musterte sie genauer. Sie hatte helle Haut und schmerzgetrübte, grüne Augen. Ihre Lippen waren schmal und elegant geschwungen. Das Haar war schwarz und, obwohl kürzer, ebenso leuchtend wie das der Tochter, die ihr ähnlicher war als sie glaubte, vor allem die Stimme, die Gesten und Augen.

»Margherita. Ja, ja. Eine echte Nummer …«, sagte der Lehrer mit einem verschmitzten Lächeln.

»Ich bin hier, um Sie um Hilfe zu bitten«, murmelte Eleonora mit gesenktem Blick.

»Ich höre, Signora«, entgegnete der Lehrer mit betonter Selbstsicherheit, die mehr als einen Kratzer abbekommen hatte. Er hatte das Gefühl, bei Monopoly das x-te Ereigniskärtchen gezogen zu haben.

»Margherita durchläuft zu Hause gerade eine schwierige Phase und ich fürchte, sie ist zu Beginn dieses neuen Schulabschnitts nicht recht bei der Sache. Sie sind der Lehrer mit den meisten Unterrichtsstunden in dieser Klasse und ich wollte Sie bitten, ein besonderes Augenmerk auf meine Tochter zu haben. Sie ist zurzeit sehr labil. Sie muss mit einbezogen, begeistert, motiviert werden. Ihr Vater …«, Eleonora hielt inne, »… mein Mann ist weggegangen. Margherita ist nicht in der Lage, mit dieser Situation fertig zu werden, vielleicht könnte eine männliche, erwachsene Bezugsperson wie Sie eine Hilfe sein …« Sie blickte den stutzig dreinblickenden Lehrer an: War er das wirklich? *Eine männliche, erwachsene Bezugsperson?* »Ich weiß nicht, ob ich mich verständlich ausgedrückt habe. Ich würde alles für meine Tochter tun, auch wenn ich nicht genau weiß, was …« Eleonoras Stimme zitterte leicht, doch sogleich fing sie sich wieder. Ihre Augen wurden dennoch feucht. Sie war diskret geschminkt und mit schlichter Eleganz gekleidet, weiße Bluse und weich fallende graue Hose.

Der Lehrer fühlte sich von diesem Schmerz, der unversehens und am frühen Morgen vor ihm ausgebreitet wurde, in die Ecke gedrängt. Er, eine männliche, erwachsene Bezugsperson. Er versuchte Verständnis zu zeigen, doch seine vor der Brust verschränkten Arme standen wie ein Wall zwischen ihm und der Frau.

»Ich hatte schon so etwas bemerkt. Sie haben gut daran getan, mit mir darüber zu sprechen. Ich werde ein Augenmerk darauf haben, und wenn ich Margherita irgendwie helfen kann … tue ich das selbstverständlich.«

»Bitte sagen Sie ihr nichts. Wenn sie wüsste, dass ich mit Ihnen gesprochen habe, würde sie einen Tobsuchtsanfall kriegen. Sie will immer alles allein machen …«

»Keine Sorge, Signora.«

»Was würden Sie tun?«

»Wie meinen Sie das?«, fragte der Lehrer perplex ob dieser Vertraulichkeit. Was wusste er denn? Er hatte nicht einmal Kinder, und selbst wenn, hätte Stella sich um sie gekümmert. Doch der Gedanke nervte ihn umso mehr.

»Nichts, nichts. Entschuldigen Sie. Ich bitte Sie nur, meiner Tochter einen Deut mehr Aufmerksamkeit zu schenken und, sollte Ihnen etwas auffallen, mir Bescheid zu geben … Hier ist meine Telefonnummer«, sie hielt ihm eine Visitenkarte hin.

»Meine Tochter isst kaum etwas, sie redet nicht mit mir …«

Der Lehrer lächelte nervös. Er fühlte sich allein, unbeholfen und sprachlos. Er fühlte sich wie Lord Byron, heilige Ikone der Romantik, erhabener Dichter und faszinierender Mensch, der jedoch, sobald er vor einer Frau den Mund aufmachen musste, anfing zu stottern.

»Ich danke Ihnen für Ihr Vertrauen, Signora. Wie gesagt, ich werde darauf achten.«

Eleonora legte die Hände auf die verschränkten Arme

des Lehrers, der sich von dieser zerbrechlichen, erschöpften Frau vereinnahmt fühlte. Er konnte ihre Wärme nicht erwidern und zwang sich zu einem Lächeln.

»Danke, danke … danke. Entschuldigen Sie, entschuldigen Sie bitte … einen guten Tag, ich wünsche Ihnen einen guten Tag.«

»Ebenfalls, Signora.«

Auf dem Weg zum Lehrerzimmer grüßte er lächelnd den mürrischen Kunstlehrer, der den Gruß nicht erwiderte.

Er setzte sich. Der Tisch war überhäuft mit Büchern, die seit einer Ewigkeit keiner mehr angerührt hatte, manche waren sogar noch in Lire ausgezeichnet. Dazwischen lagen zerknitterte Rundschreiben, abgestempelt und vergessen. Irgendwie ist das Leben genauso, dachte er. Ohne Ordnung, ohne Regeln. Es zerfranst nach allen Seiten. Und es ist verdammt noch mal ohne jeden Sinn für Ästhetik. Man müsste es zu ein wenig Ordnung erziehen, ihm beibringen, sich auf die Leinwand und die Buchseiten zu beschränken und sich der richtigen Farben und Worte zu bedienen, statt ständig über die Stränge zu schlagen und gegen die klaren und unfehlbaren Regeln garantierter Schönheit zu verstoßen: die Einheit des Ganzen, die Harmonie der Einzelteile, die Anmut der Gesamtheit.

So dachte die *männliche, erwachsene Bezugsperson.*

Die Pausenklingel ertönte. Für jene hatte dieser Klang eine andere Bedeutung: Die Blondine wollte dringend kontrollieren, ob ihre Wimperntusche noch saß, Marta hatte endlos viel zu erzählen, die Mathelehrerin musste nötig aufs

Klo, Margherita konnte es kaum abwarten, dem geheimnisvollen Jungen zu begegnen, und sei es nur für einen Augenblick, nach der unfreiwilligen Trennung durch all diese schulfreien Tage … Und wenn sie ihm nicht gefallen hatte? Wenn sie im entscheidenden Moment weiche Knie bekäme, zu stottern anfing und diese schrecklichen roten Flecken am Hals hätte?

Sie hatte sich die Sachen angezogen, in denen sie sich am schönsten fühlte: ein eisblaues Top mit dünnen Trägern, das das Grün ihrer Augen zur Geltung brachte, weiche Stiefeletten und einen Ballonrock. Das Haar fiel ihr offen über die nackten Schultern. Sie hatte Angst, sich in einem Fieberwahn ihrer verwundeten Seele alles nur eingebildet zu haben.

»Wie hübsch du so aussiehst! Ich hab dir was mitgebracht«, sagte Marta strahlend und holte einen kleinen Umschlag aus ihrem Aufgabenheft, auf den mit pinkfarbenem Farbstift in unterschiedlich großen Buchstaben *für margherita* geschrieben war.

»Von den Zwillingen«, sagte Marta.

Margherita öffnete ihn. Darin lag eines dieser aus bunten Fäden geknüpften Armbänder. Marta half ihr, es umzubinden. »Sie sagen, wenn du es einmal umhast, darfst du es nicht mehr abmachen, das bringt Unglück. Es muss sich von selbst lösen, und wenn das passiert, wird sich der Wunsch erfüllen, den du beim Anlegen ausgesprochen hast …« Sie zeigte Margherita ihr von mehreren knallbunten und ziemlich durchgewetzten Armbändern geschmücktes Handgelenk. »Eines für jeden Wunsch!«, fügte sie mit verschwörerischem Blick hinzu.

»Danke, Marta, und sag den Zwillingen mit dieser Umarmung danke von mir.« Sie umarmte Marta vor einer Gruppe von Jungs, die die Geste als typisches Mädchengetue abtaten.

Die beiden Freundinnen traten aus dem Klassenraum in die überfüllten Flure hinaus. Margherita hielt suchend nach dem hellen Augenpaar Ausschau, doch sobald sie eines erblickte, hoffte sie, es sei das falsche, denn sofort wurde ihr flau, in ihrem Kopf tat sich eine weiße Leere auf, und sie konnte keinen normalen Gedanken fassen. Sie war noch nicht so weit. Sie würde nie so weit sein, nicht einmal in diesen Klamotten. Sie war ihm nicht gewachsen. Wie gern hätte sie mit ihm geredet, doch vielleicht nicht sofort, andererseits wollte sie auch nicht, dass dazu erst das Armband der Zwillinge abfallen musste. Ihre Wünsche rangen miteinander wie zwei verfeindete Lager derselben Armee, die versehentlich unter Beschuss der eigenen Truppen geraten.

Und dann sah sie ihn. Er lehnte an der Wand, das eine Bein angewinkelt, das schwarze Haar fiel ihm seitlich ins Gesicht und verbarg sein Profil fast vollständig. Neben ihm lehnte ein anderer Junge mit langen Haaren und zerschlissener Jeans. Vor ihnen stand die Blondine mit einer Klassenkameradin. Margherita war geschockt: So benahm er sich also mit allen Neulingsmädchen. Der Junge in der Jeans lachte und redete mit der Blonden, die mit verschränkten Armen dastand. Der Junge mit den gläsernen Augen grinste. Die makellose Blonde trug mindestens Körbchengröße B und sah aus wie geradewegs vom Laufsteg. Margherita kam sich vor wie ein kleines Mädchen, das die Mama herausgeputzt hatte, und war kurz davor, sich das Armband der Zwillinge vom Handgelenk zu reißen. Sie war drauf und dran, Marta zu sagen: »Es ist der da«, doch die Worte blieben ihr irgendwo im Halse stecken.

Mit gesenktem Kopf trottete sie mit ihrer Freundin den Flur hinunter. Arme verblendete Irre! Und schuld waren Jahrhunderte voller romantischer Liebe, Märchenprinzen und *Frühstück bei Tiffany!* Die Wirklichkeit war etwas anderes, und sie war eine lächerliche Vierzehnjährige mit einem filmverkleisterten Hirn voller Liebe auf den ersten Blick und Happy Ends. Der Typ versuchte es bestimmt bei jeder. Und was hatte der überhaupt für Freunde? Der neben ihm hatte einfach saublöd ausgesehen. Vielleicht lachten sie über sie und Marta, zwei Außerirdische, die auf das nächste Raumschiff warteten. Bestimmt war er nicht im Entferntesten so besonders, wie seine Augen vermuten ließen, sondern mindestens so schlimm wie alle anderen. So einzigartig waren diese Schlittenhundaugen nun auch wieder nicht, genauso wenig wie sein düsteres Engelsgesicht. Es reicht eben nicht, schwarzes Haar und Pattison-Augen zu haben, um wer zu sein … Er hatte überhaupt nichts Besonderes. Und er rannte genauso hinter der Blonden her wie alle anderen.

Beim Vorübergehen drehte Margherita den Kopf gerade so weit, um das Mädchen sehen zu können, das geschmeidig wie eine Löwin dastand, unerreichbar, der perfekte Body in eng anliegenden Klamotten, als wäre sie bereit für ein Shooting. Sie senkte den Blick, und die Bemerkung der Blonden traf sie wie ein Peitschenhieb:

»Die heißt Margherita und hängt ständig mit der anderen zusammen, die ist noch schräger drauf. Ich glaub, die sind lesbisch.« Sie warf den Kopf zurück und schlug lachend die Hand vor den Mund. Giulio, der die Frage gestellt hatte, stieß sich von der Wand ab und kam auf sie zu.

»Da bist du ja«, sagte er mit kindlichem Blick.

Noch ehe sie die Tiefe dieser Augen überhaupt begreifen konnte, hatte Margherita sich darin verloren. All ihre Ängste, Zweifel und Fragen lösten sich in Luft auf.

»Margherita, stimmt's?«, fügte er hinzu.

»Ciao«, antwortete sie, biss sich auf die Unterlippe und verschränkte die Finger.

»Ciao, ich bin Marta«, sagte Marta. »Was für ein Sternzeichen bist du? Ich wette … Stier!«

Giulio sah sie verwundert an. »Dann stimmt es also …«

»Was?«, fragte Marta.

»Nichts, nichts. Stier, ja«, grinste Giulio verschmitzt.

»Ich wusste es!«, quietschte Marta und knuffte Margherita in die Seite.

Die Blonde stand reglos daneben, ohne zu begreifen, was gerade passierte, aber überzeugt, dass es eine witzige Pointe geben würde. Doch als Giulio mit den beiden davonging, begriff sie, dass die Pointe in einem tragischen Ende bestand. Der andere Junge, der sie keinen Moment aus den Augen gelassen hatte, ergriff seine Chance.

»Hast du Lust, Samstag auszugehen?«

Sie nickte mechanisch und sammelte die Scherben ihrer Seele auf.

Als Margherita die Klasse betrat, hatte der Unterricht schon seit einigen Minuten begonnen. Der Italienischlehrer stand bereits mit seiner zerfledderten, eselsohrigen und mit den unmöglichsten Lesezeichen – Busfahrkarten, Kassenbons – gespickten *Odyssee* zwischen den Bänken. Seine Ausgabe war doppelt so dick wie die der Schüler.

»Wisst ihr, warum Bücher Ohren haben?«

»Um die Seiten zu markieren«, antwortete Gaia.

»Nein.«

»Und wieso dann?«

»Weil sie uns zuhören und genau auf den Seiten Ohren haben, die uns am meisten zuhören. Ich will, dass eure Bücher voller Lesezeichen und Eselsohren sind!«

Marta kicherte. Die Blonde begriff nichts.

Margherita, die noch auf der Türschwelle stand, lächelte, als wäre sie nach einem Ausflug in die Wolken gerade einem Fesselballon entstiegen.

Entwaffnet von diesem Lächeln, das er zum erstem Mal bei ihr sah, hieß sie der Lehrer freundlich willkommen.

»Los, Margherita, Ithaka erwartet dich.«

»Entschuldigung, Prof…«, murmelte sie und konnte nicht aufhören zu lächeln.

»Herr Professor, wenn überhaupt, nicht Prof. *Professor* kommt vom lateinischen *profiteor, profiteris, professus sum, profiteri*, was so viel bedeutet wie ausüben. Ein Professor übt sein Fach aus wie eine Religion, Prof hingegen klingt wie eine Billigmarke…«

»Okay, Prof, Entschuldigung«, sagte Margherita und ging auf ihren Platz. Grummelnd beschloss der Lehrer, darüber hinwegzugehen.

Marta saß schon auf ihrem Platz und wollte genau wissen, was passiert war, seit Giulio sie gebeten hatte, sie beide allein zu lassen. Die Blondine folgte Margherita mit vor Verwünschungen strotzenden Blicken. Der Neid zerfraß ihr das Herz, und so gab sie sich gänzlich dieser seltsamen Leidenschaft hin, die als einzige keine Befriedigung schafft.

Margherita schlug die *Odyssee* auf der von Marta angegebenen Seite auf.

Meine Mutter, die sagt es, er sei mein Vater; ich selber / weiß es nicht; denn von selbst weiß niemand, wer ihn gezeuget«, las der Lehrer leise, damit alle die Ohren spitzten. »Von wem sind diese Worte, die wir im Park gelesen haben?«

»Das sagt Telemachos zu Athene, die ihn fragte, ob er wirklich der Sohn des großen Odysseus sei!«, antwortete Margherita sicher.

»Gut, Margherita!« Der Lehrer musste daran denken, was die Mutter über das Mädchen gesagt hatte, und wunderte sich über das strahlende Gesicht.

»Danke, Prof!«, grinste Margherita zufrieden. Sie war jetzt voller Selbstbewusstsein.

»Herr Professor, Herr Professor! Bitte in Gänze, ich bin schließlich auch in Gänze hier!«

»Entschuldigen Sie, aber ich krieg's einfach nicht raus ... Es klingt so ernst. *Prof* ist netter.«

»Ich bin nicht hier, um nett zu sein, sondern um euch Italienisch und Latein beizubringen.«

»Aber wenn Sie dazu noch nett sind, kann das auch nicht schaden. Davon haben alle was ...«, entgegnete Margherita unschuldig.

Der Lehrer stutzte und unterdrückte ein Grinsen.

»Telemachos antwortet mit diesem rätselhaften Satz: Niemand kennt sein Geschlecht, seine Wurzeln, seine Abstammung. Er hatte keine Erinnerungen an seinen Vater, der in den trojanischen Krieg zog, als er selbst noch ein Baby war. Man hatte ihm erzählt, er hätte so getan, als wäre er wahnsinnig, um sich vor dem Krieg zu drücken: Er pflügte den Sand und säte Salz. Doch einem Soldaten sei die Idee gekommen, ihm den winzigen Telemachos in den Weg zu legen, um ihn zu entlarven. Odysseus sei ihm mit dem Pflug ausgewichen. Nicht einmal ein Wahnsinniger würde sein Kind umbringen und erst recht nicht ein intelligenter Mann wie Odysseus. Doch jetzt, nach jahrelanger Abwesenheit, zweifelt Telemachos an seinem Vater. Er weiß nicht, ob er sich seiner noch sicher sein kann, ob er wirklich noch sein Vater ist…« Er machte eine Pause, überzeugt, dass die Schüler zum inneren Drama Telemachos' vordrangen, der wie jeder vernünftige Heranwachsende am eigenen Vater zweifelte. Er fuhr fort: »Telemachos zweifelt. Ein Vater, der jahrelang nicht zurückkehrt, kann nicht sein wahrer Vater sein, er weiß nicht, ob er von diesem Vater abstammt… Er misstraut ihm, glaubt nicht mehr an ihn. Wie kann ein Vater seinen Sohn vergessen?«

Margherita ließ das Buch wieder zufallen, ihre Seele öffnete sich den Worten des Lehrers, der nicht von der *Odyssee*, sondern von ihrer Geschichte sprach, nicht von Odysseus, sondern von ihrem Vater, nicht von Telemachos, sondern von ihr.

»Athene sieht die Angst in Telemachos' Augen und rüttelt ihn wach. Ohne das Vertrauen in seinen Erzeuger, ohne einen Vater, wird dieser Junge nie ein Mann, nie er selbst werden. Also sagt die Göttin zu ihm, bitte unterstreicht die Verse: *eile, Kundschaft dir zu erforschen vom langabwesenden Vater, ob dir's einer verkünde der Sterblichen oder du, Ossa, Zeus' Gesandte, vernehmest / die viele Gerüchte verbreitet.* Athene beschwört in Telemachos eine unerträgliche Sehnsucht nach dem Vater herauf. So wie der Vater nach Ithaka zurückkehren muss, muss Telemachos den Vater vor allem in sein Herz zurückkehren lassen. Athena erweckt in ihm die schlummernde Erinnerung. Die Sehnsucht.«

Er ging an die Tafel und schrieb ein merkwürdiges Wort.

»Bei den Griechen heißt die Wahrheit *alétheia*: Das bedeutet sowohl das, was nicht verborgen bleiben darf, als auch das, was nicht vergessen werden darf, das, was dem Fluss der Zeit, der alles mit sich fortreißt, widersteht. Deshalb trinken die Toten, ehe sie ins Jenseits eintreten, das Wasser des Flusses Lethe, des Flusses des Vergessens, damit sie all dem, was sie besessen und verloren haben, nicht nachweinen. Und so regt sich in Telemachos der Wunsch, den wiederzusehen, der sein Vater sein soll. Dank einer Göttin, die ihn an die Wahrheit erinnert, an das, was er weder verbergen noch vergessen kann und darf, wenn er nicht sich selbst verbergen und vergessen will, wird die in seinem Blut schlummernde Sehnsucht wach.«

Margherita hatte Gänsehaut.

»Athene fordert Telemachos auf, den Vater zu suchen und – sollte dieser tot sein – dessen Stelle einzunehmen. Telemachos traut seinen Ohren nicht: er anstelle seines Vaters … Er muss wissen, wie sein Vater war, um zu sein und zu werden wie er.«

Margherita hing an den Lippen des Lehrers, wie gebannt von dem Wort *Vater*, das ihr jedes Mal einen Schauder versetzte.

»Und so sagt Athene diesen Satz, den ich sehr liebe: *Fürder geziemen / Kinderwerke dir nicht, du bist dem Getändel entwachsen.* Unterstreicht auch diesen Vers.«

»Müssen wir die auswendig lernen?«, fragte die Blondine.

»Nein. Wenn ihr Fragen habt, hebt bitte die Hand. So spricht sie zu Telemachos, um ihn dazu zu bringen, sich auf die Reise zu begeben, Ithaka zu verlassen und den Vater oder irgendwelche Nachricht von ihm zu finden. Sie gibt ihm den Mut, den er nicht hatte. Und wie? Mit der Erinnerung an den Vater. Der Vater ist der Mut des Sohnes.«

Margherita spürte, wie ihr die Tränen in die Augen stiegen.

»So endet der erste Gesang der *Odyssee* mit dem schlaflosen Telemachos. Er kehrt in sein Zimmer zurück, bleibt die Nacht über wach *und umdachte die Reise, die ihm Athene geraten.*«

»Sollen wir das unterstreichen?«, fragte Aldo.

»Ja, ich hab gesagt, hebt die Hand! Telemachos verbringt eine schlaflose Nacht und träumt mit offenen Augen von seinem Vater.«

Er hielt inne und blickte in die Gesichter der Schüler.

»Wann habt ihr das letzte Mal wach gelegen und an die Reise gedacht, die das Leben für euch bereithält? Wann?« Ohne eine Antwort abzuwarten oder den Blick von den durstigen Augen seiner Schüler abzuwenden, fuhr er wie besessen fort: »Schlecht! Der Traum von eurer Zukunft muss euch den Schlaf rauben. Das Leben raubt uns den Schlaf, weil wir Angst davor haben und zugleich dafür brennen, wir wollen es festhalten und ihm seine Versprechen entreißen, doch wir haben Angst davor. Wir haben Angst, dass es uns niederringt, dass es uns enttäuscht, dass wir uns alles nur eingebildet haben. Der Gedanke an die Zukunft muss euch den Schlaf rauben. Ihr habt Angst davor. Das ist ein Zeichen, dass ihr lebt, dass das Leben in euch eindringt.« Diese Worte galten vielleicht mehr ihm selbst als seinen Schülern, doch schließlich redet jeder über das, was er selbst nicht hat. Sein Blick fiel auf Margherita: Sie war von seiner Rede gefesselt, und das gab ihm neuen Schwung: Vielleicht half er diesem kleinen Mädchen, mit einem ähnlichen Schmerz fertigzuwerden.

»Und so beschließt Telemachos aufzubrechen. Ohne seiner Mutter etwas davon zu sagen, nimmt er sich mithilfe seiner engsten Vertrauten, den alten Getreuen seines Vaters, ein Schiff. Doch sofort sind da welche, die ihm davon abraten, die üblichen Kleinmütigen, die sich unseren Träumen in den Weg stellen.«

Gaia hob die Hand:

»Was sind Kleinmütige?«

»Feiglinge, Angsthasen, Verräter, Zauderer, Nichtsnutze, Faulpelze, Drückeberger, Tagediebe …«, er ließ zehn weitere Adjektive folgten, um seine Schüler mit der Anzahl Begriffe zu beeindrucken, mit denen sich die unterschiedlichsten Erscheinungsformen einer durchaus vielfältigen menschlichen Spezies beschreiben ließen.

»Einer von denen, der in Wirklichkeit Athene in falschem Gewand ist, die ihn provozieren will, sagt ihm: *Aber bist du nicht sein Samen und Penelopeiens / Dann verzweifl' ich, du wirst niemals dein Beginnen vollenden. / Wenige Kinder nur sind gleich den Vätern an Tugend, / Schlechter als sie die meisten, und nur sehr wenige besser.* Unterstreicht! Athene trifft Telemachos in seinem Stolz und bringt ihn dazu, das Leben beim Schopf zu packen und zu zeigen, wessen Sohn er ist, indem er den Vater übertrifft. Sie gemahnt ihn an das Gesetz der Generationen, in dem die folgende Generation die vorhergehende überflügelt und ihre Grenzen und Fehler hinter sich lässt. Es sei denn, die Kinder geben sich damit zufrieden, ein blasser Abklatsch ihrer Eltern zu sein, deren Träume und Ansprüche nachzuleben und auf ihre eigene, einzigartige Großartigkeit zu verzichten!«

Die Rücken der Schüler streckten sich.

»In Telemachos wächst der Mut. Die Sehnsucht nach dem Vater wird in ihm entfacht, und aus der Wehmut um eine Vergangenheit, die er nie hatte, wird die Sehnsucht nach der Zukunft. Es gibt nichts Mächtigeres als die Sehnsucht nach der Zukunft: Sie ist die Freiheit, die sich auf eigene Füße stellt und etwas Neues, Einzigartiges und Unwiederholbares beginnen lassen will. Telemachos ist es leid, auf einer von Thronanwärtern zermürbten Insel zu hocken. Und so macht er sich, unter der alleinigen Mitwisserschaft seiner Amme und seines Freundes und alten, weisen Beraters Mentor, auf den Weg. Fern seiner Heimat, seiner wärmenden Decken, seines gedeckten Tisches, fern der heimatlichen Häfen und vertrauter Straßen, dem Wind ausgesetzt. Er begreift, dass die Rettung die offene See ist, die Unwetter und Stürme sind, gegen die er mit gesetzten

Segeln angeht, damit sie ihn nicht auf die Insel zurückbringen. Die Rettung liegt in der Gefahr, seinem Feind. Und so begibt er sich eines Morgens vor Sonnenaufgang und in Begleitung der Sterne auf seinen Flug übers Meer. Er sticht in See! Er fährt los! Er bricht auf! Aufs Meer hinaus!« Der Lehrer betonte die letzten Worte, als sähe er alles vor sich, und zeichnete sie mit seinen Gesten nach. Marta lächelte, ohne es zu merken. Margherita weinte, ohne es zu merken.

Der Lehrer blickte sie an und sah die beiden Reaktionen, die Schönheit hervorrufen kann: Freude und Schmerz. Der eine ist zu Hause, der andere sehnt sich danach. Er lächelte die zwei an und ließ sich erschöpft auf seinen Stuhl fallen, wohl wissend, dass er den Durst nach Großem geweckt und diesen Herzen und Köpfen viele Banalitäten erspart hatte. Er hoffte, die Schulglocke würde läuten, er hatte die Zeit genau berechnet und wollte mit dieser Aura des epischen Helden, des von der Sonne in seiner glänzenden Wortrüstung geküssten Kriegers, der das Geheimnis des Lebens ruhmreich verteidigt, die Stunde beenden.

Margherita fühlte sich durch Jahrhunderte von Menschen und Worten, die die Welt verändert hatten, emporgetragen. Wie Telemachos war sie bereit, ihre Reise anzutreten, ein Schiff zu finden, all ihren nicht vorhandenen Mut zusammenzunehmen und sich ins große Abenteuer zu stürzen, damit ihr Vater zurückkehrte. Sie durfte sich nicht mehr wie ein Kind benehmen, sie musste sich auf die Suche nach dem Vater begeben, selbst zu ihrem Vater werden und ein neues Ithaka gründen. So sehr hatte sie sich von der Geschichte mitreißen lassen, dass sie Giulio ganz vergessen hatte. Mit leisen Gewissensbissen wurde sie sich dessen gewahr, doch da sie nicht wusste, für welche Zukunft sie sich entscheiden sollte, ließ sie sich von sämtlichen Zukunftsverheißungen davontragen, das Leben erschien ihr neu, ihr war, als träte sie mit beiden Füßen in ein Leben, aus dem sie nie wieder würde zurückkehren wollen.

Die Glocke ertönte, als sich eine unsichere Hand hob. Der Lehrer sah Aldo an, bereit, den Durst nach Unbekanntem zu stillen, den er in ihm geweckt hatte. Er nickte, schloss die Augen wie ein Priester, der einem Neophyten gewährt, am Ritual teilzunehmen:

»Bitte, Aldo.«

»Darf ich aufs Klo?«

Der Schultag endete, und die Septemberluft wartete noch immer darauf geatmet zu werden. Der Lehrer stieg auf sein Rad, stolz, diese gesichtslosen Vierzehnjährigen trotz der einen oder anderen Blasenschwäche in ehrgeizige Reisende verwandelt zu haben … Und wie Hermes, der göttliche Bote, beschloss er, zu einem Ufer aufzubrechen, das er gut kannte und nun nicht mehr fürchten durfte.

Vor sich hin summend durchpflügte er mit dem Bug seines Rades die Stadt, Autos und Gehwege wichen aus seinem Blick wie die gemalten Hintergründe einer Theaterkulisse, die gerade abgebaut wird. Er musste von seiner Stunde erzählen, von Athene, von Margherita … Und er sehnte sich nach einer Umarmung, einer Zärtlichkeit, einem Kuss. Schon malte er sich ihre Leidenschaft aus und erlaubte seiner Seele, sich am köstlichsten aller Genüsse gütlich zu tun: der Vorfreude.

Sie war in der Buchhandlung, er erzählte ihr alles, lud

sie zum Abendessen in ihr Lieblingslokal ein, wo es Bücher und gedämpfte Musik gab, die auch den Gesprächspausen Sinn verliehen.

Lächelnd, als wäre nichts gewesen und als begänne alles von vorn, hörte Stella ihm zu, doch als er sie küssen wollte, wich sie ihm aus.

»Prof, die Liebe ist kein Aperitif oder ein schickes Abendessen auswärts, sondern eine verdammte Alltäglichkeit, die dank der Tatsache, dass man zu zweit ist, jeden Tag neue Überraschungen bereithält. Das weißt du nicht. Du weißt nicht, was es heißt zu lieben. Du bist vernarrt in deine Bücher, du liebst Worte, keine Menschen oder das Leben, denn das Leben hat Macken und kann einem wehtun. Du redest und redest, aber hörst nicht zu. Du nimmst und nimmst, aber gibst nichts zurück.«

In dem Moment betrat ein Kunde den Laden. Stella verstummte und zwang sich zu einem Lächeln. Wie versteinert stand der Lehrer da und starrte auf ein Buch, ohne den Titel zu lesen. Diese Worte hatten ihn festgenagelt, wie einen nur die geballte, überwältigende Wahrheit festnageln kann. Er war nichts wert, das hatte Stella ihm unmissverständlich klargemacht. Er würde es nie zu etwas bringen und zu einem verbitterten Pauker werden. Von wegen männliche erwachsene Bezugsperson.

»Ich suche nach einem Kochbuch für meine Frau«, sagte der Mann, der einen dichten, grauen Schnurrbart trug.

»Was kocht sie denn gern?«, fragte Stella mit ihrem strahlenden Lächeln, als wäre nichts geschehen oder als wäre es ihr gleich. Es gab kein Buch, das sie nicht mit den Gesichtern der Kunden, mit ihren Geschichten und Wünschen in Einklang zu bringen verstand. Das war das Wesen der Buchhandlung.

»Vor allem Desserts.«

»Wo kommt Ihre Frau her?«

»Aus Sizilien.«

»Dann habe ich genau das Richtige für Sie.« Sie entfernte sich.

Der wartende Kunde blickte den Lehrer an und lächelte.

»Es ist unser Hochzeitstag, wissen Sie … Das Geheimnis einer Ehe liegt in zwei Zimmern … im Schlafzimmer … und in der Küche!« Er lachte zufrieden über seine häusliche Liebesphilosphie.

»Ich dachte, in der Buchhandlung«, gab der Lehrer genervt von dieser ungefragten Vertraulichkeit zurück. Er konnte nur nehmen, nicht geben. Er konnte nur träumen, nicht lieben.

Stella kehrte mit dem Buch zurück und reichte es dem bärtigen Herrn: *Wegweiser zu den Genüssen Siziliens*, eine Mischung aus Bräuchen, Anekdoten und Rezepten.

Mit zustimmendem Murmeln fing der Kunde an zu blättern:

»Oh, Cassatine! Jetzt hat sie keine Ausrede mehr, sie nicht zu machen … Großartig! Könnten Sie es mir als Geschenk einpacken?«

Stella trat hinter den Verkaufstisch. Der Lehrer blätterte in einem Buch herum, ohne eine Zeile darin zu lesen, und fragte sich, wie man sein Geld für ein Buch ausgeben konnte, in dem es nur ums Essen ging.

»Auf Wiedersehen!«

»Auf Wiedersehen! Und Ihnen und Ihrer Frau alles Gute! Wie viele Jahre sind's denn?«

»Dreißig!«

»Nicht schlecht!«

»Das gilt vor allem meiner Frau, die mich all die Jahre ertragen hat! Danke, und Ihnen auch alles Gute!« Zufrieden verließ der Mann den Laden.

Stella wandte sich dem Lehrer zu, als hätte es diese Unterbrechung nie gegeben.

»Wieso bist du denn diesmal nicht weggerannt? Es ist sinnlos, sich zu verstecken, ich habe begriffen, dass ich mir mit dir kein gemeinsames Leben aufbauen kann. Ich habe mir was vorgemacht. Du bist wie diese Bücher, die alle lesen, weil's ein Muss ist – ›das musst du gelesen haben!‹ –, aber keiner, der es zu Ende gelesen hat, hat den Mumm zuzugeben: ›Mir hat es nichts gegeben.‹, aus Angst, schlecht dazustehen. Aber ich sage es dir! Du gibst mir nichts mehr!«

»Aber ich bin glücklich mit dir, Stella.«

»Du irrst dich, du bist glücklich, solange wir die Verliebten spielen. Aber sobald ich dich um was bitte, haust du ab. Wenn ich dich bitte, dein Leben mit mir zu ändern, tust du so, als wäre nichts. Aber ich will wachsen! Ich weiß, dass es mit dir möglich ist, wenn du dich nicht von deinen Ängsten lähmen lässt.«

Sie blickte ihm direkt in die Augen und sah, wie darin etwas zerbrach, gleich der dünnen Eisschicht auf einem winterlichen Brunnen. Sie wusste, dass es sein musste, auch wenn ihre Härte sie innerlich Qualen erleiden ließ.

»Aber ich liebe dich«, sagte er und klammerte sich an

diese magischen Worte, die jedoch die erhoffte Verzauberung missen ließen.

»Das stimmt nicht. Du trittst auf der Stelle, Prof, Lieben ist etwas anderes: Es ist ein Verb, eine Tat. Es geht nicht darum, einen Film über ferne Länder zu sehen, sondern wirklich hinzufahren, zu zweit: Gepäck, Zeitverschiebung, Wartezeiten, mal zwei. Handtücher, Zahnbürsten, Bettzeug, mal zwei. Kaffee, Tränen, Lachen, mal zwei. Alles ist doppelt. Die gemeinsam, Seite an Seite, Hand in Hand durchlebten Schwierigkeiten hingegen schrumpfen auf weniger als eins.«

»Aber ich bin noch nicht so weit.«

»Niemand ist so weit. Du musst es wagen. Du redest wie ein Kind, das nicht schwimmen lernen will. Weißt du, wie Entenküken schwimmen lernen? Weißt du's? Die Mutter stößt sie ins Wasser, und … sie schwimmen!« Stella liebte Tierfilme genauso sehr wie Bücher.

»Die Freiheit, Stella …«

»Die Freiheit? Die kannst du behalten, aber wenn du dich mit ihr einsam fühlst, komm bitte nicht zu mir. Du bist wie ein verträumter Teenager, der glaubt, Freiheit besteht darin, zu tun, was man will, und dann werden alle Träume wahr! Aber wo bleibt bei dir die Wirklichkeit? In der Wirklichkeit träumen: Das lässt Träume groß, wahr und greifbar werden! Erwachsen werden bedeutet, die Geduld aufzubringen, die eigenen Träume umzusetzen, ohne darauf zu verzichten!«

Nachdem sie ihm unter die Nase gerieben hatte, was ihm fehlte, wartete sie auf eine Reaktion. Doch er blieb stumm. Statt ihm ein Minimum an Kraft oder Stolz zurückzugeben, ließen ihre Worte seine Zukunftsängste nur noch wachsen. Was würde aus ihm werden?

»Ich erkenne dich gar nicht wieder, Stella… Ich weiß nicht, was ich sagen soll.«

»Du weißt nicht, was du sagen sollst? Seit Tagen lässt mich dein Schweigen verzweifeln. Ich setze Himmel und Hölle in Bewegung, aber du schweigst…«

Der Lehrer sah sie noch immer schweigend an. Was war aus ihr geworden?

»Geh. Raus hier. Ich bin's leid, deinetwegen zu leiden.«

Der Lehrer senkte den Kopf und ging ohne ein Wort hinaus. Er stolperte davon, ohne sein Fahrrad mitzunehmen, das ein Abbild seiner Seele war, ein Stück Alteisen, wie sein rostiges Herz, mit kaputtem Scheinwerfer und einer Kette, die ständig absprang.

Das Puzzle lag unangetastet auf dem Schreibtisch. Seit Ewigkeiten. Sie sah es nicht einmal mehr, so sehr hatte sie sich daran gewöhnt, doch diesmal beschwor es die Erinnerung an mit den Eltern und Andrea verbrachte Sommerabende herauf, aus denen dieses Bild zusammengesetzt war. Ein Boot mit einem riesigen, zwischen Himmel und Meer schwebenden Segel. Ihr Vater hatte ihr erklärt, das Geheimnis bestünde darin, mit dem erkennbarsten Objekt anzufangen, in diesem Fall mit dem Segelboot, und dann das Bild in konzentrischen Kreisen nach außen hin zu vervollständigen. Zugleich war es wichtig, die Randstücke zusammenzufügen, um den kleinen Bildbruchteilen einen festen Halt zu geben.

Sie hatte das Puzzle mit einem Spezialkleber festgeklebt,

und nun bedeckte es ihren Schreibtisch wie ein Talisman, der alles zusammenhielt, eine Art Tuch der Penelope.

Ihr Blick fiel auf das erste Puzzleteil, mit dem sie begonnen hatte. Sie strich mit der Fingerspitze darüber und pulte den Rand hoch, bis es sich löste. Das war sie. Das Tuch begann sich aufzulösen. Dort, wo ihr Puzzleteil eine Lücke hinterlassen hatte, blieben vier Teile mit jeweils einer freien Seite. Jedes Teil hatte vier Einbuchtungen. Jede Einbuchtung entsprach einer Person. Die jeweils nächsten Einbuchtungen waren die Menschen, denen sie sich am meisten verbunden fühlte, nach außen hin folgten dann die, die ihr weniger nahestanden, aber deshalb nicht weniger wichtig waren. Sie beschloss, drei Puzzleteile, die dem ihren sehr nahe waren, herauszunehmen: Marta. Ihr Lehrer, ja, auch der. Und Giulio.

Jetzt gehörten sie zum Puzzle ihres Lebens. Und die entstandenen Leerstellen im Bild waren in Wirklichkeit das, was ihr Leben zu einem Gefüge, zu dem Ganzen werden ließ, von dem jeder ein Stück besaß.

Die vier Teile, die das ihre in der Mitte des Bildes umgaben, waren die Großmutter, Andrea, ihr Vater und ihre Mutter. Sie riss sie heraus und schrieb auf jedes, welcher Person es gehörte.

Auf ihres hatte sie *ich* geschrieben. Sie hielt das ihre und das ihres Vaters in den Händen, fügte sie kurz zusammen und brach die Ausbuchtung ab, die ihres mit seinem verband. Ihr Vater hatte ein Teil von ihr mitgenommen. Ihre Seele war verstümmelt. Auf der Seite trug das Puzzleteil eine Verletzung aus fransiger Pappe, die man nie wieder würde glätten können.

Die Dinge sind schlecht gemacht, sie verschleißen und gehen kaputt. Werden sie nicht benutzt, verrosten sie, und nur die Liebe kann sie vielleicht wieder in Gang bringen. Die Liebe mit ihren Verzahnungen, geben und nehmen, gibt dem Puzzle des Lebens einen Sinn. Ist das Bild vollkommen, sieht man nicht mehr, wer gibt und wer nimmt. Doch jetzt war dieses Gefüge bedroht, ein Räuber hatte angefangen, sich die Teile nach und nach einzuverleiben, und würde ihm niemand Einhalt gebieten, wäre bald alles verschwunden.

Sie schlug die *Odyssee* auf, die auf dem Schreibtisch lag, hob die letzten Worte des ersten Gesanges mit gelbem Marker hervor und umrahmte sie mit Pfeilen und Ausrufungszeichen: *Also lag er die Nacht, mit feiner Wolle bedecket, Und umdachte die Reise, die ihm Athene geraten.* Daneben und darunter schrieb sie:

Ich fühle mich wie ein abgestürztes Flugzeug.
Zerstört.
Ich fühlte mich wie die eintönige Wüste. Öde.
Ich fühle mich wie der Pilot in der Einsamkeit.
Verzweifelt.
Ich fühle mich wie der Elefant, der von der Schlange
verschlungen wurde. Verschluckt.
Ich fühle mich wie das Kind, das von den Erwachsenen nicht ernst genommen wird. Unverstanden.
Ich fühle mich wie das in die Schachtel gemalte Schaf.
Eingepfercht.
Ich fühlte mich wie der ferne Planet. Klein.
Ich fühle mich wie der zur Gewohnheit gewordene
Sonnenuntergang. Wertlos.

Ich fühlte mich wie ein Affenbrotbaum, der eine
Gefahr darstellt. Unerwünscht.
Ich fühle mich wie ein Vulkan kurz vor dem
Ausbruch. Ungehalten.
Ich fühle mich wie ein König mit zu hohen
Erwartungen. Enttäuscht.
Ich fühle mich wie der Eitle, der bewundert werden
will. Unzufrieden.
Ich fühle mich wie der Säufer, der trinkt, um zu
vergessen. Abhängig.
Ich fühle mich wie der dienstbeflissene Laternen-
anzünder. Erdrückt.
Ich fühle mich wie der Geograph, der alles begreifen
will, was es gibt. Unwissend.
Aber ich bin auch die Blume, die den Kleinen
Prinzen liebt. Ich bin auch der Kleine Prinz, der
den Fuchs zähmen will. Ich bin der Fuchs, der
lernt, jemandem zu vertrauen, um jeden Preis.
Und von mir darf man alles nehmen, das, was ich bin,
und das, was ich nicht bin.
Doch ich habe eine verdammte Angst vor dem Biss der
Schlange.

Vierzehnjahre – sie schrieb es in einem Wort, als wäre es ein Name – ist kein Alter. Es ist nichts. Es gibt das Selbstbewusstsein nicht, das in Giulios Augen leuchtet. Es gibt keine Falten wie in Nonnas Gesicht. Es gibt keine Meetings wie bei Papa. Es gibt keine schicken Klamotten wie bei Mama. Es gibt kein blindes Vertrauen wie bei Andrea. Es gibt weder Harmonie noch Anmut. *Vierzehnjahre* bedeutet, alles und nichts zugleich zu wollen. Unsagbare Geheimnisse und unbeantwortete Fragen zu haben. Sich selbst zu hassen, um alle zu hassen. Sämtliche Ängste zu haben und sie alle zu verstecken, obgleich man sie alle zugleich mit Tausenden Mündern herausschreien möchte. Hunderttausend Masken zu haben, ohne je das eigene Gesicht zu ändern. Zahllose Schuldkomplexe zu haben und zu überlegen, wen man dafür verantwortlich machen kann, um sie nicht alle allein mit sich herumschleppen zu müssen. Man will lieben und weiß nicht, wie's geht. Man will geliebt werden und weiß nicht, wie's geht. Man will einen Frauenkörper und hat ihn nicht, und wenn er dann fraulich wird, will man ihn nicht mehr. *Vierzehnjahre* bedeutet Zerbrechlichkeit und nicht zu wissen, wie man es macht. Es gibt Dinge, die einem niemand erklärt. Es gibt Dinge, die niemand weiß.

Sie nahm die drei mit Namen versehenen Puzzleteile – *Marta, Giulio, Prof* – und schob sie in die Seitentasche ihres Ranzens, wo schon die Zahnbürste ihres Vaters steckte. Glücksbringer, Talismane, Dinge, die für die Reise, die vor ihr lag, unerlässlich waren.

Eleonora schlief mit dem Gedanken an ihren Mann ein. Andrea schlief mit dem Gedanken an die Mutter ein. Margherita schlief mit dem Gedanken an Giulio ein. Der Lehrer schlief mit dem Gedanken an Stella ein. Giulio schlief mit dem Gedanken an Margherita ein. Teresa schlief mit dem Gedanken an Pietro ein. Marta konnte nicht schlafen, weil die Zwillinge sie piesackten, was ihre Art war, an sie zu denken. Ehe sie sich vor dem Einschlafen in Träume verwandeln, unterliegen die Gedanken der universellen Schwerkraft, die alles leise an sich zieht und von den Dichtern Liebe genannt wird.

Und leise senkte sich die Nacht auf diese Leben wie ein Klebstoff, der heimlich alles eint und verbindet. Weit versprengte Puzzleteile bildeten ein einziges großes Bild, das eine Hand bedacht zusammenfügte, bis alles sich mit einer Schönheit füllte, die noch unsichtbar, weil unvollkommen war. Oder verwundet.

X

Ich habe ein Geschenk für dich«, sagte Margherita.

Martas Augen leuchteten auf.

Margherita öffnete die Hand, in der ein kleines Puzzleteil lag, mahagonirot wie ein Schiffskörper.

Unsicher blickte Marta darauf, und Margherita erklärte ihr das große Denkspiel des Lebens.

»Jetzt hängt mein Leben auch von dir ab.«

Marta nahm das ihr anvertraute Stückchen Seele und schloss Margherita perfekt in die Arme, sodass sie ineinanderpassten wie zwei Puzzleteile.

Am Ende der Stunde ging sie zum Lehrer und bat ihn um ein Gespräch. Der Lehrer, der sich irgendwo in seinem Labyrinth verlaufen hatte, sah abgespannt aus. Er wartete nur darauf, dass der Minotaurus ihn packte: Es gab keine Ariadne, die das Ende des Fadens hielt, an dem man zurückfinden konnte, und keinen Daidalos, der ihm Flügel baute, um zu fliehen.

Sie gab ihm sein Stück weißes Segel und wurde rot.

Am liebsten wäre der Lehrer vor dieser geargwöhnten Liebeserklärung davongelaufen, doch er konnte sich zusammenreißen. Dann erzählte Margherita ihm die Herkunft und Bedeutung dieses dämlichen Pappteilchens, und er schloss die Faust um dieses Stück Seele einer Schülerin, die seine Tochter hätte sein können.

»Wissen Sie, Prof, Sie haben recht.«

»Mit was habe ich recht?« Er hatte nicht die Kraft, sie zu korrigieren.

»Mit dem Leben.«

»Mit dem Leben?«

»Ich werde es machen wie Telemachos. Ich werde meinen Vater suchen. Mein Vater ist fortgegangen, und keiner weiß, warum. Ich glaube, er ist in unserem Sommerhaus bei Genua.«

»Und wie willst du das machen?«

»So wie Telemachos. Mit einem Boot.«

»Und wer steuert es?«, fragte der Lehrer, der glaubte, es handele sich um eine Metapher.

»Ich wünschte, Sie …«

Der Lehrer war sprachlos, und noch ehe er sie mit einer unwilligen oder süffisanten Bemerkung enttäuschen konnte, fuhr Margherita fort:

»Begleiten Sie mich auf der Suche nach meinem Vater? Sie haben gesagt, um unsere größten und ehrgeizigsten Pläne zu verwirklichen, brauchen wir Gefährten … Ich habe die ganze Nacht darüber nachgedacht genau wie Telemachos: Ich muss diese Reise machen und meinen Vater wieder nach Hause zurückholen. Ich weiß, dass ich es schaffen kann, dass ich es schaffen muss.«

Der Lehrer musste fast lachen über das zusammenhanglose Geschwafel dieses kleinen Mädchens, hoffentlich hatte er sie nicht darauf gebracht, und sie hatte alles für bare Münze genommen. Das Leben schaffte es immer wieder, sich im passendsten Moment aus einem Buch zu lösen und unersättlich nach mehr zu verlangen.

»Aber weiß deine Mutter davon?«, versuchte er Zeit zu gewinnen.

»Sie darf es nicht wissen. Sonst lässt sie mich nicht gehen und macht mal wieder alles kaputt. Ich brauche Sie, Herr Professor. Haben Sie ein Auto?«

»Nein … ich nicht, ich hab nur ein Fahrrad … ich hatte mal …«, rang der Lehrer nach Ausflüchten, um dem Schicksal, das auf ihn niederzustürzen drohte, zu entgehen.

»Na, dann nehmen wir das von meiner Mutter, oder Sie leihen sich eins von einem Freund …«

»Ich begreife nicht, Margherita … was habe ich denn damit zu tun?«

Margherita spürte, wie etwas zu zerbrechen drohte.

»Sie sind wie Athene in Mentors Kleidern. Jeder andere würde mit meiner Mutter reden. Sie hingegen wissen, wie Odysseus' Geschichte weitergeht …«

Dem Lehrer blieb keine Wahl. Er hatte Telemachos aus den Seiten treten lassen, und nun musste er an seiner Seite bleiben. Doch er konnte nicht. Wie konnte er eine solche Verantwortung auf sich nehmen? Und wenn etwas passierte? Es handelte sich lediglich um die Träumereien eines Teenagers. Es war nur Literatur.

»Aber man darf nicht alles wörtlich nehmen, Margherita. Die Dinge haben sich geändert …«

»Was meinen Sie damit?«

»Du bist minderjährig, ich bin nicht mit dir verwandt … Du hast keine Ahnung, was da heutzutage alles passieren kann …«

»Und Telemachos, war der denn kein Junge? Ist er denn nicht in See gestochen? Er hätte ertrinken, Schiffbruch erleiden, verloren gehen können ... Reisen ist nun mal gefährlich.«

»Aber das ist eine Phantasiereise ...«

»Sie haben doch gesagt, er bereist die bedeutendsten Städte jener Zeit?!«

»Ja, aber das entsprach doch nicht der Wirklichkeit ...«

»Also erzählen Sie Lügen?«

»Nein, nein. Es ist nur, dass die Literatur und das Leben zwei unterschiedliche Dinge sind, Margherita. Die Literatur ist eine Lüge, die dazu dient, die Wahrheit zu sagen ...«

»Ich hab den Eindruck, Sie verstecken sich hinter diesen Lügen, um nicht die Wahrheit zu sagen: Sie sind derjenige, der gar nicht bei der Sache ist! *Abest*! Der Herr Professor? Der, der ausübt? Nicht anwesend!«, platzte es aus Margherita heraus.

»Hör mal, junge Dame! Das ist Literatur, eine Fiktion, Worte, Papier, Luft! Verstehst du das? Ein Lehrer fährt nicht mit einer Schülerin durch die Gegend, um ihren Vater zu suchen, dann ist der Teufel los!«, entgegnete der Lehrer fast wütend.

»Aber es ist schon der Teufel los! Sie sind ein Lügner. Alles Gerede. Und ich hab geglaubt, Sie wären anders als die anderen Erwachsenen. Einer, der noch träumen kann und an das Leben glaubt. Dabei sind Sie nur ein verängstigtes Kind, das mit seinen Büchern Erwachsener spielt. Sie träumen nur in den Büchern. Sie haben keinen Mumm!«

Der Lehrer wusste nicht, was er der zweiten Frau, die ihn binnen vierundzwanzig Stunden in die Ecke drängte, antworten sollte.

Wutentbrannt drehte Margherita sich um und stürmte

davon. Ihre Reise war beschlossene Sache, und nichts würde sie davon abhalten. Dann würde sie eben allein fahren. Mit oder ohne Schiff, mit oder ohne Reisegefährten.

Der Lehrer hob den Arm, um sie zurückzuhalten, doch sie war bereits verschwunden, und in seiner verbittert geballten Faust fand er das Stück Seele, das dieses Mädchen ihm anvertraut hatte: ein Pappeteilchen, auf dem *Prof* geschrieben stand. Eine männliche erwachsene Bezugsperson oder eine Billigmarke?

Marta sah sie weinend davonlaufen. Sie versuchte sie aufzuhalten, doch Margherita hielt sie mit einer Geste zurück. Das, was sie tun musste, musste sie allein tun. Nicht einmal Marta würde ihr dabei helfen können. Sie blickte der davonstürmenden Margherita nach, deren langes Haar sie wie Tränen umfloss. Es gibt Schmerzen, in die niemand vorzudringen vermag. Es gibt Dinge, die man allein tun muss.

Allein. Sie begann zu überlegen, was sie für ihre Reise brauchte: Sie würde alles in ihre Schultasche packen, um keinen Verdacht zu erregen. Der Moment war gekommen, ihre goldenen Reserven anzubrechen … eine bunte, mit Klebeband verschlossene und mit der Aufschrift *Für den Notfall* versehene Schachtel. Der Moment war gekommen. Darin bewahrte sie die Geldgeschenke der Großmutter und noch ein wenig Kleingeld auf: das Wechselgeld vom Zeitungskauf, das ihre Eltern ihr überließen, die Überreste des Taschengeldes, wenn es denn welche gab … Sie öffnete sie: 38 Euro und 25 Cent. Das reichte, um dorthin zu kommen, wo sie hinmusste. Zumindest glaubte sie das. Was brauchte sie noch außer einem Schiff?

Eleonora verließ das Büro, um Andrea aus dem Kindergarten abzuholen. Der Nachmittag schmeichelte dem Sonnenlicht, um es zum Bleiben zu überreden. Da kam ihr ein Freundespärchen entgegen.

»Eleonora! Wie geht es dir? Das ist ja eine Ewigkeit her…«, sagte sie und strahlte, wie nur eine Frau an der Seite ihres Mannes strahlen kann.

Der Mann lächelte, als hätte er die Frage zusammen mit seiner Frau gestellt.

»Alles bestens. Und bei euch?«

»Super. Abgesehen von dem Bauch, der immer dicker wird…«, sagte die Frau strahlend.

Eleonora musterte ihren Bauch und blickte sie lächelnd an.

»Wir erwarten ein Baby!«

»Es wird ein Mädchen«, fügte der Mann hinzu und streichelte über den Bauch seiner Frau.

»Wir gehen gerade eine Wiege kaufen.«

»Und deine Kinder?«, wollte er wissen.

»Margherita ist aufs Gymnasium gekommen. Andrea ist im Kindergarten. Ich hole ihn gerade ab.«

»Deinem Mann geht's gut?«, fragte er.

»Ja«, antwortete Eleonora mit kurzem Zögern.

»Grüß ihn von mir, wir haben uns schon eine ganze Weile nicht mehr gesehen.«

»Wieso kommt ihr demnächst nicht mal zum Abendessen zu uns?«, fügte die Frau hinzu.

»Gern. Aber im Augenblick ist es ein bisschen schwierig, jetzt hat gerade die Schule angefangen … Sobald sich alles ein bisschen eingespielt hat, sehr gern …«

»Schön. Dann melde ich mich demnächst mal. Du musst unbedingt meine Thunfisch-Mousse probieren …«

»Seit sie schwanger ist, kocht sie besser …«, meinte der Mann. »Es stimmt wirklich, die Kinder kommen mit dem Brotlaib unter dem Arm auf die Welt!«

»Ach, hör schon auf!«, lachte sie und kniff ihn in die Schulter, was er mit einem Kuss quittierte.

Eleonora musterte die beiden und hatte das Gefühl, ihr Gesicht könnte sich im nächsten Moment ablösen, so schwer wog die Maske, hinter der sie ihre Schwächen verbarg. Doch was konnte sie tun, vor dem Glück dieser beiden in Tränen ausbrechen?

»Entschuldigt, ich muss los. Sonst krieg ich's mit der Erzieherin zu tun … Bis bald.«

»Bis bald. Und ruh dich aus. Du siehst müde aus.«

Ein paar Meter weiter drehte Eleonora sich um. Er hatte den Arm um die Taille seiner Frau gelegt, um das in ihr heranwachsende Leben zu schützen. Reglos wie eine Statue stand sie auf dem Gehweg und sah den beiden nach.

Andrea wartete auf seine Mutter und malte. Er versah eine Reihe Bäume mit grünen Wipfeln und malte einen blauen Sommerhimmel dazu. In der Mitte des Blattes war ein Junge Hand in Hand mit seinem Vater zu sehen. Ein Spielkamerad kam an und riss ihm das Blatt weg: »Meins!«, sagte er hämisch, weil er neidisch auf Andreas Malkünste war.

»Nein, meins!« Andrea schnappte nach dem Blatt und erwischte eine Ecke.

Das Blatt zerriss. Der Spielkamerad rannte mit dem ihm verbliebenen Fetzen davon. Andrea starrte auf den abgerissenen Arm des Jungen auf dem Bild, der noch immer die Hand des Vaters hielt.

Er zerknüllte es in der Faust, als ginge es um Leben und Tod, und zugleich zögernd, als könnte er sich daran verbrennen.

Die Erzieherin Gabriella fand ihn so, mit emporgerecktem Arm, reglos und bebend vor unstillbaren Tränen.

Teresa saß strickend am Fenster, so konnte sie ihre Pflanzen sehen. Das tat sie immer, wenn sie allein war und Sehnsucht nach ihrem Mann hatte. Kette und Schuss zu verknüpfen beruhigte sie und erinnerte sie daran, dass alles in Ordnung war. Unter ihren Fingern wurden Jahrhunderte von Handarbeiten und Beschäftigungen wach, die sie als Kind ihre Mutter hatte verrichten sehen, als es noch hölzerne Webstühle gab. Die geschorene Wolle türmte sich in mannshohen Haufen. Das Licht fiel durch die Fenster, und man arbeitete, solange es Licht und Wolle gab. Mithilfe des Rockens rollte die Frau die Wolle zwischen Zeigefinger und Daumen auf und verwandelte sie mal in den vertikal verlaufenden, weicheren Kettfaden, mal in den dickeren und robusteren Schussfaden, der mit der Spule horizontal den Kettfaden durchwirkte und immer neue Muster schuf.

Die Kettwolle erinnerte an eine empfangende Frau mit weichem, langmütigem Leib, der Schussfaden an einen

Mann, der ihre Zartheit durchdrang und sie befruchtete. Teresa konnte stundenlang dabei zusehen, und nach und nach ließ sich ein Muster erkennen, welches das Gerippe und die Knoten des Webstückes überdeckte. Wie durch Zauberhand verwandelte sich der Wollberg in eine geschmückte Decke für die Aussteuer einer jungen Braut. Wie ähnlich das Leben dieser Arbeit war. Schuss und Kette allein waren nutzlos, doch zusammen wurde daraus ein widerstandsfähiger, schöner, neuer Stoff.

Jetzt hatte der Schussfaden aufgehört, sich mit dem Kettfaden zu vermählen. Pietro war nicht mehr da. Sein Faden war zu Ende. Das Flechtwerk drohte sich aufzulösen. Pietro hatte sie vor dem Abgrund gerettet, er hatte sie aus dem Labyrinth herausgeführt, in das sie in den Tagen nach dem Unheil geflüchtet war. Allein der Gedanke daran ließ den stummen Schmerz in ihr wieder aufleben. Ohne ihn wäre sie ein loser Faden geblieben.

Sie betrachtete das Muster ihres Lebens und erinnerte sich. Sie dachte daran, wie der junge Lehrer aus Palermo, der eine Stelle in ihrem Dorf bekommen hatte, an der Bäckerei Dolce vorbeikam, deren Besitzer tatsächlich so hieß. Sie arbeitete dort, stand um vier Uhr in der Früh auf, um das Brot in den Ofen zu schieben und die warmen, süßen Teilchen für das Frühstück zu backen, und stand in der Ladentür, um dem schönen, bärtigen Jungen mit Hut und Ledertasche einen Blick zuzuwerfen. Signor Dolce schalt sie wegen dieser Liederlichkeit, und manch einer nannte sie unerhört, doch ihr Herz wusste, dass, wenn die Liebe anklopft, man sie einlassen muss. Der schüchterne, gebildete und verlegene junge Mann empfand dieses volle, warme Lächeln wie den Duft der frisch gebackenen Brötchen, und fast hätte er es erwidert.

Dann, eines Tages, betrat er die Bäckerei, bestellte eine Cassatina und schenkte sie ihr: Er hatte ihr ein Gebäck geschenkt, das sie selbst gebacken hatte. Ein seltsamer Mann. Und sie, die niemals ihr eigenes Gebäck probierte, hatte das, was ihr von den Händen dieses Mannes dargereicht wurde, köstlich gefunden: den genau richtig gesüßten Ricotta, den nicht zu dicken, spröden und zarten Guss. Im Grunde bedeutet das Leben zu zweit, sich selbst vom anderen wie das köstlichste aller Süßigkeiten geschenkt zu bekommen. Sie hatten geredet, nicht viel, aber genug, um sich füreinander zu entscheiden. Manche Worte sind wie Muscheln: So einfach sie sind, tragen sie das ganze Meer in sich.

Im Haus am Meer hatten sie Kühlung gesucht, die süßen und herben Düfte eingeatmet, einander verstohlene Blicke zugeworfen und unerhörte Wünsche unterdrückt. Dann musste er in den Krieg ziehen, und sie blieb mit gebrochenem Herzen zurück. Doch schließlich war er zurückgekehrt und hatte bei ihren Eltern um ihre Hand angehalten, und das Herz war wieder geheilt. In jenem magischen Garten voller Basilikum, Minze, Salbei, Rosmarin, Kapern, Wachsblumen, Jasmin, Bougainvilleen, Kaktusfeigen und dem Rauschen des Meeres, das all diese Düfte und Farben mit den seinen vermengte. Ihre Eltern und sie saßen auf hölzernen Stühlen. Er war elegant und aufrecht wie ein Bräutigam mit pomadisiertem Bart, Verbeugungen und Küss-die-Hand.

»Ich kann Teresa nur dieses Haus geben«, hatte ihr Vater gesagt.

»Aber ich habe nicht um das Haus angehalten, sondern um Teresa«, hatte Pietro erwidert. Damit war die Sache beschlossen.

Und dann war das gemeinsame Leben gekommen. Und die entsetzlichen Tage des Unglücks. Allein beim Gedanken fingen ihre Hände an zu zittern. Der Beschluss, die Heimat zu verlassen und ein neues Leben in der Ferne, im Norden, auf dem Festland anzufangen, wo die Kälte wirklich kalt war: Man schlotterte, und das Meer gab es dort auch nicht. Aber daran wollte sie nicht denken, der Schmerz war allzu groß. Knoten, Verwicklungen, Schwierigkeiten: So sah die Rückseite ihres Lebens aus, doch die Vorderseite war wunderschön! *L'amuri è duluri, ma arricria lu cori…* Liebe bedeutet Schmerz, doch tröstet sie das Herz.

Während er ihr den Hof machte, schrieb er ihr Briefe, und sie fühlte sich bedeutend, obgleich sie kaum lesen konnte und es nur nach und nach lernte, dank dieser Zeilen, denen sie während ihrer Arbeitszeit nachträumte und dafür von Signor Dolce einen gutmütigen Rüffel kassierte. Anfangs siezte Pietro sie und nannte sie *Signorina Teresa*, wie man es mit bedeutenden Leuten macht. Er erzählte ihr stets Geschichten, die er kannte, jeder Brief war eine Geschichte. Er liebte Rittersagen und Mythen: den Ariadnefaden, die beiden Brautleute, die zusammen sterben wollten und von den Göttern erhört wurden, die Abenteuer von Rinaldo und Orlando, die Liebschaften der Angelica… Nach der Verlobung hatte er angefangen sie zu duzen und seine Briefe stets mit den Worten enden lassen:

»Ich küsse dich auf die Augen.«

»Wieso auf die Augen?«, hatte sie ihn einmal gefragt.

Und er hatte ihr in schulmeisterlichem Ton erklärt, dass sich in den Augen die Pupillen befänden. *Pupilla* bedeute auf Latein »Mädchen«, und sie war seine Pupille. Am liebsten hätte er sie von oben bis unten mit Küssen bedeckt, aber die Zeit war noch nicht reif. Er begnügte sich damit, ihre Augen zu küssen und sie Mädchen, Braut und Mutter in einem sein zu lassen. Und jetzt spürte sie den Kuss dessen, der für sie Sohn, Mann und Vater gewesen war. Und sie war glücklich.

Allein. Das Handy aus. Zurückgezogen in die Kammer des Herzens, die einst voller Spiele und Träume war und nun voller Schmerz und Angst. Sie verließ das Haus. Ein Puzzleteil musste sie noch überreichen, ehe sie aufbrach. Sie trafen sich vor der alten Kirche, ein Überbleibsel aus der kaiserlichen Vergangenheit der Stadt: eine Reihe Säulen, zerfressen von Wind, Wasser und Abgasen.

Als er kam, streckte er ihr wortlos die Hand hin. Sie griff danach wie damals bei ihrem Vater, wenn sie eine Straße überqueren mussten und er »Hand!« sagte und sie sich nach dieser Anweisung sehnte wie nach einer zärtlichen Geste.

In der Hand dieses Jungen lag die gleiche Geborgenheit, und sie wusste, dass sie ihm vertrauen konnte. Giulio spürte in Margherita einen Schmerz, der seinem ähnlich war, jedoch brennender und lebendiger: Diese Hand log nicht. So hatte er die Hand eines Mädchens nicht mehr gedrückt, seit … Und ihm wurde klar, dass er es noch nie getan hatte.

»Das war ich«, sagte er.

»Was?«

»Der Irrsinn vor ein paar Tagen.«

»Die Überschwemmung in der Schule?«

Giulio nickte.

»Das war das Schönste, was ich je in der Schule gesehen habe...«, sagte Margherita lächelnd.

Sein Gesicht veränderte sich, die harten Züge entspannten sich und ließen sie an einen Kater denken, der sich nach einer überstandenen Gefahr scheinheilig blinzelnd das Fell putzt. Es lag eine rührende Verletzlichkeit darin, von der womöglich nicht einmal er etwas ahnte. Vielleicht hatte er selbst als Kind nicht so gelächelt.

»Wo willst du hin?«, fragte er.

»Wo es still ist.« Sie drückte seine Hand und schmiegte ihre Hüfte an seine.

Der Abend fegte die letzten Reste Sonnenlicht wie Staub unter den Teppich, und die Stadt wirkte wie eine riesige Bühne, auf der Margherita und Giulio gekonnt ihre Rollen spielten, derweil Dinge und Menschen wie plumpe, flüchtige Komparsen an ihnen vorbeiglitten. Mit tänzerischer Leichtigkeit schritten ein Mann und eine Frau auf dem Faden des Lebens aufeinander zu. Mit jedem Schritt wurde der Faden dicker, wurde Seil, Balken, Brücke, die sich über den Abgrund spannte.

»Ich weiß, wo wir hingehen«, sagte Giulio ohne sie anzusehen und hielt ihre Hand fest.

Sie gelangten in eine schmale Sackgasse. An den abgeblätterten Mauern stapelten sich Pappkartons und kaputte Holzkisten. Aus den Fenstern drangen Stimmen, Geschichten, Schweigen. Mehrere offene Biotonnen standen aufgereiht nebeneinander wie hungrige Mäuler, deren heftiger Gestank die Mauern und den Asphalt durchdrang. Margherita durchfuhr ein ängstlicher Schauder. Sie musste daran denken, was ihre Mutter ihr immer als Kind gesagt hatte: Geh nie mit jemandem mit, nimm nichts von Fremden an.

Giulio zog sie an den Mülltonnen vorbei und deutete auf eine morsche Holztür, aus der ein Schwall intensiver Gerüche drang. Margherita zuckte zusammen und ließ Giulios Hand los, der sie verletzt ansah, jedoch kein Wort sagte.

Er trat mit ihr in den Dunst, als beträten sie die Hölle. Ein enger Flur führte zu einer weiteren Tür mit der Aufschrift *Küchenräume, Durchgang freihalten.* Sie betraten die Treppe, in die der Flur mündete und die vom Eingang aus nicht zu sehen gewesen war. Sie durchschnitt das Haus wie ein Schacht und war so schmal, dass sie hintereinandergehen mussten. Wortlos stieg Margherita die Stufen hinauf, eine Mischung aus Angst und Erregung hatte von ihr Besitz ergriffen. Der Küchendunst erfüllt das ganze Treppenhaus, und die Wände schienen Öl zu schwitzen. Auf jedem Treppenabsatz gab es nur jeweils zwei nebeneinanderliegende Türen ohne Namensschilder. Auf jedem Stockwerk blieb Margherita stehen und sah Giulio an, der ihr mit seinen durchscheinenden Augen bedeutete weiterzugehen.

Nach zig Stockwerken (Margherita hatte aufgehört zu zählen) erreichten sie keuchend den letzten Absatz und standen vor einer verrammelt aussehenden, grauen, rostigen Eisentür. Mit einem heftigen Ruck riss Giulio sie auf.

Das Licht strömte herein, und der Dampf wurde von der frischen Luft ins Freie gesaugt. Margherita kreischte auf.

»Entschuldige. Ich wollte dich nicht erschrecken«, sagte Giulio. Er stand auf der Schwelle und ließ Margherita den Vortritt, als bäte er sie in sein Haus. Sie befanden sich auf dem Dach des höchsten Mietshauses der Umgebung. Der Boden war mit einer Schicht schwarzem, gummiartigem Teer voller Blasen und kleiner Dellen bedeckt. Er sah aus wie die Oberfläche eines vergessenen Planeten. Zahllose Kabel liefen darüber hinweg und verschwanden im Nichts. Bündel weißer Parabolantennen wirkten wie futuristische Bäume.

Der frische, von der Enge der Häuser befreite Wind umfing Margherita, die sich fühlte wie die erste Frau auf dem Mond. In einer Ecke stand ein Plastikstuhl. Giulio ergriff ihre Hand und zog sie zur niedrigen Brüstung. Sie lehnten sich hinüber und blickten auf die Dächer hinunter, und die Stadt wirkte wie eine Frau, die sich plötzlich umdreht und ihr wahres Gesicht zeigt. Der Himmel nahm den gesamten Raum ein, den der Mensch noch nicht zugebaut hatte.

Das auf den ersten Blick flache und einheitliche Panorama war in Wirklichkeit uneben, fast dornig: Die Antennen Hunderter Fernseher reckten sich auf den Dächern empor und versuchten, die durch die Atmosphäre schwappenden Signale aufzufangen. Geräusche, Bilder, in unsichtbare Wellen verwandelte Farben erfüllten die Luft und brachen sich auf Margheritas und Giulios Haut. Einsame Kreuze reckten sich auf den Spitzen der Kuppeln und Kirchtürme wie Antennen für stumme Himmelsbotschaften. Über allem erhob sich die Fiale des Doms mit der kleinen Madonna, die golden im Sonnenlicht glänzte.

Die Geräusche der Stadt schienen zu ersticken.

»Hier komme ich her, wenn ich es nötig habe«, sagte Giulio und deutete mit dem Kinn auf den Plastikstuhl.

»Und wann ist das?«

»Setz dich.«

Margherita gehorchte. Giulio stützte die Ellenbogen auf die Brüstung und sagte, ohne sie anzuschauen: »Wenn ich nichts von dem sehen will, was die Menschen machen.«

»Wieso?«

»Weil es falsch ist.«

»Und was schaust du dir dann an?«

»Den Himmel.«

»Warum?«

»Er rettet mich. Hier ist nichts, und trotzdem kann ich alles sehen, was ich brauche. Vor allem nachts. Die Dunkelheit tötet die Sehnsucht. Und die Träume hole ich mir bei den Sternen: Sie sind die Freiheit und Schönheit, die ich mir erlauben kann. Bestimmt gibt's irgendwo anders schönere Sonnenuntergänge, aber von hier aus sieht man die Sterne. Sterne mit Warenlagern, Läden und Küchen zwar, aber immerhin Sterne … Und ich schreibe.«

»Was denn?«

»Nichts, Worte …« Er verlor sich in seiner Wehmut und schwieg. Margherita stellte sich ein zerfleddertes Heft voller Worte vor, in die man wie in Muscheln hineinlauschen konnte.

»Erzähl mir deine erste Erinnerung, das Älteste, was du von dir weißt«, sagte Giulio.

Sie schwieg einen Moment.

»Ich war vielleicht vier. Ich bin mit meinem Vater am Strand langgegangen, überall lagen Algen und Kiesel und Muscheln. Hin und wieder wurde eine Qualle angespült, man bekam einen Schlag, wenn man sie berührte, und ich hab mich hinter den Beinen meines Vaters versteckt. Er hat eine riesige Muschel gefunden, die die Flut zurückgelassen hatte. Er sagte mir, ich solle sie aufheben. Das Meer war still, der Wind auch. Ich hielt sie ihm hin, und er legte sie an mein Ohr, hielt mir das andere Ohr zu und fragte: ›Was hörst du?‹. Man hörte ein dumpfes Geräusch, ein fernes, stetes Raunen. Ich sagte nichts, weil ich das Wort dafür noch nicht kannte. ›Weißt du, was das ist?‹ ›Nein.‹ ›Das Meer.‹ ›Das Meer?‹ ›Ja, das Rauschen der Wellen fängt sich in den Muscheln und klingt dort für immer nach.‹ ›Für immer?‹ ›Für immer.‹ Ich hab mein Ohr wieder an dieses glatte Ohr gelegt, und das dumpfe, ferne, anhaltende Geräusch war noch immer da. Ich hab die Muschel aufgehoben. Jeden Abend horchte ich hinein und überlegte, welches Geheimnis wohl hinter diesem Echo steckt. Es tröstete mich. Ich weiß nicht, warum, aber es war immer da, auch wenn das Meer nicht mehr da war. Und was ist deine erste Erinnerung?«

»Ich hab keine.«

»Das kann gar nicht sein … Na los!«

»Wer keine Eltern hat, hat keine Kindheitserinnerungen.«

»Sind sie gestorben?«

»Ja.«

»Wie denn?«

»Sie haben mich verlassen.«

»Und wo sind sie jetzt?«

»Ich weiß es nicht. Als ich geboren wurde, wollten sie mich nicht und haben mich abgegeben.«

»Und wieso?«

»Keine Ahnung.«

Sie schwiegen. Margherita starrte in den Himmel, in dem das Sonnenlicht der Dämmerung gewichen war. Giulio setzte sich auf die Brüstung und ließ die Beine ins Leere baumeln.

Ewig saßen sie schweigend da, dann stand Margherita auf, umschlang ihn von hinten und legte ihr Ohr an seinen Rücken, als wollte sie ihn abhorchen. Sie hörte Giulios Leben pulsieren, ein unsteter Rhythmus, als geriete etwas bei jedem Schlag ins Stolpern.

»Ich muss dir was geben.«

»Was denn?«, fragte Giulio, ohne sich umzudrehen, eingerollt in sein Gedankenknäuel, nach dessen Anfang Margherita zu suchen begann.

Margherita hielt Giulio die Hand unter die Nase, öffnete sie und flüsterte ihm ins Ohr: »Ich vertraue dir, obwohl ich dich gar nicht kenne.« Sie wollte ihm die Worte ins Herz hauchen, damit er sie immer in sich trüge.

Giulio nahm das Puzzleteilchen mit seinem Namen und hielt es zwischen den Fingern.

»Was ist das?«

»Ein Teil meines Puzzles.« Sie überwand ihren Schwindel, setzte sich neben ihn und erklärte ihm ihr Denkspiel.

Giulio hörte zu, den Blick auf den Horizont gerichtet, an dem die ersten Sterne aufglommen. Schweigend.

Wie aus einer riesigen Betonmuschel drang ein gedämpftes Rauschen von der Stadt empor. Schwebend zwischen Himmel und Erde lauschten Margherita und Giulio seinem Echo, das zu den Sternen aufstieg, unfähig, sein Signal zu entschlüsseln.

Was ist dieses Grundgeräusch, wenn nicht die Mischung aus Schmerz und Freude, die das Leben als Ganzes im Gewirr aus Häusern und Straßen von den Grundmauern bis zu den Dächern widerhallen lässt? Was genau es zu bedeuten hat, weiß niemand außer vielleicht Gottes Ohr.

»Ich werde fortgehen«, sagte Margherita.

»Ich komme mit«, antwortete Giulio, ohne zu wissen, wohin, aber überzeugt, dass es der richtige Ort sein würde.

ZWEITER TEIL

Die Perlmutter

Wo aber Gefahr ist,
wächst das Rettende auch.

F. HÖLDERLIN, *Patmos*

Der Fahrtwind ließ Margheritas schwarzes Haar aus dem Fenster flattern, ihre grünen Augen fürchteten, rote Ampeln könnten ihre Fahrt auf dieser Straße bremsen, die aus dem Nichts vor ihnen auftauchte und unter ihnen verschwand. Die Weite und Schönheit des Himmels drangen ebenso durch das heruntergekurbelte Fenster wie die Angst vor dem Unbekannten, das nur darauf lauerte, sie an seinem weißen Spinnwebfaden ins Netz zu ziehen.

Beim Griff nach der Kupplung berührte seine Hand ihr nacktes Knie. Schaudernd zuckte sie zurück. Giulio hatte die Hände am Lenkrad, er hatte vor nichts Angst, war in seinem Element. Es war leicht gewesen, Eleonoras Auto zu nehmen: Sie fuhr damit nie zur Arbeit und würde gar nicht merken, dass es nicht mehr auf seinem Parkplatz stand.

Freiheit und Schönheit. Und Angst. Margherita wünschte, er würde langsamer fahren: Giulio hatte nur einen Mopedführerschein. Wenn sie ihn anhielten, wäre das eine Katastrophe. Sie waren allein. Nur sie beide. Was hatte sie sich bloß dabei gedacht, einfach so loszufahren? Und wenn sie erwischt würden? Kämen sie dann ins Gefängnis? Nein, vielleicht nicht, aber ihr Vater oder ihre Mutter womöglich. Wie konnte sie bloß auf die blödsinnigen homerischen Hirngespinste dieses bekloppten Lehrers hereinfallen? Der Mittelstreifen schien durch die Windschutzscheibe zu schießen wie ein sich ab- oder aufspulender Faden, wie der Faden, den Ariadne Theseus gegeben hatte. Und wenn sie sich in der Richtung geirrt hatten? Wenn dieser Faden sie geradewegs zum Minotaurus brachte? All diese Freiheit machte ihr Angst, doch zugleich berauschte sie die von Pflichten und Erwartungen befreite Welt. Zwei gegensätzliche Gefühle rangen in Margheritas Herzen und krampften es zusammen. Diese Reise musste getan werden, es war Schicksal, und das Schicksal ruhte auf den Knien der Götter, sagte Homer. Außerdem hatte sie einen Mann an ihrer Seite, einen, der selbstsicher war, keine Grenzen kannte, der Gefahren spottete, mit blauen Augen und kühnem Herzen. Das Auto war eine Nebensächlichkeit und der Führerschein lästige Bürokratie.

Margherita schaute auf die Uhr auf dem Armaturenbrett: 8.50 Uhr. Marta saß im Matheunterricht und musste irgendwelche Gleichungen lösen, in denen für jede Unbekannte eine Lösung existierte. Nicht wie auf dieser Straße. Doch für Margherita gab es keine zehn Minuten bis zum Ende der Stunde. Für sie gab es keine Zeit totzuschlagen, Hausaufgaben abzuschreiben, keine Prüfungsangst und kein Fiebern aufs Wochenende. Es gab nur den Sprung ins Ungewisse. Das Universum tat sich in ihr auf, doch zugleich fehlte ihr der Mut, sich hineinzuwagen. Dafür gab es Giulio. Würde ihr Herz all diese gemeinsame Schönheit und Freiheit ertragen? Giulio würde es ihm beibringen.

Es verschlug ihr den Atem. »Im Leben zählen nicht die kleinen Momente, in denen man atmet, sondern die großen, die einem den Atem rauben.«, sagt Hitch im Film. Um das eigene Leben zu finden, musste es einem den Atem verschlagen, daran führte kein Weg vorbei. Sie wünschte, ihre

Träume würden nicht wie Konfetti davongeweht, noch ehe sie Wirklichkeit werden konnten. Sie hätte sich schuldig gefühlt, sich nach ihnen verzehrt, und es gibt keine schlimmere Sehnsucht als die nach Unerfülltem, nach Zukunft.

Beide schwiegen. Jedes Wort hätte das zauberhafte Gleichgewicht aus Angst und Leidenschaft zerstört. Margheritas Handy klingelte. Marta. Die erste Stunde war vorbei, und sie versuchte anzurufen. Das Klingeln ließ die erdrückende Wirklichkeit geballt auf Margherita niederstürzen. Jeder Klingelton war der Schlag einer Totenglocke. Endlich hörte es auf.

»Mach es aus«, sagte Giulio.

»Und wenn's was Wichtiges ist?«

»Es gibt nichts Wichtigeres als das, was wir gerade tun.«

Er hatte recht. Niemand durfte sie suchen oder finden, sie war es, die jemanden suchen und finden musste. Sie schaltete das Handy ab und stopfte es in den Rucksack.

Giulio kramte seinen iPod hervor, steckte ihn in das Armaturenbrett, wählte eine Playlist aus und drückte auf Start, während er über die Ausfallstraßen auf die Autobahn zusteuerte.

Er drehte lauter, und der Wagen füllte sich mit Gitarrenklängen und einer warmen Stimme.

Comes the morning
When I can feel
That there's nothing left to be concealed.

Neugierig warf Margherita einen Blick auf den Titel: *No ceiling* von Eddie Vedder.

»Ich hab dir eine Playlist für diese Reise gemacht«, sagte Giulio und hielt den Blick auf die Straße geheftet, um ihr nicht in die Augen zu sehen.

Sure as I am breathing
Sure as I'm sad
I'll keep this wisdom in my flesh.

»Weißt du, was er da singt? Ich versteh's nicht so gut …«, sagte Margherita und wusste, dass sie noch nie ein schöneres Geschenk bekommen hatte.

»Es ist der Soundtrack meines Lieblingsfilms, *Into the Wild*. Bei dem Lied hat er angefangen, allein in der Natur zu leben, und wäscht sich im Freien. Das Wasser ist nicht nur Wasser. Er hat nichts über sich: keine Eltern, keine Regeln, keine Zimmerdecken. Nur den Himmel.« Er deutete erklärend auf den iPod.

I've been wounded, I've been healed
Now for landing I've been, for landing I've been cleared.

»Es ist, als wäre er tot gewesen und würde durch den Kontakt mit dem Wasser wiedergeboren. Als er endlich frei ist, stellt er fest, dass er schon alles hat, was er braucht.« Der countryhafte Rhythmus des Liedes machte gute Laune, enthielt aber zugleich eine versteckte Wehmut.

I leave here believing more than I had
His love has got no ceiling.

»Diese Liebe hat keine …? Was singt er?«, fragte Margherita.

»*Ceiling*. Zimmerdecke.«

Keine Decke. So fühlte sich Margherita, ohne Decke. Unter freiem Himmel mit dem Jungen, der auf Dächer stieg.

Margherita ließ sich von den letzten Klängen des Liedes davontragen, und Tränen stiegen in ihr auf. Giulio drückte auf Pause, die Playlist, die er *Into the Wild not Alone* genannt hatte, verstummte.

»Wie geht es dir?«, fragte er, legte seine Hand auf die ihre und drückte sie fest. Unterdessen war der Morgen hereingebrochen und verirrte sich bis in die hintersten Winkel der Stadt wie die Samen einer Pusteblume, die ein Kind mit wünschender Inbrunst leergeblasen hatte.

Margherita schwieg und sah mit tränenverschleiertem Blick zu Giulio hinüber, der selbstsicher hinter dem Lenkrad saß. Wie gern wäre sie genauso selbstsicher gewesen. Wie gern wäre sie sofort erwachsen geworden, um seiner würdig zu sein. Sein Profil zeichnete sich vor dem hellen Fenster ab, das schwarze Haar umrahmte seinen Kopf mit absichtsloser Sanftheit, seine Augen bewegten sich mit der magischen Schnelligkeit von Libellenflügeln.

Giulio wiederholte die Frage nicht, Margheritas Schweigen war vielsagender als jede Antwort, ihre Tränen sagten mehr als Worte. Er sah sie an und lächelte. Dann fing er an zu singen, ganz leise. Gebannt lauschte Margherita seiner Stimme, seinem Timbre.

Ihr Körper kauerte sich zusammen, und mit geschlossenen Augen spürte sie, wie um sie herum ein Haus entstand, obgleich sie unter sich die Straße und über sich – abgesehen vom Autodach – den Himmel hatten. Carl und Elli in *Oben* kamen ihr in den Sinn: Bei den ersten zehn Minuten dieses Films musste sie jedes Mal heulen wie ein Kind. Sie musste an das Haus denken, das von einer Wolke bunter Luftballons bis nach Patagonien getragen wird auf der Suche nach dem Ort, von dem Carl und Ellie schon immer geträumt haben.

Die Mautschranke vor der Autobahnauffahrt zwang sie zum Bremsen. Margherita schreckte auf und fürchtete schon, ein Polizeiauto zu sehen, das nur darauf wartete, sie ins Gefängnis zu bringen, wo ein übler Bulle sie ausquetschen würde wie in den Fernsehserien, die ihr Vater so gern sah. Doch das war unmöglich: Ihre Mutter war bei der Arbeit und hatte nichts mitbekommen.

Giulio zog das Ticket und drückte es Margherita in die Hand. Einen Augenblick lang kam es ihr vor, als wären sie ihr Vater und ihre Mutter auf einer ihrer häufigen Reisen nach Genua. Sollte es mit diesen zauberhaften Familienfahrten, die nicht einmal zwei Stunden dauerten, ihr aber stets endlos und voller Abenteuer erschienen waren, wirklich vorbei sein?

Die Schranke hob sich, und die Reise begann, deren Etappen noch im Ungewissen lagen. Ehe Margherita es ihrer Mutter gleichtat und das Ticket in den Schlitz auf der Innenseite der Sonnenblende steckte, drehte sie es zwischen den Fingern. Der Abfahrtsort war darauf verzeichnet, der Zielort natürlich nicht. Mit dem Ticket zwischen den Fingern spürte sie, wie ihr der Mut des Entdeckers in die Adern schoss, der zur Suche nach neuen Ländern, Kontinenten und verbotenen Passagen aufbricht. In jedem

Leben gilt es, ein Indien zu erreichen, ein Amerika zu entdecken, eine Fata Morgana Wirklichkeit werden zu lassen. Margherita umklammerte das Ticket so fest, bis es zerknickte.

Giulio streckte den Arm aus dem Fenster, und Margherita tat das Gleiche, steckte den Kopf hinaus und ließ ihr Haar im Fahrtwind flattern. Sie schloss die Augen. Sie hoffte, im angesteuerten Hafen wartete ebenso viel Freude auf sie, wie sie auf der Reise dorthin empfand.

Der Wind knatterte in ihren Ohren, und Giulio juchzte los wie ein zum Tode Verurteilter, der wenige Minuten vor der Hinrichtung begnadigt wird.

Margherita fuhr zusammen und fiel lachend mit ein.

»Welches ist dein Lieblingslied?«, fragte Giulio.

»*La donna cannone*«, lächelte sie.

»Mann, bist du anstrengend …«, sagte Giulio ernst.

Verletzt spürte Margherita, wie ihr das Lächeln auf den Lippen gefror. Doch noch ehe sie sich sagen konnte, dass sowieso alles an ihr daneben war, selbst ihr Lieblingslied, fing Giulio an zu singen:

Con le mani amore, per le mani ti prenderò …

Mit den Händen, meine Liebe, nehme ich dich
bei den Händen …

Mit leiser Stimme fuhr Margherita fort:

E senza dire parole nel mio cuore ti porterò …

Und führe dich ohne ein Wort in mein Herz …

Giulios Stimme legte sich unter ihre wie die Notenlinien unter die Noten, und sie sangen gemeinsam.

E non avrò paura se non sarò bella come dici tu,
ma voleremo in cielo in carne e ossa,
non torneremo più …

Und ich habe keine Angst, wenn ich nicht so schön bin, wie du sagst, in Fleisch und Blut fliegen wir in den Himmel und kehren nie zurück …

Sie zogen das *u* übertrieben in die Länge, prusteten los und sangen das Lied auf *u* zu Ende. Margherita lachte Tränen, die gleichen, die zuvor der Schmerz hervorgebracht hatte. Ob ihre Zusammensetzung die gleiche ist? Kein Wissenschaftler beschäftigt sich mit solch entscheidenden Fragen. Sicher ist, dass Freude und Schmerz derselben Quelle entspringen, dem Herzen des Herzens.

Das Herz ist nichts anderes als eine Flucht immer kleinerer Kammern, die durch geschlossene Türen und steile Treppen miteinander verbunden sind. Es sind sieben an der Zahl. Die siebte, das Herz des Herzens, ist zwar am schwersten zu erreichen, aber am hellsten, weil sie kristallene Wände hat. Glück und Schmerz entspringen ihr und sind der Schlüssel, um hineinzugelangen. Glück und Schmerz weinen dieselben Tränen, sie sind die Perlmutter des Lebens, und es gibt nichts Wichtigeres im Leben, als dieses schwer zu erreichende, schwer zu erhörende, schwer zu schenkende Stückchen Herz, in dem alles wahr ist, unversehrt zu lassen.

Ein Auto überholte sie, und ein kleines Mädchen winkte

ihnen zu und versteckte seinen kecken Blondschopf sofort hinter dem Rücksitz. Margherita wartete, bis es wieder hervorlugte. Sie kannte dieses Spiel nur zu gut. Sie winkte zurück, das Mädchen lächelte und verschwand in der Ferne.

Felder säumten die Straße, vom erloschenen Sommer vergilbt oder erntekahl.

»Schau mal, der schöne Baum!«, rief Margherita plötzlich.

Es war eine einsame Eiche, die mitten in einem Kornfeld stand wie ein Vater, der seine Kinder zusammenruft.

Giulio zeigte sich unbeeindruckt.

»Für einsam stehende Bäume hatte ich schon immer eine Schwäche. Wie gern würde ich den umarmen …«

Giulio lachte los.

»War nur so 'ne Idee, muss dir ja nicht gefallen …«, sagte Margherita beleidigt, drehte sich weg und sah dem Baum nach.

Giulio berührte sie an der Schulter, damit sie sich umdrehte, doch Margherita blieb stur.

Wenige Meter vor ihnen tauchte eine Nothaltebucht auf. Giulio stieg auf die Bremse.

»Was machst du?«, fragte Margherita.

»Was ich will. Es ist unsere Reise, und wir machen, was wir wollen.«

»Nämlich?«

Giulio stieg aus. Er ging um das Auto herum, öffnete Margheritas Tür und forderte sie zum Aussteigen auf.

»Wir dürfen nicht auffallen! Bist du irre?«

»Nicht mehr als du … Gehen wir«, antwortete Giulio. Er sprang über die Leitplanke und marschierte ins Feld.

Margherita folgte ihm bis an die verwitterte, sonnenheiße Eisenbarriere.

»Wo gehst du hin?«

Giulio blieb stehen, stemmte die Hände in die Seiten und sagte treuherzig:

»Einem alten Freund guten Tag sagen.«

Lachend und atemlos lief Margherita ihm nach.

Die Ähren bogen sich unter ihren Schritten und brachten den dunklen, fetten Boden zum Vorschein. Es gab keinen Pfad, nur das Wogen des Korns, das auf den kleinsten Lufthauch reagierte. Aufgeschreckte Grillen hüpften davon.

Als sie den Baum erreichten, schlang Giulio die Arme um den runzeligen, lauwarmen Stamm, der nach Erde und verbrannter Rinde duftete. Er war zu dick, um ihn ganz zu umfangen. Die Sonne blinzelte durchs dichte Blattwerk.

»Er ist ganz nett, aber ein bisschen dick …«, grinste er. Verzaubert starrte sie diesen Mann an, der das, was man ihm sagte, selbst albernen Kinderkram, für bare Münze nahm. Wenn Männer wüssten, dass man, um eine Frau zu lieben, das Kind in ihr lieben muss …

»Nicht wenn wir's zu zweit versuchen …«, antwortete Margherita.

Sie umarmte den Stamm von der anderen Seite, griff Giulios Hände und spürte, wie die Seele ihre Finger durchströmte und in seine Hände überging, ein süßer Schlag, der sich im ganzen Körper verbreitete. Er machte ihr Angst, sie wollte loslassen und festhalten zugleich: unvergleichlicher Rausch der Schwäche wie ein Sprung von einer hohen

Klippe ins Meer. Sie drückte Giulios Hände noch fester. Ihre Finger verschränkten sich und zwangen sie, die Wangen gegen den Stamm zu pressen, als wollten sie den Saft darin fließen hören. Das Geräusch der Straße war fern, von den raschelnden Ähren verschluckt.

Margherita fühlte sich wie ein Teil einer uralten Geschichte und Giulio mit ihr. Dieser Baum war hier, und das genügte. Statt nicht da zu sein, war er da. Und wer weiß, wer ihn dort gepflanzt hatte. Ihre einander haltenden Hände waren da und konnten unmöglich nicht da sein. Die Dinge existierten, ihre Hände existierten, und wenn dem so war, würden sie auch nachher noch existieren. Schönes kann nicht sterben.

Margherita lachte, als hätte sie ein Geschenk bekommen, das sie mit jemandem teilen konnte: Alles würde gut gehen.

»Was habt du und dein Freund zu lachen? Verheimlicht ihr mir was?«, fragte Giulio, der Margheritas Gesicht nicht sehen konnte und nur das Beben ihrer schmalen Hände spürte.

Margherita legte ihre rechte Hand auf Giulios Hand und führte seinen Zeigefinger über die Rinde, als vollführte sie Schreibübungen. Giulio versuchte die Buchstaben zu erraten, die seine Fingerspitze auf die Oberfläche des Baumes malte.

B … D … G …

Giulio spürte die Bedeutung der Buchstaben in seinem Finger emporsteigen.

»Bist du glücklich?«, fragte er, die Lippen an den Baum gelegt.

Sacht legte Margherita ihre Hand auf seine: ja. Dann schrieb sie.

F … I …

Hand in Hand standen sie da. Dann schoss Giulio zwischen den Ähren davon und rief: »Die Reise geht weiter!«, und Margherita folgte ihm, stolperte hinter ihm her wie ein Kind, besänftigt von der Güte der Dinge, die *für immer* währte.

Sie fuhren weiter, und Giulio startete das zweite Lied ihrer melodischen Reise. Eine kratzige romantische Stimme füllte das Wageninnere:

It's been seven hours and fifteen days
Since you took your love away
I go out every night and sleep all day
Since you took your love away
Since you been gone I can do whatever I want
I can see whomever I choose.

Diese Frau drückte Wut, Angst und Wehmut aus, und Margherita hörte die stummen Tränen eines Menschen heraus, der jemanden unwiederbringlich verloren hatte.

Die Landschaft wurde enger. Die Autobahn stieg an und ging in eine Art Landstraße über, die schon seit Römerzeiten unter dem zwischen Bergen eingeklemmten Himmel an Schluchten, Sturzbächen und malerischen Dörfern vorbei von Serravalle bis zum Giovipass führte.

Nothing can stop these lonely tears from falling
Tell me baby where did I go wrong
I could put my arms around every boy I see
But they'd only remind me of you.

Giulio umklammerte das Lenkrad so fest, dass die Knöchel weiß hervortraten. Margherita blickte ins Leere und versuchte den Liedtext zu verstehen.

All the flowers that you planted, mama
In the back yard
All died when you went away
I know that living with you baby was sometimes hard
But I'm willing to give it another try
Nothing compares
Nothing compares to you.

Diese wiederholten Worte wurden zu einer Beschwörungsformel, mit der diese Frau etwas zurückzuholen versuchte, was sie verloren hatte.

Giulio fuhr schweigend: Die Kurven auf diesem Teil der Strecke erforderten Konzentration, er musste sie schützen und heil ans Ziel bringen.

»Deine Lieder sind schön. Aber einen komischen Geschmack hast du schon …«, sagte sie.

»Ist halt mein Geschmack«, sagte er halb ernst.

Margherita blickte sich um, als würde sie alles zum ersten Mal sehen. Mit einer knappen Kopfbewegung versuchte sie das strenge Gesicht der Mutter zu verscheuchen, das sie in die Vergangenheit zurückholen wollte. Sie war jetzt auf dem Weg in die Zukunft. Fast türkis floss der Scrivia zwischen den Felsen dahin, und obgleich er nur wenig Wasser führte, wusste er, wo er hinmusste.

»Wann hast du Autofahren gelernt?«

»Letztes Jahr.«

»Und wie?«

»Ein freiwilliger Mitarbeiter in meinem Wohnheim hat's mir beigebracht.«

»Wie denn?«

»Ich hab ihm das Auto geklaut.«

»Dann hat er's dir ja nicht beigebracht.«

»Ich hab's allein gelernt, aber mit seinem Auto.«

»Allein?«

»Ging nicht anders.«

»Hättest du ihn nicht fragen können?«

»Wieso ist dein Vater abgehauen?«

Margherita antwortete nicht.

Einige Minuten lang saß sie schweigend da.

»Ich weiß nicht. Deshalb gehen wir ihn ja suchen …«

»Ist er mit 'ner anderen abgehauen?«

»Nein, das würde er nie tun …«

»Du kennst die Männer nicht, Margherita.«

»Willst du damit sagen, dass ich meinen Vater nicht kenne?«

»Ich will damit sagen, dass du die Schatten nicht kennst.«

Margherita schwieg, sie wollte, dass Giulio weiterredete, traute sich aber nicht, ihn darum zu bitten.

»Die Menschen bestehen aus Licht und Schatten. Solange man die Schatten eines Menschen nicht kennt, weiß man nichts über ihn. Man muss zuerst nach den Schatten suchen, sonst wird man enttäuscht.«

Margherita stellte sich vor, den Vater mit einer anderen Frau zu überraschen, vielleicht auf ihrem Segelboot. Giulio sah, wie ihre rechte Hand den linken Arm malträtierte.

»Kannst du fahren?«

»Nein!«

»Weißt du wenigstens, wozu die Pedale sind?«

»Bremse?«

»Ja.«

»Und Gas!«

»Sehr gut. Und?«

»Gibt's noch eins?«

»Kupplung, die braucht man, um…« Er wusste nicht, wie er es erklären sollte. »Willst du's mal versuchen?«

»Bist du irre?«

»Immer noch besser als Bäume zu umarmen.«

Lachend knuffte Margherita seinen Arm, und das Auto geriet ins Schlingern. Mit einem spitzen Schrei schlug sie sich die Hand vor den Mund.

»Entschuldigung, Entschuldigung…«, haspelte sie.

Giulio grinste und spielte das nächste Lied.

Ein Orchester erklang. Margherita blickte ihn fragend an.

»Klassische Musik??«, fragte sie abfällig.

»Nein. Ewige Musik. Ludwig van.«

»Wer ist das?«

»Ihr nennt ihn Beethoven.«

»Wie öde…«

»Hör zu… Dann hörst du mal was anderes als Lady Gaga.«

»Blödmann …«

Ein drohendes Orchester antwortete vorwurfsvoll auf ein herzergreifendes Klavier, als handele es sich um eine Unterhaltung zwischen einem Vater und einem ungehorsamen Sohn.

»Was ist das?«

»Konzert für Klavier und Orchester G-Dur, zweiter Satz, Andante con Moto.«

Das Klavier weinte, und das Orchester dämpfte seinen Hochmut, bis es fast verstummte. Die Klaviertöne verwandelten sich in ein hingebungsvolles Flüstern, das jeden, selbst das wütendste Orchester, besänftigt hätte.

Orchester und Klavier verklangen in einem gedehnten Pianissimo. Schweigend saßen Giulio und Margherita da. Sie spürte, wie diese ruhelose, begütigende Süße ihr ins Herz drang und zu der ihren wurde. Licht und Schatten. Dann wurden sie von einem langen Tunnel verschluckt.

»Hast du Badezeug mit?«

»Nein.«

»Dann kaufen wir was.«

»Aber wir sind wegen meines Vaters hier, wir haben keine Zeit zum Baden.«

»Wir haben Zeit für alles, worauf wir Lust haben.«

»Hast du deins mit?«

»Klar!«, sagte Giulio.

Das Sonnenlicht schlug ihnen blendend ins Gesicht. Die Straße führte bergab und brachte sie zur großen Mutter, die plötzlich zwischen den Dächern und See-Kiefern auftauchte: einer funkelnden, blauen Sichel. Weder Margherita noch Giulio sagten etwas, gepackt von der Wehmut, die jene blaue Tinte seit jeher in unsere Herzen schreibt. Margherita legte den Kopf auf Giulios Schulter, schloss die Augen und stellte sich vor, ihren Vater wiedergefunden zu haben.

Die Hochstraße stürzte sich in die an den steilen Apennin geschmiegte Stadt. Die Farben der Häuser leuchteten wie Flammen, und das Meer zur Rechten verwandelte alles in einen blaugelben Traum. Eine Brise wehte vom Wasser empor, und Genua war ein buntes Mosaik, das die jäh abfallende Küste schmückte. Ziegel, Fassaden und Fenster leuchteten.

»Das Aquarium!«, rief Margherita plötzlich, von einer Kindheitserinnerung erfasst.

»Kinderkram ...«

»Na und? Vielleicht würde dir ein bisschen Kindsein auch ganz guttun ... Immer wirkst du so kalt und distanziert ...«

Giulio wurde starr, seine spöttische Selbstsicherheit fiel von ihm ab und zeigte, wie verletzt er war. Margherita merkte, dass sie ihm wehgetan hatte.

»Ich meinte doch nur, es ist lustig ... Vertrau mir! Manchmal drücke ich mich halt ungeschickt aus.«

»Wo muss ich lang?«

»Fahr hier raus.«

Giulio bog nach rechts von der Hochstraße ab.

»Wieso?«

»Wir machen, was wir wollen, hast du doch gesagt, oder?«

»Genau.«

»Wir schauen uns das Aquarium an. Wir haben Zeit. Wir beide haben alle Zeit der Welt.«

Giulio parkte in einer Gasse, die nach Meer und Asphalt roch. Jede Stadt hat ihren Geruch, man muss sich an ihr reiben, um ihn freizusetzen. Man muss die Mauern berühren, die Straßen wittern, die Namen der Straßen und Menschen hören. Genua war wie ein in einer Schneckenmuschel versteckter Einsiedlerkrebs, der sich an eine von unermüdlichen Wellen umspülte Klippe klammert. Die Meeresbrise strich durch die schmalen Straßen wie Seewasser durch Muschelwindungen, sie schlüpfte in die Gassen, zwischen der wehenden Wäsche und den Fensterläden hindurch und entschwand in den Himmel. Das luftige Licht glich einer Hand, die die Haut einer welken Schönheit streichelt. Zahllose Flaggen flatterten an den Masten der Boote, die, turtelnden Tauben gleich, mit rhythmischem Klingeln schaukelnd gegeneinanderstießen. Der Wind fuhr flüsternd durch diesen Wald aus Rahen und Segeln, ein unwiderstehliches Freiheitsversprechen aufzubrechen, sich zu verlieren und vielleicht wiederzukehren. Alte Leute mit Hunden und Hunde ohne Herrchen gingen entlang des Felsenriffs und der Molen spazieren. Eine Gruppe ebenfalls schwänzender Schüler blickte rauchend und lachend aufs Meer. Ein Mädchen, dessen Haar im aquamarinen Licht noch blonder wirkte, joggte an ihnen vorbei. Trauben bunter Luftballons wehten im Wind, als könnten sie es gar nicht abwarten, sich von ihren Fäden zu lösen.

Giulio und Margherita blieben stehen und blickten aufs Meer, und wie immer waren dort die Sirenen, um sie aufzuhalten und ihre Augen und Ohren mit dem Urgeheimnis des Wassers zu bannen. Es gibt Sirenen, die die Augen und

Ohren der Menschen verzaubern und sie ihr zu Hause, ihre Frauen und Kinder vergessen lassen. Alte, tückische Sirenen. Aber es gibt auch Sirenen, die bereit sind, auf ihren Fischschwanz zu verzichten und den quälenden Schmerz zweier Beine auf sich zu nehmen, um zu lieben, um nicht zu sterben, um für immer zu leben und nach dem Tod nicht zu Meerschaum zu werden. Margherita fürchtete sich vor den ersten, die womöglich ihren Vater verhext hatten, und fühlte sich mit den zweiten verwandt: Auch sie hatte beschlossen, auf neuen Beinen zu gehen, selbst wenn zahllose Nadeln ihre Fußsohlen durchbohren sollten wie bei der Sirene im Märchen. Giulio legte Margherita den Arm um die Schultern und drückte sie schützend an sich. Sie blickten in die Ferne, derweil die Hammerschläge gegen die reparaturbedürftigen Bootskiele sie daran erinnerten, dass selbst die schönste Reise Spuren hinterlässt.

Margherita blickte ihn befangen an.

»Hast du schon mal einen Delphin gesehen?«

»Nein.«

»Lass uns gehen.«

Sie lief los. Er blickte ihr nach und spürte, wie sich uralte Knoten in ihm lösten, oder vielleicht schloss er einfach nur Frieden damit, dass sie da waren, in der Hoffnung, dass eines Tages jemand sie lieben könnte, ohne sie auflösen zu wollen.

Er stellte sich vor, einer dieser Matrosen zu sein, die zu Zeiten von Kolumbus, Magellan und Cortés anheuerten, um es mit dem Meer aufzunehmen … Sie ließen ihr wertloses, meist aus Schatten bestehendes Leben auf dem Festland zurück und füllten die Zukunft mit der Hoffnung, zu neuen Menschen zu werden. Auch er hoffte, ohne zu wissen, warum, dass die Zukunft etwas Unerwartetes, Besseres für ihn bereithielt. Für die Seeleute ist das Meer das Inbild dieses Versprechens. Wie Kinder das Dunkel mit Monstern füllen, füllen Männer das Meer mit Erwartungen und versunkenen Schätzen. Das Meer wartet und wird ewig da sein. Auch wenn es seine Wracks verbirgt wie der Mensch seine Schatten.

Giulio zahlte die beiden Eintrittskarten, und Margherita bedankte sich mit einem perfekten Lächeln. Dann tauchten sie in das bläuliche Licht des Aquariums und das ruhige Rauschen der Meerestiefe ein. Es roch feucht und leicht salzig. Stete Luftblasen stiegen in den Becken empor, und Fische glitten träge oder mit jähen, ruckartigen Bewegungen an ihnen vorbei, als wüssten sie genau, welchen Rhythmus ihr Dasein für sie vorgesehen hat. Beeindruckt von der Natürlichkeit der Fische griff Giulio nach Margheritas Hand: Das gemeinsame Staunen über dieses Spektakel lagerte sich in der Herzkammer ab, die der siebten am nächsten lag, um ihre Unversehrtheit noch länger zu schützen. Schönheit will stets erinnert werden, und so denken wir, wenn sie uns begegnet, an die Menschen, die uns am nächsten stehen.

Margherita nahm das Mysterium dieses geheimnisvollen Jungen wahr. Nicht die Geheimnisse, die er barg, faszinierten sie, sondern das Mysterium selbst.

»Danke«, sagte sie.

»Danke dir«, entgegnete er.

Ihre Hände ließen einander erst los, als Giulio seine

Handflächen gegen das Glas des Delphinbeckens legte. Sie pressten die Hände ans Glas: Fast konnten sie hindurchfassen und das Wasser berühren. Margheritas Blick wanderte zwischen den Delphinen und Giulio hin und her. Der Blick eines Menschen auf die Dinge verrät, wer er ist und was er will, ohne dass es eines Wortes bedarf. *Unnet i luciuno?*, pflegte die Großmutter zu sagen, wenn sie wissen wollte, wo man mit den Gedanken war: »Was leuchtet in deinen Augen? Was bringt sie zum Leuchten?«

Der Delphin stieg auf, verschwand für einige Sekunden und kehrte zielstrebig zurück. Giulio war ganz verzaubert von diesem Tanz.

»Sie tauchen auf, um zu atmen, und können dann bis zu einer Viertelstunde unter Wasser bleiben.« Margherita las die Erklärungen neben dem Becken.

»Ihr Orientierungsvermögen basiert auf dem Gehör. Sie senden Schallwellen aus, die sich an Gegenständen brechen und ihnen ein Bild dessen vermitteln, was sie vor sich haben: als würden sie eine Karte des Raums von oben sehen.« Giulio starrte in das Becken und lauschte Margheritas Stimme.

»Du siehst aus wie ein kleiner Junge«, sagte Margherita.

Mit großen, leuchtenden Augen sah er sie an.

»Ich wär so gern so…«

»Wie?«

»So leicht… Bei ihnen sieht alles perfekt aus. Jede Bewegung ist vollkommen.«

»Und bei dir?«

»Ich mache alles falsch. Ich habe keine Karte des Raumes, um dahin zu kommen, wo ich hinmuss.«

»Wo musst du denn hin?«

»Ich hab keine Ahnung. Sie schon.«

»Um nach keine Ahnung zu kommen, muss man durch keine Ahnung hindurch.«

»Was hast du gesagt?«

»Das sagt meine Großmutter immer. Es ist eine ihrer Weisheiten, die ihr Mann ihr sagte, wenn sie Angst hatte … Sie sagt es auf Sizilianisch, aber ich kann das nicht.«

»Nämlich?«

»Ach, ich kann das nicht, da komm ich mir blöd vor …«

»Versuch's mal.«

»*Pir ghiri unni* … Ich weiß es nicht mehr«, setzte sie an, und es klang, als würde sie eine skandinavische Sprache imitieren.

Giulio versuchte sie nachzumachen.

»Du bist ja eine *Terrona*!«

»*Miiinchia,* ein bisschen Respekt, wenn ich bitten darf, du Flegel!«

Sie mussten lachen.

»Dieser Ort hier gefällt mir!« Er nahm ihre Hand, und gemeinsam begaben sie sich auf Geheimnisjagd.

Sie durchstreiften die Räume des Aquariums: ein Meereslabyrinth voll der erstaunlichsten Kreaturen. Sie verliefen sich absichtlich, drehten Schleifen, schlenderten ziellos umher, glücklich, sich zu verlieren. Sie gaben den Fischen neue Namen, die vor allem von der verblüffenden Ähnlichkeit mit Lehrern inspiriert wurden. Giulio brachte Margherita in peinliche Situationen, indem er anderen Leuten mit einem diskreten »Entschuldigen Sie« auf die Schulter tippte und sich dann wendig wie ein Delphin wegduckte, sodass der Angesprochene der errötenden Margherita gegenüberstand. Doch ehe sie sich rechtfertigen oder auf den wahren Schuldigen zeigen konnte, ging das Opfer des Scherzes verärgert davon. Giulio lachte, und Margherita spielte mit, in dem sie so tat, als wäre sie wütend.

Kinder flitzten zwischen den Becken umher und hatten sich in offene Münder verwandelt, die ihre Warums nicht mehr fassen konnten. Margherita dachte an Andrea: Wer weiß, was er gerade tat. Würde er ohne sie Angst haben? Wer würde ihm helfen, die Monster fernzuhalten? Würde er es allein schaffen? Er würde weinen, und sie wäre schuld …

Sie versuchte, die Furcht vor diesen Gedanken im Staunen zu ersticken. Sie schlenderten zwischen Seesternen umher, die sich an algenbedeckte Felsen klammerten, an Tropenfischen, die einem Bild von Picasso entschwommen zu sein schienen, an Haien in allen erdenklichen Formen und Größen vorbei. Gebannt blieben sie vor dem Quallenbecken stehen, in denen lange, zylindrische Leuchtkörper die Bewegungen dieser Meeresprinzessinnen mit ihren langen Nesselschleppen zum Strahlen brachten. Tanzend verzauberten sie ihre Zuschauer und ihre Opfer.

All diese Geschöpfe schienen Teil eines Tanzes zu sein, der eine einzige große Schatzkarte ins Wasser malte: Zeichen und Chiffren eines geheimen Codes.

Als sie das Aquarium verließen, schnitt das Sonnenlicht die Himmelskuppel entzwei, und es war, als tauchte man nach einem Sprung wieder an die Wasseroberfläche. Sie schlenderten einen dem Sänger Fabrizio De André gewidmeten Steg aus Stein und Holz im alten Hafen entlang, vorbei an weißen Booten, die die Spaziergänger einluden, zu Seeleuten zu werden, und gelangten bis zur letzten der drei schwimmenden Holzterrassen, die aussahen, als könnten sie im nächsten Augenblick wie Flöße in See stechen.

»Einer der wenigen italienischen Sänger, die ich ertrage.« Giulio zeigte auf eine Plakette mit dem Namen des Genueser Musikers.

»Wer ist das?«

»Du bist echt eine Katastrophe … Wann bist du eigentlich geboren?«

»1997. Du bist auch nur drei Jahre älter …«

»Drei Jahre reichen, um zum Mann zu werden!«, antwortete Giulio. »Er war ein großer Sänger.«

Er holte den iPod hervor und spielte ihr ein weiteres Lied aus ihrer Playlist vor: *Da' ä mê riva.*

Sie teilten sich die Kopfhörer und lehnten sich aufs Geländer aus Eisenrohren. Das grüne Wasser des Hafens verwandelte sich in Noten. Man hörte die Brandung und eine im Rhythmus eines in See stechenden Bootes gezupfte Saite.

D' ä mê riva
sulu u teu mandillu ciaèu.

»Da versteht man ja gar nichts!«, sagte Margherita.

»Es ist Genueser Dialekt, aber hör hin; ehe du was verstehst, musst du zuhören.«

Das Lied füllte sich mit Wehmut.

A teu gotu da fantinna
Pepuèi baxâ ancún Zena
'nscià teu bucca in naftalina.

Margherita stiegen die Tränen in die Augen, ohne dass sie wusste, weshalb.

»Es geht um die Sehnsucht eines Seemannes, der den Hafen von Genua verlässt und das weiße Taschentuch seiner Frau entdeckt, die ihm nachwinkt. Dann sieht er in seinen Koffer, den sie ihm gepackt hat. Er findet ein Foto von ihr und küsst es, als würde er die ganze Stadt küssen, die er hinter sich lässt.«

Schweigend standen sie da und suchten den Horizont nach denen ab, auf die sie harrten, während der Wind in ihren Haaren spielte.

Die Glocke verklang, gefolgt vom Schwatzen der Schüler, die ins Freie strömten, um sich in einen Nachmittag voller Überraschungen zu stürzen. Marta trat aus der Schultür und ging an der mit Freud und Leid bekritzelten Mauer entlang: *Die Zukunft ist auch nicht mehr so wie früher, Ele und Ale forever, Weniger Stoff, mehr Stoff!, Null Titel!* Sie strich an ihr entlang wie an den Kulissen eines leeren Theaters. Ohne die Banknachbarin neben sich hatte sie das Gefühl, es allein mit dem Rest der Welt aufnehmen zu müssen. Sie schaute auf ihr Handy, nichts. Sie versuchte anzurufen: abgeschaltet. Mit gesenktem Kopf und bleiernem Herzen schleppte sich Marta zum Auto, in dem ihre Mutter wartete.

»Wie geht's dir?«, fragte Marina und stellte die richtige

Frage anstelle des üblichen sinnlosen *Was hast du heute gemacht?*, das nur Genervtheit oder ein unüberwindbares *Nichts* hervorrief.

Marta schwieg.

»Ist was schiefgelaufen?«, mutmaßte die Mutter und streichelte sie.

»Nein.« Doch als die Hand der Mutter sich von ihrer Wange löste, fügte sie hinzu: »Margherita ist nicht in der Schule gewesen. Ich hab Angst, dass was passiert ist …«

»Wieso?«

»Ich weiß nicht, ist so ein Gefühl.«

»Hast du's auf ihrem Handy versucht?«

»Ja, aber zuerst ist sie nicht rangegangen, und dann war's abgeschaltet. Auch auf die SMS hat sie nicht geantwortet.«

»Komm schon, wir probieren es von zu Hause noch mal. Es wird schon alles in Ordnung sein.«

»Es ist nicht alles in Ordnung …«

»Dann müssen wir uns bereitmachen«, entgegnete Marina und gab ihr einen Kuss.

Marta blickte auf und lächelte. Ihre Mutter nahm sie immer ernst; ihre Mutter war noch immer auf dieser unbeschilderten Straße unterwegs, die Jugend hieß. Ihre Mutter war die Lösung, die keine Lösungen vorgab, genau wie das Leben.

Der Hunger meldete sich. Sie stiegen vom Meer hinauf wie Amphibien, die ihre Krallen auf festen Boden setzen und nach der Schwerelosigkeit der Strömung die Schwere der Erde kennenlernen. Sie nahmen es mit den steilen, labyrinthisch verschlungenen Straßen auf, die wer weiß wohin und vielleicht geradewegs in den Himmel führten. Ziellos wanderten sie durch die Gassen hinter dem alten Hafen. Es war, als bewegte man sich im Bauch eines großen Meerestieres. Nur an den Eingeweiden einer Stadt erkennt man, ob sie lebt: Das Geflecht ihrer Mauern und Straßen hält sie am Leben oder zeigt ihre versteckten Geschwüre. Städte sind wie Gedichte, sie folgen rhetorischen Figuren, die ihrer innersten Seele entsprechen. Mailand ist eine Litotes oder eine Untertreibung, sie zeigt sich, indem sie sich versteckt, sie sagt, »ich bin nicht hässlich«, und meint, »ich bin schön«, man muss sie umwerben, um zu entdecken, dass sie eine elegante, ein wenig hochnäsige Dame ist. Rom ist eine Hyperbel mit seinem kaiserlichen Prunk und der allzu großen Geschichte, doch wenn man begreift, dass auch es selbst nicht mehr daran glaubt, verführt einen mit seiner kaiserlichen Ernüchterung. Palermo ist eine Synästhesie, ein Gewirr aus Geschichten und Sinnesreizen: Man hört Gerüche, riecht Farben, berührt Erinnerungen. Genua dagegen ist ein Oxymoron. Es vereint das Unmögliche, die Schönheit mit Verfall, das Leben mit Verwesung. Die Gerüche des Apennins sinken herab und mischen sich, vom Leben der Stadt verwirbelt, mit denen des Meeres.

Giulio wagte sich in menschenleere, von Eisenschranken versperrte Gassen, die für Fahrräder und Mopeds verboten waren. Furchtsam versuchte Margherita ihn zurückzuhalten. Diese verschlungenen Gedärme konnten sie von einem Moment zum nächsten verdauen und in den Windungen aus Mauern, Treppen und Gassen verschwinden lassen. Die Eingeweide eines Räubers.

»Giulio, wo bist du?«

Giulio hatte sich in einem Hof versteckt, in dem es nach Salbei und Basilikum roch. Rote Geranien schmückten ein altes Madonnenbild, das von den Matrosenfrauen in Auftrag gegeben worden war, um der Mutter aller Seefahrer für die heile Rückkehr ihrer Männer zu danken.

»Giulio …?«

Plötzlich überkam sie die Angst der Einsamkeit, und ihr wurde bewusst, was sie gerade tat: Sie war weit weg von ihrer Heimatstadt mit einem Jungen ohne Führerschein; sie hatten ihrer Mutter das Auto geklaut und suchten einen Vater, von dem sie nicht einmal wusste, wo er war. Und alles war ihre Schuld. Das würde sie teuer zu stehen kommen. Wieso war das Leben so schwierig? Wieso musste man sich erst im Labyrinth verlaufen, um einen Ausgang zu finden?

Sie ließ sich auf eine Steinstufe sinken. Über ihr blähte sich aufgehängte Wäsche wie die Segel auslaufender Schiffe, und aus den halb geschlossenen Fenstern und dunklen Aufgängen krochen Andreas Monster hervor. Sie barg den Kopf in den Händen.

Giulio setzte sich neben sie. Er umarmte sie wie eine Muschel die Perle. Und alle Monster verschwanden wieder in ihren Löchern.

»Komm.«

Er zog sie in einen chinesischen Laden mit geschmacklosen Klamotten. Es gab auch Schwimmringe, Strandkleider und Gegenstände, deren Zweck sich nicht sogleich erschloss. Eine Frau undefinierbaren Alters erschien.

»Kann ich helfen?«

»Einen Badeanzug bitte«, antwortete Giulio und deutete auf Margherita.

»Alle Falben«, sagte die Frau und deutete zum Wühltisch, auf dem sich ein Gewirr aus grellbunten Bikinis häufte.

Giulio zog die hässlichsten hervor, um sie zum Lachen zu bringen.

»Den kaufe ich niemals, hier gibt's noch nicht mal 'ne Umkleidekabine.«

»Der passt perfekt zu deinen Augen!«, sagte Giulio und hielt einen korallfarbenen Bikini hoch.

»Findest du?«

»Ja, perfekt!« Er hielt Margherita den Stoff ans Gesicht, und sie wurde rot. Um ihre Verlegenheit zu überspielen, drehte sie die beiden Teile in den Händen. Niemals würde sie es über sich bringen, sich vor Giulio im Bikini zu zeigen. Wenn sie wenigstens ihren Lieblingsbikini dabeigehabt hätte, den hellblau-weiß gemusterten. Wieso hatte sie nicht daran gedacht?

»Kann ich den mal anprobieren?«, fragte sie die Frau.

»Ja, dolt.« Die Frau zeigte auf eine Art Duschkabine, die aussah, als stünde sie zum Verkauf.

Margherita schlüpfte hinein, zog sorgsam die Vorhänge zu und spähte ab und zu hindurch, um sicherzugehen, dass Giulio sie nicht beobachtete, doch der war in die Betrachtung von Nippesfiguren in Drachen- und Hundeform versunken.

Sie betrachtete sich im Spiegel, der sie nicht vollständig zeigte. Dieser magere Körper, die dünnen Beine, das nichtssagende Gesicht. Doch Giulio hatte gesagt, dass die Farbe ihr gut stehe, und es stimmte.

»Ich nehme ihn«, sagte sie, als sie wieder angezogen aus der Kabine trat.

»Funfzehn Eulo.«

Margherita blieben fünf Euro übrig. Sie hatte die Maut bezahlt und das Benzin mit Giulio geteilt und schämte sich zuzugeben, dass dies ihre letzten Reserven waren.

Sie betraten eine Bäckerei und kauften ein Kilo Focaccia mit Käse und Zwiebeln. Verzaubert von der schmalen Gasse Salita di Sant'Anna wanderten sie zwischen frisch gestrichenen orangefarbenen Mauern und verwittertem Putz, der die Backsteine freigab, bergan und stießen auf einen kleinen, von rosa, roten und gelben Mauern gesäumten Platz; die grünen, weiß gerahmten Fensterläden verliehen den Häuserfassaden Lebendigkeit. Eine weiße Katze erhob sich aus dem Gras unter einer riesigen Linde, die den Schatten mit Duft erfüllte, und strich um sie herum. Angelockt vom Focacciageruch folgte sie ihnen. Sie wanderten ein schmales Sträßchen namens Salita Bachernia empor, das die Altstadt wie ein Faden mit dem Hügel verbindet. Ein Faden, eingeklemmt zwischen alten Mauern und rotem Ziegelpflaster und gesäumt von niedrigen grauroten und mit eisernen Handläufen versehenen Stufen. Stockrosen, Mispel- und Pfirsichzweige winkten über die Gartenmauern, die Fensterläden waren halb hochgeklappt und erinnerten an schläfrige Augen, die dem Vorübergehenden unermüdlich folgen. In einem winzigen Garten mit Blick auf ein Stück Meer setzten sie sich auf ein Mäuerchen. An die perfekte blaue Meereslinie schloss sich das zerklüftete Profil der grauen Dächer an, über denen Dutzende Möwen durchs Licht glitten.

»Lass mich nie mehr allein, auch nicht aus Spaß.«

»Entschuldige.« Wie gern hätte er sie gestreichelt.

Er packte die Focaccia aus und hielt sie Margherita hin. Sie wollte nicht anfangen, es war ihr peinlich, von Giulio beim Essen beobachtet zur werden. Er hätte sie mit vollen Backen und fettigen Lippen gesehen. Dann schon lieber behaupten, sie hätte keinen Hunger… Unterdessen hatte Giulio schon angefangen. Versunken betrachtete er den Horizont, und die aus den Gassen aufsteigende Brise zauste in seinem Haar.

»Du musst die mit Käse probieren, die ist unglaublich!«, grunzte er mit vollem Mund.

Margherita musste lachen und begriff, dass diese Normalität, diese kauenden Zähne und dieser voller Mund nicht zur Prosa, sondern zur Poesie des Alltags gehören.

Schweigend saßen sie da und aßen. Giulio reichte ihr noch ein Stück Focaccia und nutzte die Gelegenheit, sie anzusehen. Noch waren sie zu befangen, sich wirklich in die Augen zu sehen.

Plötzlich tauchte die weiße Katze wieder auf und leckte an einem Stück Focaccia, das auf der Mauer lag. Margherita zuckte erschrocken zurück, doch Giulio ließ sie gewähren und streichelte sie. Die Katze leckte an der Zwiebelfocaccia.

»Das schmeckt dir, was? Du bist die erste Katze der Welt, die Zwiebel mag…«

Lächelnd fing Margherita an die Katze zu streicheln, die

ihr über die Handfläche leckte. Sie hatte grüne Augen wie sie.

Sie sättigten sich an der gegenseitigen Gegenwart, an der Gegenwart der kleinen und großen Dinge, die ihnen begegneten. Es gab weder Pflichten noch Aufgaben oder Stundenpläne. Sie mussten nur hier sein, in exakt diesem Moment.

Wenn man doch immer so leben könnte, dachten beide, hatten aber noch nicht den Mut, es einander einzugestehen. Jeder Tag wäre sich selbst genug. Jede Stunde. Ohne ein Später, denn das Später ist jetzt.

Giulio lachte über Margheritas fettverschmierte Wangen, und sie wurde rot. Er wischte ihr mit einer Papierserviette übers Gesicht, und in dem Moment begriff sie, dass sich bei ihm selbst das Lächerlichsein gut anfühlte. Dann nahm Giulio sie bei der Hand, und sie wanderten zurück Richtung Meer und in den Bauch der Stadt hinab. Der Duft von Tomatensauce und das Gebrabbel der Fernsehnachrichten drangen durch die Fensterläden.

Sie stürzten sich in das Geflecht aus Gassen und Sträßchen. Die Schwalben schossen kreischend durch die dämmrigen Häuserschluchten und wichen den Mauern im letzten Moment aus. Giulio und Margherita waren in einen Teil der Altstadt gelangt, in dem Verzierungen aus Marmor, grauem Sandstein und Porphyr von der einstigen Pracht der Seerepublik zeugten.

In den schmalen Straßen sah man vor allem ausländische Gesichter, alle schienen auf der Durchreise zu sein wie Matrosen, die sich nach der Landung ausruhen und auf neue Heuer und neue Kapitäne warten. Es lag etwas

Widersprüchliches in der Luft, etwas Ungewisses, Bedrohliches, als würde dieses große Tier gerade erwachen, und Männer, Frauen, Stein, Wind, Meer und Blut mischten sich in seinen Eingeweiden. Margherita drängte sich schützend an Giulio. Man hätte sie beide entführen oder ermorden können, und niemand hätte es gemerkt, verschluckt von diesem Bauch und wie vom Meer zerfressener Abfall auf den Strand geworfen.

Ein grell geschminktes Mädchen in hautengen Kleidern trat mit traurigem Gesicht und verschmiertem Lippenstift aus einem Haus. Ein Alter mit zerzaustem Bart und Matrosenmütze musterte sie vom Busen abwärts und stieß einen Fluch gegen irgendeinen Gott der Jugend aus, der ihn vergessen hatte. Ein kleiner, dunkelhäutiger Junge mit schwarzen Glupschaugen kam auf sie zu und bettelte um etwas zu essen.

»Hey, Bruder, ein Euro?«, flehte er Giulio übertrieben an und umarmte ihn fast.

Als Giulio begriff, dass er ihm das Portemonnaie klauen wollte, war es bereits zu spät, und der Junge schoss in die entgegengesetzte Richtung davon. Sofort setzte Giulio ihm nach.

Kaum hatte Margherita begriffen, was geschehen war, hastete sie hinter Giulio her durch Gassen und Höfe in Richtung Meer. Die Menschen verwandelten sich in Konfetti und Giulio in ein Paar leuchtende Schuhsohlen. Sie begegnete chinesischen, arabischen, afrikanischen Blicken, die ihr allesamt feindselig erschienen. Sie wünschte, ihre Arme wären ewig lang, um Giulio mit einer eisernen Umarmung aufzuhalten, sodass er sie nie mehr allein lassen könnte. Doch hatte sie nur ihre Beine, die zu kurz waren, um mit ihm Schritt zu halten. Margherita sah ihn immer kleiner werden und spürte den brennenden Schmerz ihrer nach Luft ringenden Lunge.

Sie schrie:

»Giulio!«

Die Heftigkeit des Schreis überraschte sie. Die Gasse hallte von ihrer Stimme wider, als hätte sie durch einen Trichter gerufen. Er drehte sich um und blickte sie an, wie Orpheus Eurydike angeblickt haben musste. Ein letztes Mal sah er dem kleinen Jungen nach, der in ein schmales Sträßchen einbog und für immer im Bauch der Stadt verschwand. Ausgerechnet er, der König der Taschendiebe, der Meister des anarchischen Zaubertricks, war von einem Kind übers Ohr gehauen und beklaut worden. Plötzlich hatte er das Gefühl, als stünde er wie gelähmt auf einem Faden zwischen diesem Jungen, der mit seinem Portemonnaie davonrannte, und dem Mädchen, das mit ihm davongerannt war. Keuchend blieb Margherita stehen und stützte sich auf die Knie. Giulio blickte sie an und fragte sich, was ihn, der stets für sich selbst entschied, zurückgehalten hatte: Sie brauchte Schutz, alles andere war egal.

Langsam setzte sich Margherita in Bewegung, als müsste sie auf dem unsichtbaren Faden, der sie verband, auf ihre Schritte achten, und Giulio kam ihr auf demselben Faden entgegen. Stumm wohnten die Häuser der Gasse diesem Schauspiel bei. Eine Brise trug Meeresluft empor und ließ den Faden erzittern, beide drohten das Gleichgewicht zu verlieren, doch endlich erreichten sie einander, und er schloss sie in die Arme.

»Verzeih, dass ich meine Versprechen nicht halte.«

»Welche Versprechen?«

»Dich nicht allein zu lassen.«

Margherita drückte ihn fest an sich und vergrub das Gesicht an seiner Schulter.

Giulio drückte sie noch fester an sich und fragte sich, wer von beiden wen umarmte, wer gab und wer nahm. Bei einer Umarmung gibt es einen Moment, in dem alles verschmilzt, und wenn das zum ersten Mal geschieht, nennt man es Liebe.

»Das sind ich und Papa.«

Unten rechts auf dem Blatt war ein Haus zu sehen, auf dessen Dach ein großer Mann stand, der mit dem Kopf an den Himmel stieß, sodass das Haus unter ihm zusammenzubrechen drohte.

»Wie hübsch …«, sagte Eleonora ein wenig unsicher. »Und wo bist du?«

Andrea zeigte auf einen winzigen roten Punkt auf der Brust des Vaters, der aussah wie ein Fleck. Eleonora hatte geglaubt, der Fleck sollte vielleicht ein Taschentuch in der Brusttasche des Vaters darstellen, doch Kinder stecken keine Taschentücher in Brusttaschen, nicht einmal auf Bildern.

»Dieser rote Fleck?«

»Das ist kein Fleck, Mama. Das ist das Herz.«

»Und du?«

»Ich bin Papas Herz.«

Eleonora biss sich auf die Lippe und nahm seine Hand. Das Nachmittagslicht war nicht mehr so leuchtend wie noch einige Wochen zuvor, und langsam kehrten die herbstlichen Schatten zurück und nahmen seinen Platz ein. Auf dem Heimweg erzählte Andrea, was er im Kindergarten gemacht hatte.

»Weißt du, Mama, heute hab ich mich im Bad versteckt.«

»Was für ein Spiel war denn das? Verstecken?«

»Nein. Ich hatte die Angst.«

»Und wovor?«

»Ich versteck mich da jedes Mal, wenn ich die Angst habe.«

»Aber wovor denn?«

»Versteckst du dich auch, wenn du die Angst hast, Mama?«

»Andrea, man sagt nicht *die* Angst, sondern einfach nur *Angst.*«

»Nein, ich hab nicht Angst, ich hab die Angst.«

»Aber wovor denn?«

»Ich weiß nicht, ich hab die Angst.«

»Und wie ist die?«

»Sie macht eine Riesenangst, die Angst.«

»Und wie hast du es geschafft, aus dem Bad wieder rauszukommen?«

»Ich hab daran gedacht, dass du mich abholst. Du holst mich immer ab, oder, Mama?«

»Immer.«

Eleonora blieb stehen. Sie beugte sich zu ihm hinunter und schloss ihn in die Arme.

Mit dieser Umarmung versprach sie ihm etwas, was sie ihm am liebsten für immer gegeben hätte. Alles, was wir brauchen, konzentriert sich auf den Anfang des Lebens, danach verbringen wir die Zeit damit, nach dem zu suchen, was wir hatten. Hatten wir es nicht oder haben es verloren, ist das *die Angst.*

Sie schloss gerade die Wohnungstür auf, als das Telefon klingelte. Eleonora stürzte hinein, ohne die Tür zu schließen, doch als sie nach dem Hörer griff, verstummte der Apparat.

»Margherita!«, rief Eleonora, »wieso bist du nicht rangegangen, mein Schatz?«

»Mita! Wo bist du?«, krähte Andrea.

Stille erfüllte die ganze Wohnung. Margherita war nicht da. Eleonora ging ins Zimmer ihrer Tochter: Es war leer. Sie rief noch einmal, doch niemand antwortete. Andrea tat es der Mutter gleich, und die Stille wurde noch lauter. Eleonora rief sie auf dem Handy an, doch es war abgeschaltet. Sie schrieb eine SMS, wo sie sei und ob sie sich bitte so bald wie möglich melden könne. Andrea suchte im Bad, weil er glaubte, sie hätte sich vielleicht auch dort versteckt. Sie war nicht da.

»Wir haben noch nicht in eurem Schrank nachgeschaut, Mama. Mita versteckt sich immer da, wenn sie Angst hat.«

Sie gingen ins Schlafzimmer und öffneten den Schrank, doch er war leer wie ein fruchtloser Leib.

Eleonora rief ihre Mutter an und fragte, ob Margherita bei ihr sei, doch um ihr keine Sorgen zu bereiten, tat sie so, als wäre ihr gerade eingefallen, dass Margherita zu einer Freundin hatte gehen wollen.

Das Telefon klingelte. Es war Marta.

»Ist Margherita da?«

»Nein. Wer ist denn da?«

»Marta … geht es ihr gut?«

»Wieso sollte es ihr nicht gut gehen?«

»Ach, nur so … heute in der Schule war ihr nicht gut …«, log Marta, um ein Geheimnis zu bewahren, das sie nicht kannte.

»Und was hatte sie? Sie hat mir nichts gesagt!«

Marta schwieg verunsichert.

»Marta? Darf ich wissen, was los ist?«

»Margherita war heute nicht in der Schule«, brach es aus ihr heraus.

»Was? Und wo ist sie hin?«, sagte Eleonora eher zu sich selbst. Sie legte auf, ohne eine Antwort abzuwarten. Eine unsichtbare Hand fuhr auf sie nieder, um ihr den Schädel zu zerquetschen. Am liebsten hätte sie sich irgendwo verkrochen, diese Hand war die Hand der Angst. *Die* Angst.

Wieder rannte sie in Margheritas Zimmer. Auf dem Schreibtisch lag ein aufgeschlagenes Buch, das sie vorhin nicht bemerkt hatte.

Die Worte waren kräftig mit Buntstift unterstrichen:

Für dich selbst ist dieses mein Rat, wofern du gehorchest.
Rüste das trefflichste Schiff mit zwanzig Gefährten, und eile, Kundschaft dir zu erforschen vom langabwesenden Vater; Ob dir's einer verkünde der Sterblichen, oder du Ossa, Zeus' Gesandte, vernehmest, die viele Gerüchte verbreitet.

Hörst du, er lebe noch, dein Vater, und kehre zur Heimat.

Fürder geziemen Kinderwerke dir nicht, du bist dem
Getändel entwachsen.

Sorge nun selber für dich, und nimm die Rede zu
Herzen.

Also redete Zeus' blauäugichte Tochter, und eilend
Flog wie ein Vogel sie durch den Kamin. Dem Jüng-
linge goß sie Kraft und Mut in die Brust, und
fachte des Vaters Gedächtnis Heller noch an,
wie zuvor.

Sie schlug das Buch zu und starrte auf den Umschlag der *Odyssee*, auf dem ein an einen Mastbaum gefesselter Mann von einem Raubvogel mit Frauengesicht bedroht wurde. Eine Sirene.

Sie versuchte ihren Mann anzurufen, doch sein Handy war abgeschaltet.

Bestimmt war Margherita bald zurück, sie hatte die Zeit in der Stadt vertrödelt oder einen Schaufensterbummel gemacht. Sie wusste nicht, was sie tun sollte. Sie suchen? Aber wo? Und Andrea? Vielleicht sollte sie ihn besser zu ihrer Mutter bringen.

Das würde sie tun, sie wollte ihm ein weiteres Trauma ersparen. Was sollte aus dem Jungen werden, wenn es so weiterging?

»Andrea«, sagte sie und versuchte ihre Unruhe zu verbergen, »ich bring dich zu Nonna. Ich muss noch was erledigen. Ich treffe mich mit Margherita, und dann holen wir beide dich ab, okay?«

»Kann ich Papier und Stifte mitnehmen?«

»Ja.«

»Mama, wann kaufst du mir die Packung mit allen Farben?«

»Ein anderes Mal«, entgegnete Eleonora abwesend.

Sie nahm ihre Tasche, die sie auf dem Küchentisch gelassen hatte, und griff in das Schlüsselschälchen, doch ihre Autoschlüssel waren nicht da. Sie durchwühlte die Tasche, doch erfolglos. Sie erinnerte sich, wo ihr Mann die Ersatzschlüssel aufbewahrte, holte sie und ging mit Andrea in die Garage hinunter. Doch die Garage war ebenso leer wie der Kleiderschrank.

»Papa ist wieder da! Er hat das Auto genommen!«, sagte Andrea zu seiner Mutter, die sich in eine Salzsäule verwandelt hatte.

Sie holte ihr Handy heraus und drückte die Kurzwahltaste für die Nummer ihres Mannes. Abgeschaltet. Margherita. Abgeschaltet. Es blieb nur noch eine, die ihrer Mutter. Die wählte sie nicht. Sie kehrten in die Wohnung zurück. Andrea war wie durchweicht von der Angst, die dem Blick und dem Körper der Mutter entströmte.

»Geh malen, Andrea.«

»Ich male die Angst.«

»Ja, mal die Angst«, antwortete Eleonora, ohne nachzudenken.

Der Junge verschwand.

Eleonora ließ sich auf einen Sessel fallen, schlug die Hand vor die Augen und schluchzte leise in sich hinein, damit der Junge sie nicht hörte. Allein, mit den Tränen eines Menschen, der alles verloren hat.

Sie ging ihr Adressbuch nach Marinas Nummer durch. Nur eine Frau kann einer verzweifelten Frau helfen, nur wer einen Mann hat, weiß, was es bedeutet, verlassen zu sein, nur wer ein Kind im Leib hatte, weiß, was es bedeutet, es in Gefahr zu wissen.

»Ich hatte sowieso keinen Führerschein, also, was soll's, aber ich habe keinen Cent mehr. Das war alles im Portemonnaie.«

»Ich hab noch fünf Euro.«

»Na, dann brauchen wir uns ja keine Sorgen zu machen…«

Sie betraten eine Bar, baten, erschöpft von ihrem Lauf, um zwei Gläser Wasser und lächelten einander über den Glasrand hinweg an: Kein anderes Element glich ihnen in diesem Moment mehr als das Wasser. Zwei Wasserstoffatome und ein Sauerstoffatom, jedes Element gab dem anderen, was es brauchte. Zwei Elemente, die für sich genommen unsichtbar waren, zusammen jedoch der fruchtbarsten Liebesgeschichte des Universums das Leben schenken.

»Ein Euro«, sagte der Barmann.

»Für zwei Gläser Wasser?«, fragte Giulio empört.

»Ist Wasser neuerdings gratis, oder was…?«, erwiderte der Barmann.

Giulio griff nach Margheritas Hand, warf ihr einen vielsagenden Blick zu, und er rannte mit ihr davon, verfolgt von den dialektalen Flüchen, die der Mann ihnen nachbrüllte.

Unversehens fanden sie zu ihrem Auto zurück. Funkelnde Schuppen aus Nachmittagslicht bedeckten das Meer;

lachend blieben sie stehen und sogen die frische Hafenluft ein.

»Bist du jemals gesegelt?«

»Noch nie.«

Ein schmutzstarrender Bettler schlurfte auf sie zu und bat um etwas Geld, um sich ein Brötchen zu kaufen. Giulio ignorierte ihn. Margherita griff in ihre Tasche, zog die fünf Euro hervor und gab sie ihm. Der Bettler lächelte, bedankte sich ein dutzendmal und wünschte ihnen auf Matrosenart Glück: *Sacci navegâ segondo o vento se ti vêu arrivâ in porto a sarvamento.* Sie verstanden nicht, dass er sie aufforderte, nach dem Wind zu segeln, wenn sie gesund und wohlbehalten in den Hafen zurückkehren wollten, doch Margherita lächelte trotzdem.

»Bist du irre? Das war unser letztes Geld!«

»Aber er ist allein …«, entgegnete Margherita mit entwaffnendem Blick.

»Und was machen wir jetzt?«

»Wir sind zu zweit … Vielleicht machen wir's wie er.«

»Du hast recht! Wie Alex Supertramp. Er verbrennt sein Geld und lebt von dem, was die Natur und die Menschen ihm schenken. Sehr gut, Margherita, du lernst schnell …«

Margherita lachte und wollte sich gerade an ihn schmiegen, als etwas um ihre nackten Knöchel strich. Sie fuhr zusammen.

Giulio prustete los.

»Genuas Katzen haben eine Schwäche für dich!«

Margherita hockte sich hin, um die Katze zu streicheln. Sie hatte dichtes, rotes Fell und leuchtend grüne Augen.

»Vor ein paar Jahren hatten wir auch so eine. Sie hieß Fuchs …«

»Wieso?«

»Hast du *Der Kleine Prinz* gelesen?«

»Du auch? Ich kann das Buch nicht ausstehen …«

Margherita wurde ernst.

»Vielleicht mögen die Katzen dich so, weil du ihnen ähnlich bist. Ihr habt die gleichen Augen.«

Sie lächelte in sich hinein und konnte ihm sogar verzeihen, dass er ihr Lieblingsbuch nicht mochte.

Ohne einen Euro und voller Ängste und Ungewissheiten, aber stark wie das Wasser setzten sie ihre Reise fort.

Wieder entrollte sich die Straße vor ihnen. Giulio hielt nach Wegweisern zur A12 Richtung Sestri Levante Ausschau, derweil sich Margherita ihren Ängsten hingab.

»Hast du gesehen?«

»Was?«

»Diesen Hügel voller weißer Steine …«

Margherita folgte Giulios Fingerzeig und sah einen Wald aus Bäumen und Steinen.

»Was ist das?«

»Ein Friedhofshügel. Ich mag Friedhöfe, neben Dächern sind sie die einzigen Orte, an denen niemand einem auf den Sack geht.«

»Du magst *Der Kleine Prinz* nicht, aber Friedhöfe! Und ich soll *anstrengend* sein …«, sagte Margherita und ahmte Giulios Stimme nach. Er lachte.

»Hast du jemals die *Spoon River Anthology* gelesen?«

Margherita schüttelte den Kopf.

»Nein. Was ist das?«

»Ein Gedichtband eines Amerikaners. Jedes Gedicht ist ein erdachter Grabstein, und jeder Grabstein erzählt das Leben einer Figur. De André hat einige davon vertont.«

Margherita schwieg und lauschte Giulios Wahrnehmung der Dinge. Was sahen diese kalten, durchscheinenden Augen?

»Möchtest du ihn sehen?«, fragte sie.

»Hättest du Lust?«

»Friedhöfe machen mir Angst. Aber wenn du willst …«

»Nur ganz kurz … Im Grunde ist es wie das Aquarium, das eine ist unter Wasser, das andere unter der Erde …«

»Hmm … Egal … Lass uns hinfahren!«, rief sie von der Neugier gepackt.

Giulio fuhr auf den von Grabsteinen beplankten Hügel. Ein ausgetrocknetes Bachbett verlief daran entlang. Er hatte das Gefühl, den Friedhof von Spoon River zu sehen. In dem Buch hatte er alles gefunden, was man über den Tod und somit über das Leben wissen musste. Schon oft hatte er sich überlegt, wie sein Grabspruch lauten sollte, für was man ihn in Erinnerung behalten würde, worin der Kern seines Lebens bestand. Die in Edgar Lee Masters' Versen bestatteten Protagonisten bevölkerten sein Gedächtnis wie altbekannte Freunde: dieser Junge, der gestorben war, als er die Schule geschwänzt hatte, und der, der nur die Wahrheit sagen konnte. Dann war da der Herzensschwache, von dem De André sang. Er tat ihm leid: Er war gestorben, als er Mary geküsst hatte, die niemandem hatte beichten können, wie tödlich ihr erster Kuss gewesen war. Er fühlte sich Henry nahe, dieser verunglückten Mischung aus Vater und Mutter, und Marie, die das Geheimnis der Freiheit kannte, aber vor allem dem armen George Gray, erfolgloser Seefahrer des Lebens, der aus Angst vor Liebe und Schmerz geflohen war.

Gedankenversunken folgte er der Straße bis zum Parkplatz des Genueser Monumentalfriedhofs Staglieno.

Die beiden wussten noch nicht, dass dieser Friedhof nicht war wie jeder andere, sie konnten nicht ahnen, dass die Gestorbenen dort nicht unter, sondern über der Erde liegen und aus Stein gemacht sind. Der Friedhof bestand nicht aus den üblichen Reihen von mit trostlosen Schwarzweißfotos versehenen Grabsteinen, sondern aus einem Heer staubiger Statuen. Jede Grabstätte wurde von einer Statue bewohnt, die langen Bogengänge wirkten wie Salons, in denen der Geist des in Fels, Marmor und Stein verwandelten Toten mit den Nachbarn und Passanten schwatzte.

Giulio war ganz benommen von diesem steinernen Menschenmeer. Margherita drängte sich an ihn, während er, von einem geheimnisvollen Instinkt geleitet, durch die Gänge und Alleen streifte. Jede Statue war eine Geschichte aus Stein und stellte den Toten nicht als starres Porträt, sondern als einen in der Blüte seiner Jahre vom erbarmungslosen Tod aus dem Leben Gerissenen dar. Giulio kamen die Tränen, es war, als hätte er eine Familie gefunden. Dieser Wust aus Standbildern, Worten, Daten und Geschichten machte deutlich, wofür Männer und Frauen starben und somit lebten.

Ein Kind floh vor krallenartigen Händen, die aus der Erde staken und es zum Spielen zurück ins Dunkel ziehen wollten: als ob die Erde es nach nur fünf Jahren bereute, es dem Leben geschenkt zu haben. Nicht weit davon stand ein Engel mit verschränkten Armen und ernstem, fast grimmigem Gesicht. Vielleicht war er neidisch auf das Schicksal des unter ihm Begrabenen und seiner Unsterblichkeit überdrüssig, die ihn dazu zwang, all diesem Schmerz beizuwohnen. Der Engel schien zu denken, dass der Tod ein Geschenk für die Menschen sei: Nur wer sterben kann, weiß auch zu leben.

Wie Odysseus, der die Verstorbenen anruft, um sein Schicksal zu erfahren, wanderte Giulio zwischen den Abbildern der Toten umher. Margherita war bei einem steinernen Mädchen stehen geblieben, das mit einem Hund auf dem Schoß auf dem eigenen Grab kauerte. Das Mädchen sah ihr ähnlich, mit langem, seitlich zusammengebundenem Haar und einst lebendigen und nun für immer in Stein gebannten Augen. Nicht weit davon beweinte ein weiteres Mädchen sein Schicksal. Es hatte die Hände vors Gesicht geschlagen, doch Gesicht und Hände versanken in der steinernen Flut seines Haars. Wie viele Geschichten verbargen sich in der Wehmut der einen und in der Verzweiflung der anderen, die ein Jahrhundert zuvor ihre Altersgenossinnen gewesen waren?

»Wieso magst du Friedhöfe?«

»Es sind nicht so sehr die Friedhöfe selbst, sondern der Friede dort und die Geschichten der Toten …«, entgegnete Giulio.

»Nämlich?«

»Man kann sie fragen, was sie anders machen würden, wenn sie könnten, was sie zurückgelassen, für wen sie gelebt haben. Ob ihr Leben so gut war, dass man einen Film draus machen könnte … Welches ist dein Lieblingsfilm?«

»*Frühstück bei Tiffany.*«

»Nie gesehen.«

»Das glaub ich gern …«, grinste Margherita. »Denkst du oft an den Tod?«

Giulio antwortete nicht. Er blieb vor der Statue einer jungen, nackten Frau stehen, deren Brüste, obgleich aus Stein, noch voll und lebendig wirkten. Sie hatte den Kopf nach vorn geneigt, und es schien, als spielte der Wind in ihrem Haar. Ein Mann stützte ihren Kopf mit seiner starken Hand und gab ihr den letzten Kuss im vergeblichen Versuch, sie wieder ins Leben zurückzuholen. Es war das Grab eines Mädchens adliger Herkunft, das 1909 bei einem Autounfall ums Leben gekommen war. Giulio betrachtete ihr Haar und stellte sich vor, wie es im Meereslicht geglänzt hatte. Er stellte sich vor, wie schön und voller Leben sie gewesen sein musste, als sie im Auto neben ihrem reichen, charmanten Ehemann saß. Selbst ihre Freundinnen waren bestimmt blass vor Neid geworden, wenn sie vorüberbrauste.

»Ich weiß nicht … Eigentlich denke ich an Orten wie diesem eher an das Leben und komme zu dem Schluss, dass es schön sein könnte. Ich will es schmecken, es genießen, nicht eine Minute vergeuden, leben, so viel es geht. Vielleicht kann man so den Tod aufhalten.«

»Meine Großmutter sagt, nach dem Tod kommt Gott.«

»Und glaubst du das?«

»Ich weiß nicht … ich weiß nur, dass meine Großmutter mit ihm redet.«

»Und was sagt sie ihm?«

»Alles.«

»Und er?«

»Hört zu. Sie meint, sie mag es lieber, wenn man ihr zuhört, das würde ihr reichen.«

»Da macht's der liebe Gott sich aber leicht … Außerdem, sorry, aber müsste der nicht sowieso schon alles wissen? Wozu muss er uns überhaupt zuhören?«

»Meine Großmutter meint, es sei, als würde ein Vater seinem Sohn zuhören, der etwas ganz Einfaches getan hat, einen Graben gegraben, einen Korken oder einen Knopf gefunden, ein Spielzeug kaputt gemacht … und das Kind erzählt alles, bis ins kleinste Detail. Und der Vater hört zu, und auf einmal wird die Geschichte wichtig, sie wird nicht mehr vergessen, sie wird schöner und wahrhaftiger dadurch, dass er sie gehört hat.«

»Als Vater ist Gott ein echter Versager, genau wie echte Väter … Sieh dich doch mal um … Zu viel Schmerz. Zu viel Schweigen …«, sagte Giulio und deutete auf die Ansammlung aus Stein und Wehmut.

»Sie meint immer, wir geben Gott zu viel Schuld und dass es vielleicht unsere eigene Schuld ist und wir nur nicht den Mumm haben, es zuzugeben. Sie meint, wenn Gott uns nicht hilft, müssen wir ihm helfen.«

»Aha. Und wie?«

»Sie macht schöne Sachen für andere: Cannoli, Pullover, Schals, Mittagessen … Sie schenkt einem Zeit, hört einem zu, lächelt einen an … Sie sagt, sie betet für einen …«

»Die würde ich gern mal kennenlernen …«

»Sie wird dir gefallen und ihre Süßigkeiten auch …«

Der Geruch der Zypressen, die sich wie gefaltete Hände gen Himmel streckten, mischte sich mit dem des vertrockneten Mooses auf den Steinen, der Blumen in den Vasen und dem leichten Modergeruch des feuchten Staubes auf den Statuen.

»Ich will keine Statue«, sagte Margherita.

»Und was dann?«

»Ein Beet, in das ein Samen gesteckt wird. Im Laufe der Jahre wächst dann ein Baum daraus, so einer, wie wir an der Autobahn gesehen haben, und seine Wurzeln ernähren sich von meiner Erde, und alle sehen das Leben und nicht den Tod.«

»Wie kommst du denn darauf?«

»Du hast doch vorhin gesagt, dass diese Orte dich das Leben noch mehr lieben lassen …«

Giulio schwieg, in kürzester Zeit hatte er ihr offenbart, weshalb er unfähig war, sich mit normalen Menschen auseinanderzusetzen, und jetzt hatte er dank ihr begriffen, dass die Gründe dafür alles andere als abwegig waren, einen Sinn ergaben und jemand anders sich darin wiederfinden konnte.

Auf dem Weg hinaus hielt Giulio bei Fabrizio De Andrés Grab inne und setzte sich davor. Hätte er gewusst, wie man betet, hätte er es getan. Er beschränkte sich auf ein Danke, als könnte der Sänger ihn noch hören.

»Sie hat das Auto genommen«, wiederholte Eleonora mit angstvollem Gesicht.

»Wie das?«, fragte Marina.

»Sie muss mit jemandem zusammen abgehauen sein.

Stell dir vor, was da alles passieren kann … ich weiß nicht, was ich tun soll.«

»Erst mal zeigen wir den Autodiebstahl an, dann besteht zumindest die Möglichkeit, dass man sie identifiziert.«

»Mein Kind, mein armes Kind …«

»Alles wird gut, du wirst sehen …« Marina legte ihr den Arm um die Schultern.

Eleonora brach in Tränen aus.

»Ich hab alles falsch gemacht. Ich habe versagt. Immer habe ich darum gekämpft, alles zusammenzuhalten. Umsonst. Ich habe meinen Mann verloren, meine Tochter … Was bleibt mir denn?«, schluchzte sie verzweifelt.

»Eleonora, sieh mich an«, sagte Marina.

Eleonora hob langsam den Kopf.

»Deine Tochter braucht dich jetzt. Alles andere zählt nicht.«

»Ich weiß nicht, was ich tun soll …«

Sie schwiegen.

»Du bist nicht allein.« Marina nahm sie in die Arme. »Komm, lass uns Anzeige erstatten.«

Der Lehrer lag auf dem Bett, starrte an die Decke und überraschte sich bei dem Gedanken an Margherita. Dass sie nach ihrer Unterredung nicht in der Schule gewesen war, hatte ihn beunruhigt. Wer weiß, was in dem kleinen Kopf dieses Mädchens vorging. Bücher konnten Herz und Verstand einer Vierzehnjährigen gefährden. Er musste vorsichtiger sein. Dieses Mädchen hatte sich vollkommen mit Telemachos identifiziert, sie hatte gemerkt, dass sich in Hunderten von Jahren nichts geändert hatte: Wir sind

Kinder, die auf die Rückkehr des Vaters warten und den Mut finden müssen, uns auf die Suche nach ihm zu machen, wenn er nicht von selbst auftaucht.

Jemand klingelte an der Wohnungstür. Der Lehrer spähte durch den Spion und sah Signora Elviras bedrohliches Profil, das durch das kleine Loch in der Tür noch beängstigender wirkte.

Er hielt die Luft an, damit sie ihn nicht hörte und glaubte, er sei nicht da.

»Professore, ich weiß, dass du hinter der Tür stehst. Hör mal, ich hab einen Brief für dich. Stella hat ihn mir gegeben, sie meinte, ich soll ihn dir geben, wenn sie wieder weg ist.«

Die Frau wedelte mit dem Brief vor dem Spion herum. Ertappt öffnete der Lehrer die Tür.

»Was für ein schönes Mädchen! Was für Augen und diese Anmut! Sie erinnert mich an mich selbst als junges Mädchen … Alle haben sich umgedreht! Alle! Wo findet man schon so eine! Und Briefe schreibt sie dir auch noch … Ich verstehe euch junge Leute nicht. Worauf wartest du, auf einen Lottogewinn oder dass der Erzengel Gabriel höchstpersönlich bei dir erscheint, um dir zu sagen, dass sie die Richtige ist?!«

Der Lehrer lächelte, er konnte sich beim besten Willen keine verführerische Elvira vorstellen. Er nahm den Brief und bedankte sich bei der Signora, die, von den guten alten Zeiten vor sich hin brabbelnd, von dannen schlurfte.

Prof,
verzeih mir, wenn ich so linkisch in Dir nach Dir suche. Verzeih mir, dass ich Dich mit meiner Art, Dich zu lieben, leiden lasse, aber ich will Dein bestes Ich aus Dir herausholen. Gestern habe ich durch ein Buch geblättert und bin auf etwas gestoßen, was mich an Dich erinnert hat: »Ich las viel, doch das Lesen gibt einem nur etwas, wenn man bereit ist, etwas Eigenes in das Gelesene hineinzugeben. Ich meine, man liest ein Buch nur dann wirklich, wenn es das Buch ist, das in einem liest, wenn man sich den Worten mit der seelischen Bereitschaft nähert, zu verletzen und vom Schmerz der Lektüre verletzt zu werden, zu überzeugen und sich überzeugen zu lassen, und dann, bereichert durch diesen Schatz, den man gehoben hat, in seinem Leben und in seinem Herzen etwas daraus entstehen zu lassen. Eines Tages habe ich begriffen, dass ich in Wirklichkeit nichts in meine Lektüre hineinlegte. Ich las, als befände ich mich in einer fremden Stadt und flüchtete mich in irgendein Museum, um mit kultivierter Gleichgültigkeit die Exponate zu betrachten und die Zeit totzuschlagen. Ich las aus Pflichtgefühl: Es gibt ein neues Buch, von dem alle reden, das muss man lesen; diesen Klassiker habe ich noch nicht gelesen, meine Bildung ist unvollständig, und um diese Lücke zu füllen, muss ich ihn lesen.«
Du hast niemals zugelassen, zu verletzen und von der Lektüre verletzt zu werden. Bücher fehlen Dir nie, es ist etwas anderes, was Dir fehlt, was auch in den Büchern ist. Du hast nicht den Mut, zum Kern vorzustoßen und nachzusehen, was darin ist. Wenn Bücher Dich nicht

dorthin bringen, sind sie eine müßige Angewohnheit, die das Eismeer in Deinem Herzen nicht zum Schmelzen bringen, sondern es noch härter machen.
Als ich mich vor ein paar Monaten wegen dem, was meinen Eltern zugestoßen war, entfernt habe, bist Du bei mir geblieben, weil ich mich sonst verloren hätte. Mit Mut und Beharrlichkeit hast Du mich wieder »zu uns beiden« zurückgeholt, in unsere Mitte. Du hast eine menschliche Kraft bewiesen, die ich jedes Mal in Dir sehe, wenn es um Leben und Tod geht. Du hast die Kraft eines Löwen, wenn Du Dir in den Kopf setzt, etwas auf die Beine zu stellen …
Aber wenn ich Dich bitte, Tag für Tag etwas auf die Beine zu stellen, wirst Du schwach und verlierst Dich in den Trümmern dessen, was Du selbst aufgebaut hast und sofort wieder zerstörst aus Angst, Du könntest in diesem Haus ersticken. Du bist der Spiegel Deiner Wankelmütigkeit, Deiner Widersprüchlichkeit, Deiner Schwäche.
Für Deine Schüler, Deine Freunde bist Du ein Held, Deine Rüstung aus Worten glänzt in der Sonne des Lebens wie die des Ritters, den es nicht gab. Doch ich sehe Dich jenseits dieser Rüstung, ich habe in diese Rüstung hineingeschaut und dahinter einen Jungen mit Tausenden Löchern gesehen …
Wenn ich Dir das sage oder Dich mit Deinem Wankelmut konfrontiere, rennst Du weg und hältst mich für die Böse, obwohl ich Dich mehr liebe als sonst jemanden, weil ich von Dir alles sehe und alles liebe. Ich will Dein bestes Ich aus Dir herausholen.
Weißt Du, welche Farbe Flamingos haben? Rosa, wirst

Du sagen. Nein. Sie sind weiß. Sie werden rosa, wenn sie die Algen eines unwirtlichen Sees gefressen haben, zu dem sie fliegen, weil sie dort niemand behelligt. Sie sammeln sich dort und ernähren sich von etwas, von dem niemand sonst sich ernähren könnte. Diese fauligen Algen enthalten Eisen, das ihre Federn rosa färbt. Und weißt Du, warum? Wegen der Liebe. Die rosa gewordenen Flamingos ziehen einander an und paaren sich. Selbst das fauligste Nichts verwandeln sie in Leben. Das ist wahre Liebe. Sie verbirgt nichts und verwandelt. Sieht man jemanden auf der Straße stolpern und hinfallen und ist weit weg, lacht man. Aber kommt man näher und sieht das schmerzverzerrte Gesicht des Menschen, der nicht mehr aufstehen kann, hört man auf zu lachen und fängt an zu weinen. Die Szene ist dieselbe, man selbst ist derselbe, der Mann oder die Frau ist derselbe. Allein die Entfernung ändert sich.

Du willst nicht, dass die anderen Deine Schwäche sehen. Du hast Angst, sie könnten lachen. Aber Dir entgeht, dass ich Dich aus der Nähe sehe. Ich habe Dich gewählt. Ich liebe Dich. Ich will mit Dir leben. Jemand hat einmal gesagt, »ich liebe dich« bedeute nichts anderes als »es ist schön, dass es dich so gibt, wie du bist, und gäbe es dich nicht, würde ich dich genauso erschaffen, Schwächen inklusive«. Liebe hat nur bis zu einem gewissen Punkt etwas mit Gefühlen zu tun, sie ist Wille und Entscheidung, und deshalb muss sie manchmal auch hart und schwierig sein, um wahrhaftig zu sein. Vielleicht ist Dir entgangen, dass ich auf Deiner Seite bin, ich kämpfe mit Dir. Ich bin die Seele Deiner Ängste und Zweifel. Sie schauen mich an. Nimm mich mit in Deine Schlachten, lass sie mich spüren und sehen: Ich bin bei Dir und werde mutig genug sein, Dir zu sagen, was Du hören musst. Ich bin nicht Deine Feindin, sondern Deine Kraft. Das solltest Du begreifen. Du entscheidest, ob Du willst, dass ich Deine Schwäche aus der Nähe sehe, oder ob Du sie weiterhin auch vor mir verstecken und mich auf Abstand halten willst, in der Hoffnung, so könnten nicht nur ich, sondern auch Du sie akzeptieren. Ich lebe, damit Du sie akzeptieren kannst, denn ich liebe sie. Es kommt mir nicht darauf an, glücklich zu sein, ich bevorzuge das Leben mit all seinen Schattenseiten. Das Glück ist eine ziemlich widerliche Sache, wenn Du ihm nicht beibringst zu leben.

So oder so, Deine Stella

PS: Wir sind erst beim Vorwort unserer Geschichte, Professore. Willst Du nicht wissen, wie sie ausgeht?

Er konnte sich nicht rühren. Dann schaltete er alle Lichter aus. Hätte er gekonnt, hätte er die ganze Stadt ausgeknipst. Er setzte sich auf den kleinen Balkon auf den Boden, von dem aus man zumindest ein winziges Stück Himmel sehen konnte. Er las den Brief noch einmal wie jemand, der wahrhaftig liest, um zu verletzen und verletzt zu werden. Vielleicht waren dies die ersten Worte, die er wirklich las, denn es waren die ersten Worte, die ihn lasen.

Er saß da wie ein alter Sternenfresser, der sich leichter der Nacht als dem Tag anvertrauen kann und darauf wartet, dass sie ihm sein Schicksal offenbart.

Als sie die Unterwelt verlassen hatten, stellte Giulio fest, dass sie nicht auf die Autobahn zurückkonnten: Sie hatten kein Geld für die Maut. Sie mussten umkehren und die Landstraße nehmen, die sie am Meer entlang nach Sestri bringen würde: die Aurelia, die nicht nur Küstenstraße ist, sondern die Fährte der Römer, die wie kein anderes Volk der Antike Schönheit mit Nutzen zu verbinden wussten.

Eine Klaviermelodie aus Giulios Playlist gab den Rhythmus für die Panoramen und Gefühle vor. Am Meer braucht es keine Worte, sondern Klänge, die es ihm gleichtun. Das Meer lag perlgrau unterhalb der Straße, in Kürze würde die Sonne darin verlöschen, die es bereits in ihren schönsten Farben aufleuchten ließ. Wie eine unter einem Felsbrocken aufgeschreckte Schlange floh die Straße unter den Reifen dahin, und die Klavierklänge drängten sie, sich seewärts zu schlängeln und darin zu verschwinden. Lachend fuhren Margherita und Giulio ihrem Ziel entgegen. Sie lachten über alles, was sie sagten, über jede Kleinigkeit, auf die ihr Blick fiel, über jedes Gesicht, jedes Insekt, das gegen die Windschutzscheibe klatschte. Sie lachten, weil sie kein Geld und keine Papiere hatten, weil sie zusammen waren, sie lachten über die sinnlosen Dinge, die Margherita in ihren Rucksack gesteckt hatte, über Giulios schwarzen Haarschopf, über Margheritas Nagellack, über die Bewohner von Giulios Wohnheim, über die Schule und die Lehrer. Sie lachten. Was passiert, wenn der Tod einen angefasst hat: Man lacht, als wäre man einer Gefahr entronnen. Man lacht bis zu den Tränen.

Das Meer blinzelte ihnen zu und schien mit unzähligen flatternden Lidern an ihrer Freude teilzuhaben.

»Hast du Lust zu baden?«, fragte Giulio.

»Aber es ist schon spät … wir müssen weiter …«

»Angsthase!«

»Ich und Angsthase?«

»Hast du abends schon mal gebadet?«

»Noch nie.«

»Hast du Schiss?«

»Nein, mir ist kalt.«

»Alles Ausreden«, sagte Giulio und verzog den Mund. »Wir haben sogar einen Bikini für fünfzehn Eulo gekauft … Wir müssen uns beeilen, ehe die Sonne verschwindet.«

Sie waren fast bei Sori in einer rauen, spärlich besiedelten Küstengegend.

»Schau mal, der kleine Strand dort«, sagte Margherita und zeigte auf einen kurzen, schmalen Sandstreifen, der zwischen den Felsen aufblitzte.

»Das ist unserer!«, antwortete Giulio. Er suchte nach einer Parkmöglichkeit. Ein Stück weiter fanden sie eine Parkbucht, auf der ein Verkaufswagen mit belegten Brötchen, Focaccia und Getränken samt ein paar hungrigen Kunden stand.

Margherita hatte Angst, als könnten die Blicke, die ihrem bremsenden Auto folgten, sie erkennen.

Giulio schaltete den Motor ab.

»Wie ziehen wir uns um?«, fragte Margherita, während entlang der Küste allmählich die Abendlichter aufglommen.

»Wie man's immer macht: mit Handtüchern.«

»Hast du eins?«

»Nein. Du?«

»Nein.«

»Und jetzt?«

»Schauen wir mal.«

»Ich schäme mich.«

»Weshalb?«

»Mich vor dir auszuziehen.«

»Ich gucke nicht.«

»Na und … Außerdem geht die Sonne unter … und wir werden frieren …«

»Und außerdem … bist du ein Angsthase!«

»Ich?«

»Grenzen gibt es nur in den Seelen, die keine Träume haben«, sagte Giulio in lehrerhaftem Ton und zitierte aus einem Film, an den er sich nicht mehr erinnerte.

»Wer hat das gesagt?«

»Ich«, antwortete er todernst und verzog den Mund.

»Lass uns gehen«, sagte Margherita lachend.

Sie verließen das Auto und stiegen eine mehrfach geborstene steinerne Treppe hinab. Giulio ging voraus und drehte sich an den gefährlichsten Stellen fürsorglich nach ihr um. Sie erreichten den Strand aus feinen grauen, weißen und braunen Kieseln. Der bittersüße Duft der angeschwemmten Algen erfüllte die laue Abendluft. Es war angenehm. An einem Ende des Strandes johlten junge Leute. Giulio und Margherita gingen ans entgegengesetzte Ende. Dann nahm Giulio sie bei der Hand.

»Schau«, sagte er und deutete mit dem Kinn zum Horizont, an dem die Sonne zerfloss.

Sie gab sich dem Schauspiel hin. Giulio sah, wie sich ihre Züge entspannten und im vom Wasser zurückgeworfenen Abendrot leuchteten. Dann hob er seine Faust, die Margheritas kühle, zerbrechliche Hand umschloss, und legte sie an die Wange. Margherita lächelte befangen.

»Hab keine Angst«, sagte er.

Margherita schüttelte den Kopf.

»Willst du schwimmen?«

Margherita nickte.

»Du kannst dich hinter dem Felsen da umziehen.« Vor einer kleinen Einbuchtung in der Klippe stand ein Felsen, der groß genug war, um eine Person zu verdecken.

»Ich stehe Wache …«, fügte er zwinkernd hinzu.

Widerwillig löste Margherita ihre Hand von Giulios Wange.

»Aber du drehst dich zur anderen Seite um!« Sie versicherte sich, dass niemand sie von oben sehen konnte: Die Felswand fiel fast senkrecht zum Strand ab und war mit Strauchwerk und vertrocknetem Gestrüpp bewachsen. Giulio drehte sich weg, setzte sich auf die Steine und betrachtete das sich endlos vor ihm auftuende Meer. Eine Feuerzunge flammte von der Sonne bis zu ihm und wurde je nach den Launen des Windes und der Strömung mal breiter, mal schmaler. Ein paar Möwen segelten zum letzten Beutezug über die Wasseroberfläche, und das Geräusch der vorüberfahrenden Autos verlor sich in der Ferne und wurde von dem sanfteren, wiewohl lauteren Rauschen der Brandung verschluckt. Eine Katze hielt wie versteinert inne, starrte eine Möwe an, die sich am Strand niedergelassen hatte, und schien zu überlegen, ob sie Jäger oder Beute war.

Giulio schaute zu. Er war froh, sich an diesem Duell

nicht beteiligen zu müssen, und das hatte er Margherita zu verdanken. Er würde sie vor jedem Ungeheuer schützen, das dem Wasser entstiegen wäre, vor jeder Bedrohung, die aus der Dunkelheit hervorbrechen könnte, er würde jedweden wirklichen oder eingebildeten Feind zerstören. Wie gern hätte er seiner Mutter davon erzählt, doch wusste er nicht einmal, wie sie aussah, und sofort kam ihm der Gedanke dumm vor.

In ihrem korallfarbenen Bikini kam Margherita wieder zum Vorschein. Sie besaß die Schönheit zerbrechlicher Dinge.

»Geh vor«, sagte sie verlegen, weil Giulio ihren Körper nun so sehen konnte, wie er war. Es war ein verhaltener, anmutiger Körper. Die Haut war noch sonnengebräunt und glatt wie bei einem kleinen Mädchen, das die Verheißung einer wunderschönen Frau in sich trägt.

»Du bist schön«, murmelte Giulio und ging auf den Felsen zu, ohne Margherita die Zeit zu geben zu erkennen, dass auch er, der sonst mit Mädchen so lässig war, rot geworden war. Er fragte sich, woher all diese Befangenheit käme. Er wusste nicht, wieso, doch diesmal hatte er keine Eile, es war, als hätten sie alle Zeit der Welt, um einander zu betrachten, zu entdecken, zu streicheln und zu lieben. Er wünschte sich sogar, dass alles ganz langsam ginge, ohne Druck, mit ruhiger, vollkommener Sanftheit. Und seine Hände wollten geben, nicht nur nehmen.

Margherita sah ihn an, betrachtete sein Profil und stellte sich bange vor, dass dieser Junge so gut wie nackt war. Auch sie fühlte sich nackt. Sie, die im Sommer immer im Bikini herumlief und sich von ihrer Mutter tausendmal sagen lassen musste, sie solle etwas anderes anziehen. Jetzt fühlte sie sich nackt, und ihr Körper zitterte: Sie stand da, im Bikini, mit einem fast unbekannten Jungen, weit weg von ihrer Mutter und ihrem Vater. Weit weg von allem.

Doch das, was sie empfand, war eine gute Angst, die Angst desjenigen, der weiß, dass nicht nur die herannahende Zukunft voller Unbekannter ist, sondern auch die, die man selbst gebiert. Und außerdem war Giulio da, und die Angst besiegt man immer zu zweit, hatte Andrea ihr erklärt. Sie konzentrierte sich auf die immer größer werdende Sonne, die den Horizont berührte und aussah, als könnte man sie mit zwei Schwimmstößen erreichen. Dann schoss etwas an ihrer Linken vorbei, Giulio hatte sich mit einem Sprung ins Wasser gestürzt, das über ihm zusammenspritzte und in winzigen Sonnenfunken aufstob, ehe es zu Schaum zerfiel. So schwer es ist, zum Kern der Dinge vorzudringen, war dies einer jener Momente, in denen das Herz hofft, die Zeit möge stehen bleiben und das Jetzt ewig währen.

»Na los, komm schon! Es ist herrlich!«

Margherita trat ans Wasser, setzte einen Fuß hinein, dann den anderen, sah die zarte Gischt auf ihrer Haut. Das Wasser war lau, wie es nur zu Beginn des Herbstes ist, wenn die gesammelte Wärme frei wird wie die Sommererinnerungen eines Schülers, der wieder zur Schule muss.

Langsam tastete sie sich ins Wasser vor. Dann tauchte sie unter und brach im Licht der Sonne wieder an die Wasseroberfläche. Giulio betrachtete ihr Haar, das sich an ihren Nacken schmiegte und über die Schultern fiel, die Tropfen, die über ihr Gesicht perlten und es noch mehr zum Strahlen brachten. Sie lachten und juchzten. Margherita fing an, sich mit offenen Armen um die eigene Achse zu drehen, als wollte sie sich in die Welt einwickeln wie in ein Handtuch. Giulio schwamm ein Stück auf die Sonne zu.

Margherita folgte ihm. Sie schwammen im flüssigen Sonnenlicht.

Giulio hielt inne. Sein Kopf ragte wie ein einsamer Fels aus dem Wasser.

Ohne es zu merken, hielten sie einander fest, vereinten ihre einzig vom Wasser, das sie trug, getrennten Körper. Sie lachten und zitterten. Wie die australischen Aborigines, die zugleich lachen und zittern, wenn sie glauben Gott zu sehen. Dann verebbte das Lachen, und nur das Zittern blieb, während die halb zwischen Himmel und Unterwelt schwebende Sonne den Horizont in goldenen Dunst hüllte.

Mit den Beinen schlagend blickten sie sich an, hielten einander in einem aus Armen gemachten Rettungsring und ließen Augen und Hände sprechen. Die letzten Sonnenseufzer verloren sich hinter der Wasserlinie, nur ein Feuerhauch blieb zurück, der in den sich kräuselnden Wellen verging.

Als die Sonne ganz verschwunden war, machte es ihnen weniger Angst, ihre Gesichter einander so nahe zu wissen. Margherita schloss die Augen. Und die gleichmütige Dunkelheit verhüllte diesen bittersüßen Kuss. Ihr Atem mischte sich, und beide spürten, wie der innerste und verborgenste Teil ihrer selbst ans Licht kam, die siebte Kammer, in die man nicht vordringen, sondern nur eingelassen werden kann.

Und sie küssten sich noch immer, als die Sterne den

Himmel tüpfelten, atmeten den Atem des anderen, als hätten sie bis zu diesem Moment nur eine einzige Lunge gehabt. Und als sie voneinander abließen, hätten sie am liebsten gerufen: »Du fehlst mir!« Und als ihre Lippen sich wieder vereinten: »Du hast mir so gefehlt!« Wie kann uns etwas fehlen, was wir nie gehabt haben? Was fehlt uns wirklich: der andere oder ein Teil unserer selbst? Oder muss jemand uns diesen fehlenden Teil erst schenken?

Das sind Dinge, die niemand weiß.

»Wo bist du … wo bist du …«

Wieder und wieder murmelte Eleonora es in sich hinein, während sie am Fenster stand und die Sterne befragte, die Margherita gewiss im Blick hatten und vielleicht auch ihren Mann. Keiner der beiden antwortete.

Marina stellte sich neben sie.

»Hier ist der Kamillentee.«

»Danke«, sagte Eleonora und sah in ihre ruhigen Augen.

Ein paar Passanten plauderten spätnachts auf der Straße, als wäre noch Sommer: Man konnte die Stimmen hören und ein paar Sätze aufschnappen, wenn gerade kein Auto vorüberfuhr. Gesprächsfetzen, die die Nacht weniger gesichtslos und die Einsamkeit weniger zehrend machten.

»Wie schaffst du das mit fünf Kindern?«

»Wie würde ich es ohne sie schaffen …«, lächelte Marina.

»So viel Sorge, Angst und Schmerz …«

»Ich weiß es nicht, Eleonora. Es kommt ein Moment, in dem man merkt, dass man zu etwas Höherem beigetragen hat. Nicht man selbst hat das Leben gegeben, auch wenn man es ausgetragen hat. Nach und nach habe ich begriffen, dass Austragen bedeutet, es anvertraut zu bekommen. Das gibt mir eine große Gelassenheit. Und du kannst dir nicht vorstellen, wie viel Kraft einem die Liebe von fünf Kindern gibt …«

»Und wenn dein Mann dich verlassen würde?«

»Es gab einen Punkt, an dem ich ihn verlassen wollte.«

»Du?«

»Ja. Ich war es leid, ich fühlte mich einsam.«

»Und dann?«

»Ich fühlte mich einsam, doch letztendlich war ich es nicht. Ich habe mit ihm geredet, und er hat zwei Flugtickets gekauft, und ein paar Tage drauf sind wir nach New York geflogen. Eine Woche waren wir dort. Ich war noch nie dort gewesen, und er hat mir die Orte gezeigt, die er als Junge im Sommer nach seinem Abi gesehen hatte.«

»Und die Kinder?«

»Bei Freunden und Verwandten untergebracht …«

»Das klingt wie im Film.«

»Es gibt manche Dinge, die im Film passieren, weil jemand sie wirklich tut.«

»Und wie war es, wieder zu zweit zu sein?«

»Am Anfang seltsam, doch dann war es, als würde man etwas Altvertrautes und dennoch Neues wiederentdecken. Er hat mich wie ein junges Mädchen und wie eine Königin behandelt. Aber ich war misstrauisch, ich dachte, wenn wir wieder zu Hause sind, ist alles wie vorher. Eines Tages hat er mich dann nach Coney Island gebracht, mir auf dem Riesenrad den Ring abgenommen und mich gefragt: ›Willst du, Marina, Mutter unserer fünf wunderbaren Kinder (was mehr dein Verdienst als meiner ist), diesen kleinen Mann an deiner Seite haben, in Freud und Leid, in guten wie in schlechten Tagen, bis dass der Tod uns scheidet?‹. Und ich habe an all das gedacht, was wir gemeinsam erlebt hatten: an die Zeit, als er mir den Hof gemacht hat und mir nachgelaufen ist, um dem richtigen Moment abzupassen, zwei ruhige Sätze mit mir zu wechseln; an die dreckigen Windeln, die schlaflosen Nächte, den Spaß und die Tränen, die Errungenschaften wie die erste Wohnung, die Niederlagen wie die Zeiten, in denen er viele Nachtschichten übernehmen musste, um ein paar Lire zusätzlich zusammenzukratzen; an die herumliegenden Zahnbürsten und die Hitze unter der Bettdecke, an die Frische des Hochzeitsfotos und die ersten Falten … All das ist mir durch den Kopf gegangen, und ich habe begriffen, dass ich nichts an diesem Leben würde ändern wollen, nicht das kleinste bisschen, nicht einmal die dunklen Momente würden mich davon abbringen. Wer wäre ich denn sonst? Ich würde verschwinden, erfasst von einer Art existenziellen Anorexie. Also habe ich ihm gesagt: ›Ja … bis dass der Tod uns scheidet; und auch darüber hinaus.‹ Er hat angefangen zu lachen und dann zu weinen. Ich zu weinen und dann zu lachen. Dann hat er gesagt: ›Ohne dich hätte ich kaum etwas von mir begriffen … Danke.‹«

»Und du?«

»Ich habe gesagt, dass es stimmt. Männer sind wirklich eine Katastrophe … Wenn es uns nicht gäbe, würden sie sich nicht einmal waschen …«

Eleonora lächelte. Dann wurde sie wieder ernst.

»Wie viel Zeit wir damit verbringen, alles in uns hineinzufressen, anstatt die Welt mit all ihren Fälligkeiten herauszulassen, ernsthaft miteinander zu reden und gemeinsam die Wahrheit zu suchen. Es gibt da eine Stelle aus einem Buch, die ich auswendig kenne: ›Wir sollten zwei sein, die sich Wahrheitsinjektionen verabreichen…‹ Stattdessen verwandeln wir uns in scharfe und erbarmungslose Messer. Wie viel Zeit mit Streit verloren geht, um recht zu haben, um das letzte Wort zu haben. Wir streiten, statt zu…«

»Statt zu…?«

»Statt zu reden. Wie du es mit deinem Mann gemacht hast. Reden. Einander sagen, wie es ist, einander verzeihen, sich neu füreinander entscheiden und erkennen, wenn das eigene Leben einen Sinn hat, dann nur, weil man einen Mann über so viele Jahre geliebt hat. Ich hingegen habe seit einer Ewigkeit nicht mehr mit meinem Mann geredet. Wir hatten beide recht. Wenn jeder recht hat, gibt es nichts zu reden: Man streitet, man zankt, aber man redet nicht.«

»Ich frage mich oft, weshalb wir es uns so schwer machen.«

»Ich weiß es nicht… Manchmal kommt es mir vor, als hätte ich begriffen, was ich brauche, ich sehe die Wahrheit ganz klar vor mir, doch dann… der Alltagstrott, die Rollenverteilung, die unverheilten Wunden… Es ist, als würde ich sie vergessen.«

Schweigend standen sie da und wünschten, ein Regen von Antworten und Gewissheiten würde von diesem sich dunkel wölbenden Himmel niedergehen, der dem Dach eines allzu großen Hauses glich, in dem sich keine Ordnung halten ließ.

Triefend stiegen sie aus dem inzwischen tintenschwarzen Meer. Sie hatten kaum die Fußsohlen auf die spitzen Kiesel des Strandes gesetzt, als zwei Schemen sich aus dem Dunkel lösten. Es waren zwei Jungen mit zurückgegelten Haaren. Ihre Augen leuchteten weiß in der Dunkelheit; angespültes Strandgut.

»Schau mal, die zwei Turteltauben!«, sagte der eine mit schleppender Suffstimme.

»Solltet ihr nicht schon längst im Bett sein?«, fragte der andere mit gelb blitzenden Zähnen und einem durch Drogen oder eine Prügelei verquollenen Auge.

Margherita erstarrte. Giulio stellte sich wortlos vor sie und versuchte die Situation kaltblütig einzuschätzen. Die Hände der beiden versprachen nichts Gutes. In ihren Augen lag blinder Hunger.

»Habt ihr Kohle?«

»Mal sehen …«, sagte der andere und wühlte in Margheritas Anziehsachen und ihrem Rucksack.

»Kleine Mädchen sollten sich nicht in dieser Gegend herumtreiben, hier ist kein Kinderspielplatz«, sagte der erste, kam auf Giulio und Margherita zu und streckte die Hand nach Margheritas Gesicht aus, die mit wild klopfendem Herzen zurückwich.

Der mit dem zugequollenen Auge fingerte die Autoschlüssel aus Giulios Hosentasche.

»Und was ist das hier?«, fragte er und hielt die Schlüssel in die Höhe.

Der andere machte noch einen Schritt nach vorn. Seine Stirn stieß fast gegen Giulios. Giulio konnte seinen schlechten Atem riechen.

»Na, was ist das hier, Arschloch?«

Giulio schwieg und beobachtete die fahrigen Bewegungen der beiden.

»Haut ab! Wir haben nichts!«, kiekste Margherita.

»Du hältst die Klappe, zu dir komme ich später.«

In dem Moment verpasste Giulio ihm eine krachende Kopfnuss auf die Nase. Das dumpfe Knirschen von Knorpel und Knochen war zu hören. Verdattert fasste der Junge sich ins Gesicht und taumelte rückwärts.

»Hau ab!«, schrie Giulio Margherita zu, die jedoch vor Angst versteinert stehen blieb.

Der andere Junge stürzte sich auf Giulio und verpasste ihm einen missgeglückten Kinnhaken, der jedoch heftig genug war, ihn rückwärtsstolpern zu lassen und Margherita mit umzureißen. Giulio spürte die Platzwunde auf der Wange nicht, das Adrenalin hatte die Oberhand gewonnen. Wie von einer Feder getrieben sprang er auf, versuchte zurückzuschlagen und wich einem Tritt gegen die Leiste aus.

»Lauf weg!«, schrie er Margherita abermals zu.

Schreiend rannte sie auf die Lichter der Straße zu.

»Hilfe! Hilfe!« Doch niemand konnte sie hören.

Der Junge mit der gebrochenen Nase holte sie ein und verpasste ihr eine so heftige Ohrfeige, dass sie zusammenbrach.

Wieder versuchte sie zu schreien, brachte jedoch nur einen gurgelnden Laut heraus.

Margherita spürte den Würgegriff der blanken Panik, als wittere ein tollwütiger Hund ihre Seele. Der Junge packte sie bei den Haaren und schleifte sie über den Boden. Sie versuchte sich zu wehren, doch der Schmerz am Kopf machte sie folgsam wie eine Stoffpuppe. Sie spürte, wie der Urin ihr unkontrolliert die Schenkel hinabrann, und begann zu schluchzen. Das Gesicht des Jungen war blutüberströmt, er wischte mit der freien Hand darüber, drückte Margherita zu Boden und fing an, mit der anderen Hand zwischen ihren Beinen herumzufingern. Wo war Giulio?

Margherita strampelte, stieß unbewusste, heisere Schreie aus und versuchte, ihren Angreifer im Gesicht zu treffen, dort, wo Giulio ihn verletzt hatte. Sie konnte zwischen der Nacht und der Bestie nicht mehr unterscheiden. Der Himmel war reglos und endlos weit weg.

»Papa!«, schrie sie aus voller Kehle und zerriss die teilnahmslose Stille.

»Hatte Nonno einen Schnurrbart?«

Andrea hatte sich unter die Decke gekuschelt, und die Großmutter streichelte ihm über die Schläfe.

»Ja.«

»Und einen Kinnbart?«

»Nein.«

»Und hatte er Haare?«

»Zuerst ja und dann nicht mehr.«

»Und wieso?«

»Weil die Haare ausfallen, wenn man älter wird.«

»Aber du hast doch welche!«, sagte Andrea und berührte Teresas silbrige Strähnen.

»Nur den Männern fallen sie aus.«

»Und wieso?«

»Weil sie wieder zu Kindern werden.«

»Und wieso werden sie wieder zu Kindern?«

»Weil auch die Kinder bei der Geburt keine oder nur ganz, ganz wenige Haare haben.«

»Ich auch?», fragte Andrea und fasste sich an den Kopf, als wären seine Haare plötzlich verschwunden.

»Auch du hattest nur ganz, ganz wenige.«

»Und wieso werden die Männer wieder zu kleinen Kindern?«

»Weil nur der, der wieder ein Kind wird, in den Himmel kommt.«

»Und was macht man im Himmel?«

»Man singt, man tanzt, man malt, man spielt.«

»Dann bin ich ja schon im Himmel.«

»Mein Herz!«

»Und du, wirst du nicht wieder Kind?«

»Ich auch.«

»Und kommst du mit Haaren in den Himmel?«

»Ja.«

»Und wieso?«

»Weil es bei Frauen anders ist. Denen fallen sie nicht aus … sie werden erst grau, dann weiß …«

»Und wieso?«

»Weil Frauen immer schön sein müssen, schön wie ein Engel.«

»Und wieso sind deine ein bisschen grau, ein bisschen weiß und ein bisschen bläulich?«

»Dir gehen die Wiesos wohl nie aus, was?«, antwortete sie und streichelte ihm die Wange. »Weil das die Farbe der schönsten Muscheln ist.«

»Du siehst schön aus mit deinen Haaren, Nonna.«

»Mein Herz!«

»Und wieso ist Mita heute nicht zurückgekommen?«

»Ich weiß es nicht. Ich glaube, sie ist zu Papa gefahren.«

»Zu Papa?«

»Ich glaube, ja.«

»Dann kommen sie ja zusammen wieder nach Hause!«

»Ja.«

»Aber wieso ist Papa weggegangen?«

»Ich weiß es nicht, Andrea.«

»Du weißt doch immer alles, Nonna, wieso weißt du das nicht?«

»Ich weiß es eben nicht. Aber eines kann ich dir sagen: Es wird alles gut. *Bonu e benerittu.* Es ist schon spät, du musst jetzt schlafen.«

»Du hast mir nichts von Nonno Pietro erzählt. Hat der auch so ein bisschen komisch gesprochen wie du?«

Teresa lächelte.

»*'Nzzz…*«, sagte sie, hob die Augenbrauen und blickte zur Decke, was so viel wie nein bedeutete. »Aber um diese Zeit hat Nonno Pietro immer gebetet.«

»Und du?«

»Ich auch. Sollen wir zusammen das Gebet an Jesus aufsagen?«

»Ja.«

»Komm, sag du es.«

»Jesus, Nonna sagt, dass es dich gibt, und ich glaube das, weil ich hin und wieder mit dir rede, wenn ich mit sonst keinem rede. Lass Margherita und Papa wieder nach Hause kommen. Sprich mit ihnen und sag ihnen, dass ich auf sie warte. Dann kommen sie zurück, und wir bleiben immer zusammen und gehen wieder zusammen ins Kino und essen Poc-corn und lachen und spielen Fußball und klettern auf Bäume und ins Baumhaus, und dann bauen wir Sandburgen und machen sie wieder kaputt und trinken Cola und machen Blasen und rülpsen und packen Geschenke aus und werfen Papierflieger vom Balkon und all die anderen Sachen, die wir gern machen, Seifenblasen zum Beispiel. Und wenn du noch dran denkst, bring mir doch die Packung mit allen Farben mit ...«

»So sei es.«

»Was heißt das?«

»Dass all das, was du gesagt hast, schön ist und wahr werden soll.«

»So sei es«, wiederholte Andrea.

»Und jetzt schlaf, mein Herz«, sagte die Großmutter und strich ihm mit der Hand sanft über die Lider, während er sich der Dunkelheit und dem Frieden der Nacht hingab.

Mit geschlossenen Augen fing die Großmutter an zu singen, während ihre runzeligen, kleinen Hände Andreas Gesicht streichelten und Bilder von sonnenverbrannten Feldern, ausgedörrten Steinen, gegen die Hitze des Sciroccos gewässerten Fußböden, spärlichem Schatten unter dem Jasmin am Gehöft der Großeltern, Unmengen frisch gebackenen Brots, stahlblauem Himmel, gelben Blumen, Grillen und Zikaden und unendlicher Armut unter den Sternen und am Rand eines wärmenden Feuers heraufbeschworen.

Binidiss lu jornu e lu mumentu
to' matri quannu al lato ti truvò
doppu novi misi, cu gran stentu
ngua gnua facisti, e in frunti ti vasò.

Dormi nicuzzu cu l'ancili to'.
Dormi e riposa, ti cantu la vò.
Vo-o-o dormi beddu e fai la vò.
Vo-o-o dormi beddu e fai la vò.

Si di lu cielu calassi na fata
nun lu putiss fari stu splennuri
ca stai facennu tu, biddizza amata
'nta sta nacuzza di rosi e di ciuri.

Dormi nicuzuzu cu l'ancili to'.
Dormi e riposa, ti cantu la vò.
Vo-o-o dormi beddu e fai la vò.
Vo-o-o dormi beddu a fai la vò.

Deine Mutter lobte den Tag und den Augenblick,
an dem sie dich an ihrer Seite fand,
nach neun mühseligen Monaten,
ngua ngua hast du gemacht,
und sie küsste dich auf die Stirn.

Schlaf, mein Kleiner, mit deinen Engeln,
schlaf und ruh dich aus, ich sing dir heiapopeia,
heiapopeia,

schlaf, mein Hübscher, mach heiapopeia.
Wenn eine Fee vom Himmel käme,
könnte sie nicht so etwas Schönes erschaffen
wie dich, geliebtes Kind,
in deiner Wiege aus Rosen und Blumen.

Schlaf, mein Kleiner, mit deinen Engeln,
schlaf und ruh dich aus, ich sing dir heiapopeia,
heiapopeia,
schlaf, mein Hübscher, mach heiapopeia.

Fortgetragen von der Melodie sank Andrea friedlich in den Schlaf. Wo waren die Wiegenlieder geblieben? Wer erinnerte sich noch an sie? Auch die Stadt vor dem Fenster beruhigte sich und schien sich nach dem Land zu sehnen, das unter den Häusern, dem Asphalt und den Lichtern begraben lag. Das Kind glitt in den Schlaf, und die Großmutter weinte über den Schmerz dieses Kindes, der Tochter, der Enkelin, und hätte sie gekonnt, hätte sie ihr Leben gegeben, damit alles gut würde. Sie weinte auch über ihren eigenen unaussprechlichen Schmerz. Pietros Gesicht mit dem gütigen, festen Blick sah sie lächelnd an und erinnerte sie: »Alles wird gut, alles wird gut.«

Mitleid und Geduld machen den Menschen. Geduld und Mitleid, nichts sonst.

Als sie erwachte, lag sie zusammengekauert am Strand und fror. Sie blickte in den Himmel und spürte, wie ihre Wange brannte und ihr Schädel barst. Giulio hielt ihre Hand. Seine Wange war geschwollen und blutete.

Bei ihnen standen Menschen, die sie nicht kannte.

»Wie geht es dir?«, fragte Giulio.

Margherita versuchte sich aufzurichten und stellte erleichtert fest, dass es ihr, abgesehen von Kopf und Gesicht, gut ging.

»Was ist passiert?«

»Sie haben deine Schreie gehört«, sagte Giulio und deutete auf die Leute, die sich um sie geschart hatten.

Margherita versuchte ein paar davon genauer ins Visier zu nehmen. Es waren die Leute vom Imbisswagen. Einer mit mayonnaiseverschmierter weißer Schürze hielt ihr einen Schluck Wasser hin.

»Wie geht's?«, fragte er mit einer Sanftheit, die mit seinem riesenhaften Körper nicht zusammenzupassen schien.

»Gut«, sagte Margherita und brach in Tränen aus.

»Was macht ihr hier um diese Uhrzeit?«, fragte eine Frau, die vielleicht die Besitzerin des Imbisswagens war.

»Baden«, antwortete Giulio und versuchte Margherita in die Arme zu nehmen.

»Die beiden waren schon besoffen, ehe sie das Bier gekauft haben und an den Strand gegangen sind«, sagte ein Mann mit riesigem Schnauzbart.

»Sie haben sie mit Tritten davongejagt, Margherita. Du brauchst keine Angst mehr zu haben«, sagte Giulio.

»Na los, kommt. Zieht euch an, wir machen euch etwas zu essen«, sagte die Frau und streichelte Margherita übers noch feuchte Haar, während Margherita versuchte, sich das Blut ihres Angreifers von der Haut zu wischen.

Mit ihren nassen Badesachen schlüpften sie in die Kleider. Im Campingbus verdonnerte die Frau sie dazu, sich noch einmal richtig anzuziehen, und kochte ihnen ein üppiges Abendessen.

Unter dem Neonlicht der Veranda sahen sie aus wie zwei Veteranen eines absurden Krieges. Das Meer atmete leise unter ihnen, und die Erde verströmte ihren typischen Geruch nach Harz und Algen.

Margheritas Gesicht war geschwollen, und die Frau hielt ihr eine eiskalte Coladose gegen die Wange. Der Mann mit dem Schnauzer lobte Giulio für seinen Mut und verarztete seine verletzte Wange: »Aus seiner Nase hast du Mus gemacht!«

»Erlauben eure Eltern denn, dass ihr euch um diese Uhrzeit allein herumtreibt?«, fragte die Frau neugierig.

Margherita schwieg, weil sie fürchtete, diese netten Menschen könnten Verdacht schöpfen. Doch am liebsten hätte sie alles gebeichtet. Die Hände dieser Frau erinnerten sie an die Zärtlichkeit ihrer Großmutter, und viel lieber wäre sie zu Hause gewesen und hätte einen gemütlichen Abend verbracht, Musik gehört oder einen Film gesehen, statt auf einem einsamen Strand fast vergewaltigt zu werden. Es geschah ihr recht.

»Wo sind eure Eltern?«, fragte die Frau.

»Irgendwo wird es schon jemanden geben, der mich auf die Welt gebracht hat«, antwortete Giulio barsch.

Die Frau verstand nicht, was er damit sagen wollte, und tat es als jugendliches Gerede ab.

Die Autos schossen auf der Landstraße vorbei.

»Und du?«, fragte sie Margherita.

»Mein Vater ist in Sestri. Wir sind auf dem Weg zu ihm. Wir sollten jetzt besser aufbrechen, sonst macht er sich noch Sorgen«, entgegnete Margherita und versuchte Giulios Selbstsicherheit zu simulieren.

»Können wir noch etwas für euch tun?«, fragte der Mann.

»Sie haben schon mehr als genug getan«, lächelte Margherita, die sich unter dem trüben Neonlicht mit dem Duft guten Essens in der Nase, dem ruhigen Meeresrauschen unter sich und inmitten der lächelnden Gesichter von Menschen, die jeden Tag nehmen, wie er kommt, plötzlich ganz zu Hause fühlte.

Den ganzen Weg bis Sestri sagten sie kein Wort. Das Süße und Bittere der letzten Stunden verwob sich zu einem unentwirrbaren Ganzen, und es war schwer, sich über das eine zu freuen, ohne sich im anderen zu verstricken. Die Aurelia schlängelte sich am Meer entlang wie ein Zeigefinger, der die Züge einer geliebten Frau nachzeichnet.

Giulio legte seine Hand auf Margheritas, die gedankenverloren neben ihm saß, und drückte sie. Ihre Schuldgefühle hörten auf sie zu quälen, und sie spürte, wie die Zuversicht wieder die Oberhand gewann: Sie waren auf dem Weg zu ihrem Vater, und Giulio war bei ihr, stark und sicher. Alles war gut. Sie merkte nicht, dass seine Hand in diesem Augenblick mehr um Hilfe bat, als sie zu geben.

In einer knappen Stunde erreichten sie Sestri. Giulio hatte keine Lust zu rasen: Seine Wange schmerzte, die Straße am Meer entlang forderte nicht zur Eile auf und zwang ihn dazu, über seine Schlappen nachzudenken. Er hatte sich wie ein Trottel beklauen lassen, war wie ein Anfänger vermöbelt worden und hatte beinahe zugelassen, dass Margherita vergewaltigt wurde: Er hatte darauf bestanden, schwimmen zu gehen. Es war nicht damit getan, auf die Regeln zu pfeifen; wenn man zu zweit war, ging das nicht mehr.

Die Küste war von den Lichtern der Restaurants erleuchtet, die sich mit dem Ende der Saison nicht abfinden wollten, und die Gäste taten es ihnen gleich, saßen in der kühlen Abendluft und hielten ihr übliches Schwätzchen.

Margherita ließ Giulio das Auto parken und führte ihn zu Fuß eine enge, von hellbunt gestrichenen Häusern gesäumte Gasse entlang, deren Farben sich in der Dunkelheit kaum unterscheiden ließen. Am Ende der Straße blitzte das Meer auf. Nach und nach verwandelte sich das Stück Meer in einen sichelförmigen Küstenabschnitt aus Sand und feinen Kieseln. Bunte Holzboote schaukelten im Wasser, als würden sie sich nickend unterhalten. Die Häuser entlang der Bucht glichen gebannten Zuschauern eines niemals endenden Spektakels. Menschen saßen leise murmelnd am Strand. Die Stille der Sterne hatte sich auf die kleine Bucht gesenkt und gebot allem zu flüstern.

Es gibt Orte, an denen man nicht schreien muss, um sich Gehör zu verschaffen: Man muss nur lernen zuzuhören, und wenn man spricht, dann nur, um besser zu verstehen. Es gibt Orte, an denen die Menschen die Wahrheit sagen, ihre Liebe gestehen, ihre Leiden beichten oder schweigen.

»Die Bucht des Schweigens«, verkündete Margherita feierlich. Dies war ein solcher Ort.

Giulio wirkte ganz versunken. Die geballten Fäuste entspannten sich. Margherita nahm ihn bei der Hand und führte ihn in einen abgelegenen Winkel, den sie gut kannte und von dem aus man die gesamte Häuserreihe überblicken konnte, die der Bucht als Kulisse diente. Die Lichter der Laternen spiegelten das Licht der Sterne wider, und der Horizont war vom Geruch der Algen, des kühlen Sandes und des modrigen Holzes der leeren, an tangverschleimten Seilen vertäuten Boote erfüllt. Die beiden setzten sich ans Wasser.

Margherita zog sich die Schuhe aus und stellte sie Füße auf den vertrauten, feuchten Sand.

Schweigend und mit verschränkten Armen hockte Giulio da, unfähig, sich der Stille vollends hinzugeben. Am liebsten hätte er sie mit einem Schrei zerrissen und den ganzen, in ihm angestauten Hass herausgelassen. Um das Herz eines Mannes zu sehen, muss man ihn nach seinen Träumen und seinem Schmerz fragen, doch Giulios Schmerz hatte die Träume, die jetzt abermals aufflammten wie unter Asche schwelende Glut, stets unterdrückt. Ihm war, als müsste er sich übergeben, als müsste er etwas ausscheiden, das untrennbar mit dem Schmerz verbunden war: die Seele selbst.

Er umschlang seine Knie und brach wie ein Kind in heftiges Schluchzen aus.

Margherita drehte sich um und glaubte, er würde lachen. Doch er weinte. Giulio verbarg den Kopf zwischen den Knien, und Margherita fühlte sich allein. Der Junge, dem sie ihr Abenteuer anvertraut hatte, weinte. Derselbe Mann, der sie soeben gerettet hatte. Derselbe, der die Schule unter Wasser gesetzt hatte. Jetzt saß er zusammengesunken da und weinte. Sie, die geglaubt hatte, allein auf dem Seil zu balancieren, begriff, dass auch Giulio auf diesem Seil stand, ein Seiltänzer wie sie, wie alle.

Ein Seiltänzer vermag das Gesetz des Gleichgewichtes nicht zu erklären, er weiß nur, wie man die Kräfte, die ihn zu Fall bringen können, in den rettenden Aufschwung übersetzt. Nur so wird das Schicksal mit seiner Schwerkraft zur lebensnotwendigen Aufgabe.

Giulio weinte, und seine Tränen geronnen zu kleinen, sandigen Kügelchen, von denen keines dem anderen glich. Wie Perlen. Perlen sind aus demselben Stoff wie Tränen gemacht. Wasser und Salz, die um einen giftigen Splitter gerinnen. Schicht um Schicht, Ring um Ring, in vollkommener Symmetrie, die die unmögliche Symmetrie des Schmerzes verschwinden lässt. Auf den ersten Blick wirken alle Perlen gleich, doch hält man sie zwischen den Fingern, kann man ihre leichten Unregelmäßigkeiten spüren, die der Form des darin gefangenen Feindes geschuldet sind. Das macht sie einzigartig. Wasser und Salz, die die Gefahr umfangen.

Margherita rückte zu ihm heran und umarmte ihn. Nur der leichte Nachtwind durchdrang das Gewirr aus Armen und Angst, und der Seewind, der alles umspielt, auch das, was am einsamsten und vom Schiffbruch der Zeit am gezeichnetsten ist.

Trotz der soeben überstandenen Angst, des Schmerzes und der Gefahren der Nacht war dieser Winkel wie ein schützender Bau, und der Schlaf fand sie so, wie eine vom Sturm an den Strand gespülte Muschel, die am Morgen von einem kleinen Mädchen, das mit seinem Vater am Strand spazieren geht, gefunden wird, ohne dass jemand ahnt, wie viel Schmerz diese Reise gekostet hat, wie viel Qual die Schönheit birgt.

Denn alles Schöne ist oft nur das, was von einem Schiffbruch übrig bleibt.

Als sie die Augen aufschlug, war das Wasser noch grau, und die Sterne flimmerten. Der Atem des Meeres war kalt und die Stille erwartungsvoll. Nicht ihre Mutter hatte sie geweckt, auch nicht das grässliche Klingeln des Handyweckers, sondern die Kälte und das Geräusch der Brandung, die in den kleinen Kieseln am Ufer rührte. Selbst das kleinste Ding hatte ein Geräusch, ein Wispern, das im Lärm des normalen Lebens unterging, und wer weiß, was es erzählte – Giulio schlief, den einen Arm unter der Wange, wie ein glücklich träumendes Kind. Nicht weit von ihnen hockte ein grauer Schemen. Margherita musste an das denken, was ihnen vor wenigen Stunden zugestoßen war, und ihre kältestarren Glieder wurden noch steifer. Sie starrte zu der Figur am Ufer hinüber: Zusammengesunken hockte sie da wie ein Denker.

Es war ein alter Mann, der mit einer Pfeife zwischen den Lippen an einem kleinen Feuer kauerte, dessen Knistern sich mit dem Rauschen der vom letzten Mondlicht beschienenen Brandung mischte. Er bemerkte Margheritas Blick nicht: Ein feines, lockendes Geräusch schien ihn in seinen Bann zu schlagen wie Sirenengesang, und er wärmte sich an diesem Feuer, als wäre er zu Hause zwischen schützenden vier Wänden. Er blickte zum Horizont.

Fröstelnd stand Margherita auf und näherte sich zaghaft dem Feuer. Er rührte sich nicht, ignorierte sie. Nur gedämpftes Plätschern war zu hören, und in Kürze würde das Meer aufflammen wie das Feuer des Alten mit der endlosen, gleichmäßigen, ewigen Kraft der Sonne. Margherita hockte sich ans Feuer und streckte die kalten Hände aus. Der Alte mit der Pfeife ignorierte sie noch immer. Margherita spürte, dass sie in einen heiligen Raum eingedrungen war, dessen Hüter dieser stumme Mann zu sein schien.

»Es gibt nichts Bittereres als das Morgengrauen«, sagte der Alte, ohne sich zu rühren.

»Ich fand das Morgengrauen immer schön.«

»Nur wenn etwas passiert.«

»Es passiert doch immer was …«

»In meinem Alter nicht. In meinem Alter ist alles sinnlos. Es bleibt nur das.« Er nickte in Richtung Horizont.

»Was?«

»Die Ordnung des Tages und der Nacht.«

Ein grünlicher Stern flimmerte am Himmel, der letzte Spion der Nacht.

»Ich verstehe nicht …«

»Wenn man alt ist, bleibt einem nur noch das. Alles wird unendlich langsam und einförmig, wenn man nichts mehr erwartet. Man hockt da und wartet auf jeden Morgen, und es passiert nichts. Nur das Morgengrauen.«

»Das ist doch was.«

»Hat es einen Sinn, dass die Sonne aus dem Meer emporsteigt und ein langer Tag beginnt?«

Margherita schwieg, zum einen, weil sie keine Antwort wusste, und zum anderen, weil die Frage dem Meer, dem Himmel und diesem Stern galt.

»Morgen graut ein weiterer Tag, und es wird sein wie

heute und wie gestern …« Er machte eine Pause, sog den Duft des immer heller werdenden Meeres ein und fügte hinzu: »Und nichts passiert.«

»Was ist das Mutigste, was Sie je gemacht haben?«

»Wieso fragst du mich das?«

»Weil ich es gerade tue.«

»Erzähl.«

»Ich suche meinen Vater.«

»Wieso suchst du ihn?«

»Weil er mich vielleicht gerade braucht … Und außerdem kann ich ohne das Frühstück, das er jeden Sonntagmorgen macht, nicht leben.«

Der Alte lächelte.

»Siehst du ihm ähnlich?«

»Das behaupten zumindest alle, mehr als meiner Mutter, aber ich weiß es nicht. Und Sie? Sie haben mir nicht geantwortet …«

»Das Mutigste?«, fragte der Alte, um Zeit und Mut zu gewinnen. »Heute morgen aufzustehen.«

»Wieso bist du so traurig?«, fragte Margherita und duzte ihn, wie Kinder es tun, nicht weil sie schlecht erzogen sind, sondern weil sie direkt zum Herzen ihres Gegenübers sprechen.

»Ich habe meinen Sohn verloren.«

»Wie ist das passiert?«

Der Mann antwortete nicht.

Befangen drehte sich Margherita nach Giulio um. Sein Körper ruhte schutzlos im Schoß der Mutter Erde und wartete darauf, ans Licht zu kommen.

Sie rückte näher ans Feuer, um zu verhindern, dass die

Kälte dieses Schweigens ihr ins Herz drang, und blickte zu dem Stern empor, der kaum noch zu sehen war und mit dem Feuer des Alten verglühte. Der Alte zündete sich den im Morgendunst erloschenen Tabak wieder an und wartete auf nichts.

Wenn der Räuber zum Herzen vordringt und es verschlingt, gibt es kein Entrinnen. Manche Räuber siegen. Manche Räuber kann nur der große Räuber, der Tod, besiegen. Von diesen Muscheln findet man die offenen, verlassenen Schalen am Strand. Sie sind nur noch Erinnerung, ohne Zukunft. Und die Brandung schlägt sie auf den Strand und zermahlt sie zu blendend weißem Sand.

»Das hier habe ich im Zimmer meiner Tochter Margherita gefunden«, sagte Eleonora und zeigte auf die unterstrichenen Verse der *Odyssee.*

Der Lehrer begriff nicht, ob dies ein Traum oder der Showdown eines Thrillers war. Was taten sie hier auf der Schwelle seiner Einzimmerwohnung, er, im Schlafanzug und noch völlig verpennt, und die Mutter einer seiner Schülerinnen, die vollkommen außer sich zu sein schien?

Er hatte sich noch nicht damit abgefunden, dass es nichts Geschriebenes gibt, das nicht bereits passiert ist, nichts, was das Leben nicht bereits erfunden hat.

»Verzeihung, ich verstehe nicht. Was habe ich damit zu tun? Woher haben Sie meine Adresse?«

»Meine Tochter ist davongelaufen. Gestern war sie nicht in der Schule. Jemand hat ihr Flausen in den Kopf gesetzt, wie dieses Buch zeigt. Wir suchen sie überall. Ich musste mich an den Rektor wenden. Sie müssen mir helfen!«

»Aber was hab ich damit zu tun? Ich versuche nur so gut wie möglich meinen Job zu machen!«

»Ich auch. Aber hier geht es um das Leben meiner Tochter!«

Wieder einmal war der Lehrer gezwungen, in die Realität zurückzukehren. Er fand sich mit dem Überfall ab und nahm gegenüber den von Müdigkeit und Verzweiflung gezeichneten Augen dieser Mutter eine andere Haltung ein.

»Kommen Sie herein, Signora, entschuldigen Sie die Unordnung… Und jetzt erzählen Sie mir mal in Ruhe, was passiert ist. Möchten Sie einen Kaffee?«

»Nein.«

Das Zimmer des Lehrers war ein Chaos aus unterschiedlich hohen Bücherstapeln, zwischen denen es keinen Platz zum Sitzen gab. Die beiden blieben voreinander stehen.

»Sie ist verschwunden. Und sie hat das Auto genommen. Haben Sie irgendeine Idee? Haben Sie etwas bemerkt?« Eleonora wedelte mit dem Buch, als wäre es an allem schuld.

Der Lehrer schwieg und senkte den Blick, sein Haar war von der Nacht noch ganz wirr. Nie hätte er es für möglich gehalten, eine schulische Unterredung in diesem Aufzug führen zu müssen, und nie hätte er zu träumen gewagt, dass die *Odyssee* etwas Derartiges auslösen könnte.

»Was haben Sie ihr gesagt?«, legte Eleonora nach, die seine kleinlaute Geste richtig gedeutet hatte.

»Nichts… Sie hat mich gebeten, sie auf der Suche nach ihrem Vater zu begleiten… Sie hat den Part des Telemachos gelesen, der sich auf die Suche nach Odysseus macht, und da hat sie Feuer gefangen und mit mir darüber geredet.«

»Und Sie?«

»Ich hab's heruntergespielt. Ich hab ihr gesagt, dass das Leben nichts mit Büchern zu tun hat … Wollen Sie wirklich nichts?«

»Ich will meine Tochter. Sie haben keine Kinder, oder?«, fragte Eleonora und ließ den Blick durch die Wohnung wandern. Er schüttelte den Kopf.

Eleonoras Handy klingelte. Der Lehrer sah, wie die Härte aus ihrem Gesicht schwand, Augen und Mund sich weiteten und wieder schlossen. Als sie die Augen wieder öffnete, standen sie voller Tränen. Die Hand, die das Buch hielt, fiel schlaff herab.

Der Lehrer schwieg.

Eleonora drehte sich um und ging langsam davon.

Barfuß lief der Lehrer ihr auf dem Treppenabsatz nach und versuchte sie aufzuhalten.

»Was ist passiert?«

»Sie hatte einen Autounfall.«

Der Lehrer reagierte nicht, es war alles zu wahr, um wahr zu sein.

Ohne ihn anzusehen, murmelte Eleonora:

»Ich hatte Sie gebeten, mir zu helfen …«

Reglos stand er da in T-Shirt und Boxershorts. So fand ihn Signora Elvira vor, die, angelockt von dem seltsamen Treiben, mit einem Helm bunter Lockenwickler und im smaragdgrünen Bademantel die Treppe heraufkam.

Dunkel. Ihre Augen waren zugeschweißt, und sie bewegte sich in einem Labyrinth. Sie nahm Bewegungen um sich herum wahr: Rascheln, Stimmen und feuchte Tentakel.

Jemand hatte ihr die Haut abgezogen. Sie war vom Schmerz gehäutet, das Fleisch in Berührung mit den Dingen, die plötzlich spitz und schwer geworden waren, selbst die leichtesten und kleinsten. Kurz vor dem Einschlafen wachsen in den dunklen Winkeln der Nacht Zähne und Klingen, Dornen, die einen verletzen wollen. Ihr ganzer Körper war eine offene Wunde.

Die Feuerprobe nennen die Perlenfischer das: um festzustellen, ob eine Perle echt ist, ob sie dem lebendigen Fleisch eines Mollusken in Todesgefahr oder einer chemischen Formel entsprungen ist. Nur die aus einer Verletzung entstandene Perle bildet Schicht für Schicht ein in Form, Farbe und Leuchtkraft einzigartiges Gebilde. Die Kugeln, die die Chemie entstehen lässt, sind vollkommen, aber falsch; die Schönheit im Leben ist Unvollkommenheit. Bei der Berührung mit dem Feuer nimmt die echte Perle Licht und Hitze in ihre Schichten auf und bleibt intakt, die falsche Perle jedoch verrät ihre gipsartige Konsistenz und zerbirst.

Sie war hin- und hergerissen zwischen der Verzweiflung und der Süße eines möglichen endgültigen Abschieds von den Dingen, sie spürte ihn unter der Haut, noch tiefer in jener geschlossenen Kammer, die sie jetzt vollends in sich wahrnahm und die man sie *Herz* zu nennen gelehrt hatte. Es pulsierte in jeder Hautfaser. Im Traum sah sie ein Auto durchs Feuer fliegen. Sie brannte, brannte überall, blind. Die Kehle brannte, als würde sie Glassplitter schlucken. Die Lippen spannten, sie versuchte, mit der Zunge darüberzufahren. Traum und Wirklichkeit vermischten sich, und sie war wach in einem unüberwindlichen Traum.

Sie konnte ihren eigenen Körper nicht steuern, obgleich

sie ihn in manchen Momenten deutlich wie nie zuvor spürte: Das Blut stieg durch eine Ader, das Wasser durchdrang ein Gewebe, die Körperflüssigkeiten sammelten sich in den Hohlräumen. Sie war in zahllose Bewegungen und Ströme zerfallen, als löste sie sich auf, und das Leben pulsierte in einzelnen, abgetrennten Zonen. Sie wollte weinen, doch die Tränen konnten nicht raus. Also flossen sie in sie hinein und bildeten langsam eine Schicht um den Räuber.

Der Körper war schwer geworden wie die Erde selbst. Eine Schlange schlüpfte in ihren Mund, drang in sie ein und scheuerte ihr die Lippen, die Zunge, die Kehle wund. Sie folgte ihrem Abstieg und landete in einem dunklen, stummen Winkel ihrer selbst, einem Niemandsland, eingezwängt zwischen Angst und Hoffnung. Der Schrank schloss sich und sperrte alles andere aus. Doch im Schrank war ein Riss, der in ein Zimmer dahinter blicken ließ. Sie streckte die Hand durch den Riss.

»Margherita …«

Sie hörte diese vertraute Stimme. Sie kam aus dem Riss, der aussah wie ein Mund. Sie steckte den Arm hindurch und hielt das Ohr an das zerborstene Holz.

»Margherita!«

Es kam nicht aus dem Riss. Nein. Im Dunkel spürte sie, wie ein brennender Schmerz ihren Arm erfasste, derweil der restliche Körper zu Eis geworden war. Sie begriff, dass sie nackt war.

»Margherita!«

Diesmal war es ein Schrei.

Sie zog den Arm aus dem Spalt und drehte sich um, doch die Schranktüren waren fest verschlossen. Jemand hämmerte an die Mauer, die um sie gewachsen war. Nur ihr Vater würde diese Mauer einreißen können. Er hatte die nötige Kraft.

»Margherita, ich bin's, Mama.«

Sie versuchte, die Hand auszustrecken, doch ihr fehlte die Kraft. Der Riss hinter ihr weitete sich knirschend und zog sie in das Dunkel des Schrankes, in dem Monster lauerten. Andrea hatte recht gehabt: Von dort kamen die Monster herein und verschlangen alles. Und sie knurrten.

»Wir müssen sie mindestens vierundzwanzig Stunden im künstlichen Koma halten. Die Gehirnblutung hat sich ausgebreitet… Dann sehen wir weiter.«

Stumm, aber mit einer eindeutigen Frage in den tränennassen Augen starrte Eleonora die Ärztin an.

»Wir haben alles getan, was getan werden konnte. Wir müssen mit allem rechnen. Jetzt müssen wir bei ihr bleiben. Margherita spürt, was um sie herum passiert. Wir können ihr Geschichten erzählen, sie streicheln, lachen, reden, ihre Hand halten, ihr ihre Lieblingsmusik vorspielen… und hoffen, dass ihr Körper reagiert.«

»Wann kommt sie wieder?«

»Bald.«

»Aber wo ist sie denn? Wieso bringt sie mich nicht in den Kindergarten? Wo ist Mita? Kommt sie heute wieder? Backen wir einen Kuchen?«

»So viele Fragen, Andrea… Ich kann nicht auf alle antworten.«

»Ich will mit Mita spielen und einen Kuchen backen.«

»Jetzt rufen wir sie an und fragen, wann sie zurückkommt.«

Die Großmutter wählte die Nummer der Tochter, um Näheres über den Unfall zu erfahren. Vielleicht war es nur eine Bagatelle gewesen, und sie waren bereits auf dem Heimweg.

Ihr Gesicht wurde ausdruckslos. Ihre Lippen bebten, doch sie riss sich zusammen. Dann legte sie auf.

Es war ihre Schuld. Sie hatte sie dazu ermutigt, diese verrückte Reise zu unternehmen, wie eine Motte, die sich ins sengende Licht wirft. Sie blickte auf ihre zitternden Hände, die eine Schuld auf sich geladen hatten.

»Wann kommt sie wieder?«, fragte Andrea.

»Bald«, antwortete die Großmutter.

»Wann ist bald?«

»Ich weiß es nicht. Wollen wir einen Kuchen für Margherita backen, für dann, wenn sie zurückkommt?«

»Ja! Für dann, wenn sie zurückkommt!«

»Welchen wollen wir backen?«

»Ihren Lieblingskuchen! Den mit dem Lametta …«

»Dem Lametta?«

»Den ganz weißen …«

»Mit Ricotta! Nicht Lametta …«

»Mit Ritotta. Ja, mit Ritotta!«

»Dann machen wir den mit Ritotta … Aber vorher gehst du dir die Hände waschen!«

Andrea flitzte ins Bad und murmelte das Wort *Ritotta* wie eine Zauberformel vor sich hin, die Margherita aus dem Nichts auftauchen lassen würde.

Die Großmutter starrte in Ariels Goldfischglas und wünschte sich, sie wäre wie er und könnte allen Schmerz des Lebens vergessen. Doch Liebe und Schmerz lassen sich nicht vergessen. Vielleicht, weil sie eins mit dem Leben sind. Der Gedanke an Margherita in Gefahr ließ den uralten, auf den Grund ihrer Seele verbannten Schmerz wiederaufleben.

Der Junge öffnete die Augen. Er wusste seinen Namen nicht. Eine Halsmanschette fixierte seinen Kopf. Sein Gesicht brannte, die Arme lagen beidseits ausgestreckt, und einer war mit einem Schlauch verbunden, der in einen Tropf über ihm mündete. In regelmäßigen Abständen fiel ein Tropfen herab und explodierte. Im Bett nebenan lag ein alter Mann und schlief. Sonst war da niemand. Dann tauchten plötzlich Bilder vor ihm auf. Die Straße. Ein Carabinieri-Wagen und eine schwingende rote Kelle. Die Beschleunigung. Der Schrei eines Mädchens. Eine eiserne Hand, die von rechts das Auto packt und fortschleudert. Wie ein Tornado lässt die Hand das Auto um die eigene Achse wirbeln und in eine unnatürliche, licht- und schmerzlose Nacht stürzen.

Eine weiß gekleidete Frau trat ans Bett.

»Wie heißt du?«

»Wo ist Margherita?«

»Hey, ich stelle hier die Fragen.«

Die Frau fing an, ihm die Füße zu massieren.

»Kannst du sie spüren? Versuch sie zu bewegen …«

»Klar kann ich sie bewegen«, antwortete er und setzte sich mit einer katzenhaften Bewegung auf.

»Was machst du da? Du hast dir fast das Rückgrat gebrochen! Halt still!«

»Wo ist Margherita?«, rief er wirr.

Die Krankenschwester drückte ihn sanft aufs Bett zurück. Er versuchte sich zu wehren, doch ihm fehlte die Kraft.

Wieder fiel er in einen Schlaf voller Hände und Krallen, doch er konnte nicht schreien.

Der Schlauch, der in ihren Körper führte, war ein endlos langer Faden: Er kam aus ihrem Mund und reichte bis in den Himmel, bis über die Wolken und war an einem Baum mit weißen Blättern befestigt, der neben der amerikanischen Flagge auf dem Mond stand. Margherita balancierte über den Faden, ohne das Gleichgewicht zu verlieren, obgleich sie dafür dauernd mit den Armen rudern musste. Schritt für Schritt stieg sie empor. Zuerst kam sie an Fenstern vorbei, hinter denen Frauen und Männer zu sehen waren, die arbeiteten, stritten und sich liebten. Sie blieb stehen, um über die Dächer dieser Stadt zu blicken, die alle vereinte: Es gab die Kuppeln von Florenz und die Wolkenkratzer New Yorks, die Dächer Genuas und die Fialen von Paris. Schwalben und Eisvögel flogen um sie herum, weiter oben traf sie auf Möwen und Adler. Einige der Vögel ließen sich auf dem Seil nieder, und als sie sich behutsam näherte, um mit ihnen zu reden, schossen sie davon und ließen das Seil leicht erzittern, sodass sie von Neuem die Balance finden musste. Der Mond wurde immer größer, und die Dunkelheit war überall, der Faden schimmerte wie Silber.

Dann kam ihr jemand von oben entgegen. Jemand stieg vom Mond herab. Wie konnten sie zu zweit auf dem Seil sein? Das war unmöglich. Jemand musste umkehren; vielleicht wäre es an ihr. Sie blickte ihn an. Es war ein Mann. Wie in einem Schwarzweißfilm hob sich seine Silhouette vom Mond ab. Auch er ruderte mit den Armen, um das Gleichgewicht zu halten.

Er hatte weiße Augen und langes schwarzes Haar. Sie standen einander gegenüber und versuchten das Gleichgewicht zu halten, doch die Versuche des einen gefährdeten die Balance des anderen. Nach und nach fingen sie an, die gleichen Bewegungen zu vollführen, und gelangten zu vollkommenem Einklang. Doch sie wussten nicht, wie sie aneinander vorbeikommen, einander überholen und ihren Weg fortsetzen sollten.

Sie blickten sich an, ohne eine Lösung zu finden. Dann raunte ihnen das Meer in der Tiefe einen Ratschlag zu.

Sie näherte sich seinen Lippen, und er küsste sie. Ihre Arme ruderten in der Luft, um die Balance um diesen Kuss zu halten, der fest und im Gleichgewicht blieb. Sie ließen voneinander ab. Er sah sie an, stürzte sich lächelnd ins Leere und verschwand in der Nacht. Sie setzte sich und blickte in die Tiefe, Tränen fielen ins Dunkel, und eine weiße Katze rieb sich miauend an ihrem Bein.

Sie hatte Durst, doch ihr fehlten die Worte, es zu sagen. Sie bewegte die Lippen auf der Suche nach Wasser. Da waren jemandes Hände, die ihr Haar streichelten, da waren jemandes Lippen, die sich auf ihre Stirn legten.

»Du bist schön, du bist die Schönste«, sagte eine Stimme. »Du musst hierblieben, um mir von deiner ersten Abfragung zu erzählen, ich will, dass du mir von diesem Jungen erzählst, der dir gefällt, von diesem Kuss, von dieser ersten

Liebe, von den versteckten Tränen um eine unerwiderte Liebe, von der Freundin, die dich betrogen hat. Ich will keines deiner ersten Male verpassen: die erste Prüfung, das erste Kind, die erste Falte. Mehr verlange ich nicht. Alles andere ist mir egal. Ich will, dass du mir alles sagst, was dir durch den Kopf geht, dass du dich an irgendeinem Abend neben mich setzt und mir sagst, dass du es nicht schaffst, dass alles schiefläuft, dass du Angst hast, dass du glücklich bist, dass du deinen Stern gesehen hast, dass du einen neuen Nagellack ausprobiert hast, dass du einen Pulli gesehen hast, der dir gefällt, dass du dir ein Tattoo in Form eines Schmetterlings und ein Piercing durch die rechte Augenbraue machen lassen willst …«

Margherita hörte zu, und alles gelangte dorthin, wo sie sich eingeschlossen hatte oder eingeschlossen war. Tränen traten aus ihren Augen, so schien es zumindest. Eine rann zu ihren Lippen und befeuchtete sie.

»Was brauchst du, Margherita, woran denkst du? Hast du vielleicht Durst?«

Sie nahm ein Taschentuch, machte es nass und fing an, die trockenen Lippen ihrer Tochter damit zu betupfen, dann wartete sie, dass auch die Zunge es berühren und sich erfrischen konnte. Die Krankenschwester hatte ihr verboten, ihr zu trinken zu geben. Sie befeuchtete ihr Gesicht und den Hals, die Arme und Beine.

Margherita spürte die Zärtlichkeit dieser Gesten und kämpfte, um ihrer Mutter all das zu geben, worum sie sie gebeten hatte, doch sie wusste nicht, wie. Nichts regte sich in ihr, nichts. Nur die Gedanken. Eleonora cremte ihr Gesicht und ihren Hals mit einer Feuchtigkeitscreme ein. Margherita spürte, wie ihr Körper unter ihren Händen wiedergeboren wurde. Alles geschah in einer anderen Zeit, zeitversetzt. Endlich legte sich der Durst, und sie fiel in eine perlfarbene Leere.

Die Zeit in ihr verrann unendlich langsam. Es war, als würde eine Minute länger dauern als sechzig Sekunden. Sie beschleunigte nur, wenn es jemandem gelang, die Mauer zu durchbrechen, hinter der sie sich verbarg. Einer der Ersten war der Lehrer: Aufrecht stand er neben dem Bett der intubierten, reglosen Margherita. Sie hatte sich einen Reisegefährten, einen Verbündeten gewünscht, und er hatte gekniffen. Er hatte die Dringlichkeit ihrer Bitte nicht begriffen. Hätte er es getan, würde sie jetzt nicht hier liegen. Er zog ein Buch aus der Tasche.

»Margherita, ich will dir erzählen, wie die Geschichte von Telemachos weitergeht. Wir sind nicht beim ersten Gesang stehen geblieben, die Geschichte geht weiter. Ich wollte sie dir vorlesen. Etwas anderes kann ich nicht. Ich weiß nicht, ob du mich hören kannst, aber ich wollte das zu Ende bringen, was ich mich nicht getraut habe fortzusetzen.«

Als die dämmernde Frühe mit Rosenfingern erwachte,
Sprang er vom Lager empor der geliebte Sohn von Odysseus …

Wie ein Kind, das jeden Abend eine Gutenachtgeschichte hören will, wartete Margherita auf den folgenden Vers. Die Worte erreichten sie nicht mehr, und sie fürchtete, in die

Stille gestürzt zu sein. Dann spürte sie einen Tropfen auf dem Arm. Und einen gedämpften Laut. Dieser Mann, der Lehrer, weinte. Er schluchzte wie ein Kind: die Tränen eines Vaters, der zum ersten Mal begreift, was es bedeutet, eine Tochter zu haben. Der begreift, dass ein Mensch, den das Leben einem anvertraut, ein Kind ist. Er weinte über all die Worte, mit denen er einen Panzer um sein Herz errichtet hatte. Er weinte um all die Metaphern seiner Ängste. Er weinte, weil er sich wünschte, Margherita wäre seine Tochter, und er hätte all seine Bücher, das Leben selbst gegeben, damit sie die Augen öffnete und lächelnd der Geschichte eines Jungen lauschte, der seinen Vater suchte.

Er dachte an Stella als Mutter seiner Kinder.

Margherita, die schwächste von allen auf diesem Faden, brachte jeden von ihnen dorthin empor, damit sie begriffen, wie schwach sie waren. Die einzige Kraft, um auf dem Faden des Lebens das Gleichgewicht zu halten, war das Gewicht der Liebe. Worte, Arbeit, Pläne, Erfolg, Spaß, Reisen … nichts reicht aus, um im Gleichgewicht zu bleiben, und auch Geschwindigkeit ist nutzlos. Mutige Seiltänzer setzen den Fuß nicht mit einem Mal auf, sondern erst die Spitze, dann die Sohle und schließlich die Ferse. Behutsam tasten sie sich zu dem vor, was ihnen gehört. Nur auf diese Weise wird der Schritt leicht und die Wanderung zum Tanz.

Unsere Füße suchen nach der einfachen Sicherheit, nach dem starken Anker, der Schwere der Dinge, die irgendwann vergehen, der schnellen Fahrt, die uns sofort ans Ziel bringt. Der Mut des Seiltänzers hingegen verwandelt die Gravitation in Leichtigkeit, die Last in Flügel.

Der Lehrer las zu Ende, und die Worte trafen ihn wie nie zuvor. Doch dieses Verletztwerden warf ihn nicht nieder, sondern spornte ihn zum Widerstand an. Dann verließ er langsam das Zimmer und begegnete dem erschöpften Blick der auf dem Flur harrenden Eleonora. Sie deutete ein Lächeln an, das er befangen erwiderte. Er ging den Flur hinunter: Durch die geöffneten Türen sah er andere Szenen der Zärtlichkeit und des Schmerzes. Würde Stella sich eines Tages um ihn kümmern?

Er stellte sich ein kleines Mädchen mit seinen Augen vor, durchwachte Nächte voll hungrigen Weinens, süße, endlose Liebe, Müdigkeit, Frühstück, Waschmaschinen und erschütternd schöne Landschaften, an einem Regenabend laut vorgelesene Bücher, Wettschwimmen mit einem Sohn, bis einem der Atem ausgeht. Leben, das von allen Seiten eindrang, auch wenn man nicht damit rechnete, verletztes Leben, das man mit anderem Leben heilte. Er stellte sich an ein Fenster und sah zum Himmel auf, wie es nur Verliebte tun, und dieser Himmel schien jedwede Erwartung erfüllen zu können. Er wollte keine weitere Zeit verlieren. Er holte das Handy aus der Tasche, umklammerte es fest, als wäre es ein Schwert, und wählte die Nummer. Kaum hörte er die Stimme am anderen Ende, sagte er:

»Ich liebe dich.«

Er sagte es einfach so, auf einem Krankenhausflur, mit rot geweinten Augen, zahllosen Ängsten und genauso vielen Hoffnungen, denn anders als abgetragenen Kleidern ist dem gelebten Leben eine gewisse Eleganz zu eigen.

Wie es in Krankenhäusern üblich ist, stand der Morgen sehr früh vor den Fenstern, und ein Mann betrat das Zimmer, in dem Margherita schlief. Ihre Mutter saß zusammengesunken in einem Sessel neben dem Bett und hielt ihre Hand. Er weckte sie nicht. Er nahm Margheritas andere Hand und betrachtete schweigend den Körper seiner Tochter, der ihn und Eleonora zusammenhielt wie eine offene Wunde die beiden Hautränder, wie eine Muschel ihre beiden Schalen.

Mit halb geöffneten Armen hielt Margherita ihre Eltern an der Hand wie als Kind, wenn sie mit ihnen spazieren ging und Engelchen flieg spielte. Sie lachte und konnte nie genug davon bekommen. Jetzt wiederholte sich das Ritual, doch diesmal war sie es, die ihre Eltern bat, sich Flügel wachsen zu lassen, um sie dort zu erreichen, wo sich sonst nur Dichter und Verliebte hinwagten und wie Orpheus allzu oft gescheitert waren. Nicht sie waren es, die sie an der Hand hielten, sondern Margherita hielt sie fest und machte sie wieder zu Vater und Mutter, zu Mann und Frau. Eleonora öffnete die Augen.

»Ich bin wieder da«, sagte er.

Ein Karussell mit Pferden, Kutschen, Autos, Raumschiffen. Jedes Kind suchte sich sein Lieblingsgefährt aus. Margherita nahm das Pferd. Ihr Vater hielt sie an der Hand, während sich das Pferd zu einer Drehorgelmelodie hob und senkte. Sie erinnerte sich nicht, wie viele Wüsten, Felder und Wälder sie auf diesem Pferd Hand in Hand mit ihrem Vater durchquert hatte.

Wo willst du mit diesem Pferd hinreiten?

Ich will eine Weltreise machen.

Und schafft es das?

Klar, es ist doch mein Pferd.

Und wie heißt es?

Paps.

Das ist doch kein Pferdename …

Aber zu meinem passt er. Es ist stark und steht jeden Morgen auf und geht zur Arbeit.

Und wird es nie müde?

Nie.

Die Krankenschwester betrat das Zimmer des Jungen. Der strenge Geruch von ans Bett gefesselten Körpern erfüllte das Halbdunkel. Sie zog die Jalousie hoch und öffnete das Fenster, um frische Luft hereinzulassen. Sie atmete den Morgen ein, der draußen bereits alles durchdrungen hatte, auch wenn ein Wolkenband am Horizont Regen verhieß. Sie blickte auf den stillen Garten hinunter, zu dem nur Ärzte und Pflegepersonal Zutritt hatten, und grüßte eine vorübergehende Kollegin. Dann drehte sie sich um.

»Wie geht's?«

»Besser«, knurrte der alte Mann verschlafen.

Ein hoch aufgeschossener Junge in Jeans und T-Shirt trat grinsend ins Zimmer.

»Wer sind Sie? Was machen Sie hier? Es ist noch keine Besuchszeit!«, sagte die Krankenschwester brüsk.

»Sie haben recht, aber ich warte schon die ganze Nacht. Ich bin gekommen, um ihn zu sehen.« Er zeigte auf den noch immer schlafenden Jungen.

»Aber das geht nicht, jetzt ist Visite, die Ärzte sind gleich hier …«

»Sehen Sie's mir nach, ich bin sein Bruder.«

»Dann hat er doch jemanden! Er war ganz allein, wir wussten nicht einmal, wie er heißt … Geklautes Auto, keine Papiere … Zum Glück hatte er ein Handy …«

»Wie geht es ihm?«

»Er ist ein bisschen durcheinander, aber es geht ihm gut. Zum Glück war jemand zur Stelle. Diese jungen Leute heutzutage … Ständig machen sie Dummheiten …«

Aufgestört von den Stimmen öffnete der Junge die Augen. Die Krankenschwester und der andere Junge blickten ihn an.

»Filippo?«

»Ja, Giulio, ich bin's«, sagte der Junge und beugte sich zu ihm hinunter.

Ohne zu antworten, klammerte sich Giulio an ihn und hielt ihn schweigend fest.

An diesem Morgen bewegten sich Schatten um sie herum. Die Sauerstoffmaske hatte leuchtende Tenktakel wie die Quallen im Aquarium, die ihr Gesicht umfingen. Sie nahm Stimmen wahr, die sie nicht zuordnen konnte. Dann spürte sie ein Lippenpaar auf ihrer Wange, und jemand flüsterte ihr ins Ohr:

»Hey, Marghi! Ich bin's, Marta. Wie geht es dir? Weißt du, was heute in deinem Horoskop steht? Ich hab's auswendig gelernt: ›Lassen Sie sich die Zeit nicht von den negativen Gedanken aus der Vergangenheit rauben, sondern blicken Sie auf die Gegenwart. Sie mag Ihnen nicht besonders verlockend erscheinen, doch sie bietet Ihnen die besten Voraussetzungen, um Ihre Ressourcen auf die Probe zu stellen. Gehen Sie aus, unterhalten Sie sich, lieben Sie. Vielleicht erwarten Sie zu viel von der Welt, dabei ist es die Welt, die etwas von Ihnen erwartet.‹«

Margherita musste lachen, doch sie wusste nicht, wie. Sie war froh, ihre Freundin wieder bei sich zu haben.

»Und dann muss ich dir noch was sagen, was mir mein Bruder gestern erzählt hat, ich flüstere es dir ins Ohr: 23 Prozent aller defekten Fotokopierer sind von Leuten verursacht, die sich draufsetzen, um ihren Hintern zu fotokopieren … Aber verrat nicht, dass ich's dir gesagt habe …«

Margherita hielt die Augen geschlossen, und nichts regte sich in ihrem Gesicht, doch Marta spürte, dass sie lächelte.

»Wann kommst du zurück? In der Schule ist es stinklangweilig ohne dich… Die Blonde geht einem jeden Tag auf den Zeiger … Ich soll dir einen Kuss von den Zwillingen geben oder besser zwei.« Sie küsste sie auf die Augen. »Mein Vater meint, so kann man die Träume eines Menschen küssen, weil die Augen auf die Träume und Wünsche gerichtet sind.«

»Ihr Zustand ist stabil, er wird weder besser noch schlechter. Wir wissen nicht, ob und wie sie aufwachen wird, ob sie noch laufen und sprechen kann … Wir wissen es nicht«, sagte die Ärztin.

»Was können wir tun?«, fragte er mit gequälten Augen.

»Bei ihr sein.«

»Wie?«

»Als würde alles weitergehen. Je mehr Sie sie das Leben

spüren lassen, an dem sie hängt, desto glücklicher wird sie sein, egal, was mit ihr sein wird.«

Als die Ärztin gegangen war, öffnete er Margheritas Rucksack und fand seine Zahnbürste. Er fuhr mit den Fingern über die abgenutzten Borsten und spürte und sah all das, was er hinter sich gelassen und verloren hatte.

»Das hier war auch darin«, sagte Eleonora und hielt die Schachtel mit den Briefen hoch.

Er schwieg.

»Wo bist du gewesen?«

»Am Meer …«

»Wieso?«

»Weil wir uns nicht mehr lieben, Eleonora.«

»Gibt es eine andere?«

»Ja.«

»Und deshalb liebst du mich nicht mehr?«

»Ich … ich weiß es nicht.«

»Kenne ich sie?«

»Spielt das denn eine Rolle?«

»Vielleicht schon, wenn du von zu Hause fortgegangen bist … Und du? Liebst du sie?«

Er antwortete nicht. Plötzlich wurde ihm bewusst, was für ein Unterschied zwischen verliebt sein und lieben besteht.

»Liebst du sie auch?«

»Ich weiß es nicht.«

»Komm zurück.«

»Das ist nicht der richtige Moment …«

»Es ist der einzige Moment. Sieh dir deine Tochter an.«

»Und du?«

»Ich was?«

»Wirst du mir verzeihen?«

Eleonora antwortete nicht, sie umklammerte die Blechschachtel mit den Briefen, als wolle sie sie zerknüllen, als benötige sie die Kraft, die Margherita suchte, um aus dem Nichts zu erwachen: Verzeihen bedeutet, aus dem Koma der Liebe zu erwachen.

An diesem Morgen blieb sie mit ihrem Vater allein. Sie hörte keine anderen Stimmen. Ihr Vater redete mit ihr, doch sie verstand nichts, es war, als wäre das Meer in ihren Kopf gedrungen. Wie gern hätte sie jedes seiner Worte verstanden, doch es gelang ihr nicht. Er benetzte ihr die Lippen, streichelte ihr Gesicht, küsste sie auf die Stirn, flüsterte ihr etwas ins Ohr. Margherita versuchte, auf dem dünnen Faden voranzukommen, doch sie kam nicht vom Fleck. Das ist das Meisterstück des Seiltänzers: der Gang über das Seil mit verbundenen Augen. Sie nennen ihn den *Todesgang*. Sie schritt voran und sah nichts, nicht einmal die eigenen Schritte. Sie fühlte sich so schrecklich allein auf diesem Seil. Nicht einmal die Vögel, die ihr zuvor ein wenig Gesellschaft geleistet hatten, setzten sich darauf. Auch die weiße Katze war verschwunden. Sie war gänzlich allein. Sie wartete darauf, dass jemand sie in den Arm nähme und ihr sagte: Jetzt reicht es, jetzt trage ich dich.

Vielleicht hatten die Menschen in der Antike deswegen an Göttinnen geglaubt, die das Leben spannen. Die Wolle war das Leben, welches jedem Menschen anvertraut wurde, und wenn sie zu Ende war, war das Leben vorbei. Das tat

Lachesis: Sie teilte die Menge an Wolle zu. Dann machte Atropos mit ihrem Rocken Garn daraus, und Klotho verwebte den Kettfaden mit dem Schussfaden. Der letzte Knoten am Ende des Fadens wurde Tod genannt.

Jetzt war Margherita in den Händen Klothos: Sie hatte flinke, gnadenlose Hände und harte, ausdruckslose Züge.

Dann spürte sie die Gegenwart ihres Vaters, er würde ihr helfen, wenn sie bloß hätte rufen können:

»Papa, wieso hilfst du mir nicht?«

Andrea betrat das Zimmer. Er sah seine schlafende Schwester und blieb, eingeschüchtert von den Schläuchen, die ihr aus Mund und Armen kamen, wie angewurzelt stehen. Nonna Teresa schob ihn mit zitternden Händen ins Zimmer. Andrea hielt ein Päckchen in den Armen.

»Mein Herz, wir haben dir eine Cassata mitgebracht«, sagte die Großmutter und trat ans Bett, als könnte Margherita aufwachen, sobald sie den Namen ihres Lieblingsgebäcks hörte.

Andrea stieg auf einen Stuhl, um Margherita aus der Nähe zu betrachten, und gab ihr einen Kuss auf die Wange.

Nonna Teresa setzte sich auf die andere Seite.

»Mein Herz. Du siehst immer so hübsch aus, auch wenn du schläfst. Wie beherzt und mutig du gewesen bist, mein Kind. Ich hätte das nie geschafft …«

Sie streichelte sie und küsste sie auf Stirn und Scheitel. Dann nahm sie ihre Hand.

»Weißt du, Margherita, in Sizilien steht ein Haus, das ich dir unbedingt zeigen muss. Seine Mauern sind aus gelbem Stein und so dick, dass es drinnen auch im Sommer kühl bleibt. Man muss nur die Fensterläden geschlossen halten und den Boden nass machen, wenn der Scirocco weht, denn wenn der Scirocco einem in den Kopf dringt, lässt er einen verrückt werden, und wenn er das Herz erreicht, verbrennt er es wie die Orangenbäume. Draußen am Haus ranken sich Bougainvilleen und Jasmin empor, die das Haus wie eine Hand zu streicheln scheinen und die Terrasse mit ihrem Duft erfüllen, wenn man abends dort die kühle Luft genießt: Man redet und lauscht dem Meer. Abends braucht man keine Lichter anzuzünden, die Sterne sind genug. Dort habe ich den Geschichten meines Vaters und meiner Mutter gelauscht. Dort ist eines Tages Nonno Pietro aufgetaucht und hat bei meinen Eltern um meine Hand angehalten. Wenn du wieder aufwachst, will ich, dass du zu diesem Haus fährst, dich auf die Terrasse setzt und dem Atem des Meeres, dem Raunen der Sterne und dem Duft des Windes lauschst.«

Dann beugte sich die Großmutter ganz nah zu Margheritas Ohr, damit Andrea sie nicht hörte.

»Erinnerst du dich noch, was du mich gefragt hast? Ich will dir antworten. In jener ersten Nacht, Margherita Schatz, liegt das Geheimnis von allem. Als Nonno Pietro und ich … ich weiß, dass es eines dieser Dinge war, die man nie verstehen wird, so verworren und rätselhaft sind sie. Die Liebe ist wie Liebe machen: Man nähert sich einander und entfernt sich und sucht nach etwas, das niemand weiß. Nah und fern, süß und bitter wie die köstlichsten aller Geschmäcke. Die Liebe bleibt niemals stehen, mein Kleines. Sie ist wie das Meer, das unermüdlich steigt und fällt, bei Regen und bei Sonnenschein.

Immer. Wenn der Herr die Liebe so gemacht hat, wird er schon wissen, weshalb ...«

Die Großmutter verstummte errötend, zog eine Bürste aus der Tasche und fing an, das Haar ihrer Enkelin zu bürsten. Margherita spürte die sanfte Berührung der weichen Borsten auf ihrem Haar und ihrer Seele. Dann stellte die Großmutter Jasminblüten auf ihren Nachttisch, deren Duft die Mauer des Komas durchdrang.

Andrea malte. Als er fertig war, gab er der Großmutter das Bild.

»Wie schön! Gib du es ihr.«

Andrea stieg auf den Stuhl und hielt Margherita das Bild vor die geschlossenen Augen.

»Hier ist das gelbe Haus von Nonna. Das hier ist das Meer, das die gleiche Farbe hat wie der Himmel, weil nachts beide die gleiche Farbe haben, und der Himmel ist hier, wo die Sterne sind. Das ist Nonno Pietro, der Nonna Teresas Hand hält ...«

Margherita sah, wie das gelbe Haus über dem Meer aufstieg wie eine Montgolfiere aus bunten Luftballons. Auf dem Dach des Hauses saßen Nonno Pietro und Nonna Teresa: Sie hielten sich an den Händen und betrachteten die Sterne.

»Mita, ich leg es dir hier auf den Bauch, dann kannst du es dir gleich angucken, wenn du aufwachst. Aber ich muss dir was sagen ...« Er machte eine Pause. »Einmal hab ich dir zwei von diesen Orangenbonbons geklaut, ich hab deine Filzstifte benutzt und auf deinem Handy rumgedrückt und dran gehorcht, aber man hat nichts gehört. Dann hab ich dir einmal gesagt, dass ich dich nicht lieb habe, weil du mir dein Malbuch nicht geliehen hast … Aber das stimmte nicht. Ich hab dich lieb. Ich hab dich immer lieb, auch wenn du's mir nicht leihst. Mita, komm bald wieder, Kuchenbacken ohne dich ist langweilig. Ich warte auf dich. Aber ich weiß nicht, wie man bis *für immer* zählt.«

Nonna Teresa hörte auf, Margheritas Haar zu bürsten, und verbarg das Gesicht in den Händen, um die Tränen zu unterdrücken.

Die Nacht kehrte unerbittlich wieder, und das Zimmer schien voller Hände zu sein, die sie packen und zerreißen wollten. Sämtliche Hände, die sie gestreichelt, gehalten und umarmt hatte, packten, kratzten, quälten und zerfetzten sie jetzt. Ihre ausgedörrte Haut löste sich, und die Luft blieb im Schlauch stecken. Ihr Vater war da. Die völlig erschöpfte Eleonora musste sich ausruhen. In dieser Nacht würde er über sie wachen, sie streicheln, ihr den Körper und die Lippen benetzen. Ihr Geschichten zuflüstern wie damals, als sie noch Kind war. Es braucht nicht viel, damit ein Mann weiß, wer er ist: Es reicht, ihn neben seine Tochter zu setzen, wenn er vergessen hat, dass er, ehe er Vater wurde, Sohn war und dass man nicht aufhören muss, Sohn zu sein, um Vater zu werden. Er öffnete die Schachtel mit den Briefen. Seine Frau und ihr Fimmel, alles aufzuheben … Er erkannte seine Schrift, die ihm fremd erschien, weil er nur noch auf dem Computer schrieb. Er las laut.

Eleonora, meine Geliebte,
ein Tag, an dem ich Dich nicht sehe, ist ein verlorener Tag. Ich frage mich, wie ich es bis heute geschafft habe,

nicht in den erstbesten Zug zu steigen, der mich Dir näher bringen kann, und Dich zu bitten, zum Bahnhof zu kommen, und sei es nur, um Dich aus dem Zugfenster zu sehen. Jetzt weiß ich, was warten und sehnen bedeutet. Ich habe mich in meinem Leben schon manches Mal verliebt, doch ich bin nicht nur verliebt in Dich. Ich liebe Dich.
Ich weiß nicht, wie ich's erklären soll, dazu müsste ich wohl Dichter sein, und das bin ich nicht.
Wenn unser Haus in Flammen aufginge, möchte ich der Einzige sein, der weiß, was Du daraus retten würdest.
Wenn unsere Erinnerung zerfiele, möchte ich der Einzige sein, der die letzte Erinnerung, die Dir geblieben ist, kennt.
Ich sehe zu den Sternen auf und tröste mich damit, dass auch Du sie küsst. Und nun sitze ich hier und schreibe Dir, auf der Schwelle zu einem neuen Tag, und Dir zu schreiben ist, wie auf Dich zu warten. Es macht Deine Abwesenheit weniger schmerzlich.
Was wären diese Sterne, wenn Du sie nicht betrachtetest, und dieser Himmel, wenn Du nicht zu ihm emporblicktest, und dieser Baum und diese Rose und dieser Film?
Meine Geliebte, wenn dies das Glück ist, will ich es nicht verlieren.

PS: Nimm Dich vor offenen Fenstern und Türen in Acht und geh nicht ohne die graue Wolljacke raus.

Wo war die Seele geblieben, die diese Zeilen geschrieben hatte, in welcher Kammer hatte sich diese liebende Seele verkrochen?

»Margherita, wo hast du diese Schachtel gefunden? Hast

du gehört, was für ein Dichter ich einmal war? Bestimmt fragst du dich, wo dieser Mensch geblieben ist. Wie habe ich dich einfach so verlassen können ohne ein Wort, ohne eine Erklärung…«

Margherita hörte jedes Wort.

»Weißt du, mein Geliebtes, ich habe mich in eine andere Frau verliebt. Ich schämte mich, es deiner Mutter und euch zu sagen. Und da bin ich abgehauen. Das Glück, das ich empfand, überwog den Schmerz, den ich euch zufügte, doch ich hatte nicht den Mut zuzugeben, dass ich mit ihr glücklicher war. Ich war ein Egoist. Ich hatte Angst vor mir selbst: Wo war der Mann geblieben, der euch liebte? Ich habe ihn nicht mehr gefunden und war von einer neuen Liebe eingenommen. Ich hatte das Gefühl, wieder atmen zu können.

Ich bin abgehauen wie ein Feigling. Wie hätte ich dir erklären können, dass ich mit einer anderen Frau fortging? Dass wir uns auf andere Weise nahe bleiben würden? Und jetzt, wo ich dich in diesem Bett liegen sehe mit diesen Narben, frage ich mich, wie zum Teufel ich nur an mich selbst denken konnte. Und du hast mich gesucht… allein. Was für einen Mut du hast, mein Kind, du bist wie deine Mutter. Dickköpfig, mutig, schön.

Weißt du, wie ich sie kennengelernt habe?

Es hatte gerade aufgehört zu regnen. Ich saß im Auto. Ich fuhr schnell, ich weiß nicht mehr, wieso. Ohne es zu merken, habe ich eine Wasserflut aufspritzen lassen. Es war nur ein winziger Augenblick. Als das Wasser aufspritzte, habe ich diese strahlend weiße Figur gesehen. Es war deine Mutter. Ich bin umgedreht. Sie trug einen wunderschönen weißen Mantel. Ich habe ihr meine Adresse gegeben, damit sie den Mantel reinigen lassen und mir die Rechnung schicken konnte. Sie hat mir gesagt, nein, das sei nicht nötig, aber ich könnte sie nach Hause bringen. So schmutzig könne sie sich schließlich nicht sehen lassen … Als sie ausgestiegen ist, hat sie nur ›danke‹ gesagt mit einem Lächeln, das ich noch heute vor mir sehe: Ich weiß nicht genau, was das Wort *Grazie* bedeutet, aber ich weiß, dass dieses Lächeln aus Meer, Wind und Feuer es hatte. In jener Nacht habe ich nur an ihre Augen gedacht und wünschte, mein Leben würde von diesen Augen betrachtet. Nur dann würde es ein besseres werden.«

Der Vater machte eine Pause, als wäre die Schallplatte seines Herzens bei dieser Erinnerung hängen geblieben. Margherita lauschte der Archäologie der Liebe, die sie hervorgebracht hatte. Wer weiß, weshalb sie ihren Vater nie gefragt hatte, wie sie sich kennengelernt hatten, was ihn an ihrer Mutter verzaubert hatte. Im Grunde war sie in diesem ersten Blick, in diesem Regen, in diesem weißen Mantel, in diesem »danke« enthalten.

»Wir haben wahnsinnig viel Zeit miteinander verbracht, als wäre Zeit für uns bis dahin nur der Staub gewesen, der sich auf alten Dingen sammelt. Und ich wünschte mir, dass meine Kinder das gleiche Lächeln, die gleichen Augen und die gleiche Seele hätten wie sie. Eines Tages habe ich sie in unser Haus hier am Meer gebracht und sie in einer sternklaren, stillen Nacht gebeten, meine Frau zu werden. Und ohne nachzudenken, weil sie bereits darüber nachgedacht hatte, hat sie geantwortet: ›Fürs ganze Leben und mit ganzem Leben.‹«

Ich weiß es noch wie heute … Die Vorbereitungen, die Hochzeit, die Flitterwochen, das gemeinsame Leben. Alles war neu, die altgewohnten Dinge bekamen ein neues Gesicht, alles war ein Abenteuer: das Haus, die Arbeit, die Müdigkeit, die Angst, die Freude, der Wind, das Feuer, das Meer … Alles gehörte uns. Dann hat sie mir eines Tages gesagt, dass es dich gibt wie eine Perle in ihrem Schoß. Wir haben uns noch mehr geliebt und konnten es kaum fassen, doch obwohl du noch unsichtbar warst, konntest du Wunder vollbringen.

Ich erinnere mich noch an diese neun Monate, sie erzählte mir von dir, wie du wuchst und was ihr einander ohne Worte sagtet mit Milch und Blut. Wir haben beschlossen, dich Margherita zu nennen, weil dein Großvater immer wieder sagte, es sei ein wunderschöner Name, und du würdest eine Perle werden. Dann ist er gestorben, ehe er dich sehen konnte, und seine Bitte ist zu einem Versprechen geworden: Margherita.«

Der Vater verstummte. Jedes Wort kostete ihn große Mühe, er musste wieder zu Atem kommen. An ein glückliches Leben lässt sich nicht leichten Herzens erinnern. Margherita konnte nicht sehen, wie er sich die Augen trocken wischte, doch sie spürte seinen kratzigen Bart auf der Wange und nahm den Duft seines Aftershaves wahr. Dann erzählte er von Andrea und von dieser Liebe, die stiller und fester, aber leider auch selbstverständlicher geworden war. Aus irgendeinem dunklen Winkel hatte sich nicht die Langeweile, sondern ihre größere Schwester, die Gewohnheit, eingeschlichen.

»Ich weiß so wenig von der Liebe, mein Liebling. Ich

weiß alles über meinen Job, ich weiß alles über Segelboote, aber von dem, was zählt, weiß ich kaum etwas. Ich bin so blind gewesen, mein Liebling. Am liebsten würde ich deine Seele in die Arme nehmen und sie sanft wecken, sie mit einer Umarmung wieder mit meinem Körper vereinen.«

Margherita spürte die Umarmung des Vaters und seine Lippen auf ihren Lidern. Dann machte er sich los und redete weiter.

»Ich habe deinen Lehrer kennengelernt, weißt du, der ist cool, nur ein bisschen schusselig… Er hat seine *Odyssee* hier vergessen. Wer weiß, wie oft er die gelesen hat, das Buch ist ganz zerfleddert. Ich habe angefangen, sie wieder zu lesen. Weißt du, als ich noch klein war, hatte ich eine bebilderte Ausgabe. Vor allem der Zyklop, der die Menschen fraß, machte mir Angst… Meine Lieblingsgeschichte war die mit Kalypso, die auf einer wunderschönen Insel voller Palmen und Früchte lebte. Odysseus will nach Ithaka zurück, aber Kalypso behält ihn auf ihrer verzauberten Insel. Odysseus steht weinend am Ufer und denkt an seine Frau. Sein Herz ist nicht dort, obwohl diese Insel ein Paradies ist. Kalypso ist eine Göttin und verspricht ihm die Unsterblichkeit, wenn er bei ihr bleibt. Odysseus antwortet, er will keine Unsterblichkeit, sondern zu seiner Frau zurück.

Mir ist das Gleiche passiert, Margherita. Mein Herz wollte wieder jung sein. Das passiert, wenn man sich verliebt: Es spürt alles, birst vor Leben. Ich floh vor der Mühe des Alltags. Und ich habe eine Insel gefunden, auf der ich die Vergangenheit vergessen konnte. Doch wie bei Odysseus war da das ewige Meer, das mich immer daran erinnern würde … Sich das Herz herauszureißen bleibt nicht ohne Folgen …

Ich habe das Geheimnis der Augen deiner Mutter in anderen Augen gesucht, als hätte sie es verloren … doch ich irrte mich … Häufig stürzen wir uns in etwas Neues, als wäre es die Lösung oder das Gegenmittel, als würden wir durch das Leben, das sich wieder ins uns regt, den Rausch der Unsterblichkeit spüren, aber es ist nicht das Gefühl der Unsterblichkeit, das wir brauchen. Was wir brauchen, ist zu lieben. Deine Mutter hatte aufgehört, dieses Geheimnis aus Meer, Wind und Feuer zu sein – man gewöhnt sich an alles –, und die Liebe war erloschen. Ich habe ihr die Schuld daran gegeben, obwohl ich schuld war. Meine Liebe konnte nicht die ihre sein, wenn ich sie einer anderen gegeben hatte.«

Eleonora, die nicht schlafen konnte, öffnete sacht die Tür, um nach Margherita zu sehen. Der Krankenhausflur lag im Dunkeln. Ihr Mann bemerkte sie nicht.

»›Fürs ganze Leben und mit ganzem Leben‹. Deine Mutter hatte recht. Was für ein Mut!

Erst jetzt, wo ich alles geben würde, um dich wiederzubekommen, begreife ich. Wenn ich von den Augen deiner Mutter nicht mehr trinken kann, ist das meine Schuld. Wenn der Brunnen leer ist, bedeutet das nicht, dass es kein Wasser mehr gibt, sondern dass man tiefer graben muss. Aber ich war ein Feigling und habe gekniffen, als die Tage das Weiß dieses Mantels und das Licht dieser Augen verschluckt haben. Ich wollte wieder das Leben spüren, egal wo. Ich habe es woanders gesucht, dabei lag es nur tiefer.«

Der Vater griff nach der *Odyssee* und las laut:

Zürne mir darum nicht, ehrwürdige Göttin!
Ich weiß es
Selber zu gut, wie sehr der klugen Penelopeia
Reiz vor deiner Gestalt und erhabenen Größe verschwindet;
Denn sie ist nur sterblich, und dich schmückt ewige Jugend.
Aber ich wünsche dennoch und sehne mich täglich von Herzen,
Wieder nach Hause zu gehn, und zu schaun den Tag der Zurückkunft.

»Odysseus hat recht, mein Kind. Ich wusste nicht mehr, wonach sich mein Herz wirklich sehnte. Hätte ich nur auf es gehört und verstanden, dass es nach Tiefe verlangte und nicht nach einfacher Abwechslung …«

Am liebsten hätte Margherita sich jedes einzelne Wort gemerkt.

»Ich habe mich nicht mehr um das Geheimnis gekümmert, das ich in den Augen deiner Mutter gesehen hatte … Und da ist es erloschen. Das passiert bei Eheleuten, Margherita. Der andere wird zum Spiegel all dessen, was uns an uns selbst nicht gefällt: Und so ist sie zu all meinen Schatten, meinen Lügen, meinen Ausflüchten und vor allem meines Anspruchs geworden, so geliebt zu werden, wie ich wollte, statt mit meiner Liebe zu ihr zu wachsen.

Glaubst du, sie ist bereit, mir zu verzeihen? Ich hätte dich beschützen müssen, und stattdessen habe ich dich alleingelassen und bin wer weiß was für einem Glück nachgejagt … Jetzt würde ich mein Leben für dich geben, mein Kind. Ich bin zurück. Komm du auch zurück, Margherita, komm zurück …«

Margheritas Körper erzitterte, als würde sie sich aus dem Reich der Finsternis befreien, doch Klothos eiserne Hand hielt sie fest. Ihr Faden ging zu Ende.

Verborgen in der Dunkelheit zog Eleonora sich zurück und hockte sich im Flur auf den Boden. Das Bild dieses weißen Mantels umfing sie, und sie schlang die Arme um ihren Körper, als wollte sie sich wieder des Teils ihrer selbst bemächtigen, den sie so lange vernachlässigt und unterdrückt hatte, dass sie aufgehört hatte, ihn zu lieben. Sie war wie eine Muschel, die den Feind mit ihrer Perle umfangen muss, wenn sie sich retten will.

Am nächsten Morgen war ihre Mutter bei ihr. Ihre Zärtlichkeiten waren nicht hastig wie die ihres Vaters. Niemand streichelte sie wie ihre Mutter: Sie fing beim Haaransatz an und vergrub die Finger im Haar, als suche sie darin nach Gedanken, nach Schmerz, Freude, Leid, um die Schatten zu verjagen und nur die lichten Dinge zu bewahren. Dann zeichnete sie das Profil der Stirn, der Nase und der Lippen nach, als forsche sie nach den winzigsten Anzeichen von Schmerz oder Freude.

Irgendwann fing sie an, in der Schachtel mit den Briefen zu kramen, die sich in eine Zeitmaschine verwandelt zu haben schien. Während sie durch die Briefe blätterte, spürte Eleonora, wie die Erinnerungen sie durchbohrten, und sie begriff, dass sie nicht reichten, um zu gesunden. Weil Liebe nicht Dauer, sondern Fülle jedes einzelnen Augenblicks bedeutet: *Für immer* hieß *alle vierundzwanzig Stunden*. Sie las ein paar Zeilen, hatte aber nicht den Mut, einen ganzen Brief zu lesen, als schäme sie sich der Seele, die sie gewesen war und nach deren Rückkehr sie sich sehnte.

> *... ihr konzentriert euch auf eine Sache nach der anderen. Wir Frauen nicht, wir sind wie Matrjoschkas: ein Gedanke in einem anderen, vom wichtigsten bis zum nebensächlichsten. Und Du bist mein intimster Gedanke... Niemand hat mich jemals so angesehen wie Du, es ist, als würde ich mich entblößen und mich durch Deinen Blick erkennen... Ich bin zu eifersüchtig, ich weiß. Aber vergiss nicht, dass ich Sizilianerin bin... Ich will die Steine von Deiner Brust rollen, Deine Hand von den Dornen befreien und sie singen hören... Verlass mich nie, nie, nie...*

Sie schloss die Augen und umklammerte die schlaffe Hand ihrer Tochter. »Danke, Margherita. Ich habe gehört, wie er mit dir gesprochen hat, wie er von mir gesprochen hat... Seit Monaten hat er nicht mehr so mit mir geredet. Du hast ihn wieder zurückgebracht, mein Schatz. Und du hast ihn auch zu sich selbst zurückgebracht. Wie dumm wir gewesen sind... uns vom Alltagstrott, von Ängsten, Groll und Zeitmangel überrumpeln zu lassen... Wenn man sich liebt, Margherita, glaubt man, es sei für immer. Eines Tages wirst du auch einen Mann finden. Du entscheidest dich für ihn. Und weißt du, wie? Wenn du spürst, dass dieser Mann Heimat für dich ist. Eine Heimat, die immer dort ist, wo ihr seid. Doch er hat sich eine andere gesucht, Margherita... Er hat unsere Heimat zerstört.«

Eleonora nahm die Hände ihrer Tochter in die ihren und konnte die Grauzone des Betrugs nicht ermessen, weil der Betrug meist nur der Endpunkt von etwas ist, was sehr viel früher begonnen hat, der Endpunkt zahlloser kleiner Täuschungen, die sich wie Holzwürmer durch die Schrankwände fressen, bis der Schrank plötzlich zusammenbricht und niemand weiß, warum.

»Ich weiß nicht, ob ich das fertigbringe … Ich wünschte, dein Großvater wäre hier. Er hatte immer einen Rat. Er war sehr gebildet und erzählte dauernd Geschichten. Das war seine Art, die Dinge zu erklären: Er erzählte sie. Vielleicht weil er immer Kinder unterrichtet hatte. Er meinte, *erklären* bedeute, Klarheit in die Dinge zu bringen, er wusste immer, welchen Ursprung die Worte hatten, und das machte sie interessanter, fast heilig … Wenn er jetzt hier wäre, hätte er eine Geschichte, um mir zu raten, was ich tun soll … Um mir zu helfen, deinen Vater zu verstehen. Letzte Nacht, als ich ihn mit dir habe reden hören, hat er mich an meinen Vater erinnert: an seine Sanftheit und seine Stärke. Er sagte mir immer, die Liebe sei nicht dazu da, glücklich zu werden, denn das Glück sei flüchtig und entwische einem immer; die Liebe ist dazu da, Lebensfreude zu empfinden, und die hat nichts mit Glück, sondern mit dem Leben zu tun. Lebensfreude kann einem niemand nehmen, egal, was kommt, nicht einmal der Schmerz. Er meinte, nur eines sei der Lebensfreude ebenbürtig: die Augen des Christus in Monreale zu sehen … Und ich habe sie nie gesehen.«

Ihre Mutter war aller Masken bar. Wie gern hätte sie sie um Verzeihung gebeten, sie so schlecht behandelt zu haben.

Eleonora rückte Margherita das Kissen zurecht, als spüre sie jede Unbequemlichkeit. Dann fing sie an, ihr die reglosen Beine zu massieren.

»Das hatten wir dir nicht versprochen … Verzeih uns, Margherita. Komm zurück, ich bitte dich. Komm zu mir zurück …«

»Wie geht es Margherita?«

»Wer ist Margherita?«, fragte Filippo, während er ihm einen Schluck Wasser eingoss.

»Das Mädchen, das mit mir im Auto saß.«

Filippo schwieg.

»Wie geht es ihr?«

»Sie schläft.«

»Was soll das heißen, ›sie schläft‹? Wie geht es ihr?«

»Im Augenblick schläft sie, Giulio.«

»Ist sie im Koma?«

Filippo antwortete nicht.

Giulio warf die Decke beiseite, stieg aus dem Bett und schleifte den Tropfständer hinter sich her. Ein Klirren von Eisen und splitterndem Glas erfüllte den Raum. Der Alte, der vor sich hin gedöst hatte, fuhr hoch.

Filippo konnte Giulio gerade noch festhalten, der mit der Schnelligkeit einer Katze nach den Glasscherben griff und die Faust darum ballte. Filippo umklammerte sein Handgelenk, damit er sie losließ, doch Giulio hielt stand. Endlich öffnete er die blutüberströmte Hand.

Allarmiert von dem Lärm eilte die Krankenschwester herbei. Filippo warf ihr einen verständnissuchenden Blick zu. Sie beugte sich über Giulio.

»Keine Sorge, das passiert. Viele Patienten vergessen, dass sie am Tropf hängen … Jetzt verarzte ich dich erst mal.«

Sie kehrte mit den nötigen Utensilien zurück und fing an, Giulios Hand mit sorgfältigen, bedachten Bewegungen zu verbinden, damit er die Wärme ihrer Hände spürte. Giulio sah weg und unterdrückte Tränen der Wut. Die Schwester lächelte und zwinkerte Filippo zu.

Sie waren allein im Zimmer, der Bettnachbar war zu einer Untersuchung hinausgegangen.

»Alles, was ich berühre, mache ich kaputt.«

»Das stimmt nicht, Giulio.«

»Versuch nicht, mich zu trösten, das schaffst du nicht … Ich habe das x-te Mal Scheiße gebaut. Es ist alles meine Schuld.«

»Vielleicht die Art und Weise … aber sonst hätte ich es genauso gemacht …«

»Schwachsinn.«

»Schwachsinn? Ich muss immer daran denken, was mal ein Fußballer gesagt hat: ›Wer einen Elfmeter verballert, hatte zumindest den Mut, ihn zu schießen.‹ Klingt banal, ist aber wahr. Du, Giulio, hast die Fähigkeit, alles zu geben. Sieh dich um: Die Welt wimmelt von Jungs, die einen Scheißdreck machen, sie hängen an der PlayStation oder vorm Computer und machen ganz brav das, was man von ihnen verlangt, oder tun zumindest so, um ihre Ruhe zu haben, denn dann kauft die Mama ihnen das Moped, das Videospiel und die Jeans. Die Welt ist voll von denen. Sie schlafen. Vegetieren in stummer Verzweiflung vor sich hin. Sie setzten auf nichts, wählen den Weg des geringsten

Widerstands, sind kein bisschen kreativ, obwohl sie in dem Alter sind, wo sie es sein sollten. Nur wer Hunger hat, erschafft etwas, nur wer sucht, ist kreativ. Du hast Hunger, Giulio. Und deshalb mag ich deine provokante, unverfrorene Art, alles infrage zu stellen, denn das ist die Art des Suchenden, der wissen will, wofür es sich zu leben lohnt. Du gibst alles für etwas, das man noch nicht sieht, andere tun das nur für etwas, das ihnen gewiss ist. Doch es gibt keine sichere Investition: Leben und lieben bedeutet, in jedem Fall verletzlich zu sein … Und deswegen verballerst du die Elfmeter. Aber du wagst es, sie zu schießen, Giulio. Andere trauen sich noch nicht mal aufs Spielfeld …«

»Na schön, aber muss ich denn immer danebenschießen? Alles, was ich anfange, geht in die Hose, der einzige Ort, an dem ich keinen Schaden anrichten würde, ist der Knast … und diesmal lochen sie mich ein …«

»Ich komm dich besuchen«, grinste Filippo. »Egal, was dir teuer ist, früher oder später wird dein Herz dafür leiden und vielleicht daran zerbrechen. Willst du im Trockenen bleiben? Willst du ein gemütliches Leben wie alle anderen? Willst du, dass dein Herz ganz bleibt? Dann schenk es niemandem! Nicht einmal einem Hund oder einer Katze oder einem Goldfisch. Schütze es, umschnür es mit Kurzweil und kleinen Freuden … Vermeide jede Art von Betroffenheit, verrammele es mit Tausenden von Schlössern, pump es mit Konservierungsmitteln voll und leg es ins Tiefkühlfach: Dann kannst du sicher sein, dass es nicht zerbricht … Es wird unzerstörbar und unverwundbar. Weißt du, wie man das nennt, Giulio?«, fragte Filippo, der sich in Fahrt geredet hatte. Eine Ader pochte auf seiner Stirn.

Giulio schüttelte den Kopf. Er wollte hören, wie es weitergeht.

»Hölle. Und sie ist schon hier: ein Ort, an dem das Herz zu Eis gefroren ist. Sicher, aber kalt. Dort draußen wimmelt es nur so von solchen Leuten. Man sieht es ihren Gesichtern an, dass sie ein kaltes Herz haben: aus Angst, aus Übersättigung, aus Faulheit. Du bist nicht so, Giulio. Das rettet dich, auch wenn du unglaubliche Scheiße baust … Denn einen Elfmeter kann man so oder so schießen!«

»Gibt es nicht eine Art, ein bisschen weniger verquast zu leben?«

»Wenn du sie findest, sag mir Bescheid.«

Giulio lachte. Filippo stand auf und umarmte ihn. Und Giulio wehrte sich nicht, sondern umarmte ihn umso fester. Er hätte gern »danke« und »du bist ein Freund« gesagt, doch etwas hielt ihn davon ab: Scham, Angst, Argwohn, es könnte nicht wahr sein … In diesem Moment erschien ihm das Leben so einfach wie ein Elfmeter, wenn man noch nicht an der Strafstoßmarke steht, um ihn zu schießen.

Als Giulio eintrat, war niemand da. Es war keine Besuchszeit, und Margherita war allein. Giulio trat ans Bett. Er beugte sich hinunter und gab ihr einen Kuss.

Margherita spürte diese Lippen und erkannte sie wieder. Im Dunkel ihres Geistes flammte ein Feuerwerk auf und malte einzigartige Bilder in die finstere Nacht ihres Bewusstseins, sie zerbarsten zu silbernen und goldenen Rosen und verwandelten sich in rote, weiße und blaue Kaskaden.

»Margherita, verzeih mir. Es ist alles meine Schuld. Wenn deine Eltern mich sehen, bringen sie mich um. Ohne mich wäre das alles nicht passiert … Verzeih mir.«

Sie gab ihm keinerlei Schuld. Sie hätte alles genauso wieder gemacht, jede Kleinigkeit, jede Geste, jeden Fehler.

Margherita wachte nicht auf wie die Prinzessinnen im Märchen. Klotho blickte sie finster an. Dies war kein Märchen. Giulio wusste das. Doch in diesem Moment begriff er, dass *küssen* bedeutet, einem Körper Seele einzuhauchen, damit er lebt.

»Ich möchte dich lieben können.« Giulio beugte sich hinab und küsste sie abermals. Diese Liebe hatte keinen Boden, auf den sie sich stützen konnte, und auch keine Tage, um gelebt zu werden. Es war eine große Liebe in der Schwebe. Wo würden sie jemals zu diesem Kuss zurückfinden? Auf einem Bett aus Sand, aus Wellen, aus Asche? Und wann? Morgen, in einem Jahr, in tausend? Keiner der beiden wusste es, doch beide wussten, dass es irgendwann geschehen würde. Es würde geschehen, im Leben oder im Tod.

»Ich weiß nicht, warum ich diesen Irrsinn mitgemacht habe, doch ich weiß, dass sich dieser Irrsinn an deiner Seite normal angefühlt hat. Ich, der nie redet, habe geredet. Ich, der nie Angst hat, bin schwach geworden und habe mich stärker gefühlt als je. Ich, der ich nie ein Zuhause hatte, habe mich unter dem Himmel zu Hause gefühlt. Ich will deine Augen wiedersehen, dich vor allen Gefahren schützen. Ich will nicht mehr allein auf Dächer klettern und auf Friedhöfe gehen, um das Leben lieben zu können. Ich habe keine Lust mehr, etwas zu klauen, es sei denn, um es dir zu schenken«, raunte Giulio ihr ins Ohr.

Dann nahm er seinen iPod. Er hatte den Unfall überstanden, weil er ihn an jenem Morgen in der Tasche gelassen hatte. Er nahm die Ohrstöpsel, drückte den einen behutsam in ihr rechtes Ohr und den anderen in sein linkes. Die Musik drang direkt in ihre Seele und wandelte darin umher wie Orpheus, der den Gott Hades bittet, ihm Eurydike zurückzugeben. Diesmal würde er sie retten, diesmal würde Orpheus sich nicht nach ihr umsehen aus Angst, sie abermals zu verlieren.

Margherita sah einen Faden aufleuchten. Im Dunkel war nur dieser schwebende Faden zu sehen, und sie fing an, darauf zu tanzen. Kaum hatte sie ihn betreten, sah sie unter sich ein riesiges, stetig atmendes Meer. Wie viel man leidet beim Versuch, das Leben beständig und angenehm zu machen! Doch Margherita wollte aufs Ganze gehen, sie wollte mit der Anmut wahrer Künstler über dieses Seil tanzen, wenn Tanz und Tänzer eins, Seil und Seiltänzer zu einem vollkommenen Spiel werden. Das Leben ließ sie erzittern, doch sie hatte keine Angst mehr.

Er stellte das verstaubte Fahrrad in der Durchfahrt ab. Die ganze Fahrt über hatte er die Regale seines Hirns nach Lösungen durchwühlt, auf die bereits Dichter und Schriftsteller gekommen waren, um das zu tun, was er tun wollte. Jemand hatte einmal gesagt, das Genie tut das, was es tun muss, das Talent das, was es tun kann. Er profitierte vom Genie und dem Talent anderer, um seine Gedanken, Gefühle und Taten auf den Punkt zu bringen. Er zog den Band mit Shakespeare-Sonetten aus dem Regal. Diesen Seiten entsprang immer etwas Neues, etwas, das er gern gelebt hätte, es stattdessen aber nur las: Es braucht Mut, um so zu leben, wie die Dichter es besingen.

Hinter dem Buch kam wieder das verdammte Loch zum Vorschein: Jedes Mal, wenn er diesen Band herauszog, nahm er sich vor, es zu stopfen. Doch es war immer noch da wie ein starres Auge. Er starrte zurück und musterte dann die Bücher, die in Reih und Glied standen, wie zur Verteidigung bereit. Doch dieses Loch in der Wand glotzte ihn mehr an als jedes andere Auge, es war das penetranteste Auge von allen. Er ging zu Signora Elvira.

»Endlich bist du gekommen, um deine Schulden zu bezahlen …«

»Eigentlich wollte ich nur um ein bisschen Mörtel bitten, um was zu reparieren. Vielleicht könnte Ihr Mann …«

»Geht es dir gut?« Sie starrte ihn verdattert an.

»Bestens!«

»Du hast in dieser Wohnung nie was repariert, Professore …«

»Dann wird es höchste Zeit.«

»Kannst du das überhaupt?«

»Ja.«

Er musste daran denken, wie er als Kind seinem Vater bei den häuslichen Reparaturen geholfen hatte: Er hatte gelernt, Löcher zu bohren und Dübel, Schrauben und Nägel zu unterscheiden. Er wusste, wie man einen Kreuzschlitzschraubenzieher und einen 12er-Schlüssel benutzte, wie man ein Elektrokabel vom Plastik befreite und wie man ein Loch verstärkte, das nicht hielt. Dann hatte er alles wieder vergessen.

Als er anfing, den Mörtel in das Loch zu schmieren,

empfand er ein Vergnügen wie seit Jahren nicht mehr. Die Handbewegungen waren bedacht und genau, die Gesten eines Dirigenten. In wenigen Minuten war die Wand wieder glatt, jetzt musste man warten, bis sie trocken war, dann konnte man sie schmirgeln. Er musterte die endlich wieder einheitliche Fläche. Die Löcher des Herzens lassen sich nicht verstecken, man muss sie mit mehr Liebe füllen, auch wenn Flecke und Unregelmäßigkeiten sichtbar bleiben.

Shakespeare würde nicht mehr zukleistern, was er in sich und um sich herum nicht mehr sehen wollte. Er würde es ihm nicht mehr erlauben. Und genau da entschloss sich Shakespeare, zu reden und ihm einen Ratschlag zu geben …

Wie ein Wahnsinniger wühlte er zwischen den Büchern herum, drehte sie um, warf einige zu Boden und legte andere zur Seite. Am Ende entschied er sich für rund zwei Dutzend Bände und stopfte sie in einen Rucksack. Beim Gemüsehändler nebenan schnappte er sich einen Apfel und sauste auf seinem Fahrrad den Gehsteig entlang.

»Hey! Was soll denn das?«, rief ihm der Gemüsehändler nach.

»Ich lebe!«, brüllte er zurück und floh mit seiner Diebesbeute.

»Ich werd dir zeigen, wie du lebst! Das gibt's doch nicht …«, bellte der Gemüsemann.

»Diese jungen Leute … Wollen immer alles sofort. Wollen sich um Gottes willen keine Mühe machen. Zu meiner Zeit war das anders«, sagte eine Frau und betastete die Tomaten.

Der Lehrer biss in den Apfel, hielt mit der anderen Hand

den Lenker fest und ließ sich von der Herbstluft die wiedergefundene Lebensfreude ins Gesicht wehen. Er fand Stella in einem Winkel der Buchhandlung, in den sie sich in ruhigen Momenten gern zurückzog, um zu lesen.

Er holte die Bücher aus dem Rucksack und stapelte sie in der richtigen Reihenfolge aufeinander. Dann stellte er den Stapel neben die Kasse auf den Tresen, als wolle er sie bezahlen. Stella blickte von ihrem Buch auf. Sie blieb ernst, obgleich ihren Augen anzusehen war, dass sie sich fragte, was es mit der Bücherwand, hinter der sein haltlos glücklicher Blick hervorblitzte, auf sich hatte. Sie kam zur Kasse, als sei er ein Kunde.

»Was ist das?«

»Bücher.«

»Wäre ich nicht drauf gekommen.«

»Ein Geschenk.«

»Bücher für eine Buchhändlerin? Wie originell … Das zieht bei mir nicht …«, sagte sie ernst.

»Das sind nicht nur Bücher.«

»Ach nein? Darauf falle ich nicht mehr rein, Prof.«

Der Lehrer drehte den Stapel, sodass sie die Buchrücken sehen konnte, und Stella las von unten nach oben:

»*Der Idiot. Verlorene Liebesmüh. Stichwort: Liebe. Verstand und Gefühl. Krieg und Frieden. Das Neue Leben. Große Erwartungen. Die Metamorphosen. Harte Zeiten. Bleakhaus. Hölle-Fegefeuer-Paradies. Weiße Nächte. Confessiones. Ich habe keine Angst. Du hast das Leben noch vor dir. Wohin du mich führst. Der Sturm. Schöne neue Welt. Auf der Suche nach der verlorenen Zeit. Wie es euch gefällt.*«

»Was soll das bedeuten?«

»Es gibt da einen Idioten, der leidet und sich verloren fühlt, seit du nicht mehr da bist. Er hatte geglaubt, die Lösung finde sich in Wörterbüchern und Enziklopädien unter dem Stichwort ›Liebe‹. Aber er hat begriffen, dass zu viel Verstand und zu wenig Gefühl im Spiel war. Und dass der Frieden das Ergebnis eines Krieges mit sich selbst ist: mit seinen Ängsten und seinen Grenzen. Jetzt ist er bereit für ein neues Leben. Er hat große Erwartungen, will sich ändern und hofft, dass du ihm dabei hilfst, auch er selbst zu bleiben. Er weiß, dass es harte Zeiten gibt und geben wird, aber er will nicht, dass sein Haus leer und einsam bleibt. Zusammen werden wir sämtliche Regionen des Lebens bereisen: von den Schatten der Hölle durch das Helldunkel des Fegefeuers bis ins Licht des Paradieses. Wir werden Nächte durchleben, die so hell sind wie der Tag, in denen wir uns lieben und uns Altes und Neues gestehen. Jetzt habe ich keine Angst mehr. Das ganze Leben, das ich vor mir habe, will ich mit dir verbringen. Und aus dem Sturm werden wir eine schöne neue Welt hervorgehen sehen. Nur so werde ich all die Zeit finden, die ich verloren habe. Und vielleicht noch mehr. Ich will, dass du da bist, Stella.«

Der Lehrer hatte begriffen, dass es nicht nötig war, die alten Metaphern über Bord zu werfen, man musste sie nur verwenden, um mehr von sich preiszugeben, als sich hinter ihnen zu verstecken.

Die Aufrichtigkeit, die sie in den Augen des Lehrers las, machte Stella sprachlos. Das ganze Leben wartete noch darauf, entdeckt zu werden, doch sie würden es gemeinsam tun.

»Und der letzte Titel?«

Der Lehrer wurde ernst, er hatte mit dieser Frage gerechnet. Dann erschien ein Lächeln auf seinem Gesicht, und mit der Ehrlichkeit eines Kindes sagte er:

»Wann es dir gefällt, heiraten wir.«

»Du willst mich heiraten? Aber willst du das Leben zu zweit nicht erst ein wenig ausprobieren?«

»Ich muss dich nicht ausprobieren, Stella. Ich will mit dir die Herausforderungen meistern, die auf uns warten. Wie elend, sie allein bewältigen zu müssen …«

Stella senkte den Blick und stürzte davon. Verdattert und alarmiert blieb der Lehrer am Tresen zurück. Hoffentlich würde jetzt niemand hereinkommen. Ein paar Sekunden später kehrte sie zurück, auf Zehenspitzen hüpfend und mit einem Buch in den Händen. Sie drehte es um:

La voz a ti debida. Das Buch, das sie zusammengebracht hatte.

Mit einem Lächeln, das er so liebte, hielt sie ihm das Buch vor die Augen.

»Meine Stimme wird dir nur sagen: Ich liebe dich«, sagte Stella, und ein weiterer Damm brach und ließ das Leben in die Welt fluten wie immer, wenn aus zwei eins wird.

Er umarmte sie, und sie flüsterte ihm etwas ins Ohr, an das er sich sein ganzes Leben erinnern würde. Etwas, das das Rätsel der Liebe löste und die Angst davor besiegte, denn um zu lieben, muss man sich jeden Tag verlieren und ein wenig sterben. Deshalb braucht es so viele Metaphern. Sie benutzte keine.

Doch was sie sagte, wird niemand wissen.

Die Vorhänge bewegten sich zum Atmen einer leichten Brise. Ihr Vater hielt ihre linke Hand, ihre Mutter die rechte. Er war eingenickt. Sie wachte und betrachtete sie. Margherita öffnete die Augen, sah den Vorhang gleich einem Schleier zu einem Tangorhythmus aus Luft und Seide tanzen. Sie wusste noch nicht, ob es Traum oder Wirklichkeit oder eine Mischung von beidem war, doch sie erkannte die Schönheit, die allen Dingen innewohnt, selbst den kleinsten, normalsten und einfachsten: Zeichen und Intermittenzen einer größeren Ordnung. Sie drückte die Hände ihrer Eltern. Und begriff, dass es die Wirklichkeit war. Ihr Vater rührte sich. Ihre Mutter zitterte. Margherita bemühte sich zu sprechen und brachte nuschelnd hervor:

»Ich hätte gern weiße Blumen in diesem Zimmer wie die von Nonna. Frisch und duftend.«

Dann schloss sie die grünen Augen und spürte, wie sie sich mit Tränen füllten, da die Anstrengung dieser Worte ihr die Kehle zerrissen hatten und sie glaubte ersticken zu müssen. Auch wenn sie nicht atmen konnte, wie sie wollte, spürte Margherita, wie die Luft in ihre Lunge drang. Sie wollte wieder das Leben atmen, das ganze, mit all dem Schmerz, das es mit sich brächte, war er es doch, der das Licht einließ.

Klotho knotete den Faden an einen anderen Faden und wob weiter.

Epilog

Wer Ohren hat, der höre, was der Geist den Gemeinden sagt! Wer überwindet, dem will ich geben von dem verborgenen Manna und will ihm geben einen weißen Stein; und auf dem Stein ist ein neuer Name geschrieben, den niemand kennt als der, der ihn empfängt.

Offenbarung 2, 17

Margherita blickt auf die Oberfläche des Meeres, das unter dem Schiffsrumpf davonschießt und dahinter als langsam sich auflösende Gischtspur wieder emporschäumt. Sie lässt den Blick über die Küste wandern, die vereinzelten Bäume, den Himmel und die reglosen Häuser. Der Scirocco weht. Er ist eine Bestie, der die Knie weich werden lässt, und wenn er weht, herrscht eine Stille, wie sie Dingen kurz vor dem Zusammenbruch zu eigen ist. Selbst das Meer atmet matter, müder und schwerer. Eine Plastiktüte weht vorbei, landet auf dem Wasser, fällt in sich zusammen, treibt dahin in einem langsamen, seltsamen Tanz und versinkt. Sie wird in geheimnisvolle Tiefen gelangen, Friedhöfe fast unzerstörbarer Dinge. Wer weiß, wie lange das Meer brauchen wird, um dieses Plastik zu zersetzen und in etwas Gutes zu verwandeln. Die Erde ist ein geschlossenes System, behauptet die Wissenschaft. Alles, was sie hervorbringt, stirbt und tritt wieder in den Kreislauf des Lebens ein. Der Mensch hat diesen Kreislauf verändert, weil er Dinge erschaffen hat, die Jahrhunderte brauchen, ehe sie wiedergeboren werden.

Margherita lauscht der Stimme des Meeres, energische, strenge, sanfte, stete Mutter. Das Wasser hat ein Gedächtnis. Selbst die Wassermoleküle unseres Körpers registrieren unsere Gefühle und ändern ihre Anordnung, je nachdem, ob wir glücklich oder unglücklich sind. Und so erinnert das

Meer sich an seine Verletzungen und bewahrt alles im Gedächtnis: Davon wissen die alten Perlensucher der südlichen Meere, die in der Sonne geboren und aufgewachsen und von der reinigenden und unsichtbaren Wirkung des Salzes durchdrungen sind.

Mit angehaltenem Atem springen sie von den Booten. In der einen Hand halten sie einen an den Fuß gebundenen Stein, in der anderen einen Korb. Mit der Hand tasten sie den muschelübersäten Meeresboden ab, ein rauer, dorniger Teppich. Sie lösen die Austern, legen sie in den Korb und singen. Unter Wasser. Es sind Gesänge ohne Worte, und der für die Perlen ist etwas Besonderes, weil er dem Schlag des Herzens folgt. Sie singen und sammeln Austern und hoffen, dass eine von ihnen eine Perle enthält. Nur die Fischer, die diesen Rhythmus zu halten vermögen, können sie finden. Wenn die Musik der Tiefe lauter wird, nimmt der Fischer die Auster, die er als Letzte sieht, drückt sie ans Herz, durchtrennt die Schlinge, die seinen Fuß hält, und steigt zur Wasseroberfläche empor. Das ist ein alter Brauch. In dem Moment, wenn der Atem knapp wird und das Herz leidet, entfaltet der Gesang seine Wirkung, und die Hand wird sicherer und feinfühliger.

Keine Perle gleicht der anderen. Keine Perle ist je vollkommen. In dieser Welt ist es besser, sich von der Vollkommenheit fernzuhalten: Der Vollmond ist im Abnehmen begriffen, die reife Frucht fällt, das glückliche Herz fürchtet bereits, sein Glück zu verlieren; gerät die Liebe in einen Rausch, ist sie bereits vorbei. Einzig die Leerstellen sichern die Schönheit, nur die Unvollkommenheit atmet Ewigkeit. Da ist sie, die Perle, in ihrer unerreichbaren Unvollkommenheit, aus Schmerz geboren. Und aus der Liebe, die sie umfängt.

Die Perle sagt, das Glück liegt nicht in dem, was einen Tag währt und dann vergeht, sondern es verbirgt sich dort, wo man über den Tod stolpert, und wenn man über ihn stolpert, dann nur, um neugeboren zu werden. Diese Verwandlung heißt nicht Glück, sondern Lebensfreude.

Margherita sieht die Plastiktüte verschwinden. Der Schmerz hat zwei Gesichter, denkt sie.

Es gibt einen Schmerz, der einem widerfährt, den der Mensch nicht sucht und der zur Erde und zu diesem Kreislauf gehört, er lässt sterben und bringt Neues hervor: Das ist der Schmerz der Geburt, die Wehen der Erde, die Erdbeben, die Vulkanausbrüche, die Überschwemmungen, die stillen Jahreszeiten und der sachte Wechsel von Tag und Nacht. Es ist der tägliche Schmerz des Einerleis, der Mühe zu lieben, aus dem Bett zu kommen, etwas Neues im Alltäglichen zu finden. Doch nur, wer den Schmerz zu nehmen weiß, den der Tag bringt, verschafft sich eine neue Haut. Auch die Perlen gehen aus dieser Form des Schmerzes hervor, den die Perlmutter in Licht verwandelt.

Dann gibt es den vom Menschen gemachten Schmerz, den, der nicht biologisch abbaubar ist und der erst nach Jahrhunderten vergeht. Das ist der mutwillig hervorgebrachte Schmerz gegen andere Menschen und Dinge. Verletzungen, die erst nach langer, manchmal ewig langer Zeit vernarben: Lügen, Gewalt, Krieg… Doch für diesen Schmerz gibt es eine Lösung. Wo die Zeit versagt, kann die Vergebung diesen Schmerz lindern. Einzig die Vergebung überführt den Schmerz wieder in den Kreislauf des Lebens. Göttliche Perlmutter, die der Erde nur selten zuteilwird. Sie bringt seltenste Perlen hervor, die Jahre brauchen, um zu entstehen. Man kann sie an einer Hand abzählen.

Margherita öffnet die Hand und sieht darin eine liegen.

Es ist der Brief, den die Großmutter ihr hinterlassen hat. Sie sollte ihn an dem Ort öffnen, den die Großmutter dafür vorgesehen hatte. Ihre Hände zittern. Jetzt, wo Nonna Teresa nicht mehr da ist, ist dieser Brief der Faden, der sie mit ihr verbindet. Sie stehen vor dem Tor des großen Hauses. Obgleich verrostet, wirkt es genauso stattlich wie einst. Der Scirocco beißt die Luft, nagt an den geschlossenen Fensterläden und schlägt sogar die streunenden Hunde in die Flucht. Ihr Vater stemmt sich gegen den Widerstand von Rost und Unkraut und öffnet das Tor. Ein schmaler, von Disteln und weißen und roten Oleanderbüschen überwucherter Weg führt auf die Fassade aus gelben Tuffsteinziegeln zu. Obgleich es noch nicht zu sehen ist, hört man ein Stück weiter unten das Meer murmeln. Weit weg und doch plötzlich ganz nah kreischen die Möwen, die diese Dächer zu ihrem Zuhause gemacht haben. Der Himmel ist blau und reglos. Margherita begreift, weshalb die Großmutter ihn Firmament nannte. Wieso dieses Paradies verlassen? Was verbergen diese von allen Winden des Meeres geschliffenen Mauern? Weshalb hatte die Großmutter beschlossen, in den Norden zu gehen? Der Brief enthält alle Antworten.

Der Schlüssel knirscht ein-, zwei-, drei-, viermal im Schloss. Jede Drehung ist ein Glockenschlag des Schicksals. Die Tür spring auf, und das Licht dringt in die für das

Licht gemachten Zimmer, das sie seit allzu langer Zeit vergessen hat. Alles ist reglos und von Feuchtigkeit, Schimmel und Spinnenweben durchdrungen. Hastiges Trippeln verrät die Gegenwart von Mäusen, die die Speicher und Dachböden in Besitz genommen haben. Andrea versteckt sich hinter Eleonora, Margherita hinter ihrem Vater. Schritt für Schritt wagen Mann und Frau sich vor, wie die Entdecker der neuen Welt enthüllen sie Zimmer für Zimmer und bringen Erinnerungen ans Licht.

In jedem Zimmer öffnen sie die hohen Fenster und lösen die rostverkrusteten Scharniere der blätterigen Fensterläden. Das Licht enthüllt die Geheimnisse der hohen Zimmer und der Laken, die Möbel und Hausrat in Gespenster verwandelt hatten. Das Haus ist ein Labyrinth aus Zimmern und Treppen. Die Flure sind lang, und die Fenster blicken auf ein ruhiges, marmornes Meer hinaus.

Eleonora und ihr Mann wirken wie ein Brautpaar, das das eigene Haus in Besitz nimmt. Sie sehen sich an, und in ihren Augen spiegeln sich die Wunden schwerer Jahre, die jedoch vom Leuchten einer erneuerten, aus ihrem eigenen Tod geborenen Liebe überstrahlt wird.

Eleonoras Vater hätte sie mit der Kaktusfeige verglichen, die den ganzen Winter hindurch Wasser sammelt, bis ihre Blätter prall und fleischig sind, und dann die ganze trockene Jahreszeit über ihre gelben Kinder, ihre feurig leuchtenden Früchte nährt, bis sie eine unerklärliche Süße erlangen.

»Du hast ihnen beigebracht, Papa zu sagen«, hatte er einmal zu ihr gesagt, und diese Worte waren für Eleonora der endgültige Segen für diese erneuerte Liebe gewesen.

Jetzt bietet er ihr bei jeder Stufe, bei jeder tatsächlichen oder vermeintlichen Gefahr die Hand. Sie, Braut und Mutter, lässt sich führen. Der Faden, der sie bis auf die Terrasse leitet, entwirrt sich. Eine große Tür öffnet sich und führt in einen verwilderten Garten, den alle wiedererkennen, obgleich sie ihn niemals gesehen haben. Von den Kletterpflanzen bleiben die Erinnerungen und die Spuren am Mauerwerk. Die Töpfe, in denen einst der Jasmin blühte, enthalten nur graue, harte, verdorrte Erde. Margherita stellt sich Petunien, Wachsblumen, Mimosen, Geranien, wilde Rosen und sogar Weinreben an der nackten, zweifach gebrochenen, mottenbefallenen und von Ameisenstraßen durchzogenen Laube vor. Das Meer liegt da wie ein Perserteppich aus Blau-, Gelb-, Orange- und Grüntönen, die der Wind in Arabesken verwandelt. Es ist der Sommer ihres neunzehnten Geburtstages. Die Zeit der Heimkehr. Ihr Vater hat sein Versprechen gehalten.

Sie haben ein Segelboot gemietet, haben von der stillen Heimatbucht in Sestri aus das Mittelmeer überquert und in diesem kleinen Hafen unweit des alten Hauses angelegt, von dem die Großmutter wollte, dass sie es erst nach ihrem Tod sehen sollten. Zu bitter war die Erinnerung an die Geschehnisse, deren Zeugen diese Mauern, diese Zimmer und dieses Meer gewesen waren. Es sollte an Margherita sein, die Toten mit diesem Brief herbeizurufen, sie aus den Erinnerungen emporsteigen zu lassen.

Der Geruch sonnenbeschienener Erde mischt sich mit dem der Rosmarin- und Salbeisträucher. Der Scirocco legt sich und weckt die Frische, die auf dem Grund der Dinge wohnt. Grillen und Zikaden wiederholen das ewige Lied, das die Großmutter hörte, wenn sie sich unter den Pinien ausruhte, das gleiche, das auch Nonno Pietro hörte wie auch ihre Eltern und die Eltern ihrer Eltern. Die Natur ändert sich nie, und an manchen Orten ändert sie sich noch weniger: süß und stiefmütterlich zugleich.

Sie hat den Brief aus dem Umschlag gezogen und öffnet ihn. Es ist die elegante, wiewohl schon ein wenig zittrige Handschrift der Großmutter. Margherita betrachtet die Dinge, die sie umgeben, und spürt den Blick der Großmutter auf sich ruhen.

Ehe sie zu lesen beginnt, blickt sie auf und sieht das Meer dort liegen, das auf ewig das Schauspiel der Schiffe verfolgt, die es durchfurchen, der Segel, die sich blähen, der Boote, die sich mühsam einen Weg bahnen. Dann fangen ihre Augen an, den Worten zu folgen, die sich kräuselnden Wellen gleichen.

Margherita, mein Herz,
als ich klein war, staunte ich, wie mein Großvater, mein Vater und seine Brüder still am Ufer oder auf einer Klippe stehen und die Fischbänke im Meer bestimmen konnten. Sie fuhren mit dem Boot hinaus und kehrten mit vollen Netzen wieder: Goldmakrelen, Umber, Wolfsbarsche, Brassen, Meerbarben, Goldstriemen. Zappelnd sandten sie einen bitteren Geruch aus, den Geruch des Lebens, das zu fliehen versucht und kämpft, um nicht zu verlöschen. Und ich gab, genau wie Andrea, keine Ruhe und fragte alles:
»Wie habt ihr die Fische vom Land aus sehen können?«
»A sapiri taliari«, *pflegte mein Großvater Manfredi zu*

sagen: Man muss sehen können. Und er erklärte mir, dass das Licht sich dort, wo sich Fischbänke befinden, anders auf dem Wasser spiegelt. Man muss nur auf die Farben achten. Da man vom Land aus nicht sieht, was sich unter Wasser befindet, muss man auf das achten, was sich an der Oberfläche tut: das Spiel des Lichts auf dem Meer, das Zittern, die Wirbel der Strömungen. Wenn man diese Zeichen, diese winzigen Kleinigkeiten, erkennt, kann man die Fische auch vom Land aus sehen. Man kann dort sehen, wo man nichts sieht. Andernfalls bleibt das Meer stumm, und die Netze fischen nur Wasser. Nur wer hinsieht, kann sehen. Margherita, hör nicht auf, auch für mich genau hinzusehen. Oft wirst du es sein, die anderen zeigen muss, was sie noch nicht einmal erahnen. Dieses und jenes, was das Leben von dir verlangt hat und was du getan hast und weiterhin wirst tun müssen. Es wird dunkle, hässliche Momente geben, in denen du keine Antworten findest, doch ist es im Leben besser zu sagen, ich weiß es nicht, als ich habe es nicht gewusst: Man muss nicht davonlaufen, es gibt eine Antwort, auch wenn du sie noch nicht kennst und sie vielleicht nicht findest. Und deshalb ist jetzt der Moment gekommen, dir mein letztes Geheimnis anzuvertrauen, mein Liebling.

Das Geheimnis. Sie hört auf zu lesen. Heftet den Blick an die Horizontlinie und lässt das soeben Gelesene widerhallen, um sich zu wappnen. Wie viele Dinge hat das Leben in der Gymnasialzeit von ihr verlangt, wie viel hat sie von diesem Seil aus gesehen, auf dem sie zu tanzen gelernt hat?

Und wie viel haben ihre Netze von dem, was sie erlebt hat, halten können?

Ihre Mutter zeigt ihrem Vater die Punkte am Horizont und erklärt, was sich hinter den unter den Händen der Zyklopen entstandenen Küsten verbirgt. Ihr Vater hört zu und stellt Fragen. Er ist verliebt, endlich wieder verliebt in seine Frau. Auch Margherita wünscht sich diesen Blick, auch sie will in deren Alter noch so verliebt sein. Vielleicht werden sich einige Wunden nicht schließen, doch einige Wunden sind dazu bestimmt, offen zu bleiben, damit man sich nicht an sie gewöhnt, damit es den Masken der Gewohnheit, der Langeweile, der Lieblosigkeit niemals möglich wird, sich an das lebendige Fleisch zu heften.

Andrea, der jetzt zehn Jahre alt ist, hockt auf einer kleinen Steinmauer, die den schattigen Garten begrenzt. Die in ihrer Jagd gestörten Eidechsen strecken die Köpfe zwischen den Steinen hervor. Er hat sich über die weißen Seiten seines Skizzenblockes gebeugt und seine Mappe mit über hundert Stiften ausgerollt, an denen er hängt wie an seinem eigenen Leben. Er hat niemals aufgehört zu zeichnen. Er ist zu einem schweigsamen Kind herangewachsen, allzu schweigsam, meinen manche. Er zieht die Zeichnung den Worten vor. Wer weiß, ob eines Tages ein Künstler aus ihm wird. Doch ohne Zweifel verwandeln sich all die Worte, die er nicht sagt, in Figuren und Farben.

Er sieht zum Panorama auf und blickt enttäuscht auf seine Stifte hinunter.

»Sie reichen nicht«, sagt er.

»Was?«, fragt Margherita.

»Die Farben.«

»Aber du hast doch unendlich viele!«

»Aber nicht so viele, wie er will«, antwortet er und deutet auf den Horizont.

Margherita muss über ihren weisen Prinzen lächeln. Dann erinnert sie die weite Meereslinie daran, dass bald sie an der Reihe ist: Die Aufnahmeprüfungen für die Schauspielschule stehen bevor. Die Zukunft voller Unbekannter entrollt sich vor ihr, weit wie die See, die vor ihr liegt.

Marta wird in ein paar Tagen nachkommen, inzwischen sind sie wie Schwestern. Sie wird sich für Biologie einschreiben; ihre Liebe für Bäume hat in ihr die unstillbare Neugier für die Quelle des Lebens geweckt. Alles fasziniert sie: die perfekte Anordnung der Sonnenblumensamen über die scheinbar willkürliche Anordnung der Rosenblätter, die Geometrie des Spinnennetzes und die vielfältigen Muster auf den Flügeln der Schmetterlinge, mit denen sie Verehrer betören und Feinde fernhalten. Sie interessiert sich für die Symmetrie des Universums wie für seine beunruhigende Asymmetrie, die letztlich Teil einer größeren und wie alle Geheimnisse nicht fassbaren Ordnung ist. Sie hat ihren verdrehten Humor nicht verloren. Noch immer liest sie ihr jeden Tag das Horoskop vor und kann sich für Dinge, die niemand weiß, begeistern. Sogar während der mündlichen Abiturprüfung ist sie eine ihrer absurden Kenntnisse losgeworden und hat erklärt, dass eine Kuh zwar die Treppe hinauf-, aber nicht hinuntersteigen kann. Die Prüfungskommission ist zu Martas Verblüffung in lautes, unakademisches Lachen ausgebrochen.

Margherita denkt darüber nach, wie viele Gesichter ihr die Schule gebracht und genommen hat. Sämtliche Puzzleteile sind an ihrem Platz. Der Lehrer hat die Vertretungsstelle ein weiteres Jahr behalten, dann hat er die Schule gewechselt und geheiratet. Er hat eine Tochter bekommen. Er hat sie Nausikaa genannt: das Risiko von Lehrerkindern. Der junge Mann voller Ängste und Worte hat sich in einen Vater und Ehemann voller Ängste, Worte und Lebensfreude verwandelt.

Stella und Margherita sind Freundinnen geworden, Margherita ist eine der treuesten Kundinnen des *Parnaso Ambulante*. Manchmal, wenn Stella für ein paar Stunden wegmuss, überlässt sie ihr sogar den Laden, und sie nutzt die Gelegenheit, um sämtliche Bücher aus der Theaterabteilung durchzustöbern. Zusammen organisieren sie Kinderlesungen und Margherita kann gar nicht genug davon bekommen, die Kinder beim Zuhören zu beobachten: wie sie dasitzen mit offenen Augen und Mündern. Es war die Bestätigung, dass dies ihre Welt ist: schauspielern und die Augen und Herzen ihrer Zuhörer betören. Jetzt ist Stella abermals schwanger, und der Lehrer ist verliebter denn je. Sie erwarten einen Jungen, und alle beten, er möge ihn nicht Telemachos nennen.

Margherita betrachtet das Meer und die Wellen, die sie zu den Zeilen des Briefes zurückbringen, als würde ihre Bewegung sich auf diesem Stück weißem Papier fortsetzen. Sie lässt sich auf das Mäuerchen nieder, sie kann nicht anders. Die Agaven recken ihre harten, stacheligen Blätter drohend zum Himmel und zeigen, dass Schönheit nicht nur Sanftheit, sondern auch Gewalt ist. Die Oberfläche des Meeres ist runzelig, fast ledern.

Ich habe Dir oft von Deinem Nonno Pietro erzählt. Jetzt sollst Du erfahren, was noch nie jemand erfahren hat, nicht einmal Deine Mutter. Ich erwartete mein erstes Kind, die Geburt rückte heran, und ein wunderschönes Mädchen kam zur Welt. Wir nannten es Margherita nach Pietros Mutter. In Sizilien ist das so Brauch. Sie ist im großen Schlafzimmer geboren, in dem mit dem gelb-blauen Terrazzoboden und dem Kruzifix an der Wand, auf dem Christus die Augen noch geöffnet hat.
Wenige Tage darauf, an einem schrecklichen Tag, fiel sie mir aus den Armen und flog davon wie ein Engel. Es war meine Schuld. Die Hände, mit denen ich Hunderte von Süßspeisen zubereitet hatte, waren nicht fähig gewesen, meine Tochter zu halten. Die Hände, die mir jedes Mal, wenn ich sie ansah, befleckt erschienen.
Ich weinte die ganze Nacht. Und die darauffolgenden Nächte. Ich wollte keine Kinder mehr. Ich war eine Hexe, eine unfähige Mutter. Ich schämte mich, ich verließ das Haus nicht mehr, und die Schuld zerriss mir die Nerven. Der Scirocco drang in mein Herz und verbrannte mich wie die Orangenbäume. Doch dein Großvater drang selbst bis dorthin vor. Er holte mich von dort fort. Ich sprach nicht mehr, der Schmerz zerfraß mich, doch er schaffte es nicht, mir meine Tochter und mit ihr mein Leben zurückzugeben. Ich wurde dürr wie ein Schilfrohr. Hohl wie ein Schilfrohr. Ich erwartete nichts mehr. Doch Dein Großvater ließ mich nicht fallen. Er brachte mich fort von diesem Haus und diesem Ort, damit ich gesundete. Er suchte sich eine Arbeit im Norden, und wir zogen nach Mailand. Er erzählte mir von diesem

Namen, Margherita, der »Perle« bedeutet, und sagte mir, Margherita würde leben. So heilte er mich von meinem Schmerz, langsam und sanft, und half mir, dass ich mir selbst und Gott das uns auferlegte Unglück verzeihen konnte. Nach und nach habe ich die Lebensfreude wiedergefunden und angefangen, Süßigkeiten zu backen, wieder mit Gott zu sprechen, und dann habe ich meine eigene kleine Konditorei aufgemacht: La Siciliana. *So habe ich sie genannt. Es gibt sie noch, doch der Name ist ein anderer. Nie hätte ich mir träumen lassen, eine eigene Konditorei zu eröffnen. Im Norden. Auf dem Festland. Ich setzte all das um, was mir Signor Dolce beigebracht hatte, und die Tränen versiegten.*
So hat mich dein Großvater dem Schmerz entrissen mit seiner Fürsorge, seinen Geschichten, seiner steten Gegenwart, genau wie das Meer, auf das Du jetzt schaust. So ist Deine Mutter geboren und später Du. Und sie haben Dich Margherita genannt, weil Nonno immer zu sagen pflegte, das sei der Name seiner Mutter, und es sei ein schöner Name für ein kleines Mädchen. Die Perle. Ich wusste, dass Du nicht sterben würdest, mein Herz. Du warst meine Margherita, die Margherita, die ich verloren habe, weil ich sie nicht festhalten konnte. Auch Du bist davon gezeichnet wie jede Perle. Das Brot wächst zwischen Dornen, pflegte meine Mutter zu sagen. Und wie gut war dieses frisch gebackene, hausgemachte Brot, auf das ich als kleines Mädchen vor dem Ofen wartete! Es musste acht Tage gehen und wurde dazu unter die Bettdecke gesteckt. Es dauerte ewig. Es dauerte ewig und war so köstlich. Mein Herz. Auf Wiedersehen.

Die Tränen fallen auf die handgeschriebenen Seiten, Tränen, mit denen sie ihre Großmutter umarmt, die das andere Ende des Knäuels in den Händen hält, das sie den fünf Gymnasialjahren aus ihrem Irrgarten herausgeführt hat. Die Jahre, die es braucht, um eine Perle entstehen zu lassen.

Sie steht auf und tritt an das Eisengitter, hinter dem sich das Meer erstreckt. Sie hinkt ganz leicht. Spuren, die der Angriff des Räubers auf ihrem Körper zurückgelassen hat. Und sie hat eine lange Narbe auf der linken Hüfte wie die, dank derer Eyrikleia den in falschen Gewändern nach Ithaka zurückgekehrten Odysseus wiedererkennt. Sie weint, und nicht einmal der Scirocco kann ihre Tränen trocknen, während sich auf den Feldern der Weizen wiegt und geduldig darauf wartet, gemäht und zu gutem Brot zu werden wie das, was die Großmutter aß. Das Rot, Orange und Grün der Kaktusfeigen übertrifft die Schilderungen der Großmutter und Margheritas Vorstellungen bei Weitem. Hier ist alles wahrhaftiger als die verstiegenste Phantasie. Alles ist möglich.

Starke Arme umfangen sie und verschränken sich vor ihrem Leib wie vor einem Schrein. Er hat ihre Tränen bemerkt und ist zu ihr gekommen: Vorher wäre es zu früh, später zu spät gewesen. Er kann die Zeichen der Hände und Augen deuten.

»Was hast du?«

Margherita wedelt mit dem Brief vor Giulios Augen und kann vor Schluchzen nicht sprechen. Giulio ist jetzt zweiundzwanzig und steht kurz vor dem Abschluss seines Jurastudiums.

Er hat lange gebraucht, um sich zu verzeihen. Länger als Eleonora und ihr Mann. Sehr viel länger als Margherita. Als sie zu ihm kam, hat sie ihm Wort für Wort das wiederholt, was er ihr in der Stille des Komas gesagt hatte. Ihm blieb keine Wahl.

»Einmal hab ich sie gefragt: ›Nonna, was glaubst du, weshalb ich nicht gestorben bin?‹ Und sie hat mir von einem Film erzählt, den mein Großvater sehr liebte: Es geht um einen, der sich umbringen will, weil in seinem Leben alles schiefläuft. Dann zeigt ihm ein Engel, wie die Welt ohne ihn aussähe, wie alle Menschen geendet hätten, denen er im Leben geholfen hatte, und sei es nur mit einem Lächeln … Nonno Pietro war ganz besessen von diesem Film und zeigte ihn ihr jedes Jahr aufs Neue, um sie daran zu erinnern, dass wir oft glauben, die Dinge sollten so laufen, wie wir es wollen, wir erwarten alles vom Leben, und das Leben enttäuscht uns in einem fort. Aber stattdessen ist es das Leben, das etwas von uns erwartet. *Dio fici l'omo per sentirsi cuntare u cunto.*« Sie verstummt und denkt an den Moment zurück.

»Das hat sie mir gesagt.«

»Was heißt das?«

»Dass Gott die Menschen geschaffen hat, um sich von ihnen Geschichten erzählen zu lassen. Dann meinte sie, der Tag würde kommen, an dem wir alle wieder zusammen wären mit allen Fäden all der Leben, die sich mit den unseren verwoben haben, und wir würden das herrliche Muster betrachten, das wir zusammen gewebt haben. Und wir würden einander erzählen, was gewesen ist, und es gäbe weder Neid noch Groll noch Angst. Nur Freude.«

»Genau wie jetzt, Margherita«, sagt er und drückt sie an sich, den Blick auf den Horizont gerichtet.

»Was meinst du damit?«

»Jetzt, an diesem Ort, bist du an der Reihe. Deshalb wollte deine Großmutter, dass du den Brief hier liest. Jetzt geht der Staffelstab an dich über. An uns.«

Giulios Worte sind wie Muscheln: Man legt das Ohr daran, und sie versprechen einem die Unendlichkeit. Er hat recht: Vieles ist gestorben und neugeboren worden wie die Bäume, die sich von den gefallenen Blättern nähren.

Margherita schaut ihm in die Augen und sieht den Horizont darin. Wie viele Fragen ohne Antworten es noch gibt! Jedes Mal, wenn das Schicksal eine neue stellt, ist es Zeit, die Perlmutter in sich arbeiten zu lassen, damit sie das Leben zur Antwort auf eines der vielen Dinge werden lässt, die niemand weiß. Es ist Zeit, die Schalen zu schließen und dem Herzen zu lauschen, das einem aus der innersten Kammer leise zuraunt, dass es keine befriedigende Antwort gibt, weil die einzige Antwort in einer noch größeren Liebe zum Leben und seiner Unvollkommenheit besteht.

Sie legt ihre Hände fest auf Giulios Hände. Und es erscheint ihr so süß, auf der Welt zu sein, dass sie sich am liebsten beim Leben bedankt hätte für das, was es ist.

Sie betrachten das Meer. Geduldiger, steter, ewiger Zeuge dieses Stabwechsels unter den schwachen Kreaturen, die es befahren. Und das Licht ist das einzige noch bleibende Gebot in diesem Sonnenuntergang, es gewährt der Nacht Einzug, um selbst wiederzukehren. Mit neuer Hoffnung und neuen Tränen.

Margherita spürt ihr Herz schlagen. Systole Diastole, systole Diastole, systole Diastole, ausgelöst von dieser Umarmung. Lebensfreude durchströmt sie. Sie pulsiert kraftvoll und energisch wie die Brandung im alten heiligen Takt der Dinge der Welt, dem unablässigen, stillen Echo, welches das Leben wie eine Muschel in sich trägt.

Dank

Kurz vor meinem fünfunddreißigsten Lebensjahr fange ich an zu begreifen, weshalb es heißt, man sei »auf halbem Weg des Menschenlebens«.

Es wird einem klar, dass man in der Mitte seines Daseins steht, am Kreuzweg der Generationen, dem Verschwinden der Großeltern, dem Altwerden der Eltern und der Geburt der Kinder beiwohnt. Dieser Roman ist dem Privileg geschuldet, an dieser Kreuzung innezuhalten und einen klareren Blick sowohl auf den bereits beschrittenen Weg als auch auf den noch vor einem liegenden zu erhalten. Meine Dankbarkeit gilt somit denen, die mich auf diesen Weg gebracht haben und mich Tag für Tag darauf begleiten: meiner Familie (Papa, Mama, Marco, Fabrizio, Elisabetta, Paola und Marta, der ein zusätzlicher Dank für das Coverfoto und das Foto in der hinteren Klappe gilt), unerschöpfliche Quelle der Freude und Inspiration.

Ein Dank an die, die diese Seiten Schritt für Schritt verfolgt haben: Antonio Franchini, Marilena Rossi und Giulia Ichino, die mich einfühlsam dazu gebracht haben, mein Bestes zu geben; Gabriele Baldassari für sein umsichtiges Lektorat.

Danke an meine Schüler und Kollegen des Gymnasiums, an dem ich unterrichte, an meine engsten Freunde, die ich aus Platzmangel nicht namentlich nenne. Ein besonderer

Dank gilt Alessandro Rivali, der mich in die Geheimnisse Genuas und seiner Umgebung eingeführt hat.

Mein innigster Dank geht an alle Leser meines ersten Buches, vor allem an die Lehrer und Schüler, die ich in vielen Schulen getroffen habe. Ihre gerufenen und geflüsterten, unbedachten oder beunruhigten Fragen haben das Schreiben dieses zweiten Romans genährt, der bereits im Titel von meiner Unfähigkeit erzählt, auf Fragen zu antworten, die ein wahres Rätsel sind. Fragen zum Sinn des Lebens, des Schmerzes, zu Gott, zu Träumen und Zweifeln … Fragen, die mich von Allgemeinplätzen weggeführt und gezwungen haben, allzu schematische Überzeugungen zu überdenken. Bei vielen Lesern muss ich mich überdies entschuldigen, weil ich es nicht schaffe, auf all ihre Briefe, Mails, Anfragen und Kommentare zu meinem Blog zu antworten. Ich lese alles, was meine Leser schreiben, doch leider kann ich nur wenigen zurückschreiben.

Ich danke auch denen, die mein erstes Buch kritisiert haben: Ohne es zu wissen, hat es mir geholfen zu begreifen, dass Erfolg allein nicht glücklich machen kann.

In einem Brief hat Tolstoi einmal geschrieben: »Es ist nicht Ziel der Kunst, Probleme zu lösen, sondern die Menschen dazu zu zwingen, das Leben zu lieben. Sagte man mir, ich könne ein Buch schreiben, in dem es mir möglich sei, die Richtigkeit meiner Ansichten zu sämtlichen sozialen Problemen darzulegen, würde ich keine Stunde auf ein solches Werk verwenden. Wenn man mir jedoch sagte, das, was ich augenblicklich schreibe, werde von jenen, die heute Kinder sind, in zwanzig Jahren gelesen, und diese Kinder würden beim Lesen lachen, weinen und das

Leben lieben lernen, dann würde ich ihm mein ganzes Leben und all meine Kräfte widmen.«

Das ist der einzige Grund, weshalb ich schreibe: weil ich das Leben liebe mit all seinen Schatten. Wenn diese Seiten nur einen einzigen Leser dazu brächten, es ein wenig mehr zu lieben, genügte mir das.

Dir danke ich, Leser, dass du das Ohr an diese Geschichte gelegt hast wie an eine Muschel. Und ich hoffe, dass du beim Lesen gespürt hast, was ich beim Schreiben empfunden habe: ein wenig mehr Liebe für das Leben und ein wenig mehr Herz für die Menschen.

Inhalt